DAHYANG ROMANCE STORY

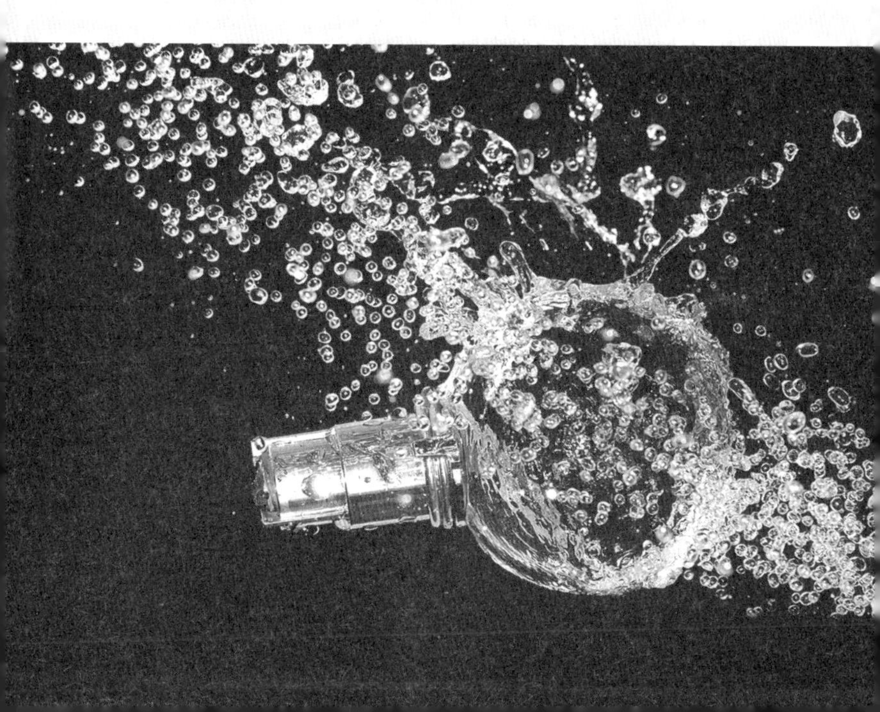

contents

1. 그 여자의 사정

스르륵.

힘없는 손짓으로 이불을 밀어내자 부드러운 실크 소재의 이불이 가슴 아래로 내려갔다. 가슴에서 느껴지는 묵직함에 이불을 걷어 내긴 했지만 잠에 취했다가 이제 막 정신이 든 탓에 온몸이 나른했다.

손가락 하나도 까딱할 힘이 없었지만 문제 될 건 없었다. 시간을 확인하진 않았지만 출근 준비를 하기엔 이른 시각일 게 분명하니까. 폭신한 매트에 죽은 듯이 누워 오감이 완전히 깨어나길 기다렸다.

제일 먼저 코로 옅은 스킨 냄새와 담배 냄새가 섞여 스며들어 오면서 후각이 살아나고, 이불의 보드라움이 온몸에 전해지면서 촉각이 살아났다. 넓은 방 안의 한 면을 모조리 차지하고 있는 창문이 바람에 덜컥거리며 청각까지 살아나자 지은은 천천히 눈을 떴다. 커튼 사이로 뿌옇게 보이는 밖을 바라보니 역시나, 이제 막 동이 터 가는 푸르른 새벽녘이었다.

"하아."

지은은 작게 한숨을 내쉬고 왼쪽으로 몸을 틀었다. 눈에 보이는 건 은색 시트뿐. 손을 뻗어 빈 시트를 쓸어내리자 손바닥엔 사람이 누워 있었던 사실을 부정하듯, 차갑고 시린 시트의 감촉만 느껴졌다. 낮에도 제법 쌀쌀함이 느껴지는 늦가을의 날씨를 감안하더라도 이 정도의 냉기라면 그가 이곳을 벗어난 지 적어도 2시간은 지났을 것이 분명하다.

지은은 몸을 일으켜 침대 주변을 쓱 훑어보고는 욕실 쪽으로 몸을 틀었다. 몇 걸음 채 가지 않아 화장대 거울이 몸에 딱 붙은 민소매 티 위로 드러난 낭창한 허리 라인과 브래지어 속에 숨겨져 있는 풍만한 가슴을 비춘다. 잠시 멈춰 그것을 곱지 않은 눈으로 흘겨보고는 다시 욕실로 향했다.

욕실 안으로 들어서자마자 찬물을 틀어 연거푸 얼굴을 적셨다. 뼛속까지 얼려 버릴 듯한 차가움에 저절로 살갗이 곤두서고 몸이 떨렸지만 멈추지 않았다. 아무리 온몸이 차갑게 얼어 가도 냉기 서린 시트의 감촉에 비할 바는 아니다.

그는 분명 어젯밤 그 시트 위에 누워 있었다. 그가 이 집을 찾을 때면 늘 그렇듯 잔뜩 취해 있던 그는, 양말과 양복 재킷, 넥타이, 와이셔츠가 벗겨지는지도 모르고 시트를 온몸으로 따뜻하게 데웠다. 그런데 방금 전 풍경은 마치 그 모든 게 신기루였다는 듯 어디에도 그의 흔적은 없었다.

시트는 차가웠고, 그가 베고 누웠던 베개엔 머리카락 한 올은커녕 흔한 눌림 자국도 없었으며, 눈을 뜬 후 제일 먼저 찾았을 법한 물은 조금도 줄어 있지 않았다. 그가 그곳에 있었다는 흔적은 남들보다 예민한 후각이 알려 주는 옅은 담배 냄새와 시원한 스킨 향뿐이다.

지은은 울분이 터졌다. 그가 깨어난 후에 한 행동들을 눈으로 보진 못했지만 안 봐도 훤했다. 눈을 뜨고 이곳이 어딘지 알아챈 순간 그는 자신을 탓하며 옷을 챙겨 입고 모든 흔적들을 말끔히 지우기 시작했을 거다.

생전 처음 용기를 내어 남자의 와이셔츠를 벗겨 낸 그녀의 노고는 생각지도 않고, 본인이 스스로 벗어 던진 거라 평소보다 더욱 자책하면서. 나가기 직전엔 마지막 보루였던 가슴골이 적나라하게 보이는 민소매 티가 눈앞에서 아른거리지 않도록 이불까지 친절히 끌어 올려 주며 쐐기를 박았겠지.

바보. 등신. 머저리.

지은은 앞머리가 흠뻑 젖고 나서야 고개를 들었다. 턱 밑으로 뚝뚝 흐르는 물을 대충 손으로 털어 내고 수건을 찾아 얼굴의 물기를 제거했다. 터벅터벅 방 안으로 돌아가 그를 위해 떠 놓았던 물을 말끔히 비우고 소리 나게 컵을 내려놓았다. 그리고 침대맡에 있는 휴대폰을 집어 들었다. 정확한 시간을 확인할 참이었는데, 액정을 켜자마자 메시지 표시가 먼저 눈에 들어왔다.

[미안하다, 지은아. 내가 또……. 돌아오는 주말에 춘천 가자. 네가 좋아하는 가을의 남이섬. 미안해, 정말 미안해.]

'선우씨'. 오전 2:54까지 확인을 마친 지은은 버튼을 눌러 액정을 꺼 버렸다.

미안하다는 사과. 그녀가 좋아하는 몇 가지들을 선사함으로써 자신의 죄책감을 덜어 내려는 패턴. 저번 달 이 무렵쯤엔 그녀의 위시 리스트 중 하나였던 폴라로이드 카메라를 선물했고, 저저번 달 이 무렵쯤엔 좋아하지만 가격이 꽤나 비싸 자주 찾기 어려웠던 한정식집에 데려갔었다.

이번에도 사과의 패턴은 마찬가지다. 폴라로이드 카메라와 한정식집 대신 여행을 이용했을 뿐, 조금도 달라진 게 없었다.

이 식상한 모든 것이 울분을 터트리기에 충분한 이유지만 그 무엇보다 울분이 터지는 건, 정작 그는 진짜로 잘못하고 있는 것이 뭔지 모른다는 것이었다. 지은은 젖은 머리를 답답하다는 듯 거칠게 쓸어내리다 꺼진 액정을 물끄러미 바라보았다.

"선우 씨. 장선우. 날 여자로 보고 있긴 해? 나도, 나도…… 여자란 말이야."

한지은. 올해 나이 30. 외모 준수. 몸매 준수. 학력 준수. 직업 준수. 연봉 준수.

어디 하나 확 못난 게 없는 그녀의 유일한 못난 구석은 교제한 지 1년이 된 남자친구, 장선우뿐이었다.

교제를 시작한 지 6개월 만에 처음으로 깊은 욕망을 드러내더니 그녀가 처음이라는 것을 듣고는 팔만대장경 대하듯 제 손으로 옷을 다시 입혀 주던 그, 장선우.

술기운을 빌려서 이곳을 찾아와서도 여자를 망부석으로 만들어 버리는 그, 장선우.

다정하고, 배려심이 깊어 결혼까지 생각했었으나 배려심이 깊어도 너무 깊어 자신이 너무 밝히는 여자인가 자책하게 만드는 그, 장선우뿐!

지은은 침대 위에 휴대폰을 던져 놓고 트레이닝복으로 갈아입었다. 그가 왔다 가면 늘 그렇듯, 조깅으로 땀을 빼 주어야 울분을 가라앉힐 수 있을 터였다. 지은은 방을 나서기 전 휴대폰을 노려봐 주고 거칠게 문을 닫았다.

“일찍 왔네? 좋은 아침이야, 지은 씨.”

지은은 향료 배합 샘플을 시향 하려던 참에 자신에 이어 두 번째로 제1팀 연구실로 들어선 연정의 인사가 들려오자 하던 일을 멈추고 고개를 숙였다.

“좋은 아침이에요, 대리님.”

전혀 좋은 아침이 아니었지만 지은은 억지로 안 나오는 말을 쥐어짰다. 이곳은 4년째 몸담고 있는 SJ그룹 소속의 코스메틱 연구소이고, 앞에 있는 연정은 같은 대리지만 1년 위 선배였기 때문이다. 그런데 갑자기 연정이 고개를 쑥 빼, 코를 킁킁거리며 다가왔다.

“전혀 좋은 아침이 아닌데? 곧 폭발할 거 같은 탄약의 냄새가 풍긴단 말이지. 월요일 아침부터 이런 냄새라는 건……. 본사의 그이와 문제 있구나?”

지은은 끙, 소리가 나오려는 걸 억지고 참아 넘기며 뒤로 한 발자국 물러섰다.

부담스러운 눈을 반짝이며 코를 벌렁거리고 있는 연정은 조향사라는 직업을 감안하더라도 지나치게 후각이 뛰어난 사람이었다. 후각만으로 보자면 같은 조향사인 지은 역시 연정에게 뒤지지 않지만 결혼 3년 차 유부녀 연정에게는 후각과 더불어 뛰어난 아줌마 촉이라는 것이 존재했다.

연정의 뛰어난 후각과 촉에 대한 일화는 50대 초반인 연구 4팀 고부장의 불륜을 밝혀낸 것을 비롯해 한두 가지가 아니지만 지은을 겁먹게 했던 계기는 따로 있었다.

그 계기는 지금으로부터 1년 2개월 전. 3년 차에 받는 SJ그룹 연수에서 선우와 처음 만나 호감을 나누던 썸남썸녀 시절이었다. 5일 동안 진행되었던 연수의 마지막 날, 연구소로 돌아와 연수 보고서를 작성하는데 잔업을 하던 연정이 지나가다가 걸음을 멈추고 코를 킁킁 댔다.

'낯선 남자의 향기가 나. 킁킁. 프랑스 N사의 야심작이라 불리는 시크릿 포맨이네.'

처음 선우가 다가왔을 때부터 그가 쓰는 스킨이 N사의 시크릿 포맨이라는 걸 지은 역시 알아챘다. 하지만 옷을 벗고 진하게 뒹군 것도 아닌데 옷에 남아 있어도 정말 소량으로 남아 있었을 잔향을 가지고 연정이 정확히 알아맞히자 지은은 속으로 기겁을 했다. 그러나 그뿐, 연정은 더 이상 추궁을 하지는 않았다. 지은 역시 기막힌 우연일 뿐이라고 생각했다. 그렇게 서서히 연정의 후각에 대한 두려움이 잊힐 무렵 진짜 사건이 터졌다.

그날은 선우와 2달 만에 썸남썸녀의 종지부를 찍은 날이었다. 작정을 한 모양인지 연차까지 쓰고 점심시간에 맞춰 연구소 앞으로 찾아온 선우가 차 안에서 장미꽃을 내밀며 교제를 시작하자는 멋진 프러포즈를 한 것이다.

손수 도시락까지 싸 온 선우의 정성에 감동하며 차 안에서 수줍게 식사를 마치고 연구소로 들어갔다. 그런데 자판기에서 커피를 뽑는 연정과 정면으로 맞닥뜨렸다.

그 순간은…… 그래, 엄마 화장품을 몰래 발라 본 뒤 서둘러 지우고 세수까지 하고 화장실에서 나오는데 엄마와 맞닥뜨린 심정. 어딘가 묘하게 불안한 심정이었다.

어색하게 웃으며 꺼낸 식사 맛있게 하셨냐는 물음에 연정은 눈을 가늘게 뜨더니 또 한 번 코를 킁킁댔다.

'이번에도 N사의 시크릿 포맨. 이 남자, 새 차 뽑았구나? 포름알데히드, 벤젠. 그리고 음…… 장미?'

장미는 손에 없었다. 누가 보게 되는 건 조금 민망해서 차 안에 놓아두고 들어왔으니까.

연구소에 들어와서 지난 3년간, 지은은 만인이 인정하는 차가운 도시 여자였다. 적어도 이때까지는 표정에 감정을 드러내는 일이 없었다. 연구소에 비상이 걸리고 실수를 해서 상사에게 깨져도 말이다. 그런데 그 순간엔 거울을 보지 않아도 자신의 얼굴이 파리하게 질려 있다는 것을 느낄 만큼 당황스러움을 감추지 못했다.

'연수 마지막 날의 낯선 남자와 지금 이 남자는 동일 인물이야. 그렇다면 연수 때 처음 만난 남자에게 장미꽃을 받았단 얘기가 되는 거네. 남자가 여자에게 장미꽃 선물이라. 축하해, 지은 씨. 3팀의 오 과장 알면 속 좀 쓰리겠다.'

애써 정신줄을 다잡으며 논리적으로 아니라는 설명을 펼쳤지만 연정은 강력한 아줌마의 촉을 밑바탕으로 한 세 치 혀로 결국 사실임을 실토하게 만들었다. 그뿐인가? 실토도 모자라 오지랖 넓은 행동력으로 오 과장에게 가서 임자가 생겼으니 이만 포기하라는 조언까지 했다. 그 후, 한동안 연구소 내엔 오 과장이 소속된 연구 3팀에 살벌한 냉기가 흐른다는 소문이 파다하게 돌았었다.

지은은 어쩐지 연정의 얼굴이 1년 전 그날의 얼굴과 겹쳐 보여 몸을 움츠렸다.

'당황할 거 없어, 한지은. 그날은 후각이 밑바탕이 됐지만 지금은 그냥 촉. 촉뿐이야.'

지은은 표정 관리를 하며 한 발자국 물러나 어깨를 폈다.

"문제는요. 없어요, 그런 거. 그냥 잠을 좀 설쳤어요."

"잠을 설쳐? 몇 개나 썼는데 일요일 밤에 잠을 설쳐?"

연정이 입꼬리를 슬쩍 올리고 입가를 늘어뜨리며 야릇한 표정을 지었다. 몇 개나 썼냐는 의미를 너무도 잘 알아 삭였던 울분이 다시 몰려오는 것 같았다.

하지만 서른과 서른하나의 건장한 성인 남녀가 만나 1년간 연애를 했음에도, 여자의 집 대문까지 활짝 열어 줬음에도 은밀한 몸은 아직 구경도 못 했다고는 죽어도 고백할 수 없었다. 셔츠를 벗겨 놔도 털끝 하나 안 대고 흔적까지 지워 가며 도망치듯 사라진다고 고백하는 건 내 매력이 거기까지라고 이실직고하는 것과 다를 바가 없었다.

매주 월요일마다 이런 뉘앙스로 몰아간다는 걸 알면서 또 낚이다니. 지은은 터지기 직전인 울분을 꾹꾹 눌러 참으며 손가락 두 개를 펼쳐 보였다.

"오호. 런닝 타임이 길었나 봐? 쓸 만한 몽둥이야."

연정은 고개를 끄덕이고는 자신의 가방 속에서 뭔가를 꺼내 움켜쥐었다. 그리고 움켜쥔 것을 지은의 흰 가운 주머니에 집어넣었다.

"초박형 1mm, 메이드 인 코리아. 알지? 이건 코리아가 최고인 거. 귀한 거야."

스스로가 참으로 대견스러운지 연정은 만족스런 표정을 지으며 자리로 돌아갔다. 지은은 쪼그려 앉아 책상 밑 바구니에서 가방을 꺼내고는 가운 주머니에서 연정이 집어넣은 콘돔을 꺼내 쑤셔 넣듯 집어넣었다.

"쓸 만한 몽둥이? 생물학적 고자가 아닌지 심히 의심스러운 바입니다."

"한지은 대리."

중얼거리듯 내뱉자마자 뒤에서 들리는 낮은 목소리에 지은은 가방 지퍼를 잠그다 말고 얼어붙었다. 베이스 기타를 연상케 하는 낮고도 울림 좋은 목소리. 이런 목소리로 한지은이라 풀 네임을 부르는 사람은 연구소에서 딱 한 명, 미국 캔스 코스메틱에서 스카우트되어 34살 이란 젊은 나이에 수석 연구원 자리를 꿰찬 강인하 부장뿐이다.

청각으로 인지하자마자 그의 전매특허로 자리한 캔스 코스메틱사의 한정판 시리즈인 로빈 포맨의 향기가 후각을 자극했다. 평소 같았으면 후각으로 재빨리 그를 캐치 했을 텐데. 이건 입사 이래 최대의 실수였다. 지은은 가방을 다시 바구니에 밀어 놓고 그와 마주했다.

"네, 부장님."

태연하게 그와 마주하고 있지만 심장은 두근 반 세근 반 열심히 펌프질을 해 대며 피를 뿜어내고 있는 중이었다.

'들었나? 못 들었나? 망할 놈의 이 포커페이스!'

그의 얼굴에선 아무것도 읽히지 않았다. 평소와 다름없이 차가운 얼굴로 눈동자를 마주쳐 올 뿐이었다.

"한지은 대리."

"네, 부장님."

'들은 건가? 너무 당황스러워서 할 말도 까먹고 두 번 부르는 건가?'

3개월 전, 그가 스카우트되어 이곳에 처음 왔을 때 연정은 몸을 달아오르게 하는 남자라고 했었다. 저 목소리로 이름을 불러 준다면 두 번 오르가슴을 느낄지도 모른다며, 유부녀만 아니라면 원나잇이라도 좋으니 온몸으로 그를 받아들여 보고 싶다고 했었다.

처음 그 말을 들었을 땐 망측도 그런 망측이 없다고 생각했었는데, 그와 생활한 지 한 달이 지날 무렵 그녀도 선우가 있음에도 연정과 비슷한 생각을 했다.

베이스 기타를 연상케 하는 저 울림 좋은 목소리로 한 대리가 아니라 꼭 한지은 대리라고 풀 네임을 불러 줄 때면 상사의 부름이라는 긴장과 함께 아랫배 어딘가에서 찌릿함이 느껴졌다. 그때마다 어쩐지 정신적으로 바람을 피우는 것 같아 선우에게 미안했었다. 그런데 지금은 그 듣기 좋은 목소리가 손톱으로 칠판을 긁어 내는 소리처럼 끔찍하기만 했다.

“새로 출시될 바디미스트 향료 배합 샘플 좀 봤으면 하는데.”

‘못 들은 건가?’

그 정도로 적나라한 말을 들었으면 어딘가 한 군데는 변화가 있을 법한데 그의 표정은 평소와 다를 게 없었다. 목소리도 평온했다. 매서운 칼날과 같은 강 부장이라 할지라도 당황스러움을 추스르기엔 너무 시간이 짧았던지라 못 들은 것 같다는 쪽으로 서서히 생각이 기울었다.

지은은 한결 편안해진 마음으로 샘플이 담긴 시험관을 찾아 그에게 건넸다. 그는 플라스틱 뚜껑을 열고 바람을 일으켜 향을 맡고는 고개를 끄덕였다. 일단 느낌이 나쁘지는 않은 모양이었다.

“시향 테스트는?”

“오전 중에 베이스 노트까지 끝낼 예정입니다.”

“그럼 2시까지 시향 테스트 보고서 가지고 내 방으로 와.”

“알겠습니다.”

용건을 끝낸 그는 머뭇거림 없이 뒤돌아 수석 연구실로 들어갔다. 지은은 의자에 털썩 앉아 참았던 숨을 한꺼번에 내뱉었다. 그 짧은 시간, 어찌나 긴장을 했던지 온몸이 축축 처졌다. 긴장으로 뻣뻣하게 굳은 어깨를 주무르던 지은은 수석 연구실을 곁눈질했다.

무슨 바람이 불었을까? 보고서를 방으로 가지고 오라니.

그를 모르는 자들은 부장이 방으로 보고서 가지고 오라는 게 뭐 그리 대수로운 일이냐 할지 모르지만, 그를 아는 자라면 한 번쯤 의문을 품을 만한 일이었다.

그가 이곳으로 온 지 3개월이 지났지만 그는 단 한 번도 개별적으로 보고서를 받은 적이 없었다. 기본적으로 보고서는 책임 연구원인 윤 과장을 통해 전달하는 게 원칙이었고, 급한 사안일 경우에도 역시 윤 과장의 직통 보고만 받던 그였다.

그런데 직통으로 받겠단다. 그것도 이제 막 연구원 딱지를 뗀 선임 연구원이 작성한 보고서를. 급한 보고서도 아니라 예정대로라면 내일 오전에 윤 과장의 손을 거쳐 그에게 들어갈 보고서였는데 말이다. 조금, 아니 사실 많이 꺼림칙하지만 그의 업무 스타일을 속속들이 알고 있다고 하기엔 그를 봐 온 시간이 너무 짧다.

지은은 어깨를 으쓱하고는 벽에 걸린 투박한 동그란 시계를 바라보았다. 조용했던 연구실이 조금 부산스럽다 했더니 그와 얘기를 나누는 동안 9시가 지나 있었다. 오전 중으로 시향 테스트를 끝내고 점심을 먹은 뒤 보고서를 작성하려면 바삐 움직여야 했다. 지은은 크게 숨을 들이마셨다 내쉬고 본격적인 하루 일과 속으로 뛰어들었다.

그녀는 본래 밥을 흡입하듯 빠르게 먹을 수 있는 사람이 아니었다. 아무리 배가 고파도 식사는 천천히, 여자로서의 품위를 지켜 가며 먹어야 한다고 엄마에게 엄격한 가르침을 받았다. 그런 엄마가 6년 전에 위암으로 돌아가시고 지금은 곁에 계시지 않았지만 몸에 밴 습관은 쉽게 변하지 않았다.

물론 지금도 예외는 아니었다. 시향 테스트의 결과물들을 시간에 맞춰 거둬들이려면 앞으로 식당에 머무를 수 있는 시간은 3분뿐인데 속도는 영 더디기만 하다.

반면 식판의 밥을 거의 다 비운 연정은 시계를 힐끔힐끔 쳐다보는 수고까지 마다하지 않는 지은을 보며 혀를 찼다.

"어렵게 산다. 밥 먹고, 반찬 먹고, 세 번 씹고, 꿀꺽. 이게 안 돼?"

입안에 음식물이 있을 땐 절대 입을 열어서는 안 된다고 배웠다. 지은은 몇 번 더 오물오물 음식물을 씹어 삼키고 물로 입까지 헹구고 나서야 입을 열었다.

"안 돼요."

그 모습에 질렸다는 듯 고개를 젓던 연정은 고개를 불쑥 빼고 은밀히 속삭였다.

"그런 귀찮은 식사 예절은 식탁에서의 감질나는 애무 한 번이면 싹 고쳐질 텐데. 저절로 세 번 씹어 꿀꺽 넘기고 그이의 입안에 있는 음식물까지 대신 씹어 주고 싶을걸?"

지은은 밥을 푸다 말고 연정을 빤히 바라보았다. 누가 보든 말든 입가에 걸린 야릇한 미소가 가관이었다.

아무리 인생의 모토가 '섹스는 곧 삶이다' 라지만 연정은 지나치게 동물적인 사람이었다. 인간의 3대 욕구 중 식욕과 수면욕 없이는 살아도 성욕 없이 살 바엔 차라리 죽음을 선택할 것 같은 여자. 한때 유행했던 뇌 구조 테스트를 하면 연정의 뇌 구조는 커다란 동그라미 하나에 단 두 글자, '섹스' 뿐일 거 같았다.

이런 노골적인 표현들이나 구체적인 상황 묘사도 들을 만큼 들은 것 같은데 들을 때마다 놀라운 것을 보니 연정은 진화하고 있음이 분명했다. 인간의 원초적 욕구는 대체 어디까지 진화할 수 있는 것인지 새삼 의문을 품으며 지은은 식판을 들고 일어섰다. 밥은 절반도 먹지 못했지만 5분 뒤엔 베이스 노트 테스트지를 밀폐 용기에 담아야 했다. 막 걸음을 떼려는데 연정이 가만히 팔을 잡았다.

"담기만 하면 끝나잖아. 내가 해 줄게. 밥 마저 먹고 와."

"말씀은 고맙지만 제가 할게요. 아시잖아요, 부장님."

연정의 식대로 표현해서 그는 일하는 스타일대로라면 본능에 맡겨야 하는 섹스도 종족 번식의 행위로만 할 것 같은 사람이었다. 한 치의 오차도 없이 정확하게, 본인이 맡은 일은 자기 선에서.

연정의 말대로 담기만 하면 되는 일이지만 만에 하나 그가 보게 된다면 일을 맡긴 자신은 물론, 대신해 준 연정에게까지 불똥이 튈 것이었다. 고개를 젓자 연정이 알 만하다는 듯 고개를 끄덕였다. 그리고 식판을 들고 일어나더니 옆으로 바싹 붙어 속삭였다.

"상사를 바꿀 수는 없으니까 지은 씨가 바꿔. 식사할 때 남자가 가장 섹시해 보이는 곳은 목젖이야, 목젖. 몽롱한 눈으로 그이의 목젖을 지그시 쳐다봐 주면 단번에 달려들 테니 시도해 봐."

지은은 한 발 앞서 나가는 연정을 멍하니 바라봤다. 밥을 먹는데 목젖이 섹시하다고? 지은으로서는 도통 이해할 수 없는 경지였다.

서두른다고 서둘렀는데 벌써 시계는 1시 30분을 가리키고 있었다. 2시까지 가져오랬다고 2시가 땡 할 때까지 기다렸다 보고서를 내밀 수는 없는 노릇이라 지은은 서둘러 오타 수정을 마치고 수석 연구실 앞에 서서 두 번 노크했다.

"네."

짧아도 울림 있는 그의 목소리가 들리자 지은은 문을 열고 안으로 들어가 소리 나지 않게 문을 닫았다. 각종 보고서 또는 연구 자료에 파묻혀 있을 줄 알았던 그는 뜻밖에도 소파에 앉아 무언가를 보며 샌드위치를 먹고 있었다.

보고서라는 용무가 있긴 했지만 뭔가를 먹고 있을 줄은 생각도 못 했기에 머뭇거려졌다. 그런 망설임을 알았는지 그가 읽던 것에서 눈을 떼고 시선을 맞춰 왔다.

"앉아."

지은은 소파에 무릎을 붙이고 앉았다. 그리고 보고서와 테스트지가 담긴 갈색 밀폐 용기를 테이블 위에 올렸다.

"말씀하신 시향 테스트 보고서입니다."

"음."

그제야 보고 있던 것을 내려놓은 그가 보고서를 집어 들고 훑어보기 시작했다. 지은은 그가 내려놓은 무언가에 힐끔 시선을 던졌다. 앞면 표지엔 커다랗게 '2분기 SJ 코스메틱 실적 보고서'라고 적혀 있었다.

지은은 속으로 고개를 저었다. 저렇게 철저하고 완벽하게 살면 인생이 안 피곤할까? 지나치게 쾌락만을 추구하는 연정도 문제지만, 제 손을 거쳐 탄생한 제품이 얼마만큼의 호응을 얻고 있는지 마지막 확인 사살까지 해야 하는 그의 성격도 문제가 있어 보이긴 마찬가지였다.

지은은 보고서에 있던 시선을 그에게 옮겼다. 생긴 건 참으로 훌륭한데……. 일단 송승헌보다 조금 덜 진한 눈썹, 쌍꺼풀 없이 선명한 눈, 조각칼로 깎아 만든 것 같은 코, 연정이 키스를 부르는 입술이라고 칭했던 저 입술. 그리고 도드라지게 완벽한 각을 자랑하는 턱 선까지. 185쯤 돼 보이는 큰 키와 떡 벌어진 역삼각형의 몸을 합치면 외적으론 완벽한 남자였다.

게다가 사람 마음 설레게 하는 낮고 울림 좋은 저 목소리까지 있으니 정말 환상이긴 한데, 가까이하기엔 매서운 칼날 같은 성격이 문제였다. 신은 공평하다더니……. 그가 눈치채지 않도록 나름의 품평회를 마치고 시선을 내리는데 울렁거리며 샌드위치를 삼키는 그의 목젖이 시선을 잡아챘다.

꿀꺽. 또 꿀꺽.

지은은 저도 모르게 멍하니 그 목젖을 응시했다. 그런데 갑자기 시야가 뿌예지면서 한 방울의 물줄기가 그의 목젖을 가로질렀다.

세, 섹시하다!

눈을 한 번 깜빡이고 다시 목젖을 바라보았다. 그런데 방금 전까지 존재했던 물줄기가 온데간데없이 사라지고 없었다. 지은은 뭐에 홀린 듯 테이블 위를 살폈다. 액체라고는 커피나 물도 보이지 않는다. 테이블 위엔 구겨진 샌드위치 포장 껍데기만 뒹굴 뿐이었다. 지은은 지금 자신이 뭘 보고 뭘 생각하고 있는 건지 당혹스러워 살짝 어깨를 움츠렸다.

"무슨 문제 있나?"

"없습니다."

느닷없이 닥친 그의 시선에 지은은 서둘러 마음을 추슬렀다. 하지만 붉어진 볼만큼은 감추지 못했다. 스스로도 느낄 수 있을 만큼 볼이 화끈거렸다.

'미쳤어, 미쳤어! 다른 사람도 아니고 부장님 앞에서!'

"수고했어."

보고서를 다 읽어 내렸는지 탁 소리 나게 탁자 위에 올린 그는 다시 2분기 SJ 실적 보고서를 집어 들었다. 지은은 화끈거림에서 벗어나 의아한 눈으로 그를 바라봤다.

"부장님, 테스트지 샘플 확인 안 하셨는데요."

연구원에게 글자가 적힌 보고서보다 우위를 차지하는 건 실제 샘플이다. 천 마디의 글자보다 여러 시행착오 끝에 탄생한 샘플이야말로 진정한 결과물이라고 해도 과언이 아니었다. 누구보다 그걸 잘 알고 있을 그가 보고서는 열심히 보고 샘플 확인을 안 한다는 게 이해가 가지 않았다.

당연한 물음이었는데 불편한 정적이 돌았다. 그가 느릿하게 시선을 던졌다. 평소와 다르게 그의 눈동자가 불투명한 색채로 일렁이고 있다. 그는 한참 만에 입을 뗐다.

"조금 있다 확인해 보고 이상 있으면 다시 호출하도록 하지."

"알겠습니다."

수석 연구실에 하루 두 번 들어간다는 건 썩 유쾌한 일은 아니었다. 하지만 어쩌랴. 상사의 말은 곧 법, 조직은 보수적이나 생각은 창의적으로. 이 아이러니한 법칙을 요구하는 곳이 바로 연구소라는 곳인걸. 지은은 소파에서 일어나 짧게 목례를 하고 뒤돌아섰다.

"한지은 대리."

문고리를 잡아 막 돌리려는데 그의 부름이 발목을 잡았다. 지은은 다시 돌아서서 그와 마주했다.

"네, 부장님."

"결혼 생각 있나?"

딱 6글자의 질문인데 한 번에 이해가 가지 않았다. 지은은 방금 자신이 잘못 들은 건가, 두 귀를 의심했다.

"결혼……이요?"

그는 아무런 대답도 하지 않았다. 시선을 피하지 않은 채 그저 물끄러미 눈동자를 맞춰 올 뿐이었다. 지은은 자신이 잘못 들은 것이 아니란 것을 인지하고 머리를 굴렸다.

독신주의자가 아닌 대한민국 30대 여성이라면 누구나 결혼 생각은 있다. 그렇다면 독신주의자냐고 묻는 건가? 그게 아니면 곧 결혼을 할 예정이냐고 묻는 건가? 아니, 그 이전에 이런 류의 질문을 하는 의도가 뭐지? 혼란스러움에 마땅한 답변을 못 찾고 입을 꾹 다물자 그가 먼저 맞춰 오던 시선을 피했다.

"아니야. 됐어. 나가 봐."

지은은 다시 목례를 하고는 그의 방을 나와 자리로 돌아와 털썩 주저앉았다.

바, 방금 뭐였지?

결혼이란 단어 자체도 당혹스러웠지만 그보다 더 당혹스러운 건 수십 초간 피하지 않고 눈을 맞춰 오던 그의 시선이었다. 굶주린 듯, 무언가를 갈망하듯, 어딘가 애달픈 것도 같은 그 시선은 이제껏 자신이 알던 그의 시선이 아니었다. 3개월을 거의 매일같이 얼굴을 마주한 그가 낯선 사람 같아 보였다.

지은은 흠칫 몸을 작게 떨었다. 그에 대해 깊게 생각하면 할수록 저 마음 깊숙한 곳에서 위험 신호를 보내왔고, 선우에 대한 미안함이 커져 갔다.

'한지은. 무슨 생각을 하는 거야. 일하자, 일.'

지은은 머리를 작게 흔들고 눈앞에 있는 업무 속으로 뛰어들었다.

2. 그 남자의 사정

띠리리리링.

투박한 휴대폰 알람 소리가 모든 벽면이 책장으로 메워진 서재에 울려 퍼졌다. 귀가 아플 정도였지만 정신이 딴 데 팔려 있는 탓에 알람을 끄는 인하의 손짓이 더뎠다. 평소답지 않은 행동이었지만 스스로 인지하지 못할 만큼 인하는 넋이 나가 있었다. 그저 깜빡임 하나 없는 멍한 시선으로 눈앞에 있는 영어 단어들을 의미 없이 바라볼 뿐이었다.

샤라락, 바람이 불면서 살짝 열어 둔 창문으로 짙은 단풍의 냄새가 콧속으로 스며들어 오고 나서야 정신이 들었다. 의자를 뒤로 빼며 읽던 서적을 바라보다 표정을 단단하게 굳혔다. 오전 10시 정각에 이 서재에 들어왔으니 12시 알람이 울린 방금 전까지 2시간을 앉아 있었음에도 책의 페이지는 처음 펼쳐 놓은 그대로였다.

탁 소리 나게 책을 덮고 서재를 나온 인하는 주방으로 가서 500ml

생수 절반을 단숨에 비웠다. 그리고 냉장고에서 우유를 꺼내 접시에 따랐다.

우유가 든 접시를 들고 현관 밖으로 나가자 조금 시간이 늦었음에도 와 줄 거라 믿었는지 작은 정원에 놓인 테이블 밑에서 작은 고양이가 꼬리를 흔들며 반겼다. 인하는 들고 온 접시를 고양이 앞에 놓아 주고 의자에 앉아 소록소록 가늘게 땅을 적시기 시작한 비를 바라보았다.

비는 좋아하지만 가을비는 좋아하지 않는다.

자신은 모든 것이 명확한 사람이었다. 싫고 좋음이 분명하고, 옳은 것과 그른 것에 대한 구분도 명확했다. 어떤 상황이든 스스로 통제가 불가능한 상황이란 없었으며, 34년 동안을 살아오며 절제하는 능력을 갈고닦아 본능이란 녀석도 충분히 제어할 수 있었다. 그런데 그런 자신감을 비웃기라도 하듯, 생각지도 못했던 곳에서 복병이 나타났다.

한지은.

연구소에서 그녀를 처음 만났던 날부터 3개월이 훌쩍 지난 지금까지를 냉정히 되짚어 보면 그녀는 사실 복병이 될 수 없는 존재였다. 뿔테 안경으로 가리고 있음에도 예쁘장한 외모와 낭창한 몸매가 눈에 띄긴 했지만, 스스로를 철저하게 통제하는 34살의 남자를 홀릴 만큼 색기가 흐르는 여자는 아니었다.

그런데. 그럼에도 불구하고.

냉정을 부르짖으며 골백번도 더 머릿속에 주입시켜 봐도 한지은, 그녀만 떠올리면 모든 게 다 허물어지고 만다. 방금 전에만 해도 그렇다. 2시간 동안 한지은에 관해 논문이라도 쓸 태세로 그녀만 생각하다가 시간을 몽땅 날려 버렸다.

그래 놓고도 정신 못 차린 지금은 또 어떤가. 이 작은 고양이에게 시간까지 맞춰 한 달간이나 순순히 우유를 내주고 있는 이유가 한 여자를 연상시킨다는 얼토당토않은 이유 때문이 아닌가. 이 사실을 실토한다면 20년 동안 자신을 곁에서 봐 온 켈리는 배를 잡고 뒹굴 게 뻔하다. 웃어 젖히는 켈리의 얼굴을 상상하니 저절로 인상이 찌푸려졌다.

"빌어먹을."

복병에 대한 시작은 후각이었다. 그녀를 처음 만난 건 지금의 선선함은 아득하게 느껴질 만큼 지독한 더위가 기승을 부리던 때였다. 막 출근을 해서 흰 가운을 걸치지 않은 그녀에게서 퍼지던 살내음은 지금 생각해도 아찔할 만큼 색스러웠다.

무취의 화장품만 골라 쓰는 건지 도통 화장품 냄새는 나지 않았고, 옅은 샴푸 향과 설익은 복숭아를 연상시키는 살내음만이 콧속을 어지럽혔다. 서른이 된 여자의 살내음이라고 하기엔 지나치게 풋풋했던 그 향기를 맡는 순간, 몸에 변화가 오기 시작했다.

체취 하나에 서 버리다니.

무척이나 치욕스러운 일이었지만 직업상 후각에 예민한 편이고 그만큼 다스리는 것에도 익숙하니 조용히 묻을 생각이었다. 그런데 도저히 묻을 수 없는 일이 발생하고 말았다. 그 일이 발생한 건, 그녀와 함께 연구소 생활을 시작한 지 한 달이 채 되지 않았을 무렵이었다.

'한지은 대리.'

연구원들을 부를 때 성과 직책이 아니라 풀 네임과 직책을 부르는 건 그의 의도였다. 초등학교를 졸업하고 미국으로 건너가 생활한 탓에 한국 이름을 입에 담는 것이 낯설어지기도 했고, 연구원들의 이름도 외울 겸 해서 생각해 낸 일종의 방책 같은 거였다. 그녀 하나만을 염두에 두고 고안해 낸 방책이 아니었다. 그런데 스스로 고안해 낸 방책이 또 한 번 그녀의 늪에 빠지게 만들었다.

'네. 부장님.'

투명한 눈동자라고 생각은 해왔지만 두껍고 큰 뿔테 안경 너머의 그녀의 눈동자와 정면으로 마주하긴 그날이 처음이었다. 그 순간, 뇌가 정지한 것 같았다. 아득해지려는 정신을 힘겹게 부여잡으며 겉으로는 냉정히 그녀를 바라보았지만 입을 열 수는 없었다. 입을 여는 순간 낮게 으르렁거리는 신음으로 남자의 욕구가 표출될 것만 같았기에.

그렇게 시작된 욕구는 날이 갈수록 커져 갔다. 의도적으로 그녀를 불렀고, 그녀가 눈을 맞춰 오며 늘 똑같은 톤으로 대답해 올 때면 머리는 제멋대로 망상을 펼쳐 단어를 바꿔 놓았다,

'한지은!'

'아, 인하 씨!'

망상 속에서의 두 남녀는 침대 위에서 절정의 순간을 함께하는 남녀였고, 서로를 부르는 목소리엔 달뜬 신음 소리가 섞여 있었다.

이런 자신의 상태를 그녀에게 들키지 않으려 이를 악물었다. 하지만 시간이 가면 갈수록 상태는 언제 들켜도 이상하지 않을 만큼 심각해졌다. 특단의 조치가 필요했다. 같은 연구소에서 근무하는 이상, 임시방편에 불과하나 최대한 그녀를 멀리하기로 결정하고 실행에 옮겼다. 그러나 곧 한계가 찾아왔다.

억누르기만 했던 본능이 주말 동안 참을 수 없을 만큼 쌓여 더 이상은 무리라며 분출을 요구한 건 지난 월요일이었다. 결국 출근하자마자 그녀를 찾았다. 그리고 보고서를 방으로 가져오라고 명령했다. 직위와 명분을 이용한 수작이었다. 하지만 뻔뻔하게 겉으로는 태연한 척했다. 속으로는 옅게 퍼지는 그녀의 살내음을 후각이 놓칠까 안달

이 나 테스트지 샘플도 확인하지 못했으면서.

인하는 성마른 손길로 얼굴을 쓸었다. 단 한 번도 여자에 홀려 이성을 제어하지 못한 적이 없었다. 앞으로의 인생에서 이성과 본능을 통제하지 못할 만큼 흔드는 그 어떤 것이 나타나더라도 여자는 아닐 거라고 자신했는데 철저하게 배신당했다. 그녀가 있을 때나 없을 때나 코는 그녀의 살내음을 원했고, 눈은 그녀의 눈동자를 찾았으며, 귀는 늘 그녀의 목소리를 쫓았다. 그리고 수도 없는 상상 속에서 혀는 그녀의 맛을 원하고, 손은 그녀의 살결을 원했다.

허탈한 웃음이 나온다. 처음으로 자신을 이 지경까지 만들어 놓은 여자지만 욕망을 표출할 수 없는 여자였다. 직장 상사와 부하 관계라서가 아니라 그녀에겐 이미 다른 남자가 있기에.

그녀가 본사 직원과 연애를 하고 있다는 얘기가 남의 사생활에 관심 없는 자신의 귀에까지 뻗쳐 온 지 오래였다. 헤어짐의 소식이 들려올 때까지는 접시를 말끔하게 비우고 꼬리를 흔들며 유유히 사라져 버리는 고양이의 뒷모습을 바라보듯 그저 바라볼 수밖에 없었다.

제멋대로 나타나 갖은 기교로 다 홀려 놓고 엉덩이를 보이는 저 고양이 같은 여자, 한지은 역시.

다른 남자가 있는 그녀에게 손을 뻗지 않으려 안간힘을 쓰는 건 그에게 남은 마지막 이성이었다.

새로운 한 주를 시작하는 월요일의 연구실은 여느 회사와 별다를 것 없이 시끌벅적했다. 주말 동안의 일들을 한풀이하듯 풀어 놓고 있는 연구원들을 지나치던 인하는 그녀의 자리에 시선을 두었다.

거의 대부분의 날을 1등으로 출근 도장 찍던 그녀의 자리는 주인을 잃어 휑한 바람이 불었다. 토요일 당직에 걸렸던 그녀가 어머니 기일을 챙기러 일요일 아침에나 경북 의성으로 내려가게 됐다며 반차를 신청한 까닭이었다.

휴가 계획서의 사유란에 적힌 글로 미리 인지하고 있었음에도 주말이 하루 더 연장된 것 같은 쓸쓸함은 여지없이 찾아들었다. 힘겹게 그녀의 자리에서 시선을 갈무리하고 수석 연구실의 문고리를 잡던 그 때였다.

"한 대리님 이번에 시골 내려가신 김에 결혼 날짜 받아 오시는 거 아니에요? 어떻게 생각하세요? 최 대리님이 한 대리님이랑 가장 친하시잖아요."

문고리를 돌리던 손이 저절로 멈췄다. 그녀를 주제로 대화를 하고 있는 두 사람은 신입 연구원인 고동석 연구원과 최연정 대리였다. 동석의 말대로 연정은 향료연구팀에서 그녀와 가장 가깝게 지내는 사람이었기에 신경이 저절로 그들의 대화에 쏠렸다.

"음……. 그럴 가능성도 있지. 궁합도 좋은 것 같고."

"궁합이요? 한 대리님이 애인분과 궁합까지 보셨대요?"

"당연히 봐야지, 그럼 안 봐? 제일 중요한 건데. 궁합은 삶이야, 삶."

무슨 점이 삶까지 되냐는 동석의 투덜거림 뒤에 언젠가 진정한 궁합의 뜻을 이해할 날이 올 거라는 연정의 말소리가 들려왔지만 귀에 들어오지 않았다. 오로지 결혼이란 단어만 머릿속에 둥둥 떠다닌다.

겨우 멍해진 정신을 추슬러 방으로 들어와 쓰러지듯 의자에 깊숙이 몸을 기댔다. 시선이 저절로 며칠 전 그녀가 서 있었던 방문 앞을 향한다.

'결혼 생각 있나?'

계획한 물음은 아니었다. 충동적인 물음이었다. 그녀가 방에 들어와 소파 한 자리를 차지하고 있던 그 시간 동안 아슬아슬하게 붙잡고 있던 마지막 이성이 잠시 무너진 탓이었다. 그런데 그녀는 어떤 대답도 하지 못했다. 자신과 만난 이후, 처음으로 흔들리는 눈동자로 눈을 맞춰 올 뿐이었다.

충동적으로 물었지만 결혼 생각 없다고 말해 주길 바랐는데. 원하는 대답을 들을 수 없을 것 같은 예감이 들었다. 그래서 먼저 그녀의 눈을 피했다. 그 눈을 피하면서 순식간에 타오른 욕망도 눌렀다.

인하는 성마르게 얼굴을 쓸어내렸다. 그때 그녀의 눈을 피하는 게 아니었다. 들었어야 했다. 그녀의 대답이 뭐가 됐든 확실하게 들었어야 했다. 그랬다면 추측일 뿐인 타인의 말에 이렇게까지 휘둘리지 않았을 텐데.

그녀의 결혼……. 결혼……. 결혼.

"젠장."

예상하지 못한 건 아니다. 지금까지 수백 번 생각했던 일이다. 그녀가 지금 하고 있는 연애의 마지막 종착지로 삼은 곳이 결혼일지도 모른다고 생각했기에 그녀에 대한 욕망을 억눌렀다. 평생을 함께할 미래의 반려자와의 깊은 만남에 비하면 자신이 그녀에게 가장 강렬하게 느끼고 있는 성욕은 너무도 하찮은 존재였다. 해소하고 나면 아무것도 아닐 이런 순간적인 욕망으로 그녀의 인생을 망가뜨릴 자격은 없었다.

그런데 이렇게 머리가 새하얘지는 이유는 뭘까? 심장의 울림이 머리에까지 전해져 온몸이 울리는 것 같다.

패닉 직전까지 몰아친 폭풍에 뜨거운 숨을 내뱉는데 내선 전화가 요란하게 울렸다. 누군가에게 치부를 들킨 것 같았다. 날이 선 눈빛으로 전화기를 바라보다 여기저기 흩어져 있던 정신을 가다듬고 수화기를 들었다.

"강인합니다."

—나 김 소장일세. 주말은 잘 보냈나?

SJ 코스메틱 연구소의 연구 소장을 맡고 있는 김 소장은 미국 캔스사가 주최했던 포럼에서 만나 연을 맺은 이후로 존경하게 된 그의 유일한 정신적 스승이었다. 그리고 윗선에 추천해 그를 이곳으로 불러들인 장본인이기도 했다.

"덕분에 편안한 주말 보냈습니다. 별고 없으시죠?"

—별고랄 게 있나. 바쁜 사람 오래 잡고 있을 것 없이 내 용건만 간단히 하지. 3주 뒤에 제주도에서 세미나가 하나 있어. 자네가 내 대신 참석해 줬으면 하는데. 개인 일정과 겹쳐서 말이야.

김 소장은 예순이 다 되는 나이에도 늘 새로운 분야를 찾아다니는 사람이다. 자신의 흥미 분야를 벗어난 세미나라 할지라도 초청장이 날아온 세미나는 반드시 참석하곤 했다. 그래서 인하는 김 소장의 요구가 의아했다.

"세미나 주제가 뭡니까?"

—한국 자생식물의 향기 성분일세.

인하는 옅게 미소 지었다. 한국 자생식물의 원료 추출은 그가 한국에 들어와 정한 첫 연구 과제였다. 대리 참석 요청은 얼마 전 식사 자리에서 대화를 나누며 드러냈던 연구 과제를 기억하고 있는 김 소장의 배려인 것이다.

"알겠습니다. 준비하도록 하겠습니다."

—고맙네. 참, 규모가 꽤 크니 팀원 중 누구 하나 데려가지 그러나? 자네 욕심 많은 건 내 알지만 큰 세미나를 혼자만 누리면 못써. 그럼 이만 끊겠네.

수화기를 내려놓는데 그녀의 얼굴이 떠오른다. 세미나, 거기다 장소는 제주도. 그녀와 둘이 있기 딱 좋은 조건들이다.

인하는 헛웃음을 내뱉었다. 아이가 어미젖 찾듯, 거의 무의식이라고 해야 할 만큼 이런 핑계거리만 찾아다니는 스스로가 이젠 놀랍지도 않았다. 인하는 책상 구석에 수북한 보고서들 중 하나를 집어 들며 힘겹게 상념을 끊어 냈다.

여자 때문에 일까지 하지 못하는 머저리가 될 순 없다는 일념으로 일에 파고들었다. 연구원들이 작성한 보고서를 검토하고, 내년 봄에 출시될 미백 기초 라인에 들어갈 향료들을 점검했다.

지난 달 미국 캔스 코스메틱 수석 연구원이 발표한 향료와 유통기한의 연관성이란 논문까지 읽고 나니 목에서 뻐근함을 호소했다. 목을 주무르며 벽에 걸린 시계를 바라보니 점심시간이 30분이나 지나 있었다. 오늘 점심도 매점에서 파는 샌드위치로 때워야 한단 생각에 미간을 찌푸리며 방을 나섰다.

점심시간이라 텅 비어 있는 향료연구팀 연구실에 은은하게 퍼지고 있는 설익은 복숭아 향.

그녀다, 한지은.

머리가 생각이란 걸 하기도 전에 몸이 먼저 반응했다. 그녀의 사리로 고개를 돌리자 그녀의 둥근 머리가 보였다. 잠시 그녀를 바라보고 있는데, 그녀도 시선을 느꼈는지 자리에서 일어나 고개를 숙였다. 말뚝이라도 박힌 듯 꼼짝도 할 수가 없어 입만 달싹였다.

"점심은?"

"간단히 했습니다."

그녀는 언제나 필요한 말만 간결하게 대답했다. 변명, 긴 서론을 절대적으로 싫어하는 상사의 성향을 단시간에 파악한 결과물이겠지만 군더더기 없는 건 행동과 모습 또한 마찬가지였다. 의자에 앉아 있을 때엔 늘 허리가 꼿꼿했고, 걸을 땐 신발 소리가 나지 않았으며, 트레이드마크인 흰 가운은 언제나 티끌 없이 하얗고 구김 없이 빳빳했다.

인하는 그녀의 하얀 가운을 바라보며 천천히 걸음을 옮겼다. 그러는 동안에도 그녀는 처음 선 그 자세 그대로 지켜만 볼 뿐이었다.

"의성엔 잘 다녀왔나?"

"네. 반차 허락해 주셔서 감사합니다."

인하는 차분히 그녀의 눈을 주시했다. 시꺼먼 속내가 들키지 않도록 평소 상태를 유지하며 주도면밀하게 파악해야 했다. 약간의 흔들림도 잡아내고 말겠다는 듯, 그의 눈에 보이지 않는 불꽃이 일었다.

"위나 아래로 다른 가족은?"

"없습니다."

"아버지와 둘이 보냈겠군."

"네."

그녀는 한 치의 흔들림도 없이 '네.' 라고 대답했다. 그녀의 어머니 기일에 애인은 동행하지 않았다는 뜻이었다. 결혼이 임박했다면 동행하는 게 도리라는 걸 감안할 때, 결혼이 임박하지 않은 쪽일 가능성이 컸다. 거기까지 생각이 미치자 빳빳하게 긴장했던 온몸이 서서히 녹아내려 갔다. 위로 올라가려는 입가를 억지로 끌어내리며 고개를 끄덕였다.

"일 봐."

"부장님."

막 돌아서려는데 그녀의 조곤조곤한 목소리가 발목을 잡아챘다. 부장님이라는 호칭이 낯선 호칭은 아니었지만 돌아서는 자신을 그녀가 붙잡아 세운 건 이번이 처음이었다. 인하는 살짝 고개만 돌려 그녀를 바라봤다.

"뭐지?"

"드릴 게 있습니다."

긴장감으로 온몸이 굳어 갔다. 그녀가 천천히 허리를 숙이는 동안 머리가 빠르게 돌아갔다.

그녀에게 받아야 될 건 두 가지가 있다. 첫째는 새로 출시될 스킨, 로션의 알레르기 반응 테스트 수치이고, 둘째는 네덜란드에서 새로 수입된 종자의 천연 향료 추출에 관한 논문이었다. 하지만 알레르기 반응 수치는 목요일 이후에나 결과가 나온다고 지난 금요일에 보고를 받았고, 네덜란드에서 수입해 온 종자의 천연 향료 추출에 관한 논문은 앞으로 최소 석 달은 걸릴 테다. 그러니 결과적으로 현재 그녀에게 받아야 할 것은 없었다. 그렇다면 일과 무관한 사적인 것일 가능성이 컸다.

사적인 그 무엇.

머릿속으로 청첩장이라는 세 글자가 스치듯 지나갔다. 아닐 거라 부정은 하고 있지만 전혀 가능성 없는 일도 아니었다. 이번 기일에 그녀의 애인이 동행하지 않았다고 해서 결혼이 임박하지 않았다고 100% 확신은 할 수 없었다. 주말을 이용해서 인사와 상견례를 진행했을 가능성도 있고, 퇴근을 한 뒤 틈틈이 결혼 준비를 하고 있었을지도 모를 일이다.

머릿속이 하얘지면서 척추에 저절로 힘이 들어갔다. 그때, 그녀의 허리가 천천히 펴지기 시작했다. 그녀가 완전히 일어서자 '줄 것'에 대한 정체가 드러났다.

"줄 게, 이건가?"

"네. 의성 사과입니다."

보이니 그 정도는 안다. 박스 면에 커다랗게 '의성 사과'라고 쓰여 있고, 빨간 사과 그림까지 떡하니 새겨져 있는데 모르는 게 더 이상하다.

'줄 것'에 대한 정체가 드러나기까지 수초의 짧은 시간, 벼랑 끝까지 내몰렸다가 겨우 추락을 면하고 보니 그제야 연구원들 책상 구석에 놓여 있는 사과 상자들이 여럿 보인다. 이 정도의 사과라면 분명 알아챘을 텐데 코와 눈도 편식을 하는지 제가 맡고 싶은 냄새만 찾아 맡고 제가 보고 싶은 것만 찾아 보는 것이 기막혔다.

"4년 전에 귀농하신 아버지께서 직접 키운 무농약 사과예요. 괜찮다면 드세요."

찰나였지만 제어하지 못한 눈썹이 씰룩대는 것을 그녀가 캐치하고 재빨리 부연 설명을 붙였다. 하지만 정작 인하에겐 그녀의 목소리가 들리지 않았다. 지금 이 사과 상자가 인하의 눈엔 커다란 엿처럼 보였다. 그 엿이 비웃으며 속삭이고 있었다.

'엿 먹어라.'

냉수 먹고 속 차리라는 듯, 그녀를 가지고 하는 망상 따윈 이제 그만 집어치우라며 엿이 비웃고 있다.

엿을 빙자한 사과 상자를 노려보듯 뚫어지게 바라보는데, 문득 20년 지기 친구 녀석인 한국계 미국인 켈리가 했던 말이 생각났다.

'인하, 이 지구상엔 절대로 혼자선 할 수 없는 수많은 핑퐁게임이 존재하지만 그 수많은 핑퐁게임 중에서 가장 짜릿한 건 남녀 사이야. 한쪽이 핑 하고 던지면 한쪽이 퐁 하고 주게 되어 있는 남녀 사이는 그야말로 무한한 세계. 뭐를 주고 뭐가 날아올지는 전혀 예측 불가지. 과연 그 무한한 세계의 짜릿함을 네가 알까? 왠지 너랑 하는 섹스는 네 표정만큼이나 재미없게 핑만 있을 거 같거든. 그런 섹스라면 대충 손 흔들

어서 끝내 버리는 거랑 뭐가 달라? 인하, 부탁인데 제발 인생을 좀 더 즐기라고.'

켈리에게 섹스는 놀이였고 정신적인 대화였다. 섹스 예찬론자라고 불러도 좋을 켈리의 성향을 모르는 건 아니었지만 인하로선 매번 저런 잔소리를 해 대는 켈리가 여간 귀찮은 게 아니었다.

성적 취향은 강요할 수 있는 성질의 것도 아닐뿐더러, 때론 귀찮게도 느껴지는 본능은 빨리 해소시키기만 하면 그만이라는 게 인하의 섹스 이론이었으니 켈리와는 정반대의 성향이었다. 그런데 지금만큼은 켈리의 핑퐁게임 이론에 동의할 수 있을 것 같다.

남녀 사이엔 반드시 오가는 게 있다. 그것을 상대가 알아챘든, 알아채지 못했든 간에.

아무리 무한한 세계를 자랑하는 게 남녀 사이라지만 수그러들지 않는 성욕이라는 핑을 던졌는데 엿이라는 퐁이 날아올 줄이야. 대충 손으로 흔들어서 끝내는 것보다 더 비참한 상황이었다.

속에서 무언가가 울컥 치밀었다. 평온한 그녀의 얼굴을 보고 있자니 언제까지고 그런 얼굴을 하고 있을 수만은 없도록 만들어 주겠다는 선투심이 샘솟았다. 사과 상자를 기뿐히 받아 들고 뒤돌아 씹어 삼키듯 읊조렸다.

"따라 들어와."

동요했을 법도 한데 언제나처럼 그녀는 얌전히 뒤를 따랐다. 그의 눈이 이글이글 불타오르고 입가가 비틀려 있다는 걸 그녀는 알 수 없기에 가능한 일이었다. 인하는 사과 상자를 테이블 위에 던지듯 내려놓고는 책상 위에서 자생식물에 대해 정리해 둔 자료를 집어 들었다.

"3주 뒤에 세미나가 있어. 주제는 한국 자생식물의 향기 성분. 이 자료 참고해서 살 좀 더 붙여 봐. 충분히 살 붙여서 한지은 대리도 세미나에 참석하도록 해."

문 앞에 다소곳이 서 있다가 얼떨결에 자료를 건네받은 그녀의 눈동자엔 놀라움이 가득했다. 하지만 번복할 생각은 없었다. 시선을 피하지 않고 맞추자 이내 그녀의 입이 달싹였다.

"알겠습니다."

예상했던 대답이었다. 그녀의 입에선 '싫습니다.' '안 됩니다.' 등의 부정적 대답은 들려온 적이 없었다. 연구원으로서의 그녀는 연구소의 보수적 성향을 거스르지 않고 그대로 따르는 순순한 양이었다.

"나가 봐."

그녀가 목례를 하고 나가자 인하는 소파에 쓰러지듯 몸을 기댔다. 방 안에 그녀가 남기고 간 잔향이 생생하게 맡아진다. 인하는 눈을 질끈 감았다. 빌어먹게 정직한 이 욕구는 그녀를 한 번 가지고 나면 해소가 될까. 그녀의 향기, 눈빛, 목소리 모두 질릴 때도 된 것 같은데 질리기는커녕 갈수록 더 간절해진다. 인하는 그녀에게만 뻗치는 오감을 모두 차단하기라도 하듯 단단한 팔로 아예 두 눈을 가려 버렸다.

3. 페로몬

지은은 밀려오는 피로를 쫓으려 눈을 부릅뜨고 어깨를 두드렸다. 거울을 보지는 않았지만 보나마나 두 눈은 이미 토끼 사촌이 되어 있을 거였다. 목을 서서히 돌려 가며 뭉침을 풀어 보는데, 옆자리의 동석이 향기 샘플이 들어 있는 시험관을 내려놓고 시선을 맞춰 왔다.

"또 못 주무셨어요?"

남아 있는 기운이라도 최대한 아끼고 싶어 지은은 고개만 끄덕였다.

지난 나흘간의 수면 시간을 몽땅 합쳐도 12시간이 되지 않아 지은의 현재 몸 상태는 최악을 달리고 있었다. 하루에 꼬박꼬박 6시간씩 숙면을 취하는 평소 습관을 고려한다면 절반도 자지 못한 거였다.

"점심도 안 드셨는데 괜찮으세요?"

지은은 고개를 가로저었다. 안 먹은 게 아니라 못 먹었다. 부족한 수면 탓에 입안 곳곳에 세기도 힘들 만큼의 혓바늘이 둥지를 틀어 음식물을 씹을 수 있는 상태가 아니었다.

"대체 밤마다 뭘 하시기에."

뭐가 그리 궁금한지 호기심 어린 동석의 눈빛이 장난스럽게 반짝거렸다. 지은은 더 이상의 질문은 삼가 달라는 뜻으로 차갑게 동석을 바라봤다. 눈치 빠른 동석은 재빨리 시험관으로 시선을 돌렸다. 지은은 목을 주무르며 연구실 창문에 기대 윤 과장과 대화를 나누고 있는 인하를 힐끔 바라봤다.

수면 부족에 의한 혓바늘 참사는 모두 그로 인한 것이었다. 아닌 밤중에 날벼락도 그런 날벼락이 없지. 자료를 주긴 했지만 3주 만에 살을 붙여 논문에 버금가는 세미나 준비를 하라는 건 잠을 자지 말라는 것과 다를 바 없었다.

하지만 그렇다고 이런 상사의 횡포를 속 시원히 누구에게 하소연할 수도 없다. 연구원의 연구 자료는 연구 주제를 뺏길 우려가 있어서 결과물로 세상에 나오기 전엔 절대 보여 주지 않는 게 원칙이었다. 수석 연구원인 그와 함께하는 세미나인 만큼, 입을 잘못 놀렸다가는 그가 준 자료들을 공유해 달라고 여기저기서 손을 뻗어 올 것이었다. 한편으로는 친히 자료까지 공유해 줄 만큼 믿어 주는 건가 싶기도 했지만 이런 식의 믿음은 이쪽에서 사양이다.

그는 왜 이런 골칫거리를 안겨 주는 걸까? 대체 어디서 심사가 꼬인 거지?

4개월 가까이 상사로 모셔 온 그는 밑에 있는 연구원들을 혹사시키는 새디스트 타입은 아니었다. 반차만 봐도 그렇다. 토요일 당직이 걸렸었다고는 하지만 월요일 아침부터 반차를 내는 연구원을 달갑게 생각하는 상사는 없다고 봐도 무관하다. 하지만 그는 선선히 허가 도장을 찍어 주었다.

그랬던 그가 대체 왜?

찬찬히 되짚어 보면 그의 이상 징후는 사과 상자를 건넨 이후부터 시작됐다. 상자를 받으며 사과 알레르기라도 있는 사람마냥 험악하게 표정을 굳히고 눈썹까지 씰룩댔었다. 사과와 철천지원수라도 졌나? 당최 그의 심기를 건드린 게 뭔지 파악이 안 됐다.

'이런 참사가 닥칠 줄 알았다면 주지 말걸.'

하지만 버스는 이미 떠나갔다. 지금 눈앞에 있는 건 '자생식물의 향기 성분'이란 생소한 주제를 정확히 16일 만에 끝내야 한다는 잔혹한 결과뿐이었다.

지은은 곱지 않게 그를 흘겼다. 옆통수에 레이더라도 장착했는지 그가 시선을 맞춰 왔다. 너무 놀라 서둘러 시선을 내렸지만 순간적으로 마주쳤던 그의 눈동자는 머리에 또렷하게 남아 버렸다.

사과 상자를 건네던 그날 이후 저 눈동자가 뜨겁게 느껴진다면 착각일까? 착각이라고 치부하기엔 그의 눈빛에 아릿해지는 아랫배의 통증이 너무 강렬한데…….

지은은 작게 머리를 흔들고는 자리에서 일어났다. 하등 쓸모없는 생각이나 할 시간에 자생식물에서 추출한 향료나 찾아볼 생각이었다.

연구소 내에서도 보안이 엄격한 향료 보관실은 한국에 존재하는 향료 보관실 중 가장 큰 규모로 SJ 코스메틱의 자존심이었다. 일반 연구원인 사원은 출입할 수 없고, 선임 연구원인 대리급 이상만 출입이 가능한 곳이라 출입 절차도 까다로웠다.

지은은 사원증 인증과 지문 인식까지 통과하고 향료 보관실에 들어섰다. 단단한 철문이 끼익, 기괴한 소리를 내며 닫히자마자 천연 향료, 화학 향료의 향이 한데 엉켜 콧속으로 훅 들어온다. 강렬한 향에 코가 마비될 것 같았다.

절로 인상을 찌푸리게 하는 곳이라 별로 좋아하지 않지만 세미나 준비에 필요한 자생식물 향료를 찾기 위함이니 어쩔 수 없었다. 천연 향료 코너 쪽으로 가서 종이에 적어 온 식물들의 이름을 찬찬히 살피는데 어디선가 부스럭거리는 소리가 들리더니 퐁, 소리가 났다.

'누가 있나?'

지은은 소리가 났던 향료 보관실 제일 구석으로 천천히 걸어갔다. 쪼그려 앉아 누가 가까이 오는 것도 모르고 무언가에 열중해 있는 여자. 조금 더 가까이 가서 보니 뜻밖에도 연정이었다.

"뭐 하세요?"

"자기 깜짝이야!"

놀라는 것도 평범하게 놀라는 법이 없다. 처녀 시절의 연정은 엄마 대신 남자 친구의 이름을 부르며 놀랐을 것 같았다.

바닥에 엉덩방아를 찧은 연정은 지은의 얼굴을 확인하고는 다시 쪼그려 앉으며 안도의 숨을 내쉬었다.

"나 방금 너무 놀라서 신음 소리 낼 뻔했잖아."

어지간한 일엔 잘 놀라지 않는 연정이 이토록 놀라다니. 뭔가 수상한 냄새가 났다. 지은은 찬찬히 연정의 주변을 훑었다. 그런데 수상한 것이 한두 가지가 아니었다. 향료 보관실에 간이 작업실을 차릴 작정인지 바닥에는 새하얀 천이 여러 겹 깔려 있고, 천 위에는 스포이트와 7~8개의 갈색 밀폐 용기가 널브러져 있었다.

지은은 좀 전부터 머리를 어지럽히는 냄새의 정체를 좀 더 면밀하게 파악하려 후각에 모든 신경을 집중했다. 여러 향료가 내뿜는 강렬한 냄새가 뒤섞인 곳이라 확실치는 않지만 이 범상치 않은 향은 마치…….

"천연 사향. 이 향, 천연 사향 아니에요?"

양귀비가 허리에 차고 다녔다는 사향노루의 향기 주머니 추출물인 사향. 화학 향료를 배합해서 비슷하게 만든 사향이 아닌, 천연 사향의 향이었다. 천연 사향이란 말에 연정은 고개를 들더니 눈을 가늘게 떴다.

"흐음, 지은 씨 후각도 나만큼 예민하네. 이 안에서 천연 사향인 걸 알아챘단 말이야?"

설마설마했는데 진짜 천연 사향이라니. 아무리 여기가 향료 보관실이라지만 쉽게 맡을 수 있는 향이 아니었다. 천연 사향의 원료라고 할 수 있는 사향노루가 멸종위기 동물이기 때문에 1년에 잡을 수 있는 마리 수가 제한이 되어 있어, 가격도 가격이거니와 물량을 확보하는 것조차 어려운 실정이다. 그런 특수성 때문에 SJ 코스메틱에서도 천연 사향 같은 향료는 향료 보관실 안에 따로 금고를 만들어 보관하고 있는 실정이었다.

입을 떡 벌리고 바라보자 연정이 팔을 잡아당겼다.

"칫. 별수 없지. 이리 앉아 봐."

연정의 옆에 쪼그려 앉은 지은은 그녀가 흔들어 보이는 투명한 스프레이를 바라보았다. 그 안에 담겨 있는 액체는 붉은빛이 돌았다.

"뭐에요, 이게?"

"장장 6개월을 공들인 나의 야심작, 도발."

모든 생활이 섹스 위주로 돌아가는 연정이 만들어 낸 것이니 평범한 것이 담겨 있을 리 없다고 생각은 되는데, 보기엔 그냥 색깔 고운 바디미스트나 향수쯤으로 보였다. 추측해 보자면 사향이 들어갔으니 바디미스트보단 향수 쪽일 가능성이 컸다.

"대량 생산 제품으로 천연 사향은 과하지 않아요? 기획안 샘플로 제출하나 마나 과장님 선에서 킬 당할 것 같은데요."

연정은 모든 얼굴 근육을 사용해 경악스러운 표정을 짓더니 펄쩍 뛰었다.

“정신 나간 소리 하지 마. 이 사향이 어떻게 빼돌린 사향인데 이걸 기획안 샘플로 제출해?”

이번엔 지은이 경악스러운 표정으로 연정을 바라봤다.

“사향을 빼돌려요?”

“조금 더 빼돌리고 싶었는데 5ml가 한계였어. 비록 5ml지만 내 야심작 도발엔 그 정도의 사향이면 충분하단 말씀. 귀한 거니 아껴 써야지.”

보통 사람과는 다른 가치관과 원칙을 고수하며 사는 사람이란 건 진즉에 알았지만 간까지 큰 사람인 줄은 몰랐다. 사향을 이용하려면 사용 출처와 사용 용량을 기재해야 하는 건 물론, 수석 연구원 이상의 도장이 찍힌 허가서가 있어야 가능했다. 즉, 빼돌렸다는 건 그 칼날 같은 강인하 부장의 눈까지 속였단 말이었다.

위에는 위에가 있다더니. 걸리면 바로 사직서 제출감인데 이 무모한 짓을 감행한 이유가 대체 뭔지 지은의 머리로는 도저히 이해 불가였다.

“사향까지 들어간 이 향수를 그냥 뿌리고 다닐 목적으로 만드신 건 아니죠?”

연정은 입가를 올려 야릇한 미소를 짓더니 스프레이 뚜껑을 열어 내밀었다. 얼떨결에 스프레이로 코를 갖다 댄 지은은 알 듯 모를 듯한 표정을 지었다.

이 향은 뭐랄까……. 은은한 향기를 내뿜는 보통 향수라고 하기엔 원초적인 향이다. 프리지아 향 속에 숨겨져 있지만 말초신경을 자극하는 밤꽃 냄새가 분명하게 맡아졌다.

“이거 혹시…….”

"맞아. 페로몬 향수. 얼마나 으르렁거리며 달려들지 아, 생각만 해도 젖는 거 같아."

맙소사. 연정은 이곳이 신성한 일터라는 개념은 일찌감치 날려 버린 것 같았다. 섹스를 위해 먹고 자는 것을 뛰어넘어, 수많은 눈들이 존재하는 보수적 성향의 연구소도 연정에겐 매일 진화하는 동물적 욕구를 위한 곳일 뿐이었다.

연정에겐 그냥 일상 자체가 섹스라는 생각이 드니 머릿속으로 한 번도 가 보지 않은 그녀의 집이 절로 그려진다. 야한 속옷은 기본, 침실 벽면엔 성인용품점을 방불케 하는 수갑이며 채찍, 온갖 종류의 바이브레이터들이 빼곡하게 걸려 있고, 협탁에는 다양한 종류의 콘돔들이 가득할 것 같다.

순간 연정의 얼굴이 섹스의 화신, 섹스 앤 더 시티의 사만다와 겹쳐 보였다.

"절대로 공유하고 싶지 않은 퍼펙트 야심작이지만 들켜 버렸으니 나눠 줄게."

페로몬 향수라는 이걸? 절대적으로 싫다. 지은은 고개를 흔들었다.

"못 본 걸로 해 드릴게요. 전 됐어요."

"사양할 거 없어. 이렇게 된 이상, 확실한 입막음이 필요하니까 아무리 내가 좋아하는 지은 씨라도 공범이 되어 줘야겠어."

해치지 않는다는 듯 연정은 씨익 미소를 짓더니 가운 주머니에서 빈 스프레이 통을 꺼내 절반으로 나눠 담았다. 그런 연정을 보던 지은은 등골이 서늘해졌다. 지나치다 싶긴 했지만 연정의 성욕이 두려웠던 적은 없었는데 이 순간만큼은 두려웠다.

연정은 사향을 빼돌린 게 들켜 사직서를 쓰게 되는 것이 무서운 게 아니었다. 사직서를 쓰게 됨으로써 성적 진화를 도와줄 자신만의 연구소를 빼앗기고 싶지 않은 거였다. 연정의 입은 굳게 다물려 있었지만 페로몬 향수를 바라보는 연정의 번뜩이는 시선이 그것을 대신 말해 주고 있었다.

살갗이 비명을 지르며 오돌토돌 소름을 드러내는 감각이 발끝부터 타고 올라왔다. 지은은 입도 벙긋 못 하고 그저 멍하니 연정을 지켜만 봤다.

한 방울이라도 떨어뜨릴세라 신중하게 나눠 담는 작업을 마친 연정이 또 한 번 씨익, 야릇한 미소를 지으며 스프레이 한 통을 내밀었다. 받지 않고 그저 바라보기만 하자, 연정이 가운 주머니 속에 제멋대로 손을 집어넣었다.

"뜨거운 밤 보내."

연정은 순식간에 모든 증거를 인멸한 뒤, 바람처럼 사라졌다. 혼자 남은 향료 보관실에서 한동안 정신을 차리지 못하던 지은은 가운 주머니에서 울리는 작은 진동에 정신을 차렸다. 방금 전의 충격으로 인해 하얗게 질린 손으로 더듬더듬 휴대폰을 꺼내 액정을 확인하자 메시지 표시가 깜빡거렸다.

[오늘 저녁 시간 어때? 바쁜 거 알지만 혹시 가능할까 싶어서 8시 마레 레스토랑 예약했는데.]

지은은 확인만 하고 도로 휴대폰을 가운 주머니에 집어넣었다. 그리고 발걸음을 옮겨 천연 향료 코너에서 종이에 적어 온 몇 가지 자생식물 향료를 찾아 꺼내 소량만 시험관에 옮겨 담았다.

향료 보관실을 나와 연구실로 돌아가는 발걸음이 추라도 매단 듯 무겁다. 평소 같았으면 선우의 메시지에 바로 답장을 해 주었겠지만 선우가 술에 취해 집에 찾아왔던 날 이후, 어쩐지 그와 주고받는 연락이 내키지가 않았다. 그가 제안한 남이섬도 엄마의 기일 때문에 어차피 갈 수 없었지만 엄마의 기일이 아니었대도 가지 않았을 거였다.

당일 날 약속을 잡는 법이 없던 선우가 급하게 연락을 해 온 걸 보면 이런 심리 상태를 눈치챈 모양이다. 신경 쓰고 있을 거라는 걸 훤히 알면서도 답장을 보내지 않은 건 의성에 다녀온 뒤로 선우와의 만남을 이렇게 이어 가서는 안 된다는 위기감이 강해졌기 때문이었다.

아빠는 어렸을 때부터 그녀에겐 늘 그 자리에 서 있는 나무 같은 존재였다. 돌아가신 엄마가 여자로서의 몸가짐을 엄격하게 가르쳐 조금은 숨을 조이게 하는 존재였다면, 아빠는 그 숨을 풀어 놓을 수 있는 존재였다.

그렇게 언제까지나 크고 푸르른 나무로 있어 주실 줄 알았던 아빠가 세월의 힘을 이기지 못해 조금 큰 바람이라도 불면 날아갈 듯 점점 더 노쇠한 모습으로 변해 가고 있었다. 사과 농장 일을 도와주시는 박 씨네 아저씨의 손자를 제 손자처럼 끌어안고 예뻐 어쩔 줄 몰라 하시면서도 요새 여자 나이 서른은 결혼하기 이른 나이라며 어색하게 웃어 주시던 아빠의 모습이 생각난다.

지은은 낮게 한숨을 내쉬었다.

결혼. 애인. 장선우.

꼬리에 꼬리를 물고 이어진 생각이 결국 선우에게 도달하자 지은의 한숨은 더 깊어졌다.

사랑과 조건만으로 결혼할 수 있다고 믿을 만큼 숙맥은 아니다. 유교사상이 짙게 남아 있는 한국 사회에선 부끄럽다며 쉬쉬하지만 이혼 사유 1위를 차지하는 성격차이가 성(性)격차이라는 건 공공연한 사실이 아니던가.

속궁합도 절대로 간과해선 안 된다는 걸 알기에 그동안 수차례 선우에게 교묘한 언질을 주며 그와의 속궁합을 알아보기 위해 부단히 노력했지만 모두 실패로 끝났다. 알몸으로 춤이라도 추지 않으면 그는 꿈쩍도 안 할 태세였다. 지은은 비장한 표정으로 연구실 문 앞에 멈춰 서서 휴대폰을 꺼내 들었다.

[8시, 마레에서 봐.]

가능만 하다면 땅바닥에서라도 자고 싶을 만큼 피로가 누적되어 있고, 한 일보다 해야 할 일이 더 많은 상태다. 하지만 나흘 밤낮을 뜬눈으로 지내야 한다 해도 더 이상 지체할 수는 없다.

이제 남은 방법은 하나, 알몸으로 춤이라도 출 수밖에.

지은은 휴대폰을 꽉 움켜쥐었다.

레스토랑은 한눈에 보기에도 값비싼 것들로 치장되어 있는 고급스러운 분위기였다. 예약하지 않으면 자리를 얻기 힘들다고 소문난 이태리 레스토랑답게 음식도 모두 훌륭했다.

해물 샐러드와 고르곤졸라 피자, 봉골레 파스타가 사라지는 동안 간간이 대화가 오갔지만 어색한 분위기는 감춰지지 않았다. 웨이터를 불러 접시들을 치우게 한 뒤 후식으로 커피 두 잔을 주문했다. 테이블 위에 김이 모락모락 나는 뜨거운 커피 두 잔이 올려졌을 때, 지은은 희미한 미소를 짓고 있는 그를 바라보며 입을 뗐다.

"선우 씨, 나 묻고 싶은 게 있어."

"그래. 뭐든 말해."

선우는 다정한 남자다. 그녀가 인하에게 늘 긍정의 대답만 하듯, 선우도 그녀에게 늘 긍정의 대답만 했다. 다른 점은 그녀가 인하에게 하는 긍정은 복종의 의미지만, 선우가 그녀에게 하는 긍정은 배려의 의미라는 것.

1년을 연애하면서 한 번도 싸워 본 적이 없을 만큼, 선우는 모든 걸 그녀의 뜻에 따라 주는 남자였다. 그런 남자이기에 그는 지금의 분위기가 화기애애하지는 않다는 걸 알고 있으면서도 웃을 수 있는 거였다.

지은은 그를 가만히 응시하다가 선한 웃음으로 굽어진 눈을 바라보며 물었다.

"처음 나에게 프러포즈 하던 날, 결혼을 전제로 진지한 연애를 하고 싶다고 했던 거 아직도 그래?"

선우의 눈에 의아함이 잠깐 서렸지만 곧 사그라졌다.

"그럼. 물론이지."

"한 번도 변한 적 없었어? 다른 여자한테 깊게 흔들린 적이 있었다거나."

"얕게 흔들린 적도 없었어. 단 한 번도."

선우의 눈빛은 거짓이 아니었다. 다른 여자를 운운할 땐 그 선한 눈매가 일그러지기까지 했었다.

다른 여자가 있는 건 아니다. 한 번도 안아 주지 않은 이유가 적어도 다른 여자 따위는 아니다.

사실 선우에게 다른 여자 따윈 없다는 것쯤은 알고 있었다. 1년간 곁에서 봐 온 장선우란 남자는 지나치게 다정하고 배려가 깊어, 오히려 상대가 자괴감이 들게끔 한다는 단점이 있는 남자였지만, 다른 여자를 만날 만큼 악하지 못한 남자이기도 했다.

알면서도 확인 사살을 한 건, 오랫동안 고민했음에도 안아 주지 않는 이유를 도저히 알 수 없었기 때문이다. 혹시 선우가 게이는 아닐까? 게이인데 세상의 눈이 무서워 날 방패로 이용하고 있는 것은 아닐까? 이런 생각도 해 본 적이 있었으니 그 고민이 얼마나 깊었는지는 굳이 말로 설명할 필요도 없었다.

"화났어?"

만약 선우에게 같은 질문을 받았다면 자신은 화를 냈을 거였다. 왜 그런 걸 묻냐고. 내가 그 정도의 믿음밖에 주지 못했냐고. 하지만 선우는 그저 조용히 고개를 저을 뿐이다.

"아니. 반성 하고 있어. 내가 너한테 부족했구나 싶어서."

남을 탓하는 법을 모르는 사람처럼 모든 걸 자신의 탓으로 돌리는 남자. 의심의 여지가 없었다. 장선우는 한지은을 사랑한다. 그가 이제껏 자신을 안지 않은 건, 아껴 주고 싶은 마음이 강한 탓이다.

지은은 여태까지 굳혔던 표정을 완전히 풀고 선우에게 미소 지었다.

"그러지 마. 괜히 심술 낸 거야. 선우 씨 나한테 안 부족해."

"앞으로는 그런 심술도 나지 않도록 내가 더 잘할게."

그가 눈동자를 맞춰 오며 애틋하게 웃었다. 그는 충분히 자신의 마음을 표현하고 있었다. 이제 남은 건 용기를 내어 그의 깊은 배려를 끊어 내는 일뿐이다.

"선우 씨, 나 차 안 가져 왔어."

"차에 무슨 문제 생겼어?"

"아니. 선우 씨가 데려다 줬으면 해서."

그의 얼굴이 잠깐 경직됐었다고 느낀 건 착각이었을까? 선우는 금세 평소의 얼굴로 돌아와 선한 눈매를 구부렸다.

"그래. 데려다 줄게. 먼저 차에 가 있어. 화장실 들렀다 곧 갈게."

지은은 고개를 끄덕이며 그가 건네는 차 키를 받아 들었다.

주차장에서 어렵지 않게 선우의 차를 찾아낸 지은은 남성미가 물씬 풍기는 검정색 SUV의 조수석에 올라탔다. 어둡고 밀폐된 공간에 혼자 있으니 앞으로 해야 할 일들이 생각나면서 손에 땀이 차는 것 같았다.

지은은 가방에서 자그마한 파우치를 꺼냈다. 그가 오고 있는지 틈틈이 살피며 파우더를 꺼내 얼굴을 톡톡 두드리고 립스틱도 새로 발랐다. 직업상 코에 자극을 덜 주려 최대한 향이 나지 않는 화장품만 쓰는지라 차에서 화장품 냄새가 풍기지는 않을 거였다. 화장을 다 고치고 파우치를 가방에 넣는데 연정이 쥐여 준 페로몬 향수 스프레이가 눈에 들어왔다.

유혹의 향수라 불리는 페로몬 향수는 본래, 말초신경을 자극하는 향료들을 이용해 만들지만 사실 100% 유혹이 되리라고는 보장할 수 없는 일종의 도박 같은 향수다. 지구상에 존재하는 모든 향수는 살의 체취와 어우러지게 되면 전혀 다른 향으로 변할 수 있다는 특성을 가지고 있기 때문이었다. 누구보다 조향사인 그녀가 제일 잘 알고 있는 사실이었지만 지은은 어쩐지 스프레이 통에서 시선을 뗄 수 없었다.

“도발…….”

잠깐 맡았던 향에 대한 기억이 또렷하게 떠오른다. 참 잘 지은 이름이란 생각이 드니 거부감이 들었던 페로몬 향수가 싫지만은 않았다. 연정이 만들었으니 효과도 오죽 기괴할까 싶었지만 알몸으로 춤이라도 추겠다는 심정으로 이곳까지 왔는데 새삼 두려울 것도 없었다.

지은은 선우가 오고 있지는 않은지, 주차장 입구를 확인하고는 차에서 내렸다. 그리고 재빨리 손목에 향수를 뿌려 비빈 후 귀 뒤에도 비볐다.

스프레이 뚜껑을 닫는데, 주차장 입구로 막 들어서는 선우의 모습이 보였다. 지은은 도둑질하다 걸린 아이처럼 재빨리 차 문을 열고 그 안으로 뛰어들었다. 스프레이 통을 가방에 숨기고 정면을 바라보는데 심장이 요란하게 뛰기 시작했다.

두근두근.

요란하게 울리는 심장 박동의 울림이 머리에까지 전달되는 순간, 선우가 운전석에 앉았다. 시동을 걸고 사이드브레이크를 풀던 선우가 문득 시선을 보내왔다.

"향 좋다."

선한 미소를 짓는 그의 눈매가 평소보다 조금 더 굽어져 있었다. 지은은 매끄럽게 주차장을 빠져나가는 차의 움직임을 느끼며 입가를 올렸다. 어쩐지 좋은 예감이 들었다.

그녀의 집은 경기도 외곽에 자리한 연구소에서 멀지 않은 곳에 있었다. 엄마가 돌아가시기 전엔 그 집에서 세 식구가 오순도순 살았지만 엄마의 산소가 있는 의성으로 아빠가 귀농하시면서 지금은 그녀 혼자 남게 된 집이었다. 혼자 지내긴 지나치게 넓은 단독 주택이었지만 엄마의 손길이 곳곳에 남아 있는 집이라 혼자라도 그 집을 지키고 싶었다.

전원주택 단지가 조성되어 있는 마을 초입에 차가 들어서는 것을 바라보던 지은은 핸들을 돌리는 선우를 바라보았다.

선우는 복잡한 도심을 막 빠져나왔을 무렵부터 창문을 열었다 닫았다 하며 바람을 쐬기 시작했다. 그때마다 선우는 조금 갑갑하다는 핑계를 댔지만 지은은 그의 변화를 눈치챘다. 선우의 얼굴에 붉은빛이 돌았고, 핸들을 톡톡 빠르게 두드리는 손가락은 어딘가 불안정해 보였다. 선우는 뜨거운 열기를 느끼고 있음이 분명했다.

이제 집까지는 10분 정도밖에 남아 있지 않았다. 더 지체되면 타이밍을 놓칠 것 같다. 이제 뭔가를 해야만 했다. 지은은 용기를 내어 기어에 있는 선우의 손을 조심스럽게 움켜잡았다. 별거 아닌 스킨십이었지만 운전을 하는 선우의 손을 잡아 본 적은 없었던지라 가슴이 세차게 뛰었다.

지은은 얼굴이 벌겋게 달아올라 선우의 얼굴도 못 쳐다보고 정면만 뚫어지게 응시했다. 그런데 선우가 손을 움직여 손의 위치를 바꿔 놓았다. 선우가 엄지손가락으로 손등을 쓸어내린다. 지은은 숨을 훅 들이켰다. 오늘은 정말 선우의 품에 안길 수도 있다는 생각이 들면서 머리까지 찌르르 울렸다.

차가 매끄럽게 집 앞에 섰지만 지은은 꼼짝도 할 수 없었다. 살과 살이 맞닿은 곳에 미세한 땀이 차올랐지만 선우는 손을 내려놓지 않았다. 지은은 천천히 고개를 돌려 선우를 바라보았다.

어둠 속에서 얽혀 든 시선 아래로 숨결이 합쳐져 차 안을 맴돌았다. 느릿하게 다가오는 선우의 얼굴을 바라보던 지은은 눈을 감았다. 따뜻한 숨결이 피부를 스치더니 입술에 촉촉한 감촉이 와 닿았다. 말랑하고 뜨거운 감촉이 생생하게 느껴진다.

조심스럽게 아랫입술 전체를 빨아들이는 선우의 입술, 옆 머리카락을 파고드는 선우의 손가락. 부드럽고 섬세한 손이 머리 전체를 감아쥐었을 때, 선우의 입술이 멀어져 갔다. 이마에 그의 이마가 붙어 오자 살짝 벌어진 입속으로 선우의 뜨거운 숨결이 고스란히 스며들었다.

지은은 선우의 이마가 떨어지려 하자 급한 손길로 그의 어깨를 감싸 움직임을 멈춰 세웠다. 그리고 선우가 그랬듯, 입술 전체로 그의 아랫입술을 살짝 머금었다. 지은은 선우의 이마에 이마를 붙인 채로 속삭였다.

"가지 마……. 오늘 밤 같이 있자……."

차 안엔 시간이 멈춘 것만 같은 정적이 흘렀다. 밖에선 제법 매서운 가을바람이 불고 있는지 자동차 창문이 덜컹거렸지만 지은의 귀엔 아무것도 들리지 않았다. 그저 그 자세로 굳어 뜨거운 숨을 뱉어 내는 선우의 숨소리만이 들려올 뿐이었다.

선우의 입에서 숨이 토해 내듯 뱉어졌을 때, 그가 몸을 바로 세우면서 정적이 깨졌다. 핸들을 부서질 듯 잡고 고개를 숙인 선우의 모습이 어쩐지 위태로워 보였다.

"선우 씨……."

작게 불러 보지만 선우는 대답이 없었다. 순간 움츠러들었던 선우의 어깨가 그 부름을 들었다고 대신 말해 줄 뿐이었다. 지은은 조심스럽게 선우의 어깨에 손을 올렸다. 어쩐 일인지 그 작은 손짓에 선우의 어깨가 더 작게 움츠러들었다. 얼어 버린 듯, 한동안 그 자세를 유지하던 선우는 천천히 손을 떼어 냈다.

"들어가."

목이 잠겨 한껏 낮게 깔린 선우의 목소리에 가시가 돋아 있었다. 낯선 모습이었다. 사랑스럽게 바라봐 주던 눈길은 온데간데없고, 무언가를 경계하듯 틈을 주지 않는다. 그를 알아 온 후부터 지금까지 단 한 번도 보지 못한 또 다른 그.

이상하다. 무언가 잘못되어 가고 있다.

이런 결과가 나올 수 없는 전개였다. 생전 처음으로 어설프지만 유혹이란 걸 해 보기로 마음먹었고, 수줍은 손을 먼저 내밀어 선우의 뜨거움을 끌어냈다. 거의 다 왔다고, 오늘만큼은 맨정신인 선우를 침대로 불러들일 수 있다고 거의 확신했다. 그런데 어째서, 왜 이런 결과인 거지?

"저, 그러니까 선우 씨……. 난, 난 있지……."

망치로 뒤통수를 세게 얻어맞은 것 같은 충격에 혼란스러운 마음 그대로를 입 밖으로 내뱉고 말았다. 혼란스러움을 다스려야 한다고, 찬찬히 그와 대화를 해야 한다고 이성을 다독였다. 그리고 모든 것을 내던지고 그와 마주했다.

"나 괜찮아. 지금까지 아껴 준 것만으로 충분해. 선우 씨라면 나 후회 안 해. 아니, 내가 원해. 안기고 싶어! 그러니까……."

"그런 게 아니야!"

평소 같았으면 절대로 하지 못할 말이었다. 이런 류의 대사를 매일 연정이 읊어 주고 있다고는 있지만 듣는 게 익숙해졌다고 입으로 내뱉을 수 있는 건 아니었다. 그럼에도 조금의 떨림도 없이 말할 수 있었던 건, 지금 선우를 잡지 못하면 두 번 다시 기회는 없을 거란 강력한 예감이 들었기 때문이다. 그러니까 더 이상 참지 말라고, 날 안아 달라고 말하려던 지은은 차 안이 울리도록 크게 내지른 선우의 외침에 그대로 얼어붙고 말았다. 손가락 하나도 까딱할 수 없었다. 눈 한 번 깜빡 일 수 없었다. 지은은 꿈속을 헤매듯 몽롱한 상태로 기계처럼 내뱉었다.

"왜……. 도대체 왜……."

"들어가……. 들어가 줘, 지은아……. 제발……."

안으로 파고드는 목소리를 겨우 쥐어짜 낸 선우는 울고 있었다. 눈물은 보이지 않지만 선우의 눈동자는 분명 울고 있었다. 아프게, 괴롭게, 외롭게. 가슴을 열면 당장이라도 피가 철철 흐를 듯, 너무도 고통스럽게 울고 있어 지은은 아무 말도 할 수 없었다.

지은은 덜덜 떨리는 손으로 차 문을 열고 땅을 밟았다. 온몸에 힘이 빠져서 바람에 흔들리는 종잇장처럼 몸이 휘청거렸지만 인지도 못할 만큼 정신이 온전치 않았다.

손에서 미끄러져 떨어지려는 가방만 간신히 부여잡으며 대문을 온몸으로 밀고 들어가 현관 앞에서 열쇠를 찾았다. 늘 두는 가방 안쪽 주머니에서 열쇠를 꺼내기까지 손이 달달달 떨려 한참 만에야 열쇠를 손에 쥐고는 구멍에 넣으려는데 이마저도 여의치가 않았다.

덜덜 떨리는 손을 나머지 한 손으로 부여잡고 나서야 겨우 문을 열고 집 안으로 들어섰다. 문이 닫히자마자 지은은 그 자리에 쓰러지듯 주저앉았다. 집 안의 익숙한 향이 코로 들어온다. 그제야 천천히 정신이 가다듬어지기 시작했다.

단지 너무 아껴 주고 싶은 마음에 안지 않은 게 아니었다. 분명 선우에겐 다른 이유가 있다. 하지만 추론할 수 있는 건 여기까지였다. 그 이유에 대해선 짐작조차 가지 않았다. 답답함과 괴로움에 얼굴이 일그러지는데, 선우의 차가 집 앞을 떠나가는 소리가 희미하게 들려왔다. 그 순간, 순식간에 눈물이 차오르더니 턱 밑으로 떨어졌다.

버림……받았다.

선우가 거부의 대답을 내놓았을 때부터 조금씩 들기 시작했던 서글픈 암시가 그가 떠나자마자 현실이 되어 온 가슴을 헤집어 놓았다. 지은은 몸을 동그랗게 말아 무릎에 얼굴을 묻었다. 뚝뚝, 쉴 새 없이 흐르는 눈물이 바지를 적셔 갔다.

8시 56분.

연구원 경력 4년 만에 찾아온 첫 지각 위기였다. 그 위기를 모면할 수 있는 시간은 앞으로 고작 4분. 주차장에 차를 주차시키고 튕겨 나가듯 밖으로 나간 지은은 전속력으로 뛰기 시작했다. 4년 동안 거의 매일을 걸었던 길이 오늘따라 왜 이리 길게 느껴지는 건지 속에서 절로 욕이 뱉어졌다. 허억허억, 숨이 턱까지 차오를 때까지 뛰어 연구소에 들어섰는데 엘리베이터가 4층에서 꼼짝도 하질 않는다.

8시 58분.

휴대폰으로 시간을 확인한 지은은 비상계단으로 발걸음을 돌렸다. 향료연구팀이 있는 5층 연구실까지 뛰고 또 뛰어 겨우 연구실에 들어서자 벽에 걸린 시곗바늘이 정각 9시를 가리켰다. 겨우겨우 지각을 면하고 의자에 앉아 가쁜 숨을 몰아쉬는데 동석이 의자를 직, 끌어 다가왔다.

"한 대리님이 지각 걱정에 뛰는 날도 있으시네요. 무슨 일 있으세요?"

동석은 걱정되는 마음에서 물었겠지만 심리적, 정신적으로 받은 타격이 아직 치유가 안 된 지은에게는 그 말이 달갑게 들리지 않았다. 지은은 차갑게 표정을 굳혔다.

"난 사람도 아냐?"

어른에겐 공손하게. 상스러운 말은 입에 절대 입에 담지 말고 바른 말 고운 말만. 옷가짐은 항상 단정히. 대화할 땐 상대의 눈을 마주 보며.

나이 서른이 된 지금 되돌아보면 당시엔 조금 숨 막힌다고 생각했던 엄마의 가르침은 모두 당연한 것들이었다. 사람의 품성은 명예나 돈의 잣대로 구분 짓는 것이 아니라 그 사람의 품행에서 나오는 것이라고 늘 말씀하시던 엄마의 가르침대로 사회생활을 하면서도 그 틀을 벗어나지 않았다. 기본적인 것을 지키려고 노력했다. 그런 4년간의 노력에 생채기가 생길 뻔한 것이다.

다른 누구도 아닌 장선우, 1년간이나 교제를 해 온 그 때문에.

지은은 어제 눈물로 베개를 흠뻑 적셨다. 머리로는 눈물을 쏟고 싶지 않다고 생각하는데도 마음이 말을 들어 주지 않았다. 처음으로 결혼까지 생각했었던 남자에게 버림받았다는 사실을 받아들이는 데에는 생각보다 많은 눈물이 필요했다. 결국 동이 틀 무렵에야 지쳐서 잠든 지은은 지각 위기까지 맞게 된 것이다.

좀처럼 감정을 드러내는 일이 없는 지은의 날이 선 말투가 영 낯선 동석은 할 말을 못 찾고 눈동자만 이리저리 굴렸다. 지은은 그런 동석을 바라보다 낮게 숨을 토해 냈다.

"내가 너무 예민했다. 미안해."

"아닙니다. 괜찮습니다."

머리를 긁적이며 머쓱한 표정을 지어 보이고는 의자를 직, 끌어 제자리로 돌아가는 동석을 바라보던 지은은 크게 심호흡을 했다.

여기는 일터인 연구소이다. 그리고 난 프로다. 사적인 일로 아마추어처럼 행동하지 말자.

마음을 가다듬으면서 책상 위로 눈을 내리는데 낯선 비타민이 시선에 걸렸다. 웬 건가 싶어 비타민을 들고 바라보다 일어서서 연구실을 쭉 훑어보았다. 다른 연구원들의 책상에도 똑같은 비타민이 놓여 있었다. 지은은 동석의 어깨를 살짝 두드렸다.

"동석 씨, 이거 뭐야?"

향료 성분 분석표를 보던 동석이 고개를 들고 지은의 손에 있는 비타민을 바라보았다.

"아, 그거 부장님이 주시는 거라고 윤 과장님이 그러시던데요."

"왜?"

"저야 모르죠. 윤 과장님께서 나눠 주라고 지시하셔서 전 배분만 했어요."

다시 성분 분석표로 고개를 내리는 동석을 바라보던 지은은 수석 연구실로 고개를 돌렸다.

알다가도 모르겠고 모르겠다가도 더 모르겠다.

다들 바쁘게 일을 하는 어제 오후였다.

향료 보관실에 갔다가 연구실에 들어서는데 음식 냄새라고는 음료수 냄새도 잘 나지 않던 연구실에 피자 냄새가 진동을 했다. 누가 벌인 일인지는 모르지만 부장님이 아시면 당장 매서운 칼날이 휘둘러지겠구나 싶었는데, 놀랍게도 부장인 그가 동그란 원형 테이블 곁에서 막 배달된 피자를 바라만 보고 있는 것이 아닌가.

그가 수석 연구실에서 샌드위치를 먹는 걸 보기는 했지만 보고서나 논문이 더 많은 수석 연구실과 향료가 난무하는 연구실은 완전히 용도가 다른 공간이다. 연구실은 민감한 후각을 무기 삼아 각종 향료를 다뤄야 하는 곳이었다. 그런 곳에서 피자라니. 규정은 아니지만 공공연하게 금하고 있는 행위였다. 하지만 그는 묵인하고 있었다.

좋지 못한 입안 상태에 한 조각도 먹지 못했지만 그의 태도는 분명 신선한 충격이었다. 그런데 오늘은 또 비타민? 칼날의 강 부장에서 부드러운 강 부장으로 이미지를 바꾸기로 마음이라도 먹은 걸까?

3개월 동안 봐 온 것을 토대로 그를 어느 정도는 파악했다고 생각했는데 그게 아니었나 보다. 하지만 어쩐지 그의 행태가 곱게 봐지지만은 않았다. 병 주고 약 주는 것도 아니고. 3주 주면서 세미나를 준비하라고 닷새 전에 폭탄을 던진 그는 여전히 칼날의 강 부장이었다.

그 순간, 수석 연구실의 문이 열렸다.

8시 55분.

소파에 앉아 뚫어질 듯 시계만 바라보고 있던 인하는 소파에서 일어났다. 그리고 슬쩍 블라인드를 걷어 그녀의 자리를 바라보았다. 그녀가 보이지 않는다. 미간을 찌푸린 인하는 신경질적으로 블라인드를 튕겼다.

인하는 다시 소파에 앉아 시계에 시선을 고정했다. 책임 연구원인 윤 과장이 그녀에 대해 말하기를, 4년간 한 번도 지각한 적이 없는 성실한 연구원이라고 했었다. 굳이 윤 과장의 말이 아니더라도 자신이 봐 온 그녀 역시, 지각 같은 것과는 거리가 멀어 보였다. 똑똑하고 바르고 꼿꼿한. 그러다 부러질까 염려될 만큼 일에 관해선 도통 틈이 없는 여자였다. 그러니 지각은 하지 않을 거다. 조금만, 조금만 더 기다려 보자.

9시 3분.

인하는 일어나서 블라인드를 걷어 보려다가 이내 고개를 젓고 곧장 방을 나섰다. 이쯤이면 분명 와 있을 거라는 확신이 있었기에 눈동자를 맞추며 확인하고 싶었다.

역시 그녀는 와 있었다. 비타민을 들고 서 있는 그녀는 퉁퉁 부은 눈으로 시선을 맞춰 왔다. 더디고 더뎠던 기다림 끝에 마주친 그녀의 부은 눈이 알싸하게 가슴을 때린다.

'울었나?'

그녀가 처음 마음에 걸린 건 어제 오후였다. 오전의 간부 회의에서 나왔던 안건을 윤 과장과 나누고 있는 중이었다. 아침부터 눈이 벌게져 있더니 영 피곤한 모양인지 기운 없어 보이는 주먹으로 어깨를 톡톡 두드리는 그녀가 눈에 밟혔다. 한 번 눈에 밟히고 나니 시선은 윤 과장한테 두고 있는데 신경은 온통 그녀 쪽으로 쏠렸다. 그러던 중, 고동석 연구원이 지은에게 건네는 말들이 들려왔다.

'또 못 주무셨어요?'

힐끔 쳐다보니, 그녀가 고개를 끄덕이고 있다.

'점심도 안 드셨는데 괜찮아요?'

또 힐끔 쳐다보니, 그녀가 고개를 젓고 있다.

윤 과장이 질문을 해 오는 바람에 대답을 해 주고 다시 시선을 주었더니 그녀는 연구실을 나가고 있었다. 늘 곧게 펴져 있던 어깨가 축 처지고 걸음걸이가 평소보다 흐트러진 게 영 맥을 못 추고 있었다.

자료를 던져 주면서 세미나 준비를 명령했을 때, 그녀가 고생하겠다는 건 예상했었지만 막상 저런 모습을 보니 속이 쓰렸다. 밥을 못 먹어서 더 기운을 못 차리는 거지 싶어, 출출해서 사다리를 타고 싶다는 윤 과장의 부탁을 못 이기는 척 허락해 주었다. 그런데 막상 그녀는 한 조각도 입에 대지를 않았다. 절로 얼굴이 찌푸려졌지만 티를 낼 수는 없어 꾹꾹 참아 냈다. 그때, 연정이 대신 가려운 곳을 긁어 주었다.

'지은 씨, 안 먹어? 점심도 안 먹었는데 먹어 두지 그래? 효과 알아보려면 체력은 든든히 비축해 두는 게 좋아.'

무슨 효과를 알아보겠다는 건지 모르겠지만 중요한 건 그게 아니었다. 왜 전혀 먹지 않는지 그 이유가 중요했다.

'입안이 혓바늘 밭이에요. 최 대리님이 제 몫까지 드세요.'

빌어먹을. 피자는 쳐다보지도 않고 자리로 돌아가는 그녀의 뒷모습에 욕지기가 올라오는 걸 억지로 구겨 삼켰다.

그리고 퇴근을 하자마자 약국으로 향했다. 그녀에게 필요한 건 음식이 아니라 입안을 치료해 줄 약이라는 깨달음 때문이었다. 음식을 먹을 수 없을 만큼 혓바늘이 돋은 사람은 비타민이 부족한 거라며 약사가 종합 비타민을 추천해 줬다. 그래서 사긴 샀는데 전해 줄 방법이 난감했다. 고심하다 1통이면 될 걸 들키지 않으려고 5통의 비타민을 더 구입했다. 그리고 출근하자마자 윤 과장에게 연구원들에게 나눠 주라고 지시했다.

'분명 내가 준 거라는 걸 들었을 텐데. 고맙다는 인사는커녕 시선을 피해?'

지금만큼은 부어 있는 그녀의 눈도 보이지 않았다. 당장이라도 손목을 잡아채 끌어당겨 와 뭐가 마음에 안 드는 거냐고 묻고 싶었다. 발걸음을 떼려는 순간, 기막힌 타이밍에 윤 과장이 앞을 막아섰다.

"자자, 주목! 드디어 우리 막둥이가 시집을 간단다! 기분도 좋으니 내가 오늘 한턱내지. 다들 시간 어때?"

한바탕 연구실이 소란스러워졌다. 회식이 잘 없는 연구소의 특성상 이런 술자리가 반가울 수밖에 없는 탓이었다. 그 덕에 인하는 마음을 다스렸다. 그때, 연정이 손을 번쩍 들었다.

"죄송해요. 오늘은 시댁에 가 봐야 해서요."

"시댁? 그건 별수 없지. 좋아. 최 대리 말고 더 빠질 사람? 없지?"

저 뒤에서 지은이 슬며시 손을 들었다.

"저도 죄송해요. 일이 많아서요."

"일이 많아?"

윤 과장이 고개를 돌려 시선을 맞춰 왔다. 윤 과장의 눈은 불금도 즐기지 못할 정도로 일을 많이 준 거냐고 묻고 있다. 불금이 아니라 주말에도 제대로 잠을 자지 못할 만큼 일을 준 건 맞지만 홱 피해 버리던 그녀의 시선이 떠올라 인하는 짐짓 엄한 표정을 지었다.

"내가 감당하기 힘들 만큼의 일을 줬나?"

"……아닙니다."

대답은 여느 때와 다름없는 사무적인 톤이었지만 인하는 그녀의 눈동자가 잠시 처연하게 내려앉는 것을 놓치지 않았다.

"그럼 한 대리도 참석하는 걸로 하고, 부장님도 같이 가시죠?"

윤 과장의 권유는 반은 형식적인 거였다. 안 간다고 할 줄 알지만 그래도 혹시나, 싶은 눈치였다. 바로 거절을 하지 않자, 윤 과장의 얼굴이 조금 놀랍다는 표정으로 바뀌었다. 연구원들 배려 차원에서 필수적인 회식이 아니고서야 빠져 주려 했지만 시선을 피하는 그녀의 태도에 오기가 생겼다.

"권해 주시니 염치 불구하고 한 자리 차지하겠습니다."

"자, 다들 더 마셔. 오늘은 무조건 만취할 때까지 마셔 보자고! 우리 막둥이의 결혼을 축하하며!"

책임 연구원 윤남현 과장은 수석 연구원인 그보다 6살이 많았다. 6살이나 어린 그를 직속 상사로 모시다 보면 배알이 꼴릴 법도 한데, 그게 사회니 별수 없다고 허허 웃는 사람이 윤 과장이었다. 연구원들의 성격이 대체적으로 자기중심적 성향이 강하다는 걸 감안하면 연구원으로서는 좀 별난 성격이었다. 혼자서 하는 것보다 사람들과 어울려서 하는 걸 좋아하고, 어떻게 과장 자리에 앉았을까 싶을 만큼 욕심이 없는 사람.

그런 윤 과장이 유일하게 욕심을 냈던 게 바로 막내 여동생의 결혼이었다. 막내 여동생에겐 자신이 아버지나 다름없다며, 막내 여동생만큼은 최고의 신랑감을 찾아 시집을 보내겠다는 게 윤 과장의 입버릇이었다.

연정은 경제력 되고 인물도 저만하면 괜찮은 윤 과장이 마흔이 되도록 정작 제 결혼은 내팽개치고 막내 여동생의 결혼에 집착하는 건, 몽둥이가 영 신통치 않다는 증거 아니겠냐고 했었다. 그때 지은은 설마 그렇기야 하겠냐며 웃어넘겼었다. 그런데 지금은 그 말이 맞을지도 모른다는 생각이 든다.

밥이나 간단히 사고 말 줄 알았던 윤 과장은 지갑을 탈탈 털 기세였다. 향료연구팀 6명이 자리한 룸 여기저기 빈 술병들이 적지 않게 널브러져 있는데, 소주 3병과 맥주 3병이 더 들어오고 있었다. 그 틈에 끼어 적지 않게 술을 비워 낸 지은은 시선을 어디에 둘지 몰라 가운데가 까맣게 타 버린 불판만 바라보았다.

뜨끔뜨끔.

맞은편에 자리한 그의 시선이 처음 이곳에 들어왔을 때부터 심상치가 않았다. 그는 술을 받아 마시고 간간이 질문에 답변을 해 줄때 외에는 계속적으로 시선을 보내오고 있었다. 이건 잠시나마 불금도 즐길 수 없을 만큼 일을 많이 주는 악덕 상사로 만든 것에 대한 앙갚음이 분명했다. 다른 이유를 댔었어야 했다고 뒤늦게 후회가 밀려왔지만 어쩌랴, 이미 엎어진 물인 것을.

"한 대리, 내 잔 한 잔 받아."

술병을 들고 여기저기 다니던 윤 과장이 옆자리를 살짝 치고 들어와서 술병을 내밀었다. 이미 취기가 돌고 있는지라 자제하고 있는 중이었는데, 과장님이 주는 술이니 안 받을 수도 없어 주춤거리다 술을 받아 마셨다.

"한 대리가 보기보다 술을 잘해. 자자, 한 잔 더."

'넉살만 좋은 망할 윤 과장!'

속으로는 욕을 하면서도 별수 없이 술을 받아 마시려는데 불쑥 그의 손이 윤 과장이 든 술병으로 뻗어 왔다. 지은은 놀라 그를 바라보았다. 이글거리던 눈빛은 다 어디로 가고 그는 연구소에서의 모습으로 돌아와 있었다.

"제가 한 잔 따라 드리겠습니다."

"네? 아, 네."

갑작스러운 그의 행동에 윤 과장도 적잖이 당황했는지 이상한 눈초리로 바라보며 더듬더듬 술병을 건넸다. 윤 과장은 술을 한 잔 받아먹더니 아예 자리를 차지하고 털썩 앉아 버렸다.

"올해 한 대리가 몇이지?"

"서른입니다."

"그래, 맞아. 서른. 본사에 있는 애인이랑 이제 슬슬 결혼할 때도 되지 않았어?"

지은은 씁쓸함과 울컥함을 애써 삼켰다. 이런 질문을 예상했기 때문에 오기 싫었던 거였다. 이제까지 잘 넘기나 싶었는데, 결국 오고야 말았다. 지은은 긍정도 부정도 아닌 미소로 대답을 대신했다.

"조만간 국수 먹게 되려는 모양이네. 그럼 또 한 잔 줘야지."

긍정의 미소로 해석한 윤 과장이 또 술병을 들었다. 지은은 씁쓸함을 삼키며 얌전히 술을 받아 마셨다.

한 잔, 두 잔, 받아 마시는 술잔이 늘고 어느새 가득 차 있었던 술이 바닥을 보였다. 앞으로 한 잔이면 완전히 맛이 가 버릴 것 같았다. 알코올 냄새와 숯불갈비 냄새가 뒤섞여 역한 냄새가 되어 코로 들어오자 속이 거북스러워졌다.

가방을 들고 도망 오다시피 급하게 화장실로 온 지은은 변기통을 잡고 여태껏 먹었던 것들을 다 게워 냈다. 한바탕 쏟아 내고 나니 한결 나았지만 옷에 밴 역한 냄새는 여전히 거북스러웠다. 세면기에서 손을 씻고 가방에서 휴대용 무향 섬유 탈취제를 찾아 꺼냈는데 다 써 버려 빈 통이었다.

"왜 이리 되는 일이 없니……."

별것도 아닌데 뜻대로 되는 일이 없다는 생각이 들자 서러움이 밀려왔다. 울지 말자, 울지 말자 마음을 다잡아 봐도 한 번 터진 눈물샘은 마르지 않았다.

결국 빈 칸으로 들어가 울다 나온 지은은 대충 눈가를 문질러 얼굴을 정리했다. 손에 쥐고 있었던 빈 탈취제 통을 가방에 넣으려는데 페로몬 향수 스프레이가 보였다.

이 스프레이가 아직 가방에 남아 있는 건 어젠 울다 지쳐 잠들었고, 아침엔 지각 위기 사태를 맞느라 미처 정리를 하지 못한 탓이었다. 두 번 다시 보고 싶지 않을 만큼 좋지 못한 기억을 만들어 준 물건이라 확 버릴까 싶은데, 사향까지 빼돌리면서 연정이 어렵게 만든 걸 생각하니 또 그러기가 쉽지 않았다. 지은은 물끄러미 향수를 바라보았다.

페로몬 향수답게 붉은 빛깔이 색스럽다. 하지만 그녀에겐 효과가 발휘되지 않는 향수였다. 그 사실을 선우에게 무척이나 아프게 확인받았다. 지은은 탈취제 대용으로나 쓰자 싶어 몸 곳곳에 향수를 뿌렸다.

그녀가 화장실을 가겠다고 룸을 나선 지 20분이 지났다. 이제 결혼할 때도 되지 않았냐는 윤 과장의 질문에 환하게 웃어 보이던 그녀의 얼굴이 머릿속을 떠나지 않는다.

인하는 힘줄이 불거져 나오도록 꽉 쥔 주먹을 테이블 밑으로 숨겼다. 그런 질문에 예쁘게 웃던 그녀가 싫어서, 제멋대로 머릿속을 헤집는 그녀가 싫어서 무시하려고 했다. 걱정 따윈 하지 않으려고 했는데, 시간이 지날수록 엉덩이가 저절로 들썩거린다.

이 시끄러운 방 안 소리가 아무것도 들려오지 않고 시선이 문에만 고정돼 버리자 결국 못 참고 몸을 일으켰다. 주체가 안 되는 성욕을 불러일으켜 사람을 돌기 직전까지 몰고 가더니 참 여러모로 신경 쓰이게 하는 여자였다.

인하는 어디 가시냐는 고동석 연구원의 물음도 무시하고 곧장 방을 나섰다. 급한 마음만큼 발걸음도 빨라진다. 화장실로 이어지는 통로에 막 들어섰을 때, 여자 화장실에서 그녀가 걸어 나왔다. 그녀는 온전한 상태가 아니었다. 늘 반듯하던 허리는 구부러져 있고, 또렷하던 눈동자는 붉게 충혈되어 흐리멍덩하다. 또 울었나 보다.

'한지은, 대체 넌 뭐가 그렇게 힘든 거지?'

눈앞에 상사가 있는데도 보지 못하고 지나치려는 그녀를 가만히 지켜보는데, 바람이 일면서 그녀의 향기가 고스란히 전해졌다.

사향.

설익은 복숭아 향이 아닌, 양귀비의 페로몬이었다는 사향의 냄새가 맡아지자 화가 치밀어 올랐다. 눈앞에 아무것도 보이는 게 없었다. 몸을 돌려 몇 발자국 앞서 걷고 있는 그녀의 팔을 낚아채 벽으로 밀어붙였다.

"너 대체!"

가까이 붙어 있으니 사향 냄새가 더 강렬하게 맡아진다. 그 냄새가 이성을 점점 구석으로 몰아낸다. 돌 것 같았다. 뜨거운 숨을 내뱉으며 최대한 흥분을 가라앉혀 보려 했지만 목소리는 짐승의 것처럼 낮게 으르렁대며 뱉어졌다.

"대체 네 몸에 무슨 짓을 한 거야."

애인에게 찾아가 사향으로 유혹이라도 할 생각이었나? 술을 이 지경까지 먹고?

현재 애인이 아닌 다른 남자라면 허용할 생각이 없었다. 그녀가 그것에 동의를 할지, 말지는 중요하지 않았다. 아니, 동의를 안 해도 상관없었다. 길 가면서 누굴 홀릴 생각인지, 사향까지 뒤집어쓴 여자를 눈앞에 두고 욕구를 다스리는 머저리 같은 짓 따위는 두 번 다시 하지 않을 테니까.

그녀의 커다란 눈이 잔뜩 흔들린다. 그녀는 뭐라 입술을 달싹이려 했지만 쉽사리 말문을 열지 못했다. 그녀의 입에선 뜨거운 숨만 뱉어져 나왔다.

그렇게 잠시간 정적이 흐른 후, 요동치던 그녀의 눈동자가 서서히 잦아들었다.

"비켜 주세요, 부장님."

부장님이란 호칭을 듣는 순간, 자신에겐 부하이기 이전에 성욕을 불러일으키는 여자였지만 그녀에겐 직장 상사일 뿐이라는 사실이 되새겨졌다. 몸에서 힘이 빠져나갔다. 팔이 스르르 내려오면서 주춤하는 사이, 그녀가 아무 일도 없었다는 듯 천천히 걸음을 옮겼다.

심장을 훑고 지나가는 이 쓰라림의 정체에 대해선 스스로도 알 수 없었다. 하지만 사향이 섞인 향수 냄새가 온몸에서 진동하는 그녀를 혼자 보낼 수는 없었다. 잰걸음으로 그녀를 쫓아 다시 그녀의 손목을 낚아채 고깃집을 빠져나왔다.

연구소 안에서의 그가 아니었다. '너' 라는 호칭과 강압적인 힘, 서늘하다 못해 냉기가 흐르는 그의 기운에 압도당하는 느낌까지 받았지만 지은은 최대한 침착하게 그와 맞섰다.

스르르 팔을 내려 주는 모습을 보고 안도의 숨을 뱉으며 빠져나왔다. 하지만 몇 걸음 가기도 전에 다시 손목을 붙드는 그로 인해 다시 긴장의 숨을 들이쉬었다. 빼내려고 비틀어도 보고 당겨도 봤지만 그럴수록 그는 더 강압적인 힘으로 손목을 옥죄었다. 결국 그의 손에 이끌려 택시까지 타게 되자 머리가 어질어질했다.

"수촌마을 112번지까지 부탁드립니다."

집을 가르쳐 준 기억이 없는데 그는 제집 가듯 자신의 집 주소를 말했다. 지은은 믿을 수 없다는 눈으로 그를 올려다보았다. 그 순간, 숨이 멈춰 버렸다.

여태껏 그녀가 알던 수석 연구원 강인하 부장은 그곳에 없었다. 날이 선 칼날처럼 상하 관계를 중요시하고 원칙을 중요시하는 강인하 부장이 아니었다. 부하 직원의 흔들리는 시선을 온몸으로 받아 내면서도 흔들리지 않는 그는 남자 강인하였다. 그 무서운 변화는 연애 경험이 많지 않은 그녀조차 느낄 수 있을 만큼 뚜렷하고 확실했다.

택시 안엔 지독한 정적만이 계속됐다. 택시 안의 공기는 입도 뻥긋할 수 없을 만큼 음울하고 탁했다. 심상치 않은 분위기를 감지한 택시 기사가 작게 라디오를 틀었지만 그 공기를 흐릿하게 만들지는 못했다.

간간이 백미러를 힐끔거리는 택시 기사와 눈이 마주칠 때면 그는 죽일 듯 택시 기사를 노려봤다. 내 것엔 눈길도 허용하지 않겠다는 욕망이 불러낸 무언의 압박. 남자의 욕망으로 일렁이는 그의 눈빛에 피가 거꾸로 도는 듯, 얼굴이 붉게 타오르고 발끝과 아랫배가 쉴 새 없이 찌르르 울렸다.

그의 눈빛이 짙어지면 짙어질수록, 남자 강인하와 한 공간에 있는 시간이 길어지면 길어질수록 정신이 혼미해졌다. 겁이 나야 할 상황인데 강압적인 그의 모습이 소름 끼치도록 멋졌다. 그가 갑자기 이런 모습이 된 게 페로몬 향수 때문인지, 술기운 때문인지, 아님 둘 다인 건지 분간은 할 수 없었지만 그게 뭐라도 상관없다는 생각이 머리를 지배했다. 문득 이런 생각을 하고 있는 자신이 두려워졌다.

이러다 질식하고 말겠다는 생각이 들었을 때, 택시가 매끄럽게 정

차했다. 지은은 뒤도 보지 않고 도망치듯 차 문을 열고 나갔다. 빠르게 걸으면서 열쇠를 찾느라 손길이 분주했다. 열쇠가 막 손에 들어왔을 때 뒤에서 탁, 소리가 들렸다. 눈을 깜빡이는 사이, 뒤에서 어깨를 돌리는 강렬한 힘에 몸이 반 바퀴 뱅그르 돌았다. 찰랑, 소리를 내며 열쇠가 바닥으로 떨어졌다.

"다른 남자가 필요한 거라면 날 선택해, 한지은."

거칠게 머리를 잡아당긴 그가 피할 새도 없이 삼키듯 입술을 앗아갔다. 그는 세차게 입술을 빨아들였다. 혀로 입술을 쓸어내리는 감촉에 지은은 저도 모르게 자신의 옷깃을 부여잡았다.

머리를 당겼던 거친 손놀림과는 다르게 열어 달라는 듯 입술과 입술 사이를 쓸어내리는 혀의 두드림은 소중한 것을 대하듯 부드러웠다. 살갗에서 솜털 하나하나가 일어서는 것 같은 느낌에 숨을 들이쉬는데, 그 순간 입술이 열려 버렸다.

그 틈을 놓치지 않고 그가 재빨리 혀를 집어넣어 치아를 훑으며 서서히 안쪽으로 다가왔다. 쓰고 텁텁한 알코올 향과 뜨거운 숨이 같이 쏟아진다. 그의 혀가 말아 올리듯 혀를 휘감았다. 아찔한 감각을 주체할 수 없어 손을 허공으로 올렸다. 그 손을 잡아챈 그가 허리를 당겨 자신의 몸으로 바싹 끌어당겼다.

단단한 그의 몸은 어디로도 도망갈 수 없는 벽 같았다. 입안에서 그의 혀를 피하며 작게 반항해 보았지만 그는 집요하게 따라붙으며 입안 곳곳을 모두 헤집었다. 그가 바싹 갖다 댄 몸이 점점 커지고 커져 그녀의 배에 묻힐 듯 와 닿았다.

그 순간, 지은은 이것이 남자의 성적 욕망이라는 것을 깨닫고 말았다. 내 것이 아님에도 가지고 싶다는 욕망이 너무 커서 주체하지 못해 결국 저지르고 마는 남자의 욕망.

사랑 없는 섹스는 있어도 섹스 없는 사랑은 없다.

아무리 상대에게 최선을 다하고 모든 것을 맞춰 준다고 해도 욕망이 없는 사이는 지속될 수 없는 거였다.

'원했는데……. 날 깊이 사랑한다는 걸 드러내 주길……. 안아 주길…….'

그러나 선우는 원하지 않았다. 1년간 지속해 오던 선우와의 교제가 끝만 남겨 두었다는 사실이 뼈 속 깊은 곳까지 파고들며 실감되자 눈물이 흘렀다.

볼을 타고 흘러내린 눈물이 입안으로 흘러 들어가자 그가 천천히 눈을 뜨고 입술을 뗐다. 그의 온기가 사라진 입술에 시린 기운이 돈다. 눈물을 바라보는 그의 표정이 자책감인지 괴로움인지 불명확한 의미를 담은 채 일그러져 갔다.

4. 플라토닉

인하는 꿈을 꾸고 있었다.

하얗고, 하얗고, 하얀. 세상이 눈으로 뒤덮인 차갑고 시렸던 그의 14살의 겨울.

그날은 눈이 굉장히 많이 왔다. 점심나절부터 내리기 시작한 눈은 하교 시간이 되자 발목을 덮을 만큼 쌓여 버렸다. 이만큼 내렸으면 이제 그만 그칠 때도 된 것 같은데 눈발은 점점 거세지기만 해 우산도 소용이 없었다.

눈발이 날카롭게 몸을 찔러 온몸이 젖고 얼어 갔다. 눈 때문에 걸음을 옮기기가 쉽지 않았지만 따뜻한 물에 몸을 담근 다음 김이 모락모락 나는 밥에 계란말이를 먹고 싶다는 일념으로 발걸음을 재촉했다. 한참을 걸어 하얀 울타리가 있는 집이 눈에 들어왔을 때, 현관이 열리고 어머니가 나왔다.

인하는 잠시 멈춰 서서 어머니를 바라보았다. 까만 장우산을 들고 나온 어머니는 눈을 퍼부어 대는 하늘을 걱정스러운 눈빛으로 올려다 보고 있었다. 눈 때문에 고단한 하굣길을 맞이할 아들을 걱정하고 있는 것이리라. 몸이 꽁꽁 얼어 손가락 끝은 이미 감각을 잃었지만 마음만은 따뜻했다. 입가에 저절로 웃음이 감돌았다.

어머니에게 달려갈까 하다가 놀라게 해 주기로 마음을 바꿨다. 허리를 숙이고 울타리 사이로 숨어 들어가는데, 집 안에서 남자 한 명이 나와 어머니를 뒤에서 끌어안았다. 그 순간, 발걸음도 멈췄다.

그 남자는 아버지가…… 아니었다.

낯선 남자는 네가 그리워 미국까지 왔는데 벌써 돌아가기 싫다며 엄마의 목에 자잘한 키스를 퍼부었다. 어머니는 이제 곧 인하가 돌아올 시간이라며 눈이 더 거세지기 전에 돌아가라고 말하면서도 남자의 손길을 거부하지 않았다.

여자가 된 어머니와 낯선 남자는 현관 앞에서 뜨거운 키스를 나눴다. 짙고 긴 키스가 끝나고 남자는 어머니에게 사랑한다고 속삭였다. 어머니도 남자에게 사랑한다고 속삭였다. 그 순간, 아침에 집을 나서기 전에 어머니가 다정하게 속삭여 주던 목소리가 떠올랐다.

'잘 다녀와, 우리 아들. 사랑해.'

그 목소리가 여자의 얼굴을 하고 있는 어머니의 얼굴과 겹치고 만다.

위 속에 있던 것들이 역류했다. 손으로 입을 틀어막아 봐도 소용이 없었다. 끄악끄악, 불쾌한 소리를 내며 화단에 모든 것을 다 쏟아 버렸다.

초록색의 위액까지 다 쏟아 버리고 허리를 폈을 때, 현관 앞에는 어머니 혼자였다. 이상하게 웃음이 나왔다. 방금 전까지 뜨겁게 키스를 나눴으면서 아들이 등장했다고 이 눈길 속에 걸음아 나 살려라 내빼는 남자라니.

남자가 눈 속에 남기고 간 발자국을 바라보다 천천히 걸음을 옮겨 어머니 옆에 섰다. 어머니는 얼굴이 하얗게 질려 몸을 바들바들 떨고 있었다. 물론 동정이 일진 않았다. 마음속은 온통 분노뿐이었으니까. 남자가 어머니를 끌어안았던 그 자세 그대로 엄마를 끌어안았다. 그리고 남자와 똑같이 속삭였다.

'사랑해, 인애 씨.'

귓가에 자신의 목소리가 이명처럼 울리자, 눈이 번쩍 떠졌다. 인하는 이불을 잡아 뜯듯 끌어 내리고 벌떡 일어났다. 그리고 곧장 화장실로 달려가 변기를 부여잡았다. 토악질은 늦은 새벽, 잠들기 전에 마셨던 양주 세 잔과 초록색 위액까지 쏟아 내고 나서야 멈춰 들었다.

모든 힘이 빠져 버렸다. 그대로 욕실 바닥에 주저앉아 슬쩍 밖을 쳐다봤다. 창밖은 깊은 어둠이 자리한 시각이라 아무것도 보이지 않았다. 잠이 들 때도 분명 짙은 어둠 속이었는데.

"젠장……."

나지막이 욕설을 내뱉으며 앉은 채로 샤워기의 물을 틀었다. 미지근한 물에 젖은 옷이 몸에 닿아 질척인다. 무거워지는 옷의 무게만큼 마음도 무거워졌다. 조금 무게를 덜어 내려고 본능적으로 차가운 욕실 벽에 이마를 기댔다.

그때의 꿈을 꾼 것은 실로 오랜만이었다. 마음 안에서 수도 없이 구겨 넣고 구겨 넣어 이제는 더 이상 들춰지지 않을 거라고 생각했던 오랜 기억.

그건 흉기였다. 어머니라는 사람이 욕망을 사랑이란 이름으로 포장하여 휘두른 잔인한 흉기. 그 생각은 14살인 그때도, 34살인 지금도 변함이 없다.

그래서 그녀의 사랑 속에 끼어들어 지저분한 진흙탕으로 만들고 싶지 않았다. 자신만 끼지 않는다면 그녀와 애인 사이는 아무 문제없는 미혼 남녀의 연애일 뿐일 테니까.

아무리 안고 싶은 여자라도.

아무리 눈에 밟히는 여자라도.

눌러야 했기에 눌렀다. 그러다 어느 순간, 흔적도 없이 깨끗하게 사라져야만 했다. 그런데 기어이 터지고 말았다.

멈췄어야 했는데 그럴 수가 없었다. 그녀의 손을 잡아끌어 택시에 태우고, 그녀를 잡아 세워 키스를 하고. 그곳에 자신이 믿고 있던 강인하는 없었다. 눈앞에 있는 여자에게 미쳐 한 치 앞도 계산하지 못하는 머저리만 있었다. 머저리가 된 자신을 깨운 건, 그녀의 눈물이었다.

아프게, 슬프게, 안타깝게 흘러내리던 그녀의 눈물.

정신을 차렸을 때는 이미 진흙탕 속이었고, 그 안에서 그녀는 상처를 받아 웅크리고 있었다. 하지만 이내 그녀는 다시 단단해졌다.

'바래다주셔서 감사합니다, 부장님. 월요일에 뵙겠습니다.'

그녀는 현명했다. 날카로운 눈빛으로 '날 망가뜨리고 싶지 않다면 이쯤에서 멈춰.' 라고 경고를 하고, 제 스스로 유유히 진흙탕을 빠져나갔다. 그런 그녀에게 자신은 구원받았다. 욕망이라는 이름이 흉기가 되지 않았다는 사실만으로도 충분한 구원이었다.

그런데 이성이 완전히 돌아온 지금, 안타깝게도 그 구원은 기쁨이 되지 못했다. 그녀의 완강한 거부는 절대적인 절망일 뿐이다.

안도 같은 구원과 절대적인 절망. 절대 같이 공존할 수 없는 이율배반적 감정.

인하는 축축해진 머리를 힘없는 손길로 쓸어 넘겼다.

좀먹듯 감정을 갉아먹히고 있는 것만 같다.

한지은, 너라는 여자에게.

수요일.

퇴근 1시간을 남겨 두고 향료연구팀에 긴급회의가 소집됐다.

"날이 밝기 전까지 프탈레이트를 포함한 유해성분별 화장품 리스트 작성과 샘플 채취 두 가지 모두 끝내겠습니다."

타사 화장품에 신체 유해성분인 합성 향료 프탈레이트가 기준 수치보다 높게 들어갔다는 기사가 나면서 SJ 코스메틱 연구소에도 비상이 걸렸다. 발각된 제품이 SJ 코스메틱 화장품은 아니었지만 실시간 SNS에서부터 SJ 화장품까지 입방아에 오르게 되는 바람에 모레까지 전 제품에 대한 유해성분 분석을 다시 시행하라는 본사로부터의 지시가 떨어졌기 때문이었다.

현재 판매되고 있는 SJ 화장품의 제품 수는 300여 종이 넘었다. 유해성분별 화장품 리스트를 만들고 샘플을 채취해 아침 일찍 분석실에 넘기려면 조향사로 꾸려진 향료연구팀 전원이 달라붙어도 오늘 밤은 꼼짝없이 연구실을 임시 거처로 삼아야 할 판국이었다. 이런 사실을 다른 연구원들 역시 모를 리 없어 짜증스러울 법도 한데, 사안이 사안인지라 회의에 임하는 그들의 태도가 사뭇 진지했다.

지은은 낮고 울림 좋은, 베이스 기타를 연상시키는 인하의 목소리를 들으며 볼펜을 잡은 손에 힘을 주었다.

그를 밀어내지 못했다. 아니, 밀어낼 수 없었다. 자기 구역에 영역을 표시하는 짐승처럼 너무나도 큰 욕망을 드러내는 그의 앞에서 이성이 정지하고 말았다. 겁이 나면서도 온몸에 전율이 일어 그를 거부할 생각 따위는 할 수가 없었다. 그의 입술이 떨어지고 나서도 한참 만에 겨우 이성을 추슬렀다.

'바래다주셔서 감사합니다, 부장님. 월요일에 뵙겠습니다.'

'이게 네 대답인가?'

그의 목소리가 아직도 귓가에 생생하다. 어쩐지 슬픔이 느껴졌던 그 목소리 때문에 취기가 있는 상태에서도 잠을 이루지 못했다. 귀를 아무리 막아 봐도 그의 목소리가 귓가에서 떠날 줄 몰랐다. 여자 한지은이 남자 강인하의 욕망에 흔들렸다는 사실을 부정할 수가 없다. 하지만 그를 받아들일 수는 없었다.

섹스 없는 사랑은 없지만 그렇다고 사랑 없는 섹스를 하고 싶진 않다.

이것이 그의 욕망을 받아들일 수 없는 가장 큰 이유였다. 그래서 이를 악물고 마음을 다잡았다. 여자 한지은이 남자 강인하로 봤던 그 때를 잊고, 선임 연구원 한지은 대리가 수석 연구원 강인하 부장을 대하는 처음 마음으로 돌아가기 위해. 하지만 쉽지가 않았다.

한바탕 남자 강인하란 폭풍이 지나간 자리는 수많은 흔적이 남아 복구가 힘들었다. 로빈 포맨에 섞여 있던 그의 체취, 불꽃같던 눈빛, 뜨거웠던 입술……. 이 모든 걸 한꺼번에 털어 버리기엔 그가 보여 주었던 욕망이 너무 컸다.

지은은 입술을 깨물었다. 지난 이틀, 그리고 출근해서 지금까지 흔들리고 있다는 걸 들키지 않으려 간간이 마주치는 그의 시선도 피하지 않고 애써 다 받아 내었었다. '한지은 대리' 하고 부르는 그의 목소리를 '한지은!' 으로 듣지 않으려고 온갖 힘을 쏟았고, 그가 옆을 지나치기라도 할 때면 그의 체취를 맡지 않으려고 숨을 참았다.

이제 1시간이면 힘겹게 참아 낸 오늘도 곧 끝난다고 위안했는데, 이런 일이 터지다니. 진심으로 원망스럽다.

"한지은 대리."

"네, 부장님."

고개를 숙이고 책상 위에 올려 둔 다이어리만 보던 지은은 낮고 울림 좋은 그의 목소리에 고개를 들었다. 그는 지난 이틀간, 그리고 지금까지 줄곧 수석 연구원 강인하 부장의 모습이었다. 이런 그와 마주하고 있노라면 그가 보여 줬던 욕망이 다 환상인 것 같았다.

"현재 SJ 화장품에서 판매되고 있는 제품 중에 프탈레이트가 들어간 화장품이 몇 종류가 되는지 한지은 대리가 맡아서 리스트 뽑아 봐."

"알겠습니다."

대수롭지 않게 그가 시선을 거둬 버리자 가슴에 바람이 스며든다. 머리가 혼란스러웠다. 하지만 이제 일을 해야 할 시간이다.

빵과 우유로 끼니를 때우면서 프탈레이트가 들어간 화장품의 리스트를 뽑았다. 그리고 제조 공장에 가서 화장품 샘플들을 받아 왔다. 분석실에 넘길 102종의 화장품을 시계접시에 하나하나 옮겨 담고 나니 새벽 3시가 넘은 시각이었다. 마지막까지 함께 샘플 채취를 하던 연정이 눈을 붙이기 위해 당직실로 건너가고 나자 연구실이 적막에 휩싸였다.

지은은 연구실을 한 바퀴 둘러봤다. 연정은 여자임을 배려받아 당직실로 갔지만 나머지 남자 연구원들은 책상에 엎어져 쪽잠을 청하고 있었다. 조금이라도 편히 자라고 불을 꺼 주고 작은 스탠드를 켰다. 마음 같아서는 다른 연구원들처럼 쪽잠이라도 청하고 싶었지만 세미나가 이제 열흘 정도밖에 남지 않아 시간이 촉박했다. 수집한 자료를 읽으며 참고할 부분을 체크하는데, 명도가 다른 빛이 새어 들어와 집중을 방해한다. 수석 연구실 창문에서 새어 나오는 빛이었다.

저 불빛 안에는 그가 있다.

한 달간 공석으로 비어 있던 수석 연구실의 새 주인이 오던 그날은 향료연구팀이 이른 아침부터 떠들썩했다. 캔스 코스메틱의 책임 연구원이었다지만 SJ 코스메틱이 34살의 연구원을 수석 연구원으로 스카우트한 건 전대미문의 대 사건이었다. 게다가 그 수석 연구원이 미혼이란 소식이 전해지면서 연구원들의 관심이 부풀 대로 부풀어진 상태였다.

9시 정각에 연구실 문을 열고 들어온 그는 볼품없는 외모일 거라는 다수의 의견을 묵살시킨 완벽한 외모의 소유자였다. 하지만 어딘가 다가가기 힘든 기운이 존재하는 남자였다. 그는 초겨울 무렵, 언덕배기에 홀로 서 있는 것처럼 차갑고 어딘가 외로워 보이기도 하는 그런 이미지였다.

'강인합니다.'

'한지은입니다.'

살짝 맞잡은 크고 단단한 그의 손은 한여름의 더위를 가시게 하기에 충분할 만큼 서늘했다. 깊이를 알 수 없는 눈동자와 눈이 마주쳤을 때는 가슴이 약하게 뛰기도 했었다.

질문 있으면 받겠다는 그의 말에 동석이 번쩍 손을 들었다.

'그 외모에 왜 미혼이십니까?'

답변을 하는 그의 목소리는 수분이 몽땅 빠져나간 듯 건조했다.

'한국에선 나 같은 사람을 독신주의자라고 부른다더군요.'

진심인지 아닌지는 알 수 없지만 스스로를 독신주의자라고 칭한 그가 보인 욕망은 순간의 성욕이었을지도 모른다. 그날은 술도 마셨고, 후각에 예민한 그가 사향 냄새까지 맡아 버렸으니까. 사랑이 존재하지 않는 본능적인 성욕은 굳이 한지은이 아니었어도, 누구라도 상관없었을지도 모른다. 그저 그 순간 눈앞에 있던 여자가 우연히 한지은이었을 뿐.

문득 가슴이 아릿하게 저려 왔다. 예상치 못했던 가슴의 반격에 놀란 지은은 누군가 보기라도 한 것처럼 서둘러 자료로 시선을 내렸다. 단어를 읽어 내려가는데 전혀 머릿속으로 들어오지 않았다. 두근두근, 조금씩 요동치기 시작한 심장의 울림만이 머릿속을 채운다.

살짝 열어 둔 블라인드 사이로 보이던 그녀의 동그란 머리가 보이지 않게 된 지 30분이 흘렀다. 인하는 옆에 두었던 담요를 챙겨 들고 소리 나지 않게 수석 연구실 문을 열었다. 모두가 잠든 연구실 안은 고요하기만 하다.

인하는 그녀가 켜 둔 스탠드 불빛을 따라 조심히 그녀에게 다가갔다. 볼펜을 든 채로 자료들 속에 파묻혀 잠이 든 그녀의 머리카락이 볼을 타고 흘러내려 와 있었다. 그 머리카락을 걷어 주려 손을 뻗다 볼 바로 앞에서 손을 정지시키고 주먹을 꽉 말아 쥐었다.

한층 더 단단해진 벽을 위시해 말간 눈을 맞춰 오던 시선. 고집스럽게 다물려 있던 입술. 꼿꼿한 허리. 지난 이틀, 그녀에게서 틈은 보이지 않았다. 그것들이 송곳이 되어 머릿속을 스치자 마음이 크게 일렁인다.

'한지은. 지은아……. 날 어쩌면 좋을까…….'

인하는 꽉 말아 쥔 주먹을 내리고 담요를 그녀의 어깨 위에 걸쳐 주었다. 그리고 한참을 그 자리에 서서 잠든 그녀를 바라보았다.

그는 아직도 그녀가 유유히 빠져나간 그 진흙탕 속에 있었다.

홀로, 외로이.

선우가 제1연구동 앞으로 찾아온 건 선우와 마지막으로 만난 지 꼭 일주일이 지난 목요일이었다. 지은은 차에 기대서 있는 선우의 모습을 발견하고 걸음을 멈췄다.

인하와의 키스로 상대에 대한 욕망이 없는 사랑은 앞으로 나아갈 수 없다는 걸 깨달았다. 선우와는 더 이상 연인 관계를 유지할 수 없다는 걸 알아 버렸다. 그리고 잊었다. 1년간 만나 왔던 연인 장선우에 대해. 버림받았다는 느낌을 준 애인 장선우에 대해. 그것도 까마득히.

남자 강인하와의 만남 이후, 머릿속은 온통 그에 대한 생각뿐이었다. 그로 인해 선우에게 받았던 아픔은 아프다고 느끼지도 못했다. 늘 그랬듯 미안하다고 문자를 보내오지는 않을까, 내내 기다리던 문자를 남자 강인하를 만났던 시간 이후 더 이상 기다리지 않았다.

그 사실을 선우가 찾아온 지금에야 깨달았다. 지은은 그런 자신이 당혹스러워 얼어 버리고 말았다. 그 자리에 박혀 버린 듯 움직이지 못하고 선우만 바라보는데 고개를 숙이고 있던 선우가 고개를 들었다.

공중에서 시선이 얽히는 순간, 지은은 이게 연인으로서 그와의 마지막일 것이란 걸 예감했다. 선우가 곁에 없었던 시간을 모두 들켜 버린 듯, 선우의 눈엔 아픔과 슬픔, 조금의 원망, 그리고 모든 걸 포기한 체념이 깃들어 있었다. 지은은 천천히 선우에게 다가갔다.

"오랜만이야, 선우 씨."

이상하리만치 마음이 덤덤했다. 낮고 흔들림 없는 목소리에 눈빛이 흔들린 건, 오히려 모든 각오를 하고 왔을 선우였다. 지은은 그런 선우를 지나쳐 그의 차 조수석에 올라탔다.

선우의 차는 일주일의 시간이 무색할 만큼 모든 게 그대로였다. 톡톡 핸들을 두드리는 그의 손가락도, 옅게 남아 있는 '도발'의 향도. 변한 건 두근거림이 느껴지지 않는 자신의 심장뿐이다.

어디로 가고 있는지 묻지도, 먼저 말해 주지도 않았다. 이 정적 끝에 들려올 얘기를 위해 모든 것을 아끼려는 듯, 두 사람은 침묵을 유지했다.

선우의 차가 멈춘 곳은 연구소에서 멀지 않은 조용한 전통 찻집이었다. 마주 앉아 가까이 선우의 얼굴을 대면하자, 죄책감과 미안함이 뒤섞인 감정이 어지럽게 뒤엉킨다.

지난 일주일간 선우를 거의 잊고 살았던 자신과는 다르게 그의 얼굴은 보기가 안타까울 정도로 상해 있었다. 두 볼이 들어가고, 듬성듬성 턱수염이 자라 있는 피부는 보는 것만으로도 까칠함이 느껴졌다.

뜨거운 녹차 두 잔이 공기 중으로 모락모락 김을 뿜어내고 있지만 선우는 입을 열지 않았다. 지은은 조용히 선우를 기다려 주었다. 의도했든, 의도하지 않았든 아직 끝이 아니었는데 혼자서만 선우에 대한 감정을 정리하게 된 것에 대한 속죄의 의미였다.

선우의 입이 열린 건 녹차가 다 식어 차가움이 느껴질 무렵이었다.

"5년 전에 아이가…… 아이가 죽었어, 지은아……. 배 속에서 10주째 커 가고 있던 아이가 죽었어……."

지은은 멍하니 선우를 응시했다.

"처음으로 내가 많이 사랑했던 여자……. 아이의 엄마……. 겨우 20살이었던 그 작고 여렸던 아이의 배 속에 또 다른 아이가 있었어……. 그런데 겨우 10주…… 10주 만에 배 속에서 죽었어……. 병원에서 아이가 숨을 쉬지 않는다고……. 유산이 됐다고……."

선우가 처음으로 사랑했던 여자. 10주 만에 죽어 버린 아이. 모두 몰랐던, 처음 듣는 얘기들이다. 선우의 눈에 물기가 차올랐다. 선우는 차 안에서 들어가 달라고 말하던 그날, 마음으로 울던 그때보다 더 아프게 울고 있었다. 의지할 것이 필요했던지 찻잔을 꼭 붙잡고 있는 선우의 손이 부들부들 떨렸다.

31살의 장선우는 기억을 거슬러 올라가 26살 그때의 장선우로 되돌아가 있었다. 선우의 두 눈에서 흐르기 시작한 눈물은 턱을 타고 테이블을 적셨다.

"떼어 내야 된다고 했어……. 그렇지 않으면 아이의 엄마가 위험하다고……. 울면서 절대로 그렇게 못 한다는 그 아이를 내가 억지로 병원으로 끌고 가 수술대 위에 눕혔어……. 그 아이가 수술을 받는 동안 죽고 싶었어……. 내가 처음으로 가르고 들어갔던 그 아이의 몸속에 내 아이를 떼어 내는 갈기가 들어가야 하는 현실이…… 그게 너무 끔찍해서 죽어 버리고 싶었어……."

교제를 시작한 지 석 달쯤 되었을 때, 쌍둥이를 태운 유모차를 끌고 가는 부모를 선우는 부러운 눈길로 쳐다보며 말했었다.

'지은아. 우리 결혼하면 아이는 넷 낳자. 내 무릎에 둘 앉히고 네 무릎에 둘 앉히고 그렇게 아이들 끌어안고 있으면 살아가는 게 아무리 힘들어도 이겨 낼 수 있을 것 같아.'

중학생 때 집에 큰 불이 나 그는 부모와 여동생을 한꺼번에 잃었다고 했다.

홀로 살아남은 그는 가족에 대한 애정이 강했다. 외할머니와 단둘이 저녁을 먹을 때면 옆집에서 가족들의 웃음소리가 들려와 못 견디게 슬프고 외로웠다고 했다. 그래서 아이는 많이 낳고 싶다고, 힘들지 않게 최선을 다해서 도울 테니 많이 낳아 달라고 했었다.

천성이 독하지 못한 남자였다. 배 속 아이의 죽음이 그의 탓은 아니었지만 그렇다 해도 오랜 시간 그는 자책하며 괴로워했을 거다.

"3년 동안 다른 여자를 만나지 못했어……. 그 시간 동안은 여자를 안는다는 게 고통이었고……. 불과 2년 전에야 처음으로 다른 여자를 안았어. 그 여자와 헤어지고 널 만났어. 그런데……. 내가 널 처음 안으려던 그날, 처음이라고 말하던 네 얼굴을 보는 순간 5년 전처럼 또 내가 사랑하는 여자와 내 아이를 잃을지도 모른다는 생각이 들었어. 겁이 났어. 무서웠어. 그래서 널 도저히 안을 수가 없었어……."

상의를 다 벗겨 내고도 처음이란 말에 다시 단추를 잠가 주며 괴로움에 일그러졌던 선우의 얼굴이 애써 욕구를 참아 낸 탓이라고 생각했다. 너무 소중해서, 너무 사랑해서 아껴 주는 거라고, 이런 남자 만나기 힘들 거라고 생각했었는데.

'지은 씨, 지금부터 내가 하는 말 잘 들어. 세상에는 여자가 절대로 가까이하지 말아야 할 3종류의 고자가 있어. 첫째는 생물학적인 고자. 둘째는 게이. 셋째는 고개 숙인 남자. 첫째 둘째는 운이 참 없는 경우에만 만나지만 셋째는 주의해야 해. 지구상에 고개 숙인 남자가 여자들이 생각하는 것보다 훨씬 많거든. 혹시 본사의 그이가 고개 숙인 남자가 아닌지 잘 알아봐.'

무척이나 심각하게 말하던 연정의 충고를 들었을 땐 그냥 웃어넘겼다. 절대로 있을 수 없는 일이라고.

살다 보면 절대로 있을 수 없는 일이라고 생각했던 일들이 자신에게 일어나기도 한다. 정신적 트라우마 때문에 선우가 그녀에게 고개 숙인 남자가 될 수밖에 없었듯이.

"왜 진작 말하지 않았어?"

"……잃고 싶지 않았으니까. 널 안지는 못해도 네 곁에 있고 싶었으니까……."

찬찬히 되짚어 보면 선우가 즐겨 하지도 않는 술을 먹고 찾아오기 시작한 것도 처음 욕구를 드러냈던 그날 이후였다. 하지만 선우는 술을 먹고 인사불성이 돼서도 사랑하는 여자를 안지 못했다.

만약 선우가 솔직하게 털어놨었다면 자신은 선우를 이해하고 도와줄 수 있었을까?

아니.

솔직하게 고백했다고 해도 장선우는 한지은을 잃었을 거다.

선우는 알고 있었다. 사랑 없는 섹스는 존재해도 섹스 없는 사랑은 존재할 수 없다는 걸. 그래서 두려워했던 거다.

"나, 널 잃게 되는 거니……?"

지은은 아무런 말도 할 수 없었다. 이유를 알아 버리기도 전에, 이미 한지은은 장선우를 정리해 버렸다고는 차마 말할 수 없었다.

흙과 뒤섞인 낙엽의 냄새가 콧속으로 스며들어 오고, 벌거벗은 나무 아래로 낙엽이 땅을 지분거리는 소리가 귓가를 울렸다. 지은은 냄새와 소리에 후각과 청각을 집중시키다가 산기슭 어딘가에서 토해 내는 뽀얀 연기를 바라보았다.

고즈넉한 연구동 앞에 있는 벤치에 앉아 풍경들을 바라보는 건 연구소에 있는 시간 동안 유일하게 허락되는 혼자만의 시간이었다. 비록 점심시간을 이용한 잠깐의 여유지만 한결 마음이 차분해졌다. 지은은 들고 나왔던 커피를 한 모금 마시고 종이컵을 두 손으로 감싸 쥐었다.

'널 안아 줄 수도 없는 못난 나라서…… 널 한 번 잡아 보지도 못하고 이렇게 보내지만…… 이런 내 사랑도 사랑이었어……. 그건 의심하지 말아 줘……. 날 사랑했던 네 시간들을 후회하지는 말아 줘…….'

돌아서던 손을 가만히 잡아 오던 선우의 손은 떨렸고, 목소리는 슬픔에 잠겨 있었다. 그는 이별이라는 결말보다 자신의 사랑이 부정당하는 것을, 사랑하는 여자가 자신과의 시간을 후회하게 되는 것을 더 두려워하고 있었다.

지은은 낮은 숨을 뱉어 냈다. 선우와 보냈던 1년의 시간을 후회하는 건 아니었다. 그는 섹스 이외엔 모든 부분이라고 해도 좋을 만큼 충분히 좋은 사람이었다. 모든 행동에서 그의 마음을 느낄 수 있었다. 그런 그가 좋았기에 그와 결혼해도 좋겠다고 생각했었다. 그래서 그에게 버림받았다고 느꼈을 땐, 눈물을 멈출 수 없었을 만큼 힘겨웠다.

하지만…….

수많은 색깔을 띠고, 수많은 이야기가 존재하는 게 사랑이지만 그녀가 이제껏 겪어 왔던 사랑엔 공식처럼 섹스가 따라붙었었다. 선우를 만나기 이전, 짧고 긴 연애를 했던 3명의 상대 모두 만지고 싶다는 욕망, 내 것으로 완벽히 만들어야겠다는 소유욕, 마음과 몸을 동시에 채워 줄 쾌감을 원했다. 이 남자를 믿고 모든 걸 내어 줄 수 있다는 확신이 들지 않아 상대가 원하는 걸 들어줄 수는 없었지만 사랑을 하는 연인이라면 모두 원하는 게 당연하다고 생각해 왔다.

그런데 선우는 섹스 없는 사랑이 존재할 수 있다고 말하고 있었다. 하물며 장선우에게 한지은은 거부할 수밖에 없었던, 아픈 과거의 상처를 들추는 존재인데 욕구를 해소할 수도 없는 상대를 그는 정말 사랑했을까? 의문만 가득하고 확신이 들지 않았다. 그래서 이런 내 사랑도 사랑이었으니 의심하지 말아 달라는 그의 마지막 말에 의심하지 않는다고, 후회하지 않는다고 말해 주지 못했다.

그날 이후, 지은은 자신의 마음과 선우의 사랑에 대해 시간을 들여 생각했다. 그것은 지난 1년간의 시간과 한때 사랑했었던 그에게 해 줄 수 있는 최선이자 마지막 예의였다. 하지만 오늘도 제자리다.

"왜 나와 있어?"

생각에 빠져 있던 지은은 낯익은 목소리에 고개를 돌렸다. 언제 왔는지 연정이 벤치 끄트머리에 앉아 있었다. 밖에 나가 점심을 먹고 온다던 연정의 얼굴은 보는 사람마저 기분을 좋게 만들 만큼 화색이 돌았다.

"날이 좋아서요. 바람도 불고."

"이거 수상한데. 냄새가 나."

눈을 가늘게 늘어뜨리고 코를 킁킁거리며 연정이 다가오자 지은은 저도 모르게 상체를 뒤로 뺐다. 이럴 때 연정의 촉과 후각은 최고조에 달한다는 걸 경험으로 체득하지 않았던가.

연구소와 선우가 있는 SJ 본사의 거리는 수십 km지만, 소문이란 KTX보다 빨라 누군가 알게 된다면 당사자의 귀에 들어가는 것도 시간문제다. 이별만으로도 충분히 아파하고 있을 그를 또 한 번 아프게 하고 싶진 않다.

지은은 짐짓 태연한 척, 어깨를 으쓱했다.

“이번엔 잘못 짚으셨어요.”

수상해도 증거가 없으니 별수 없다고 생각했는지 연정은 몸을 늘어뜨리며 벤치에 기댔다. 이제 막 단잠에서 깬 듯 나른해 보이는 연정을 바라보던 지은은 홀린 듯 무심결에 입을 뗐다.

“섹스 없는 사랑이 존재할까요?”

“뭐야, 그 바보 같은 질문은?”

연정은 진심으로 묻는 거냐는 듯한 눈으로 바라보고 있었다. 그렇지 않아도 뭔가 촉을 받았던 연정이었는데, 괜한 여지를 주었다 싶어 지은은 입을 꾹 다물었다. 실수도 실수지만 상대도 잘못 골랐다. 들으나 마나였다. 섹스 광신도라 칭해도 좋을 쾌락 주의자 연정에겐 섹스 없는 사랑은 절대적으로 존재할 수 없었다. 한숨을 작게 내쉬는 그 순간이었다.

“존재하는 게 당연하잖아.”

지은은 잘못 들은 건가 싶어 조금 커진 눈으로 연정을 바라봤다. 연정은 진심으로 고개까지 끄덕였다. 황당하다는 표정으로 연정을 바라보자 그녀가 하하 웃더니 덧붙였다.

“지은 씨, 10대 때 연애 안 해 봤구나? 뭣 모르던 풋풋한 시절에 품었던 감정이라고 전부 치기라고 단정할 수 있을까? 대부분 그때의 사랑에 섹스는 없었어. 순수함의 결정체, 플라토닉이었지."

옛 생각에 잠긴 듯, 연정의 초점은 저 먼 어딘가를 향해 있었다. 지은은 망치로 머리를 가격당한 것 같은 충격에 빠져 버렸다.

플라토닉이 사랑의 전부라고 믿은 시절이 있긴 했었다. 사랑만 있으면 결혼할 수 있다고 믿었던, 어렸지만 순수했던 한지은은 분명 존재했었다. 하지만 그건 아이에서 성인이 되면서, 사랑도 플라토닉에서 에로스로 자연스럽게 변해 버렸다. 그런데 31살의 선우에게 플라토닉이 과연 가능했을까?

머릿속에 혼란이 오는데, 장난스러웠던 표정은 다 어디 가고 진지해진 표정의 연정이 눈을 맞춰 왔다.

"사랑은 둘이 하는 거라 한쪽만 플라토닉을 원한다면 이뤄질 수는 없겠지. 섹스는 확실히 남녀 사이에 중요한 부분이니까. 하지만 이뤄지지 않았다고 해서 그 사랑을 부정할 수 있을까? 섹스가 사랑을 전달하는 큰 방법이 될 수는 있어도 절대적 가치가 될 수는 없어. 섹스가 주는 쾌감은 일종의 마약 같은 거라 많은 이들이 절대적 가치라고 오류를 범하고 있을 뿐이지."

사랑에 섹스는 필수 불가결한 요소임엔 분명하지만 사랑에 섹스가 전부는 아니다.

모든 걸 알기 전엔 선우의 사랑을 의심한 적이 없었다. 그의 행동, 말, 표정엔 사랑이 가득했고 그 사랑을 한 번도 믿지 못한 적이 없었다. 지은은 그가 아껴 준 게 아니라 안지 못하는 상태라는 걸 알게 된 순간, 그의 진실 된 마음을 부정해 버렸다는 사실을 깨달았다. 정신적 트라우마로 선우가 안아 주진 못했지만 그것 하나로 1년 동안 그가 보여 줬던 진실한 마음들이 부정당할 수는 없는 거였는데.

섹스 없는 사랑이 절대적 불가능은 아니다.

섹스 없이도 장선우는 한지은을 사랑했다.

퍼즐이 맞아 가듯 하나씩 정리가 되면서 머릿속이 조금 가벼워지는 느낌인데, 연정이 벤치에서 일어났다.

“매점 샌드위치라도 하나 사 먹고 들어가야겠다. 지은 씨도 너무 오래 있지 마.”

섹스에는 체력이 따라 줘야 하는 거라며 연정은 웬만해선 밥을 거르지 않는 사람이었다. 밥을 먹으러 나갔던 연정은 밖에서 밥은 안 먹고 뭘 한 걸까? 의아스러운 눈빛을 보내자 연정이 야릇한 눈빛을 빛내며 생긋 웃었다.

“우리 그이가 이 근처로 외근 나왔다가 불러내서 말이야.”

그이와 뭘 했는지 예측은 됐지만 지은은 여전히 혼란 속이었다. 연구소 반경 30km 안엔 논, 밭, 농가, 전원주택 단지가 전부인데 이곳에서 어떻게?

지은의 의문은 버버리코트를 휘날리며 연정이 남기고 간 자동차 방향제의 아쿠아 향이 그녀의 은밀한 사정을 대신 말해 주며 풀렸다.

지은은 연정의 멀어져 가는 뒷모습을 바라보며 허탈한 웃음을 지었다. 그러다 가운 주머니에서 휴대폰을 꺼냈다.

[선우 씨가 준 사랑 나 의심하지 않아. 그래서 선우 씨를 만난 것도 후회하지 않아. 그 사랑 때문에 나 많이 웃었거든. 그동안 진심으로 고마웠어. 선우 씨가 어디에 있든, 무얼 하든, 항상 선우 씨를 응원할게.]

지은은 문자가 전송됐다는 표시까지 보고 벤치에서 일어섰다.

이 메시지에 대한 선우의 답장이 그녀에게 도착하는 건, 조금은 먼 얘기…….

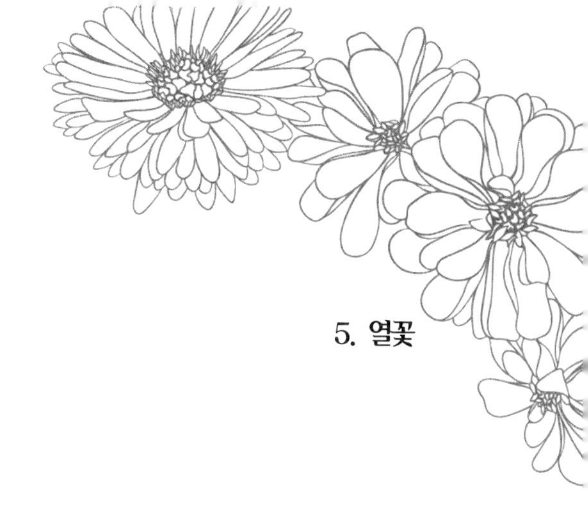

5. 열꽃

오전에 있었던 간부 회의를 마치고 연구실로 향하는데 문자 한 통이 도착했다. 전자 항공권을 메일로 발송했으니 확인 바란다는 본사 총무부로부터의 안내 문자였다.

인하는 복잡한 시선으로 문자를 바라보다 수석 연구원실로 돌아와 메일을 확인했다. 그리고 첨부파일을 열어 프린터 버튼을 눌렀다. 프린터기가 종이 두 장을 다 토해 내자 인하는 느릿하게 종이를 잡아 들었다.

승객성명 — 강인하

승객성명 — 한지은

다른 건 눈에 들어오지도 않았다. 그녀와 자신의 이름만 눈에 들어온다.

강인하와 한지은. 한지은과 강인하.

나란히 자리한 이름에 묘한 기쁨이 피어난다.

인하는 낮게 숨을 토해 냈다. 처음 이 제주도 세미나를 그녀에게 제안했던 건 순전히 오기였다. 혼자만 그녀에게 휘둘리고 있는 게 싫어서, 괘씸해서. 끝까지 오기로 끝나야 했던 그 마음이 지금은 눈덩이처럼 불어나 늪 같은 욕심이 되어 있다.

인하는 젖혀진 블라인드 너머 그녀의 동그란 머리를 복잡한 시선으로 바라보았다.

과연 내가 날 통제할 수 있을까. 네 앞에서.

최근 그녀는 점심시간만 되면 제1연구동 앞에 있는 벤치에 앉아 무언가를 골똘히 생각했다. 처음엔 제아무리 상하 관계 엄격히 따지는 그녀라 할지라도 자신에 대해 생각하고 있을 거라 생각했다. 그런데 그녀의 생각은 남자 강인하가 아닌 모양이었다.

옆을 지나칠 때 그녀는 안간힘을 쓰는 것 같았지만 무의식중에 움찔거렸던 몸은 숨기지 못했었다. 그랬던 그녀가 벤치에 앉아 생각을 시작한 날부터 옆을 지나쳐도, 눈을 마주쳐도 어딘가 정신이 딴 곳에 팔려 있는 사람처럼 아예 의식조차 안 하기 시작했다. 그렇게 하루가 지나고, 이틀이 지나고.

화가 치밀어 올랐다. 하루하루가 지날수록 자연스럽게 곁을 지나치는 그녀를 돌려세워 날 바라보라고 말하고 싶은 욕망이 부풀었다. 그런 자신이 미치도록 소름 끼쳤지만 멈춰지지가 않았다. 그래서 초조하고 불안했다. 한 번 통제를 벗어난 이성이니 두 번째는 더 쉬울 것 같아서.

인하는 성마르게 얼굴을 쓸어내렸다. 일요일에 열리는 세미나지만 장소가 제주도라 토요일 오후 비행기로 출발하게 되었는데 그 사실을 아직 그녀에게 통보해 주지 않았다. 지금 불러서 알려 주는 것이 좋을까, 아니면 조금 더 시간을 끄는 것이 좋을까. 고민하던 인하는 최

대한 미룰 수 있을 만큼 미뤄 보자는 쪽으로 결론을 냈다. 저녁에야 겨우 통보를 받을 그녀의 표정은 심히 좋지 않겠지만 조금이라도 더 스스로를 가다듬을 시간이 필요했다.

상념을 정리하고 전자 항공권을 접어 테이블 위에 올리는데, 내선 전화가 울렸다.

"강인합니다."

—나 김 소장일세. 모레가 세미나지?

"네. 장소가 제주도라 내일, 하루 먼저 떠나게 됐습니다."

—그래, 그래야 할 테지. 혼자 참석하나?

"선임 연구원 한 명 데려갈 생각입니다."

—오, 꽤나 능력 좋은 친구인가 보구만. 자네가 세미나에 부하 직원을 다 데려가고.

"발전 가능성 있는 연구원입니다."

소리 없는 조소가 입술 사이를 비집는다.

연구원?

여자겠지.

하지만 공식적인 이유로 내세워도 무관은 하다. 그녀는 남들은 보통 5년 차에 단다는 선임 연구원을 4년 차에 단 능력 있는 연구원이기도 하니까.

—어떤 연구원인지 한 번 보고 싶군. 오늘 점심 어떤가? 날 대신해 참석해 주는 것이니 내 두 사람에게 산채 비빔밥 한 그릇씩 사도록 하지. 같이 데리고 나오게.

"……알겠습니다."

—12시에 구봉산 초입에 있는 산채 식당에서 보도록 하세. 그럼 끊겠네.

인하는 수화기를 내려놓으며 저도 모르게 미간을 찌푸렸다. 김 소장은 스승이면서 아버지 같은 분이나 다름없는데도 그녀를 궁금해한다는 게, 얼굴을 보여 줘야만 한다는 게 마뜩잖았다. 그래서 뜸을 들이고 말았다. 그녀의 얼굴을 보여 주는 것만으로도 스승이자 아버지 같은 김 소장이 마뜩잖을 수 있다니.

그녀를 만나고부터는 항상 이런 식이다. 이렇게 늘 불쑥, 마음이 제멋대로 노선을 벗어나고 만다.

허탈한 웃음이 흘렀다.

"강인하, 완전히 돌았군."

시계를 보니 11시 반이 다 되어 갔다. 12시까지 구봉산 초입까지 가려면 슬슬 움직여야 할 시간이었다. 인하는 가운을 벗고 재킷을 챙겨 입고 방을 나섰다. 그리고 그녀의 자리로 다가갔다. 키보드 위에서 그녀의 손이 보이지 않을 만큼 빠르게 움직이고 있다.

"한지은 대리."

굉장히 열중하고 있었는지 그녀는 고개를 들어 얼굴을 확인한 후에야 자리에서 일어났다.

"네, 부장님."

그녀가 몸을 일으키면서 안경이 콧대를 이탈해 절반 이상의 눈동자가 고스란히 드러났다. 그 눈에 자신의 모습이 담겨 비쳐지자 슬그머니 욕구가 올라왔다. 인하는 살짝 시선을 피하며 속으로 신음 소리를 삼켰다.

"점심 먹으러 가지."

"네?"

그녀의 눈이 갑자기 커진다. 눈동자가 초점 없이 뱅뱅 도는 게 당황한 것 같다.

왜? ……아.

욕구를 가라앉히는 데 급급해 서론 본론을 다 빼고 결론만 얘기해 버렸다. 단둘이 먹자는 얘기가 아니었는데 그녀는 그렇게 오해한 것 같았다. 불시 공격에 약하군.

그래, 그날도 그랬었다. 벽에 밀어붙였을 때도, 키스를 퍼부었을 때도 그녀는 꼼짝하지 못했었다.

인하는 추가 설명을 덧붙이려다가 그녀의 반응을 조금 더 보고 싶어 입을 다물었다. 보기 드물게 그녀의 눈동자에 당혹스러움이 새겨지면서 두 볼에 홍조까지 들었다.

소담한 가슴을 입에 머금고 정점을 세차게 빨아 주면 저런 얼굴이 될…….

빌어먹을.

잔뜩 곤두선 세포 하나하나가 그녀를 의식한다. 더 이상의 장난은 자신에게도 독이 될 것 같았다.

"김 소장님 초대야. 세미나에 참석하는 선임 연구원을 보고 싶으시다니 가지."

인하는 그녀를 두고 먼저 뒤돌아섰다.

지은은 왼쪽 팔을 창가에 기대고 오른손으로만 핸들을 돌리는 그를 곁눈질했다.

'강 부장이 데려간다는 선임 연구원이 이렇게 아름다운 여성일 줄은 몰랐네. 결혼은 했나?'

'아직 안 했습니다.'

'그래? 그럼 여기 강 부장 어떤가? 차갑고 매정해 보여도 속은 꽤 알찬 녀석이야. 인물도 이만하면 훌륭하고, 능력은 두말할 것도 없고.

어디 하나 빠지는 곳이 없는 녀석인데.'

농락당했다. 한동안 세미나 준비와 선우와의 관계 정리에 전념하느라 있는 듯, 없는 듯 그가 별 행동을 보이지 않아 방심하고 있던 차에 완전히 당했다. 그는 수석 연구원 강인하 부장이라는 감투를 쓰고 남자 강인하로 교묘하게 다가왔다. 그리고 당혹스러움을 감추지 못하는 자신의 반응을 즐겼다.

남자 강인하에게뿐만 아니라 상사 강인하에게도 당했다는 사실이 분했다. 하지만 그렇다고 상사라는 감투를 쓰고 있는 그에게 하극상은 차마 할 수가 없었다. 그래서 분함을 속으로만 삭이고 있는데 우연치 않게 기회가 찾아왔다.

세미나에 데려간다는 연구원이 여자 선임 연구원이라는 사실이 흥미로웠는지 김 소장은 식사 내내 거의 혼자 말을 했다. 그러다 애인이 있는지 없는지는 묻지도 않고 중매쟁이까지 자청했다. 평소 같았으면 웃음으로 넘겼겠지만 그에게 당한 게 있는지라 그의 눈을 보며 힘주어 말했다.

'싫습니다.'

수석 연구원 강인하 부장은 선임 연구원 한지은을 맘대로 휘두를 수 있어도, 남자 강인하는 여자 한지은을 맘대로 휘두를 수 없다는 경고였다. 그 순간, 그의 눈썹이 미세하게나마 위로 치켜 올라갔다. 그가 숨어 있는 경고의 메시지를 알아챈 것이 분명했다.

지은은 조금은 통쾌했다 싶어 살짝 웃었다. 그때 불시에 고개를 돌린 그와 시선이 마주쳤다. 고개를 돌리고 표정을 단속했지만 때는 늦었다. 이미 웃음을 본 모양인지 내내 표정이 굳어 있던 그가 핸들을 급하게 틀어 갓길에 차를 세웠다. 그가 안전벨트를 순식간에 풀어 헤치고 조수석 쪽으로 얼굴을 들이밀었다. 지은은 피할 새도 없이 빠르게 다가온 그의 얼굴에 반사적으로 눈을 감았다.

1초, 2초, 3초, 4초…….

그의 숨결이 피부로 느껴진다. 하지만 아무런 일도 일어나지 않았다. 지은은 천천히 눈을 떴다. 그의 얼굴이 조금만 움직여도 닿을 만큼 가까이 있었다. 밀어내려고 손을 올리는데 그가 먼저 몸을 틀었다. 운전석으로 돌아가 안전벨트를 매는 그를 쏘아봤다. 그는 눈을 감고 조용히 정면만 바라보고 있었다. 이윽고, 그가 천천히 눈을 떴다. 옆에서 보이는 그의 눈동자가 기묘한 빛을 띠고 있다. 화가 난 것 같기도 하고, 절망스러운 것 같기도 하고. 슬픈 것 같기도 하다.

한마디 쏘아붙이려고 했는데, 목구멍이 틀어막혔다. 간신히 입술 사이로 새어 나오는 말은 고분고분한 부름뿐이었다.

"부장님……."

"나는."

두 글자밖에 내뱉지 않았지만 그의 듣기 좋은 목소리가 어쩐지 절박해 보였다. 귀를 틀어막고 싶은 이상한 욕구가 든다. 그의 입술 사이로 빠져나온 숨이 차 안을 가득 메운 것 같았다. 갑갑함에 창문을 열려는 순간이었다.

"나는 당분간 이럴 거 같아. 그러니까 한지은. 네가 날 피해."

지은은 불안한 시선으로 벽에 걸린 시계를 힐끔거렸다. 시침이 6에 가까워져 올수록 가슴이 두근거리고, 그 두근거림은 시계가 6에 딱 맞춰졌을 때 극에 달했다.

"한 대리님, 퇴근 준비 안 하세요?"

흰 가운을 벗으며 퇴근 준비를 하던 동석이 눈빛을 던지며 말을 건네 왔지만 뭐라 입을 열 수 없었다. 입을 열면 제발 오늘만 퇴근하지 말고 연구소에 남아 달라고 후배한테 사정을 할 것만 같았다.

'연구원들이 모두 퇴근하면 내 방으로 와. 세미나 준비한 거 검토해 줄 테니까.'

식당에서 연구소로 돌아와 연구실에 들어가기 직전, 그가 한 이 모호한 말에 대해 판단이 서질 않았다. 남자 강인하라고 하기엔 '세미나 준비 검토'란 말이 걸렸고, 수석 연구원 강인하 부장이라고 하기엔 '연구원들이 모두 퇴근하면'이란 말이 걸렸다.

차례차례 퇴근을 하고 마지막으로 연구실에 같이 남아 있던 동석까지 퇴근을 하고 나자, 고요한 정적 속에 그의 목소리가 날아들었다.

'나는 당분간 이럴 거 같아. 그러니까 한지은. 네가 날 피해.'

아직도 귀가 따끔따끔하다. 이상한 일이었다. 그는 분명 피하라고 말했는데 어쩐지 피하지 말란 소리로 들렸다. 마음의 소리를 엿들은 거 같은 느낌.

지은은 고개를 저었다.

마음의 소리는 무슨. 그럴 리가 없지.

반복해서 윽박질러 봐도 잘못 들은 거라고 부정은 되지 않는다. 그런데 문제는 그뿐만이 아니었다. 그는 피하라고 했는데, 이성이 흐려질 대로 흐려져서 지금이 피할 타이밍인지 아닌지 판단이 서질 않았다.

시간이 자꾸 거꾸로 간다.

차 안에서 로빈 포맨에 섞인 그의 남성적인 체취가 풍겨 왔을 때, 그가 남기고 간 폭풍의 잔해가 고개를 들었다. 그에게 휘둘렸던 감정이 또 한 번 거친 키스를 퍼붓지는 않을까, 미친 상상을 불러일으킨 것이다. 몸이 기억하고 있는 그 아찔한 감각이 생생히 떠올라 어딘가 축축하게 젖어 들 것 같았다. 너무나도 노골적인 느낌이라 반사적으로 눈을 감을 수밖에 없었다. 그 감각이 아직도 또렷하다.

지은은 수석 연구실을 바라봤다. 저 안에 있는 그도, 여기 있는 자신도 온전한 상태가 아니었다. 그래서 불안했다. 지은은 초조함에 입술을 잘근잘근 씹었다. 뒤로도 앞으로도 가지 못하고 갇혀 버린 꼴이었다. 하지만 마냥 이렇게 시간을 지체할 수도 없었다. 이대로 피할 것인지, 호랑이 굴에 들어가도 정신만 바짝 차리면 산다는 마음가짐으로 그의 방으로 갈 것인지 선택해야만 한다.

시계 초침 소리가 유난히 크게 들려오는 연구실 안, 지은은 세미나를 위해 3주간을 준비했던 결과물을 가지고 자리에서 일어났다. 몸에 밴 식습관을 쉽게 고칠 수 없었듯, 상하 관계를 무시하고 도망가는 것도 쉽지가 않았다. 게다가 여긴 연구소다. 설마 이상한 짓이야 할까. 지은은 수석 연구실의 문을 두드렸다.

"들어와."

문을 열고 들어가자 소파에 앉아 있는 그의 눈동자가 박히듯 마주쳐 왔다. 지은은 저도 모르게 숨을 훅 들이켰다. 발끝부터 머리까지 훑듯이 올라오는 그의 시선이 너무 짙어 마치 알몸으로 서 있는 것 같다.

동요하지 말자. 정신 차리자, 한지은.

최대한 이성을 다잡으며 그가 눈짓으로 가리키는 소파에 앉았다. 그리고 테이블 위에 세미나를 위해 준비한 결과물을 올렸다. 그의 손가락이 테이블 위로 느릿하게 올라왔다. 파일을 집어 드는 그의 손에 힐끔 시선을 던졌다. 손바닥보다 손가락이 긴 그의 손은 두툼하고 남자다웠다. 파르스름하게 도드라진 손등의 핏줄이 유독 색스럽게 느껴졌다.

지은은 슬쩍 시선을 위로 올렸다. 완성본을 읽어 내려가는 그의 모습이 솔직하게 매력적이긴 했다. 외로워 보이기도 하는 촉촉한 눈은 모성본능을 일으키기도 했고, 베이스 기타를 연상시키는 목소리로 '한지은' 이라고 불러 줄 때면 드라마 속의 멋진 남자 주인공과 눈을 마주치는 순간을 경험하는 것 같았다.

그때, 언젠가 섹시하다고 생각했던 그의 목젖이 울렁거렸다. 순간 머리가 어질어질했다. 정말이지, 그의 섹스어필은 과할 만큼 치명적이었다. 지은은 급히 시선을 내리고 무릎에 가지런히 올려놨던 손을 꼭 말아 쥐었다.

"제주 고사리삼, 한란, 시로미, 한라 꽃창포, 섬바위장대. 제주도 자생식물에 초점을 맞췄군. 샘플은?"

"향료 채취해서 몇 가지 배합성분 추가해 만들어 놓은 상태입니다."

"제주 고사리삼에 들어간 배합 성분은?"

"정제수, 글리세린, 메칠글루세드. 헥산디올을 제외하고 3가지만 배합했습니다."

"그래. 삼의 향료를 뽑아낼 때에는 화학 방부제 성분인 헥산디올이 들어가면 천연향료가 될 수 없다. 잘했어."

그는 '수고했어.' 라는 격려엔 인색한 사람이 아니었지만 '잘했어.' 라는 칭찬엔 인색한 사람이었다. 자그마치 2년을 준비한 윤 과장의 논문 발표를 듣고 나서도 그는 '수고하셨습니다.' 라는 한 마디로 눈물겨웠던 윤 과장의 2년을 일축시켰다.

그랬던 그가 준비 기간이 3주에 불과했던 세미나 결과물에 잘했다고 칭찬을 하니 기분이 묘하다. 지은은 몽롱한 표정으로 그를 바라봤다. 그런 마음을 아는 건지, 모르는 건지 그는 뒤쪽에 있는 책꽂이를 턱으로 가리켰다.

"가운데 칸 중간쯤 보면 제주도 자생식물에 대한 걸 상세하게 설명해 놓은 '잡초 원색 도감' 이라는 책이 있을 거야. 일주일 전에 새로 나온 개정판이니 읽었더라도 다시 읽어 두도록 해."

지은은 살짝 고개를 끄덕이고는 일어나 그가 가리켰던 책장으로 다가갔다. 미니 도서관을 연상케 하는 수많은 책들이 한 벽면을 빼곡하게 채우고 있어 대략의 위치를 들었는데도 찾기가 쉽지 않았다. 한 번을 훑었음에도 눈에 띄지 않아 중간 칸부터 다시 찾아보기 시작하는데, 책장에 검은 음영이 졌다. 진하게 풍겨 오는 로빈 포맨의 향기가 콧속을 어지럽힌다. 본능적으로 어깨가 움츠러들었다.

지은은 책들을 짚어 내려가던 손의 움직임을 멈추고 느리게 뒤돌아섰다. 흰 가운을 제치고 허리춤에 붙인 왼쪽 손, 책장 위쪽을 짚고 있는 오른손. 그리고 남자 강인하가 된 그의 얼굴.

차례차례 클로즈업되는 모습들에 망막이 아리다. 눈을 느리게 깜빡이는데, 그의 입술이 천천히 입술로 다가왔다. 지은은 숨을 들이켰다. 어떻게 반응해야 할지 혼란스러웠지만 차 안에서 그랬던 것처럼 스스로 멈출지도 모른다는 생각이 들어 그의 짙은 눈동자와 맞섰다.

이번에도 그는 스스로 멈췄다. 누구 하나가 조금 몸을 뒤척이기만 해도 입술이 닿을 것 같은 아슬아슬한 위치에서. 곧고 짙어 농밀한 입맞춤을 연상시키는 시선 맞춤은 꽤 오래 이어졌다.

그의 눈동자에 비친 건 욕망이었다. 집 앞에서 그가 처음 욕망을 드러냈을 때보다 훨씬 더 노골적인. 그의 향기로 낙인찍힌 로빈 포맨의 향의 체취가 어느 때보다 깊숙이 폐부로 들어왔다.

몽롱해지려는 정신을 부여잡으려 의도적으로 머리를 굴린다. 아무것도 떠오르지 않는 백지 상태에서 딱 하나가 걸린다. 해도 좋은 생각인지 재고 따지고 거를 여유가 없다. 무작정 생각을 시작한다.

이런 게 페로몬이 아닐까. 스킨 향이지만 사람을 매혹시키는 이런 향이.

지은은 책장 선반을 꽉 움켜쥐었다. 환한 형광등 불빛 아래로 먼지가 부유한다. 그 먼지를 따라 몸도 부유하는 것 같은 착각이 인다. 마치 무중력 상태에 있는 것처럼 제대로 중심을 잡을 수가 없었다. 다리에 힘을 주었다.

그의 시선이 움직이기 시작한 것은 그때였다. 맞닿아 있던 시선을 내려 볼을, 코를, 그는 마치 애무를 하듯 진득하게 시선을 훑어 내렸다. 이윽고 그의 시선이 인중을 지나 입술에 도달했을 때, 지은은 완전히 숨을 멈췄다.

어디선가 환청이 들린다. 격렬하게 혀와 혀가 맞닿아 휘감고 돌리며 타액을 섞는 적나라한 소리가. 그 환청은 그의 시선이 입술에 머물러 있는 동안 끊임없이 이어졌다.

진짜 키스를 한 것도 아닌데 숨이 가빠졌다. 이대로라면 질식해 버릴지도 모른다고 생각한 순간, 그의 진득한 시선이 턱을 타고 목으로 넘어갔다.

브이넥 셔츠를 입어 훤히 드러난 목덜미를 훑는 그의 시선은 깊고, 깊었다. 지은은 더 갈 곳도 없는데 무의식적으로 뒷걸음쳤다. 그는 빠르게 따라왔다. 당장이라도 입술을 갖다 댈 듯, 허리를 더 낮추고 입술을 살짝 내려 목덜미를 겨냥한다. 맥박의 떨림이 느껴지고, 소름이 돋았다.

이 느낌은……. 이 느낌은 대체…….

숨이 느껴질 만큼 가까이 있을 뿐, 그는 손가락 하나 대고 있지 않았다. 그런데 시선만으로 아랫배가 찌릿하고 다리 사이가 축축해졌다. 처음 느껴 보는 생경한 감각에 몸이 얼어붙고 목구멍이 틀어막혔다. 얼음 속으로 들어가고 싶을 만큼 속에서 뜨거움이 치민다.

하지만 그의 시선은 거침이 없었다. 목덜미를 타고 내려간 그의 시선은 봉긋하게 솟아나 있는 가슴께를 맴돌고 있었다. 그러다 배꼽을. 배꼽에서부터 다시 가슴까지.

투둑. 툭. 툭.

또다시 환청이 들려온다. 그의 시선에 하얀 긴팔 티셔츠와, 하얀 실크슬립, 브래지어의 장벽이 벗겨져 바닥에 떨어지는 소리였다.

유두가 공기에 노출된 듯 서늘해졌다. 그럴 리 없는데 축축한 타액의 느낌도 나는 것 같다. 진득하고 끈끈한 시선은 점점 더 수위가 깊어졌다. 금방이라도 젖무덤을 입속으로 넣어 버릴 것만 같았다. 금방이라도 터져 버릴 기세로 몸이 빵빵하게 부푼다.

지은은 낯선 감각이 짜릿하면서도 한편으로는 무서워서 오기로 몸을 휘둘렀다. 책장 선반을 잡고 있던 손이 모나게 나와 있던 책을 건드려 바닥으로 떨어뜨렸다. 너무 순식간에 일어난 일이라 그의 시선이 소리가 난 바닥으로 옮겨 갔다.

촘촘했던 그의 벽에 틈새가 생겼다. 그 틈을 타 그를 밀어내고 빠져나왔다. 그는 곧바로 손을 뻗었지만 이내 거두었다.

허리를 완전히 펴고 일어난 그가 빤히 바라보는 걸 알면서도 도저히 그를 쳐다볼 수 가 없었다. 몸에 남은 감각들이 살아 팔딱팔딱댄다. 얼굴이 붉게 달아오르고 빠르게 열이 올랐다. 다른 곳도 아닌 연구소에서 무슨 일이 벌어진 건가 싶어 당혹스러웠다.

지은은 고개를 숙이고 등을 돌렸다. 하지만 이번엔 그가 가만히 보고 있지 않았다. 손목을 잡아채는 그의 손에 걸음이 묶이고 말았다. 차마 뒤를 돌 엄두가 안 나 고개를 숙이고 바닥만 보고 있는데 손에 무언가 쥐여졌다.

"하루 일찍 떠나게 됐어. 내일 오후 12시 비행기야. 9시까지 집 앞으로 갈 테니 기다려. 이건 상사로서 하는 말이야."

그는 남자로 다가왔다가 상사라는 가면으로 바꿔 썼다. 지은은 그가 쥐여 준 항공권을 바라보다 그를 노려봤다. 상사란 말이 무색하게 그의 눈동자엔 아직 목마름이 가득한 욕망이 그대로 남아 있었다.

6. 판도라의 상자

새벽과 아침의 경계, 익숙한 손놀림으로 마지막 커브를 돌아 나온 인하는 차를 주차시키고 밖으로 나왔다. 이제 막 날이 밝아 오고 있어, 하늘이 검푸른 빛이다. 인하는 차에 기대 그녀의 집 마당 구석에 앙상한 가지를 늘어뜨리고 있는 벚꽃나무를 바라보았다.

벚꽃나무 집 처자.

연구소로 온 지 한 달이 갓 지났을 무렵, 평일이 아닌 주말에 뜻밖의 장소에서 그녀를 보았었다. 경기 외곽에서도 워낙 조용한 동네인지라 오랜 시간 터줏대감으로 있는 수촌마을의 청과상에서였다. 장을 보고 돌아가는지 그녀가 손에 든 투명한 봉투엔 자두, 콩나물, 파 같은 것들이 비쳐졌다.

생각지도 못한 곳에서 만난 반가움 반, 얼떨떨한 마음 반으로 그녀가 귀퉁이를 돌아 사라질 때까지 바라보았다. 그러자 청과상 주인이 그걸 알아채고 이 동네에 산 지 20년쯤 됐다며, 그녀의 집 마당에 봄이면 흐드러지게 피는 예쁜 벚꽃나무가 있어 우리는 벚꽃나무 집 처자라 부른다고 사담을 풀어 놓았다.

그녀의 얘기를 들려 준 게 고마워 산책으로 나왔던 길이었음에도 불구하고 청과상에서 그녀의 봉투에 들어 있던 자두를 샀다. 손에 자두가 든 봉투를 든 채로 산책을 이어 가는데, 정신을 차리고 보니 자신이 남의 집 마당을 두리번거리며 벚꽃나무를 찾고 있었다.

1시간 동안 수촌마을 곳곳을 헤맨 끝에 이 벚꽃나무를 겨우 찾아낼 수 있었다. 그 이후로 그녀를 만날 수 없는 주말이 되면 불쑥불쑥 찾아가고 싶은 마음이 들어 그걸 참느라 더 고통스러운 주말을 보냈었다.

인하는 그녀의 집으로 시선을 돌렸다. 3번째 찾는 그녀의 집이 이제는 낯설지 않다. 아직 단잠에 빠져 있는지, 그녀의 집엔 까만 어둠이 내려앉아 있었다. 인하는 그녀의 방일지도 모르는 어느 창문을 바라보다 재킷 주머니에서 담배 케이스를 꺼내 만지작거렸다.

자신의 인내심이 무척이나 형편없다는 걸 어제 다시 확인했다. 어제는 그런 의도로 다가간 게 아니었다. 책을 못 찾는 것 같아 단지 찾아 주려던 것뿐이었다.

그런데 설익은 복숭아를 닮은 그녀의 체취와 오롯이 자신만을 담은 그녀의 눈동자를 마주한 순간 이성이 통제가 되지 않았다. 뻗어 나가려던 손, 그냥 그녀의 입술에 내려앉고만 싶었던 입술. 간신히 몸은 옮아맸지만 눈 속에 고스란히 드러났을 욕망까지는 숨기지 못했다. 그녀의 입술과 가슴을 눈으로 탐했던 시간은 짧지만 폭풍 같았고, 달콤했지만 아찔했다.

하지만 그 대가는 고통스러웠다. 그녀가 연구실을 나가기 직전, 처연하게 내려앉은 그녀의 눈엔 원망이 서려 있었다. 그 원망은 유혹에 반항 한 번 하지 못했던 그녀 자신을 향한 힐책이었다.

밤새 그 아픈 눈빛을 머릿속에서 떨쳐 낼 수가 없었다. 그녀의 힐책은 또 한 번 그녀를 진흙탕 속으로 끌어들이려 했던 자신의 탓이었다. 만약 그녀가 조금만 더 지체했다면 결국 터져 버려 그곳에서 그녀에게 손을 댔을 걸 알기에 더 미칠 것 같았다.

인하는 어젯밤 연구소에서 집으로 돌아가는 길에 너무 간절하게 생각나 사고 만 담배에 불을 붙였다. 20살 때 잠깐 태웠던 이후로는 입에 댄 적 없던 담배였다. 독한 기운이 폐부를 뚫고 들어와 결국 몇 모금 태우지도 못하고 바닥에 지져 껐다. 그때, 2층 맨 끝 창문에서 환한 불빛이 뿜어져 나왔다.

현재 시각 6시 25분.

가슴이 요동쳤다. 밤새 떨치지 못했던 불길한 예감이 제발 들어맞지 않기를.

그러나 너무 큰 기대였다는 듯, 불길한 예감은 적중하고 말았다. 약속 시간은 9신데 그녀의 집 대문이 열린 건 8시도 채 안 된 시각이었다. 문을 잠그고 돌아서던 그녀는 눈이 마주치자마자 그 자리에 굳어 버렸다. 인하는 애써 아픈 마음을 눌러 삼키며 그녀가 들고 있던 작은 캐리어에 손을 댔다.

“타.”

캐리어를 잡은 그녀의 손에 힘이 들어갔다. 빼기지 않겠다는 저항의 손짓이었다.

“피하라고 한 건 부장님이세요.”

그건 단지 스스로에게 주는 빈약한 면죄부였을 뿐이다. 그녀를 이렇게 놔줄 수는 없었다. 그녀가 숨어 버린 시간 동안 그녀 때문에 미쳐 갈 시간들을 감당할 자신이 없었다. 인하는 이를 악물고 그녀의 손에서 캐리어를 빼앗았다.

"타."

인하는 그녀의 캐리어를 뒷좌석에 실었다. 그 모습을 지켜보던 그녀가 입술을 꼭 깨물며 조수석에 올라탄다. 인하는 피가 맺힐 것 같은 그녀의 입술을 애써 외면하며 운전석에 올라탔다.

김포 공항으로 가는 동안 간간이 그녀의 시선이 전해졌지만 보지 않았다. 아니, 볼 수 없었다. 자신의 이기심 어린 눈빛에 그녀가 더 깊은 상처를 받지 않길 바랐다. 시선이 그녀에게 향하려 할 때마다 액셀러레이터를 밟았다. 그러다 보니 1시간도 더 걸릴 거리인데, 40분 만에 공항에 도착해 버렸다.

인하는 SJ 총무팀에서 보내온 12시 제주행 전자 항공권을 무용지물로 만들고 가장 빨리 출발하는 제주행 티켓을 새로 끊었다. 비행기에 탑승하고 이륙하자마자 그녀를 놓칠까 잔뜩 긴장했던 마음이 풀리면서 밤새 한숨도 자지 못한 피로가 한꺼번에 몰려왔다.

경직된 그녀의 어깨에 슬며시 머리를 기대자, 움찔하며 그녀가 피하려고 몸을 뒤척였다. 살며시, 조심스럽게 그녀의 손목을 잡았다.

"잠깐만. 아주 잠깐이면 돼……."

한층 더 뻣뻣하게 경직된 몸 탓인지 그녀는 더 이상 움직이지 않았다. 인하는 더 깊숙이 그녀의 어깨에 얼굴을 묻었다. 콧속을 어지럽히는 그녀의 달콤한 체취에 그녀를 잡았다는 안도가 밀려온다. 그녀의 고른 숨소리, 볼을 타고 전해져 오는 그녀의 온기에 펄떡거렸던 심장의 움직임이 제자리를 찾아갔다. 그녀의 체취를 안정제 삼아 자신을 진정시킨 인하는 그녀의 어깨에서 머리를 들어 의자 깊숙이 기대고 눈을 감았다.

우중충했던 서울의 하늘과는 다르게 제주도의 하늘은 맑고 쾌청했다. 그녀가 처음 제주도를 찾은 건 8년 전이었다. 그녀의 엄마가 위암으로 투병 생활을 하시기 전에, 세 가족이 마지막으로 여행을 왔던 곳이 제주도였다. 그땐 더운 여름날이었는데, 늦가을을 알리듯 제주도에도 제법 선선한 바람이 불고 있었다.

지은은 8년 전 공항 앞의 풍경을 기억 속에서 더듬으며 현재와 비교했다. 건물의 색이며, 웬만한 장식물. 인위적인 것은 변하지 않은 것이 없다. 유일하게 변하지 않은 것은 커다란 야자수 나무뿐이었다.

밀려오는 씁쓸함을 구겨 삼키는데, 문득 그의 시선이 느껴졌다. 지은은 풍경들에서 시선을 거두고 그와 마주했다. 공항 앞으로 찾아온 낯선 남자와 얘기를 하던 그가 얘기를 마친 모양이었다. 남자는 사라지고 공항 앞엔 그 혼자였다.

"가지."

그가 눈짓으로 가리킨 곳에는 한눈에 보기에도 값비싸 보이는 파란색의 외제 스포츠카가 늠름한 자태를 뽐내며 서 있었다. 공항에서 티켓팅할 때 어디론가 전화를 거는 것 같더니 저 차를 공수하기 위한 전화였던 모양이다.

지은은 어디로 가냐고 물을까, 하다 그만두었다. 그에게 잡혀 버린 이상, 어디로 가든 의미가 없다 판단한 까닭이었다. 더 이상 가망 없는 실랑이로 감정을 소비하고 싶지 않다. 캐리어를 달라는 그의 손짓에 순순히 캐리어를 넘겨주고 조수석에 올라탔다.

공항을 벗어난 차는 애월 해안도로에 진입했다. 이곳은 8년 전에도 부모님과 와 본 곳이었다. 공항과는 다르게 해안도로는 세월을 비켜 간 듯, 변한 게 하나도 없는 풍경으로 반가이 맞아 주었다. 엄마를 추억하기 좋았지만 차가운 바닷바람이 매서웠다. 몸을 흠칫 떨자 활짝 열려 있던 오픈카의 뚜껑이 닫히기 시작했다.

지은은 바람을 완벽히 막아 주는 오픈카의 뚜껑을 바라보다 그에게 시선을 주었다. 노골적인 시선이 느껴질 법도 한데, 그의 시선은 여전히 정면만을 향해 있다.

그는 어제와 달랐다. 짙은 눈동자에 욕망을 담아 맘껏 표출하던 그가 아니었다. 아침에 마주한 그의 눈은 잠을 이루지 못한 건지 핏발이 서 있었고, 그의 몸에선 옅게 니코틴 향이 났다. 지난 몇 개월 수도 없이 맡았던 그의 체취에선 맡아 보지 못한 향이었다. 어디서 배어 온 건가 싶었는데, 그가 서 있던 부근에 무참히 짓밟혀 있던 장초가 그가 태운 것이라는 걸 증명해 주었다.

그가 낯설다. 상사 강인하에도, 남자 강인하에도 조금만 건드리면 무너질 듯 이렇게 아슬아슬한 모습은 없었다.

'어째서 나보다 당신이 더 아파 보이는 거지?'

수석 연구실을 빠져나온 후, 흰 가운을 벗지도 못하고 가방만 챙겨 곧장 집으로 향했었다. 욕실 거울에 비친 모습은 이제껏 자신이 알아오던 한지은이 아니었다. 달아오른 얼굴, 풀려 있는 동공, 그의 시선이 닿은 곳마다 울긋불긋 피어 있는 열꽃까지. 서른 해를 살아오면서 자신이 이토록 색기 가득한 뜨거운 여자처럼 보였던 적은 처음이었다.

다른 곳도 아니고 일터인 연구소에서 그의 유혹에 속절없이 빠져들었었던 자신을 믿을 수 없었다. 하지만 무엇보다 믿을 수 없는 건 떨어져 나간 그의 시선을 아쉬워하고, 끝내 닿지 않았던 그의 손과 입술이 다가와 주길 기대했던 자신이었다.

열어서는 안 되는 판도라의 상자에 손을 댄 듯 두려웠다. 그래서 피해야겠다고 결심했다. 상사로서 내리는 명령이라 할지라도 이번엔 전력을 다해 도망갈 생각이었다. 그런데 집 앞에 버티고 있던 그에게 덜미를 잡히고 말았다. 치졸하게 상사라는 감투를 썼으니 명분은 충분했는데 그는 왜 명령을 어겼냐고 다그치지 않았다. 그저 원망스러운 눈빛을 고스란히 다 받아 내고만 있었다.

'왜. 대체 왜. 아파야 하는 건 나지, 당신이 아니잖아.'

해안도로를 벗어나 서귀포로 향하던 차는 혼란스러움을 미처 정리하기도 전에 해비치 호텔 앞에 부드럽게 섰다. 차에서 내려 발레파킹을 맡긴 그를 따라 호텔로 들어서는데 남녀가 커플티를 입고 서로 딱 달라붙어 가볍게 입술을 맞추며 지나갔다. 순간, 얼굴이 화르륵 타올랐다. 그냥 가벼운 키스일 뿐인데 간밤에 있었던 그들의 사생활이 어렴풋이 상상되면서, '호텔' 이 은밀하고 야릇한 의미로 다가오기 시작했다.

방은 다르겠지만 이런 곳에 그와 함께 엘리베이터를 타고 올라가야 한다고 생각하니 도저히 발길이 떨어지지 않았다. 머뭇머뭇거리자 앞서 걷고 있던 그가 되돌아왔다. 빤히 내려앉는 그의 시선에 생각을 들켜 버린 것만 같아 그의 구두코만 쳐다보았다.

"호텔에 이름이랑 신분증 제시하면 체크인 할 수 있을 거야. 난 잠깐 들를 곳이 있으니 먼저 들어가."

캐리어를 앞으로 내민 그는 그 말만을 남기고 호텔 밖으로 몸을 돌렸다. 지은은 그의 널찍한 등을 바라보았다. 뭔가 급조된 것 같은 발걸음이다. 조금 마음에 걸리지만 차라리 다행이라고 생각하며 체크인을 위해 프런트로 향했다.

방은 생각보다 훨씬 더 모던하고 안락했다. 벽지는 베이지색 톤으로 은은한 분위기를 냈고, 가구는 모두 원목이라 따뜻한 느낌이 들었다. 침구는 새하얗고 포근해 보였다.

지은은 침대 옆에 캐리어를 두고 테라스로 이어지는 문을 열었다. 아담한 테이블과 의자 두 개가 놓여 있는 테라스 너머엔 끝없이 넘실거리는 파도의 풍경이 펼쳐지고 있었다. 그 모습이 마치 천상에 온 듯 너무 아름다워 넋을 놓고 바라보는데 드르륵— 소리가 들려왔다. 오른쪽이었다. 반사적으로 고개를 돌리자 반쯤 얼굴을 내민 그의 옆모습이 보였다. 시선을 느꼈는지, 그가 고개를 돌렸다. 시선이 얽혔다.

지은은 급하게 방으로 몸을 숨겼다. 들를 곳이 있다던 그가 왜 이리 빨리 왔는지는 생각할 여유도 없었다. 습격 같은 마주침에 그저 얼굴이 벌게질 만큼 당혹스러웠다.

"하아."

이런 긴장 상태로 집으로 돌아갈 때까지 하루하고 반나절을 더 견뎌야 한다고 생각하니 머리가 어지러웠다. 침대에 걸터앉아 펄떡거리는 심장을 진정시키는데 초인종 소리가 들렸다. 그 소리에 또 화들짝 놀라 튕기듯 몸을 일으켰다.

혹시 그가 아닐까, 문 쪽으로 다가가지도 못하고 지은은 초조하게 손톱만 뜯었다. 그런데 다시 한 번 초인종 소리가 나더니, 낯선 남자의 목소리가 들려왔다.

"룸서비스입니다."

시킨 적이 없어 의아스러웠지만 일단 그가 아니라는 사실에 안도하며 문을 열었다. 방에 있는 자그마한 테이블에 마늘빵, 채소 샐러드, 수프, 돌문어 피자가 차례대로 올려졌다. 편안한 식사 되십시오, 라는 인사를 끝으로 직원은 사라졌지만 음식에 손이 안 갔다. 그가 보낸 것 같다는 생각이 들면서도 혹시라도 잘못 온 건 아닌가 싶어, 손을 대기가 어려웠다.

그에게 전화를 걸어 확인을 해 볼까 고민하는데 내선 전화가 울렸다. 이 방으로 전화를 걸어 올 사람은 단 한 사람, 그뿐이었다. 어쩐지 속을 다 꿰고 있는 것 같아 거부감이 든다. 받고 싶지 않지만 받지 않으면 직접 올지도 모른다. 마지못해 수화기를 들었다.

"네."

—배고플 텐데 식사부터 해. 먹고 일단 쉬어.

먹고 쉬어야 할 사람은 자신보다 그였다. 애월 해안도로를 돌고 호텔로 오느라 피로가 더 누적이 된 듯, 듣기 좋았던 그의 목소리가 한껏 잠겨 있었다. 음식들을 바라보며 부장님도 식사하시고 푹 쉬시라는 말을 건넬까 하다가 그만두고, 짧게 '네.' 하고 대답했다.

—그래도 저녁은 먹어야 하니까 6시까지 로비로 나와. 잊지 마, 6시야.

지은은 뭐라 대답도 하기 전에 끊겨 버린 전화를 한동안 붙들고 있었다.

정말 이상하다. 강 부장이. 아니, 남자 강인하인가? 세미나에 데려온 거니 상사와 부하 관계이기는 한데, 거대한 그의 욕망을 봐 버려 한쪽으로 단정 짓기가 힘들다.

애매한 관계의 경계선에서 저울질을 하던 지은은 고개를 저었다.

생각은 그만. 여기까지.

쉬고 싶다.

딩동딩동딩동딩동. 쾅쾅쾅쾅!

초인종도 모자라 문이 부서질 것처럼 두드리는 소리에 지은은 베개로 귀를 감싸 버렸다. 한참 동안 계속되는 소리에 누군지는 몰라도 집착 하나는 타의 추종을 불허한다 싶어 베개를 집어 던지고 벌떡 일어났다. 눈을 뜬 순간, 여기가 집이 아닌 제주도고, 세미나를 위해 그와 함께 왔단 사실이 인지되면서 정신이 번쩍 들었다.

"한지은! 안에 있으면 대답해! 한지은!"

지은은 재빨리 시간을 확인했다. 그가 일방적으로 통보하다시피 한 시간에서 40분이나 지나 있었다. 그가 보내 준 룸서비스를 깨끗이 먹어 치우고 잠이 쏟아져 잠깐 잔다는 게 이 시간까지 쥐 죽은 듯 잔 것이다. 이렇게 그를 바람맞힐 생각은 없었던지라 지은은 미쳤어, 미쳤어를 연발하며 머리를 대충 정리하고는 문을 열었다.

"죄송……."

"한지은!"

문을 다 열기도 전에 그가 급하게 문을 벌컥 열어젖히더니 팔을 뻗어 몸을 끌어당겼다. 고개를 숙인 채로 그의 가슴팍에 들어간 지은은 숨을 훅 들이켰다.

"얼마나 후회했는지 알아? 밥을 못 먹어도 내 옆에 둘걸! 잠을 못 자도 내 옆에 둘걸! 난 네가 또……!"

봇물 터지듯 쏟아 내던 그는 말을 삼키고 깊은 한숨을 내쉬었다. 끝까지 듣지 못했지만 그가 무슨 말을 하려고 했는지 알 것 같았다. '도망'이라는 두 글자가 그를 얼마나 몰아붙였는지 세차게 뛰고 있는 그의 심장 소리가 대신 말해 주고 있었다. 그의 심장과 같이 뛰기 시작한 자신의 심장 소리를 듣다 살며시 그를 밀어냈다.

"죄송합니다."

그의 얼굴을 제대로 쳐다볼 수가 없었다. 그저 발끝만 보며 그의 거친 숨소리가 가라앉기만을 기다렸다. 한참 만에 숨을 진정시킨 그가 방 안으로 밀어 보냈다.

"준비하고 나와. 이번엔 오래 안 기다려."

지은은 문이 닫히자마자 준비라고 할 것도 없이 간단히 씻고 옷만 갈아입은 뒤 방을 나섰다. 벽에 기대 팔짱을 끼고 있던 그가 몸을 떼고 앞장을 섰다. 화가 난 듯 잔뜩 먹구름이 낀 그의 모습을 보고 있자니 뭐라 말을 붙이기도 어려워 지은은 묵묵히 그의 뒤만 따랐다.

좀팽이. 밴댕이 소갈딱지.

단단히 화가 났는지 호텔에서부터 지금까지 입도 뻥긋 안 하는 그로 인해 지은은 질식할 것 같았다. 정갈하고 맛깔스러운 돔 회가 입으로 들어가는지 코로 들어가는지 알 수 없었다.

회 한 점을 되새김질하는 소처럼 씹던 지은은 회를 삼키다가 그것마저 사레가 들려 켁켁거렸다. 눈썹을 씰룩대던 그가 슬쩍 물컵을 밀었다. 지은은 생명줄을 잡듯 물컵을 들어 꿀꺽꿀꺽 들이켰다. 목이 진정되고 나자 그나마 남아 있던 입맛마저 싹 가셔 버렸다. 회라면 자다가도 벌떡 일어날 만큼 좋아하는 음식인데 이런 분위기에서 먹자니 동냥밥보다도 못했다.

젓가락을 완전히 내려놓자 그의 눈썹이 또 씰룩댔다. 저렇게 좁아지며 눈썹이 씰룩대는 건 굉장히, 심히 맘에 안 든다는 뜻이라는 것을 몇 번 보니 알 것 같았다. 하지만 마음을 바꿀 생각은 없다. 5분 동안 회 쪽은 거들떠보지도 않으니 그도 젓가락을 내려놨다. 결국 제일 작은 사이즈의 회를 둘이서 반도 못 비우고 방을 나섰다.

지은은 카드를 내미는 그를 살짝 밀치고 제 카드를 내밀었다. 데려오긴 그가 데려왔지만 아까 룸서비스도 그렇고 그에게 받아만 먹는 것이 달갑지 않았다. 두 개의 카드를 받고 어쩔 줄 몰라 하는 카운터 직원이 눈치만 보고 있자, 그가 눈썹을 또 실룩대며 시선을 마주쳐 왔다. 지은은 지지 않겠다는 듯, 아예 그의 카드를 그의 손에 쥐여 주었다. 그제야 계산을 마친 종업원이 카드를 돌려주며 초대권이라고 써진 티켓 두 매를 들이밀었다.

"두 분 조금 다투신 것 같은데 저희가 자그마한 선물 하나 드릴게요. 화해하셨으면 좋겠네요."

오지랖도 넓은 직원이다 싶으면서도 슬쩍 초대권을 바라보니 '제주테마조각공원'이란 글씨가 보였다. 제주도까지 왔는데 세미나만 홀랑하고 아무것도 못 보고 간다는 게 서운하다 싶기도 한 참에 잘됐다 싶었다.

"감사……."

"됐습니다."

전시회 같을 거란 느낌이 들어서 마음에 들었는데, 그가 싹뚝 말을 잘랐다. 지은은 그를 흘겼다.

"제가 계산했으니 이 초대권 권한도 저에게 있어요."

어이없어하는 그의 시선이 얼굴에 내려앉는다. 하지만 그것도 잠시, 그가 재미있다는 표정으로 입꼬리를 올렸다.

"여기가 어떤 곳인지는 아나?"

뭐가 전시되어 있는 줄은 모르겠지만 조각공원이라 적혀 있지 않은가. 지은은 초대권을 받아 챙기며 종업원한테 고맙다는 인사를 전했다. 그리고 그와 시선을 마주했다.

"가 보면 알겠죠. 뭘 전시해 놓은 곳인지."

지은은 그를 뒤로하고 의기양양하게 가게를 먼저 나섰다.

차에서 내려 건물을 바라보던 지은은 그 자리에 우뚝 서서 초대권과 커다란 건물 앞에 걸려 있는 간판을 번갈아 바라보았다.

"러브랜드……."

분명 초대권에 적혀 있는 것과 간판 이름은 일치하는데 느낌이 좋지 않았다. 어른들을 위한 장난감 모음전이라는 현수막도, 성(性)에 대한 발칙한 상상이라는 현수막도, 홀딱 벗은 남자와 여자가 찐하게 키스를 나누고 있는 그림이 적나라하게 프린팅 되어 있는 간판도 영 심상치가 않았다. 경직된 자세로 그것들을 바라보는데, 조금 뒤에서 걸어오던 그가 옆에 섰다.

"안 가나? 본다며. 뭐가 전시되어 있는지."

명백하게 웃음이 섞여 있는 그의 목소리에 잘못 걸렸다는 확신이 들었다. 그냥 돌아가자고 할까, 어쩌지, 고민을 하던 지은은 그냥 돌진해 보기로 했다. 한국은 유교사상이 아직 많이 남아 있는 곳이라 성에 대한 게 아직 개방적이지 않으니 생각처럼 노골적이지는 않을 거라는 판단이 한 몫을 한 결과였다.

'그래, 가 보자. 뭐 별거 있겠어?'

그러나 지은은 러브랜드에 입장한 지 정확히 3분 만에 빳빳하게 굳어 버렸다.

별거, 있었다. 그것도 아주 큰 별거가.

조각은 조각인데 남자와 여자가 홀딱 벗고 있는 건 기본이고, 체위 백과사전을 만들어도 될 만큼 각종 체위가 적나라하게 표현된 조각상들이 다섯 걸음에 한 개씩 전시되어 있었다. 여기에 불빛이 찬란하게 빛나는 남근 분수대까지.

남자의 성기를 본떠 만든 조각에 여자들이 올라타 기념사진을 찍고 있는 걸 보고 지은은 입을 떡 벌렸다. 마치 이 안에 있는 모든 사람들이 연정처럼 보였다.

대체 우리나라가 언제 이렇게 성에 대해 관대해진 건가, 놀랍기 그지없는데 지은은 자신이 간과한 한 가지가 있었다는 걸 그제야 깨달았다. 여기는 대한민국이지만 세계인들을 불러들이는 관광의 도시,

제주라는 걸.

최대한 자연스럽게 한 바퀴 빨리 돌고 돌아가야겠다 싶어 걸음을 재촉하는데 이번엔 줄줄이 남근상만 있는 곳과 맞닥뜨렸다. 하나같이 다 발기되어 있는 것들이라 크기는 또 어찌나 우람한지…….

뒤로 가면 체위 백과사전, 앞으로 가면 우람한 남근상, 그야말로 진퇴양난이다. 발이 묶여 버려 꼼짝도 못 하고 있는데, 바로 뒤에서 소리 죽여 웃고 있는 소리가 들렸다. 지은은 괜히 억울한 마음에 홱 돌아 그를 노려봤다.

“여기가 이런 곳이라는 거 알고 계셨죠?”

“이런 곳이 어떤 곳인데?”

“이, 이거요. 이런 것들이 있는 곳!”

“이런 것들이라니?”

어떻게든 노골적인 단어를 듣고 말겠다는 듯, 그의 집요한 질문에 ‘페니스!’라는 단어가 입 밖으로 꺼내져 나오려고 해서 괜스레 얼굴만 더 붉어졌다.

지은은 붉어진 얼굴을 들키기 싫어 고개를 숙였다. 그런데 봐 온 것들이 그런 것들이라 그런지 자연스럽게 시선이 그의 중심부 쪽으로 향했다. 남자의 성기를 실제로 한 번도 본 적이 없는지라, 문득 정말 이렇게 클까 의문이 들었다.

“한지은.”

지은은 낮게 부르는 소리에 정신이 번쩍 들어 고개를 들었다. 그의 얼굴에 서려 있던 장난기가 완전히 자취를 감췄다. 지나치게 온도가 높아 델 것 같은 열기만이 엿보인다. 시선으로 애무를 하던 그때와 비슷한 얼굴이었다. 머리에 적신호가 켜졌다.

“손 좀 씻고 올게요.”

잠깐 사이에 땀으로 촉촉하게 젖은 손을 핑계로 그의 곁을 벗어나 왔던 길에 봤던 수돗가로 향했다. 수도꼭지마저 남성의 성기 부분에 갖다 대 놓은 철저함이란……. 지은은 애매한 표정으로 고개를 내저으며 물을 틀었다.

씻어도, 씻어도 계속 땀이 차는 것 같아 꽤 오래 흐르는 물속에서 손을 비볐다. 그런데 불쑥, 크고 힘줄 돋은 그의 손이 침입해 수도꼭지를 잠갔다. 고개를 들고 그를 바라봤다. 그는 말없이 세면대에 그대로 멈춰 버린 손을 낚아채 잡았다.

"그만 가지."

"하지만 아직 실내는 못 봤는데……."

"안은 여기보다 더해. 볼 자신 있나?"

없다. 여기까지만으로도 차고 넘칠 만큼 컬쳐쇼크를 경험했다. 고개를 젓자 그가 걸음을 옮겼다. 손을 놓지 않아 손바닥 사이에 갇힌 물방울들이 점점 온도를 올린다.

지은은 커다란 그의 손에 갇힌 자신의 손을 하릴없이 바라봤다. 그의 손등으로 옮겨 갔던 물방울이 맞물려 있던 엄지를 타고 다시 넘어왔다. 그 물방울은 손에 남아 있던 물기를 모아 새끼손가락을 타고 바닥으로 떨어졌다. 자유자재로 그의 손과 자신의 손을 넘나드는 물방울의 느낌이 야릇하게 느껴진다.

물방울이 지나간 자리가 화끈거려 그에게 붙들린 손을 살짝 비틀어 빼냈다. 놓아주지 않을 줄 알았는데 생각보다 손이 쉽게 빠졌다. 지은은 훔쳐보듯 그를 살폈다. 일그러진 그의 얼굴이 괴로움 때문인 건지, 불편함 때문인 건지 분간하기 어려웠다.

분위기는 다시 냉랭해졌다. 그는 러브랜드에서 호텔까지 돌아오는 동안 한 마디도 하지 않았다. 무슨 생각을 하는지 도통 감을 잡을 수가 없었지만 흐르는 기류상, 섣불리 말을 꺼내선 안 될 것 같았다. 그래서 오는 내내 입을 꾹 다물고 있었다. 룸으로 올라가는 엘리베이터 안, 힐끔 그를 쳐다봤다.

"보지 마."

짧은 말이었지만 그의 목소리가 심상치 않았다. 꾹꾹 눌러 담아 한껏 잠겨 흡사 짐승의 울부짖음 같았다.

마침내 엘리베이터가 7층에 멈춰 서자 그가 튕겨 나가듯 밖으로 나갔다. 큰 보폭으로 자신의 방 앞으로 다가가 카드키를 꺼내 드는 그의 손길이 다급해 보였다. 마치 뒤에서 위험한 무언가가 다가오고 있는 것처럼 초조해 보이기도 했다.

너무 서두른 탓인지 카드키가 그의 손에서 떨어져 버렸다. 그는 카드키를 주울 생각은 않고 문에 이마를 기대고 서 있기만 했다. 지은은 나직이 한숨을 내쉬고 카드키를 주워 문에 꽂아 주었다.

"한지은."

달칵 소리가 나며 열리는 것을 확인하고 제 방으로 가려는데, 낮은 그의 목소리가 발목을 잡았다. 돌아서기 전에 그가 뒤에서 어깨를 감싸 안았다. 정수리에 뜨거운 그의 숨이 내려앉는다.

"힘들어. 너 때문에……. 피할, 건가?"

그의 팔에 점점 힘이 들어갔다. 지은은 고개를 살짝 내려 너무 힘을 주어 파르르 떨리기 시작한 그의 팔을 바라보았다. 얼마나 긴장하고 있는지, 얼마나 속이 타고 있는지 그의 얼굴을 확인하지 않아도 팔의 떨림만으로도 알 수 있을 것 같았다.

푸르스름하게 질린 힘줄이 안쓰러워 살포시 그의 팔에 손을 얹었다. 자그마한 손짓이었는데 그가 더 강한 힘으로 어깨를 감싸 왔다.

“지은아, 한지은…….”

떨림 가득한 목소리에 마음 한구석이 저릿해져 온다. 무엇이 그를 이렇게까지 몰아가는 걸까. 그는 아이가 엄마의 품에서 떨어지지 않으려 하는 몸짓처럼 솜털 하나까지도 밀착하려고 했다. 꽁꽁 잠가 두었던 판도라의 상자가 이제 그만 해방시켜 달라고 아우성치는 것 같다. 톡 하면 쓰러질 듯 위태롭게 이름만 불러 대는 그의 팔을 달래듯 쓸었다.

“숨…… 막혀요.”

그제야 그의 팔에 힘이 풀린다. 지은은 천천히 돌아섰다. 그의 눈과 마주하는 순간, 지은은 숨을 죽였다.

‘널 원해, 한지은.’

욕망이 고스란히 드러나는 얼굴에서 방금 빠져나간 온기가 원통한 듯, 속절없이 흔들리는 눈동자가 애잔하게 속삭여 왔다.

불순물이 섞여 있지 않은 순수한 욕망.

등 뒤에서 안아 왔을 때부터 저런 눈동자를 하고 있었을 거라고 생각하니 몸이 작게 떨려 왔다. 어젯밤보다 한층 더 짙은 그의 욕망에 잠가 두었던 마음의 빗장이 톡 하고 풀리는 소리가 또렷하게 들려왔다.

원한다. 나를 온몸으로 원하는 그를.

순간적인 본능에 불과할지라도 상관없었다. 온몸으로 널 원한다고 말하고 있는 그만이 지금의 전부였다.

지은은 한 발자국 그의 앞으로 다가갔다. 흔들리던 그의 눈동자가 욕망 속에 깊게 잠식되어 간다. 그의 눈동자를 똑바로 마주하며 허리를 감싸 안았다. 까치발을 들고 깃털이 내려앉듯 그의 입술에 입술을 얹었다.

순식간이었다. 팔로 허리를 감싸 들어 올린 그가 급하게 문을 열더니 입술을 삼켜 버렸다. 찰칵, 문이 닫히는 소리가 들리자마자 그는 엉덩이를 두 손으로 받쳐 들었다. 그의 품에 안겨 방 안으로 들어간 지은은 뜨거운 숨을 쏟아 낼 틈도 없이 몰아쳐 오는 그의 입술에 숨을 급하게 집어삼켰다. 목 언저리에서 올라오는 그의 체취가 주는 은밀하고 야릇한 느낌에 정신이 혼미했다.

자기 것인 양 마구잡이로 입안을 휘저어 오는 그의 혀 놀림에 허리가 휘면서 몸에 작은 경련이 일었다. 혀를 핥고 잡아당기고 빨아들이면서 신발을 바닥에 흩뿌리듯 벗겨 낸 그가 입술을 떼고 눈을 맞춰 왔다.

"놓아주지 않을 거야. 절대."

으르렁거림 같은 말에 답할 새도 없이 타액으로 번들거리는 입술을 재빠르게 훑은 그의 혀가 곧장 안으로 침투했다. 지은은 그의 머리를 감싸 안아 끌어당겼다.

너무 간절했다. 머리카락 안으로 파고든 그의 애타는 손도, 삼켜 버릴 듯 혀를 낚아채는 그의 놀림도, 엉덩이를 톡톡 때리는 그의 단단한 페니스도. 이 순간엔 다른 건 어떻게 되도 좋을 만큼 그가 간절했다.

등 뒤에서 폭신한 감촉이 느껴졌다. 그의 몸이 살짝 떨어지며 틈이 생기자 그의 목을 감은 팔에 힘을 주어 매달렸다. 그는 척추의 도드라진 부분을 하나하나 섬세하게 쓸어내리며 이마부터 눈썹, 눈, 코, 양 볼, 입에 가볍게 키스를 했다. 어제 그가 선사해 줬던 아찔한 감각이 생생히 몸에 남아 있는데, 그의 입술은 감질날 만큼 느렸다. 재촉하듯 그의 셔츠 속으로 손을 집어넣어 배 언저리를 쓸었다.

"너……."

시작은 본능이었는데 작은 손짓에도 솔직하게 반응하는 그가 재밌다. 지은은 손을 올려 그의 작은 젖꼭지를 쓰다듬었다. 그 느릿한 손짓에 그가 미간을 찌푸리며 약한 신음을 뱉어 낸다.

"더는 안 돼."

그가 급하게 셔츠 뒤로 손을 옮겨 한 번에 브래지어 후크를 풀었다. 그리고 귓속에 뜨거운 숨을 불어 넣었다. 예고 없이 맨가슴을 꽉 움켜쥐는 그의 손길에 숨이 한꺼번에 쏟아져 나왔다. 야릇한 신음 소리가 새어 나오려고 해서 입을 틀어막자, 그가 손을 떼어 낸다.

"예쁜 목소리로 실컷 울어 봐. 날 얼마나 원하는지 내가 느낄 수 있게."

그녀의 가슴을 한 손 가득 쥐고 쓸어내리던 그가 젖꼭지를 잡아 살짝 비틀면서 귓불을 베어 물었다. 지은은 신음을 내지 않으려 잇새를 앙다물며 도리질을 쳤다. 그는 셔츠를 목까지 올리고 고개를 내려 가슴을 베어 물었다.

"아! 아흥! 아학……."

젖꼭지에 부드럽게 닿는 그의 혀에 아래가 젖어 오면서 저절로 잇새가 벌어졌다. 그는 핥고 돌리고 빨며 젖꼭지를 맘껏 희롱했다. 처음 느껴 보는 아찔한 감촉에 몸이 바르르 떨리고 정신이 아득해져 간다. 지은은 그의 머리를 잡아 더 사랑해 달라고 가슴으로 끌어당겼다.

그는 겁도 없이 감히 날 도발한 대가를 치르게 해 주겠다는 듯, 쉼 없이 가슴에 타액을 묻히며 바지 안으로 손을 미끄러뜨렸다. 처음 허락하는 곳인지라 본능적으로 허벅지가 움츠러들었다. 하지만 그의 손은 거침없이 검은 숲을 지나 한 번에 예민한 작은 살점을 찾아냈다.

"하악! 그만……. 안 돼……. 아핫!"

"여긴 네 입과 다른 말을 하는데. 흠뻑 젖었어. 흘러내릴 것 같아."

발갛게 달아오른 그의 얼굴이 섹시하다. 다리 사이에서 쉴 새 없이 움직이는 그의 팔을 잡아당겨 보지만 그는 물러서지 않았다. 살점을 문지르고 쓸어 당기는 그의 손길에 몸이 경련을 일으켰다. 다리 사이가 전기에 옮은 것 같았다.

지은은 생전 처음 경험하는 아찔한 감각에 상체를 일으키고 그의 입에 입술을 붙였다. 그의 입이 활짝 벌어지자 혀를 집어넣어 흡입하듯 그의 타액을 삼켰다.

"하악……!"

정신이 하나도 없었다. 그가 엉덩이를 잡아당기는 바람에 더 밀착이 된 살점과 손이 점점 몸을 압박하고 있었다. 지은은 그의 목 언저리에 얼굴을 파묻고 매달렸다. 어서, 어서 빨리 더 큰 쾌락을 맛보게 해 달라고. 하지만 바람과는 달리 그의 손짓은 점점 느려졌다. 지은은 애타는 신음을 흘리며 애잔하게 그의 눈을 바라봤다.

"날 원해?"

원한다. 미칠 만큼.

지은은 고개를 끄덕였다.

"어떻게 해 주길 바라지?"

그의 나른한 미소가 짓궂게 피어오른다. 자신은 이렇게나 달아올랐는데 그는 얼굴이 조금 붉어진 거 외엔 참을 만한 거 같아서 억울하다. 속으로는 좀 전처럼 만져 달라고, 깊게 키스해 달라고, 절정을 맛보게 해 달라고 외치고 있었지만 고집스럽게 입을 꾹 다물었다.

"얼마나 닫혀 있을 수 있을까. 네 입이."

"아흑!"

그의 손가락이 살점을 다시 문지른다. 그의 손 아래 속절없이 흔들리는 여린 살결이 주는 감촉에 고집 따윈 저 멀리 날아가 버렸다. 허리가 휘며 신음이 터져 나온다. 그의 탄탄한 두 어깨를 유일한 동아줄처럼 붙잡고 고개를 뒤로 젖혔다. 입가에서 한 줄기의 타액이 흘러나오는 것도 모를 만큼 정신이 혼미했다.

"어서……. 제발……!"

"그래. 알아, 네가 뭘 원하는지. 해 주길 바란다면 내 눈을 똑바로 보고 날 불러 봐."

"부…… 부, 부장님……."

그의 얼굴이 굳는다.

"틀렸어. 다시."

원하는 부름이 나올 때까지 그는 애를 태울 작정인 것 같았다. 살점을 아슬아슬 피해 가는 그의 고의적인 손길에 머릿속으로 수많은 호칭이 떠돌았지만 적절한 호칭이 떠오르지 않았다. 그녀는 애만 태우는 그의 팔을 잡아당겨 살점 가까이에 붙이며 겨우 내뱉었다.

"강……인하……."

그가 귓불을 물어 당기며 속삭인다.

"더 다정하게."

그의 입술이 세차게 가슴을 빨아들였다. 가슴을 지분거리는 입과 빨라지는 손동작에 허리가 갈대처럼 휘고 몸이 사정없이 흔들렸다. 침과 땀으로 범벅이 되어 있는 몸은 점점 달아올라 불에 댄 듯 뜨거웠다. 그리고 숨 막히는 절정의 순간이 찾아왔다. 몸을 파르르 떨며 모든 것을 쏟아 내는 와중에도 그는 손을 멈추지 않았다.

"아핫! 악……! 인…… 인하 씨……!"

그녀가 절정에 떠는 동안, 그는 상의를 벗었다. 몸의 떨림이 멈추고 방의 풍경이 들어올 때쯤, 그가 그녀의 다리를 벌리더니 양 어깨에 걸쳤다. 너무 적나라한 자세다. 다리를 움츠려 봤지만 그가 이미 완전히 안으로 들어와 어깨로 다리를 오므리지 못하도록 버텨 소용이 없었다.

"뭐, 뭘 하려는 거예요."

그의 눈이 세세하게 사이를 훑었다. 부끄러움과 묘한 쾌감에 몸이 찌릿찌릿하다. 고개가 내려오며 길게 혀를 내미는 그의 모습에 지은은 튕기듯 상체를 일으켜 손으로 사이를 막았다.

그의 눈썹이 좁아지며 씰룩댔지만 비켜 줄 수 없었다. 남자의 혀가 사이를 터치해 줄 때면 천국에 온 듯 몸이 방방 뜬다고 연정이 얘기했었지만, 이런 건 너무 노골적이다. 세차게 고개를 젓자 그가 몸을 다시 눕히며 두 팔을 매트 위에 지탱하고 눈을 맞춰 왔다.

"내가 원해. 피하지 마."

대답은 필요치 않다는 듯 그가 다시 입술을 겹쳐 왔다. 처음보다 더 격렬하게 혀를 뽑을 태세로 타액을 훔쳐 가던 그는 점점 입술을 내려 몸 구석구석에 타액을 묻혀 갔다. 은밀한 곳을 지분거리는 손짓까지 더해지자 몸이 금세 달아올라 애액이 솟구쳤다. 지은은 그의 머리카락에 손을 집어넣고 몸을 비틀었다.

"아흣……! 하악……!"

이대로 죽어도 좋다는 생각이 들 만큼 아찔한 쾌감이었다. 그의 손과 혀가 닿는 곳곳에 열꽃이 피어올랐다. 간밤에 거울 속에서 보았던 색기 있는 여자의 모습을 그에게 보여 주고 있다고 생각하니 몸이 더 달아올랐다. 본능적으로 다리를 벌리고 부풀 대로 부푼 그의 페니스에 은밀한 곳을 비볐다. 갑작스런 돌발 행동에 조금 놀란 듯, 낮게 신음을 흘린 그가 배 주위를 지분거리던 행동을 멈췄다.

"아직. 아직이야. 조금만 더 참아. 곧 맛보게 해 줄 테니."

그의 베이지색 면바지에 은밀한 곳에서 흘러나온 애액이 묻어 번

들거렸다. 그 모습이 지나치게 색정적이라 숨을 들이키는데, 엉덩이를 조금 우악스런 손길로 끌어당긴 그가 검은 숲으로 입술을 묻어 왔다.

"악! 하악! 이, 인하 씨……!"

작은 살점에 그의 붉고 긴 혀가 닿았다. 그의 어깨에 손톱자국이 남을 만큼 손에 힘이 들어갔다. 이런 감각은 태어나서 처음이었다. 수치심을 느낄 새도 없었다. 혀로 촘촘하게 공격해 오는 그는 지나치게 능숙했다.

애액이 흐르는 곳에 뜨거운 혀가 닿자 몸이 튀어 올랐다. 그런 몸을 달래듯 그의 손이 가슴을 부드럽게 쓸었지만 그게 더 자극적이었다. 입술 사이로 연신 교태 섞인 신음이 터지고 발가락이 저절로 오므라들었다.

"후."

폭발하듯 흐르는 애액을 남김없이 핥아 내려가던 그가 낮게 신음 섞인 숨을 쏟아 냈다. 입김과 콧김이 사이에 그대로 전해지자 몸이 떨렸다. 참아 내기엔 너무나 강렬한 감각이었다. 그가 급하게 하의를 벗기 시작했다. 몽롱한 눈빛으로 바라보며 그의 손이 떠나가 찬 기운이 드는 다리를 살짝 오므렸다. 하지만 곧 포악스럽게 달려드는 그의 손길에 다시 사이가 활짝 모습을 드러냈다.

"이제 네 안으로 들어갈 거야. 들어가야겠어."

베이스 기타를 연상시켰던 그의 듣기 좋은 목소리가 욕망에 휩싸여 거칠어졌다. 단단하게 발기된 그의 페니스가 시야를 스친다.

지은은 숨을 들이켰다. 몇 시간 전에 러브랜드에서 봤던 남근만큼 굵고 탄탄해 보였다. 저 거대한 게 몸 안으로 들어온다고 생각하니 살짝 겁이 나기도 한다. 하지만 그런 생각은 오래 지속되지 못했다. 몸을 겹친 그가 핏줄이 도드라진 페니스로 입구 주위를 쓸었다.

"하읏! 악……!"

살결들을 헤치고 그의 페니스가 입구에 닿았다. 완전히 들어오기도 전에 낯선 침입자를 경계하는 통증이 밀려왔다. 하지만 마지막 문만 넘어서면 어쩐지 더 아찔한 쾌락이 기다리고 있을 것만 같다. 묘한 기대감에 시트를 꽉 움켜쥐고 입술을 깨물며 버텼다. 겨우 귀두를 집어넣은 그가 인상을 찌푸렸다.

"너무 좁아. 벌써 미칠 것 같아."

그의 눈동자가 욕망으로 짙어져 있었다. 지은은 하체가 마비될 것 같은 통증에 고개를 옆으로 돌렸다.

조금만 더. 조금만 더 버티면 분명히…….

손톱이 살에 박히도록 시트를 꽉 움켜쥐는데 엉덩이에 힘을 주어 천천히 들어오던 그가 불현듯 행동을 멈췄다. 지은은 천천히 고개를 돌려 그를 바라보았다. 그의 얼굴이 통제 불가능한 욕망과 혼란이 뒤섞여 일렁이고 있다.

"너 설마……."

지은은 그가 말하는 '설마'가 무엇을 의미하는지 알 것 같았다. 흥분이 최고조에 이르러 난폭해지면 한순간에 밀고 들어오느라 처녀막 따윈 못 느낄 거라 생각했는데. 그는 그렇게 허술한 남자가 아니었다.

지금까지 처녀를 간직하고 있는 것에 대해 한 번도 수치스럽다고 생각해 본 적이 없는데 너무 능숙했던 그에게 상대도 안 된다고 생각하니 처음으로 수치심이 일었다. 지은은 두 손으로 얼굴을 가려 버렸다. 그의 몸이 멀어져 간다.

여기서 끝내는 건가……?

처음이라는 이유로 거부당했던 건 선우 하나만으로 충분하다. 그에게까지 처음이라는 이유로 거부당하고 싶진 않았다. 지은은 완전히 몸을 일으키려는 그의 팔을 다급하게 붙잡았다. 그가 팔을 비튼다. 도리질을 치며 두 손에 힘을 줬다.

싫어.

당신까지 그런 이유로 날 거부하지 마.

"이러면 내가 안아 줄 수가 없잖아."

거짓말처럼 손에서 힘이 빠져나갔다. 살포시 당겨 끌어안은 그가 고개를 내려 가볍게 입술을 맞췄다.

"미안해. 몰랐어. 미안해."

꽉 깨물어 피가 맺힌 입술을 그가 혀로 핥아 주었다. 그 놀림이 너무 다정하고 따뜻해서 눈물이 날 것 같았다. 지은은 시트를 꽉 움켜쥐었다. 손톱자국이 난 손에 자잘한 키스를 퍼붓는 그를 바라보며 한껏 잠긴 목소리를 내뱉었다.

"계속…… 계속해요. 어서."

이마에 잦게 키스를 흩뿌리던 그가 낮게 웃음을 흘린다. 그가 조심스럽게 손을 끌어 페니스에 가져다 댔다. 그렇지 않아도 크고 단단했던 그의 페니스가 터질 태세로 더 크게 부풀어 오르고 있었다. 지은은 화들짝 놀라 얼른 손을 뗐다.

"느꼈으면 자극하지 마. 한 템포 늦추지 않으면 널 부숴 버릴 것 같아 참고 있는 거니까. 멈출 수 없어서 그게 미안해."

안도감에 세차게 뛰었던 심장의 요동이 차츰 제자리를 찾아갔다. 그의 품에 안긴 채로 쇄골에 얼굴을 묻고 그의 체취를 맘껏 들이켰다. 로빈 포맨의 향기가 섞인 그의 달콤한 체취가 머리를 어지럽힌다.

향기만큼 맛도 달콤할까?

"앗!"

혀를 내밀어 살짝 그의 쇄골을 핥았을 뿐이다. 그는 억눌린 신음을 뱉으며 다급하게 침대에 몸을 누이고 그 위에 올라탔다. 잠시 숨죽이고 있었던 그의 눈이 욕망으로 다시 불타올랐다.

"자극하지 말랬잖아. 후, 젠장."

앙다물어진 입술을 턱을 살짝 당겨 틈을 만들어 낸 그가 곧바로 혀를 집어넣었다. 헤엄치듯 자유자재로 휘감고, 핥고, 빨아 당긴 그가 잠시 멈춰 있던 샘을 자극하며 유두를 혀로 희롱했다.

그가 주는 쾌락을 너무 정직하게 기억하고 있는 몸이 저절로 비틀리며 신음이 터져 나왔다. 그의 손길과 혀가 다급해지면 다급해질수록 몸은 점점 더 뜨겁게 달아올랐다.

이미 여러 차례 시트를 적신 애액이 다시 시트를 적시며 축축한 감촉이 엉덩이에 그대로 와 닿았다. 손가락으로 충분히 젖었는지 확인하며 여기저기 자극을 주던 그가 몸을 겹쳐 왔다. 입안으로 그의 검지가 들어왔다.

"최대한 힘을 빼. 그래도 많이 아플 거야. 참기 힘들면 애꿏은 입술 괴롭히지 말고 물어."

"악!"

그는 한 번에 거세게 들어왔다. 몸이 통째로 갈라지는 것 같은 극심한 통증이 밀려왔다. 눈물이 날 정도라 저도 모르게 그의 검지를 물어 버렸다. 많이 아팠을 텐데, 그는 신음 한 번 내지 않고 고통을 받아 내었다.

그가 손가락을 빼내고 입술을 겹쳐 왔다. 아릿한 통증과 그의 혀가 주는 쾌감이 뒤섞여 정신이 혼미했다. 살살 가슴을 지분거리며 혀를 핥은 그의 놀림에 조금씩 아픔이 사그라진다. 안을 꽉 메운 그의 페니스가 느껴졌다. 한 몸이 된 야릇한 느낌, 몸이 떨렸다.

숨이 고르게 쉬어지자 그가 천천히 허리를 움직였다. 살이 쓸리고 근육들이 비명을 질러 댔지만 쾌감에 젖은 그의 얼굴이 너무 섹시해 몸에 힘을 빼고 모든 걸 그에게 맡겼다. 허리의 움직임이 점점 빨라진다. 여린 살점을 자극하는 그의 손놀림도 같이 빨라졌다. 지은은 쾌락의 늪에서 신음을 쏟아냈다.

"지은아, 지은아……."

그의 얼굴이 쾌감에 젖어 있다. 절정이 얼마 남지 않다는 게 느껴졌다. 지은은 부들부들 떨리는 다리를 힘겹게 들어 그의 허리에 감았다. 더 깊이, 더 빠르게 치고 들어오던 그의 페니스가 빠르게 빠져나갔다. 끊임없이 흘러내리는 그의 액이 오목한 배 위에 가득 쏟아졌다.

온몸에서 기가 빠져나간 것 같다. 지은은 그대로 꿈속으로 빠져들어 갔다.

인하는 물끄러미 그녀를 바라보는 중이었다. 평소 연구소에서 보여줬던 모습대로 그녀는 잠도 곧게 누워 얌전히 자고 있었다. 고른 숨소리, 평온해 보이는 얼굴. 방금 전 이 방에서 있었던 열락의 증거라고는 어느새 옅어진 밤꽃 냄새뿐이다.

그녀와의 섹스는 상상했던 모든 것을 무참히 깨뜨렸다. 실제 오감으로 느낀 그녀와의 섹스는 하나부터 열까지 전부 상상했던 것 이상이었다.

오로지 자신만을 가득 채운 올곧은 눈동자. 손길 하나하나에 정직하게 반응하는 육체. 뜨거운 숨과 함께 뱉어 낸 달뜬 신음 소리. 끝내기가 아쉬워 누르려 해도 억제되지 않았던 강렬한 욕구의 분출. 절정의 순간, 그 어느 때보다 또렷하게 맡아지던 그녀의 냄새가 지금도 생생히 코에 각인되어 있었다.

그 냄새를 떠올리는 것만으로도 페니스가 단단해진다. 그녀를 맛보고 싶은, 그녀의 살결을 만지고 싶은, 으스러지도록 그녀를 끌어안고 그녀의 안으로 들어가고 싶은, 원초적 욕구가 다시 밀려온다.

손이 이불을 헤치고 그녀의 가슴께로 접근했다. 그러모아 쥐려는데, 곤히 잠들어 있는 그녀가 시야를 메운다. 그녀의 평온을 방해하고 싶지는 않다. 밀려오는 욕구를 쫓으려 후우 숨을 깊게 내뱉었다.

한 번, 두 번, 세 번…….

일곱 번째 내뱉었을 때, 현관 앞에 던져지다시피 놓여 있는 그녀의 가방 속에서 휴대폰이 진동하기 시작했다.

지잉— 지잉—

휴대폰의 진동은 끊어졌다 이어졌다를 반복했다. 벌써 네 번째였다. 슬쩍 시선을 틀어 시간을 확인했다. 12시가 훌쩍 넘어 1시에 가까운 시간.

이 늦은 시간, 이토록 집요하고 당당하게 그녀의 잠을 깨우는 사람은 누구일까. 가족, 친한 친구, 친한 동료. 얼굴이 없는 검은 그림자 몇 개가 시야를 스친다. 그러다 어떤 검은 그림자가 시야 앞에 멈췄다. 가족, 친구, 동료를 제치고 단연 우위를 차지할 수 있는 사람. 이토록 뜨거운 여자를 처녀로 둔 잘난 애인의 그림자였다.

손만 조금 뻗으면 쉽게 만져질 그녀가 멀게 보인다. 그녀에게 향해 있는 시선을 억지로 틀었다. 정면의 화장대, 왼편의 스탠드와 협탁, 천장의 전등. 눈에 보이는 모든 것들이 비틀어져 보였다. 속이 들끓는다. 무작정 폭주하려는 감정을 눈을 감고 다독였다. 쉬이 잠잠해지지 않아, 폭주의 불분명한 형체를 들여다보았다.

왜, 무엇에 분노하지? 애인의 존재는 처음부터 알고 있었으면서.

불현듯 시카고의 집 현관 앞에서 몸을 부들부들 떨고 있던 엄마의 모습이 떠올랐다. 그리고 때때로 자문하던 물음 하나로 생각이 이어졌다.

과연 엄마가 두려워했던 것은 무엇이었을까.

지금까지는 원망의 시선, 가정의 파탄으로 이어질 죄의 책임이라고 생각했다. 하지만 처음으로 그런 것들이 아닐지도 모른다고 생각한다.

어쩌면, 엄마의 가장 큰 두려움은 아들과 남편의 무너짐, 이었을지도 모른다.

지금의 나처럼.

지금의 나처럼……?

눈을 번쩍 떴다. 여전히 곤히 잠들어 있는 그녀의 평온한 얼굴이 불길 속에 휩싸여 있는 것처럼 고통스럽게 변해 버린다. 그 얼굴 위에 14살의 강인하가 겹쳤다. 아팠지만 아픈 걸 느끼지도 못할 만큼 현실 감각이 없었던, 그래서 더 고통스러웠던 14살의 강인하가.

가해자가 된 건가……. 어머니와 같은……?

젠장.

하지만 돌아갈 수도, 돌아가고 싶지도 않다. 언제부턴가 제멋대로 마음속에서 크기를 키워 낸 그녀에 대한 갈망. 몇 시간 전으로 다시 돌아갈 수 있다 해도, 갈망의 대가로 받아야 할 고통의 크기가 얼마든, 지금과 같은 선택을 할 테니까. 간밤에 있었던 일이 시작이 아니라 일탈로 끝나 버릴지라도 후회는 없었다. 그러나 그녀는 다르다. 애인에게의 죄책감, 단 한 순간의 육체적 끌림만으로 스스로 그어 놨던 경계선을 지키지 못했다는 자책에 시달릴 것이다.

단 한 순간. 단 한 순간일 뿐인 그런 끌림…….

그녀에게 지난밤은 그런 것.

그 사실이 그녀가 감당해야 할 죄책감과 자책만큼이나 아프다. 그 아픔이 모조리 합쳐져 폭주의 덩어리가 된 것이다.

인하는 이불 속으로 완전히 파고 들어가 그녀의 등에 팔을 집어넣었다. 그녀를 품 안으로 조금 세게 당겼다. 얌전히 안겨 있다가 다시 정면으로 돌아누우려는 그녀를 두 팔로 끌어안으며 막았다. 그녀는 인상을 쓰며 뒤척일 뿐, 잠에서 깨지는 않는다.

한 자락 가슴속을 밀고 들어오는 아쉬움, 깨길 바랐는지도.

그녀를 홀리게 했던 순간의 마법이 풀리고 나면 자신은 무능력해진다. 그녀가 죄책감과 자책 앞에서 어떤 선택을 하든 그건 그녀의 영역, 관여할 수 없다. 그러니 앞으로 이런 기회는 두 번 다시 없을지도 모른다. 원하고 바라도 두 번 다시 가해자조차 될 수 없을지도 모른다. 거의 무의식적으로 두 다리까지 동원해 그녀를 옭아맸다.

다시 한 번 정직한 눈으로 날 봐 주길.

다시 한 번 인하 씨, 하고 날 불러 주길.

다시 한 번 하얀 손으로 내 얼굴을 만져 주길.

아파도, 괴로워도, 고통스러워도.

아침에 눈을 뜨면 내 옆에 남아 주길.

지독하게 찬란한 햇살이 눈을 괴롭힌다. 지은은 천천히 눈을 떴다. 이제는 낯익은 풍경이 된 호텔 방 안은 간밤에 그와 사랑을 나눈 흔적을 기억하는 듯, 야릇한 체취로 가득했다.

지은은 고개를 살짝 틀어 어깨를 감싸 안은 채 잠들어 있는 그를 바라보았다. 여자만큼 긴 속눈썹이 조금의 흔들림도 없다. 그의 볼을 쓰다듬어 보려고 손을 올리다 이내 손을 내렸다. 질펀하게 몸을 섞은 상대와 아침부터 눈을 맞추며 초연할 만큼 내공이 깊진 않아, 자그마한 손짓에 괜히 그가 깨 버리면 곤란했다. 지은은 최대한 그에게 움직임이 느껴지지 않도록 조심히 침대를 벗어났다. 허벅지 절반을 덮어 버린 그의 커다란 셔츠가 찰랑인다. 지은은 셔츠를 잡아 쭉 늘어뜨렸다.

'감기 들어. 피곤하더라도 씻고 자.'

천국 같았던 쾌락 뒤에 까무룩 잠이 들었었다. 몸이 땀과 액으로 번들거렸지만 손 하나 까딱할 기력도 없었다. 모든 걸 내일 아침에 처리할 생각이었는데, 공중에 몸이 붕 떴다. 완전히 정신을 차렸을 땐 이미 물이 찰랑거리는 욕조 안이었다. 욕조에 걸터앉아 있던 그는 머리카락을 만지고 있었다. 그를 쫓아내고 샤워를 마친 뒤, 수건으로 몸을 두르고 밖으로 나갔다. 그 모습을 뚫어지게 바라보던 그가 이대로는 너무 자극적이라며 커다란 박스 티를 입혀 주었었다.

지은은 바닥에 널브러져 있는 속옷과 옷들을 챙겨 욕실로 향했다. 그의 체취가 물씬 풍기는 옷을 벗자 거울이 간밤에 그가 남긴 열꽃들의 흔적을 비췄다. 그 흔적을 조심스럽게 손으로 만져 보던 지은은 아찔한 쾌락이 생각나 고개를 젓고 급하게 옷을 입었다.

소리 나지 않게 욕실 문을 열고 침대 위를 확인하니 그는 아직 단잠에 빠져 있었다. 지은은 가방에서 볼펜과 종이를 꺼내 몇 마디 적고 탁자 위에 올려놓았다. 짐들을 챙겨 방을 빠져나오려는데, 가방 속에서 휴대폰이 요란스럽게 떨어 댔다. 지은은 혹여나 그가 깰세라 재빨리 전화를 받으며 조심히 그의 방을 빠져나왔다.

"여보세요."

—지은 씨?

낮익은 목소리다. 발신자를 확인하니 연정이었다. 아직 이른 시간인데 아침부터 무슨 일이지?

"연구소에 무슨 일 있어요?"

—연구소에 별일 있을 게 있어? 주말인데. 그보다 왜 그렇게 연락이 안 돼? 어젯밤부터 계속 걸었는데 이제 연락이 닿네. 내 문자는 확인한 거지? 꼭 부탁해, 지은 씨. 지은 씨만 믿을게.

연정은 제 할 말만 하고 전화를 뚝 끊었다. 도통 뭘 부탁한다는 건지 요점을 파악하지 못한 지은은 고개를 갸웃거리며 문자메시지를 확인했다. 사진 한 장과 보내온 연정의 문자메시지 내용은 다른 선물은 필요 없으니 러브랜드에 최근 입고된 신형 에그 썬더 2개를 꼭 사다 달라는 부탁이었다.

"에그 썬더?"

생긴 건 그냥 손바닥만 한 달걀 모양의 플라스틱이었다. 하지만 연정이 원하는 것이고, 러브랜드에서 팔고 있는 물건이라고 했으니 평범한 물건은 아닐 거였다.

'안은 여기보다 더해. 볼 자신 있나?'

첫 방문이 아닌 것 같은 그의 말과 성인들의 장난감이라고 적혀 있던 현수막이 떠오르면서 성인용품일 거라는 추측에 다다랐다. 얼굴이 달아오른다.

말도 안 돼. 그런 걸 사 오라니.

판도라의 상자가 활짝 열린 탓인지, 연정의 요구가 평소보다 더 노골적으로 느껴졌다. 지은은 누가 볼세라 재빨리 핸드폰을 가방 속에 집어넣고 자신의 방으로 몸을 숨겼다.

달칵, 소리에 천천히 눈꺼풀을 들어 올린 인하는 깊은 한숨을 내쉬었다. 눈만 감고 있었을 뿐, 처음부터 모든 오감은 이미 그녀를 향해 있었다. 한숨도 자지 못해 핏발이 서려 있을 눈이 따끔거렸다. 애써 초점을 맞추며 몸을 일으킨 인하는 그녀가 남긴 메모부터 집어 들었다.

제주대학교로 먼저 가 있을게요. 강당으로 늦지 않게 오세요.

허탈한 웃음이 나왔다.

바랐는데. 원망을 쏟아 내도 좋으니 내 옆에 있어 주길.

사실 조금은 기대도 했었다. 어젯밤 그녀는 누군가 얼굴만 봐도 그녀가 뭘 원하고 있는지 알 수 있을 만큼 요염하고 색정적이었기에. 자신의 몸 아래에서 쾌락에 휩싸여 있던 그녀의 얼굴과 뜨겁게 내뱉던 신음, 어느 때보다 진했던 그녀의 설익은 복숭아 같은 체취가 아직도 이렇게 또렷하기에. 그녀도 같은 마음이지 않을까, 하고.

그런데 그녀는 신기루처럼 이딴 쪽지 한 장만 남기고 사라져 버렸다.

휴대폰 진동 소리에 놀라 급하게 방을 빠져나가던 그녀가 떠오른다. 얼굴도 모르는 잘난 애인의 그림자가 방 안을 떠돌기 시작했다. 그 그림자가 입술만 내밀어 비웃으며 속삭인다.

처음을 네가 가져갔다고 해서 변하는 건 없어. 넌, 여기까지야.

인하는 그녀가 곱게 벗어 둔 박스 티를 바라보다 브리프를 벗어 던지고 욕실로 들어갔다. 곧바로 차가운 물을 틀어 몸의 열기를 식혀 보지만 소용이 없었다. 간밤에 그녀를 안고 버텼던 폭주의 덩어리들에 절망이 더해져 점점 크기를 부풀린다. 이만큼의 절망은 간밤에도 예견하지 못한 크기다.

처음이었으면서도 쿨 하게 하룻밤으로 치부하고 다시 본래의 애인 곁으로 돌아가는 그녀를 예상하지 못한 것도 아니었다. 애인과 헤어지고 나에게 오라고 덤벼든 것도 아니었으니 당연한 결과였다. 단 한 번이라도 좋다고 생각했는데, 이 엄청난 절망은 대체…….

내 것이 아니라는 상실감이 온몸을 뒤덮는다. 그런데도 몸은 정직했다. 빌어먹을 욕구는 이런 순간에도 수그러들 기미가 보이지 않는다. 오히려 색기 가득했던 그녀를 다른 이에게 보여 주고 싶지 않다는 욕망이 더해져 버릴 뿐이다.

욕실에 남아 있는 그녀의 냄새가 몸 구석구석을 훑고 지나가는 느낌에 머리가 아찔했다. 그 순간, 폭주의 덩어리가 팡 터져 버렸다. 휘두른 주먹이 거울에 내리꽂혔다. 그녀가 물어 자국이 남은 검지 위로 유리 파편이 깊게 박히며 뚝뚝, 피가 떨어졌지만 아픔은 느껴지지 않는다. 차가운 물에 섞여 하수구로 흘러 들어가는 붉은 피를 그저 무심히 바라보았다.

그의 방에서 나온 이후, 그를 다시 만난 건 세미나가 다 끝나고 난 뒤였다.

세미나 시작 전까지 일부러 옆자리를 비워 두고 그가 오기만을 기다렸지만 그는 나타나지 않았다. 혹시 늦잠을 잔 건 아닐까 걱정도 되었지만 일에 있어서는 누구보다 철저한 그가 그럴 리는 없었다.

길고 길었던 세미나가 끝나자마자 지은은 제일 먼저 강당을 빠져나갔다. 들어오고 나가는 문이 두 개라 어느 쪽에서 그가 나올지 몰라 고개를 쑥 빼고 세세히 살폈다. 한참 쏟아져 나오던 무리가 주춤해질 때쯤 왼쪽 문에서 그가 나왔다.

세미나 내용이 별로 맘에 들지 않았는지 그의 얼굴은 한껏 굳어 있었다. 어쩐지 살벌하기까지 해 등골이 서늘해지는데, 붕대에 감겨 있는 그의 오른손이 보였다. 붕대는 새어 나온 피가 굳어서 탁한 갈색빛으로 얼룩져 있었다. 그에게 달려간 지은은 그의 손부터 들어 올렸다.

"다치셨……."

"만지지 마."

차가움이 뚝뚝 떨어지는 말투, 단번에 내치는 손길. 부드럽게 몸 구석구석을 어루만지며 다정하게 속삭여 주던 그가 아니었다. 지은은 그 자리에서 얼어 버렸다.

지금의 그를 어떻게 받아들여야 하는 걸까…….

지은은 복잡해진 머리를 정리하려고 애썼다. 그러다 지난밤, 그가 뜨거운 쾌락을 분출시키면서도 그 흔한 사랑한단 말조차 해 주지 않았다는 사실을 깨달았다.

그의 몸짓, 손짓 하나가 너무 다정해서, 마치 연인에게 해 주듯 진심이 느껴져서 잠시 착각했었다. 남자 강인하는 사랑하는 여자 한지은을 안은 게 아니라 욕구를 불러일으키는 여자 한지은을 안았을 뿐이라는 것을.

작은 손짓에도 반응하며 거친 신음을 내던 그도, 아파하는 자신보다 더 아파하며 손가락을 내어 주던 그도, 터진 입술을 핥아 주던 그도 하룻밤의 신기루였을 뿐이라고 생각하니 마음이 따끔거린다. 지은은 세차게 고개를 저었다.

'본능일 뿐이더라도 상관없다며 그를 택한 건 너야. 정신 차려, 한지은.'

지은은 혼란스러운 마음을 가다듬으며 이미 강당 건물을 빠져나간 그의 뒤를 따랐다.

7. 고백

연구3팀의 오 과장이 수석 연구실로 찾아왔다. 같은 연구팀 소속이긴 하지만 향료를 다루는 향료연구팀의 부장과 원료를 다루는 연구3팀의 과장이 단둘이 대면할 일은 많지 않다. 그래서 인하는 이 상황이 의아스러웠다.

"협조 부탁드립니다."

오 과장이 종이 한 장을 테이블 위에 내밀었다. 오 과장이 내민 건 '100% 천연 성분 화장품' 프로젝트에 대한 팀원 차출 명단이었다. 내년 신상품을 위한 단기 프로젝트로 연구3팀 오 과장이 기획한 '100% 천연 성분 화장품'이 채택되면서 책임자로 임명된 오 과장이 각 연구팀에서 팀원을 모을 모양이었다. 무미건조한 눈으로 명단을 읽어 내려가던 인하는 인상을 찌푸렸다.

조향사 — 한지은(향료연구팀)

프로젝트 책임자가 직접 팀원들을 선발하는 건 으레 있는 일이다.

조향사라는 직업의 특성상 홍일점으로 프로젝트 연구에 참여하게 되는 만큼 조향사에겐 커리어를 쌓을 수 있는 절호의 기회였다. 하지만 하필 이런 시점에 프로젝트 팀원으로 그녀가 지목되다니.

'한지은. 너한테 난 직장 상사, 남자. 어느 쪽이지?'

제주도에서 서울로 돌아오는 동안 자신을 그림자 취급하던 그녀에게 결국 먼저 백기를 들고 말았다. 계속 참아 왔던 물음을 그녀의 집 앞에 도착해서야 겨우 꺼내면서 얼마나 긴장을 했던지 핸들과 손바닥 사이가 땀으로 흥건했다. 하지만 그녀는 단호했다.

'걱정 마세요. 어젯밤 일로 상하 관계가 무너지는 일은 없을 거예요. 바래다주셔서 감사합니다, 부장님.'

애인보다 우선순위가 될 순 없어도 남자로는 봐 주길 바랐는데. 이제껏 자신이 그녀에 대한 모든 게 통제 불능이었듯, 한 번쯤은 그녀도 통제 불능이 되어 주길 바랐는데. 그 기대마저 곤두박질쳐지는 순간이었다.

빌어먹을 놈의 부장님 소리 따위를 태연하게 내뱉은 그녀는 꿈쩍도 하지 않았다. 뜨겁게 뱉어 내던 신음, 오로지 한 남자만을 담아내던 눈동자, 욕구에 못 견뎌 침대 위에서 찰랑찰랑 넘실댈 때마다 페로몬이 되어 풍겨 오던 설익은 복숭아 향. 지금도 이렇게나 또렷한데 그 모든 게 하룻밤의 신기루였다고 말하는 그녀를 인정할 수 없었다. 누군가 심장을 비트는 거 같았다.

그런데 하늘조차 그녀의 편인 모양이었다. 얼굴이라도 볼 수 있는 시간조차 단축시켜 버리는 차출 명단이 기막히다. 인하는 팀원 차출을 요구하고 나선 프로젝트 책임자 오 과장을 차가운 시선으로 바라봤다.

"왜 한지은 대립니까?"

프로젝트 팀원을 선발할 때는 책임자보다 낮은 직급의 연구원들 중 최상의 커리어를 가진 연구원들로 선발한다. 그러니 같은 대리급이라도 4년 차인 그녀보다 5년 차인 연정이 차출됐어야 맞는 상황이었다. 그걸 오 과장이라고 모를 리 없다. 오 과장의 눈이 불안하게 흔들렸다. 역시 뭔가가 있다.

"뭡니까. 한지은 대리여야 하는 이유가."

나이는 더 많지만 수석 연구원이라는 직급에 기가 눌린 오 과장이 침을 꿀꺽 삼켰다. 프로젝트 팀원 차출은 책임자의 고유권한이지만 직속 상사가 거부를 하고 나선다면 도리가 없는 것도 사실이었다. 오 과장은 능력을 인정받아 책임자까지 맡은 마당에 쉽게 물러설 수는 없는지, 침착하게 응수해 왔다.

"지난 주말에 한 대리가 자생식물 향기 성분에 대한 세미나에 참석했다고 들었습니다. 이번 프로젝트가 '100% 천연 성분 화장품' 인 만큼 한 대리가 적합하다고 판단했습니다."

인하는 눈을 찌푸렸다. 조향사들의 세미나를 연구3팀인 오 과장이 어떻게 안 건지 모르겠지만 핑계라는 게 확 드러날 만큼 이유가 궁색하기 짝이 없었다. 세미나 참석 여부까지 알았으면 자신의 보조급이었다는 것도 알 텐데. 보조로 세미나 한 번 참석했다고 조향사 대표로 그녀를 데려가겠다는 건 이치에 맞지 않았다.

본능이 그녀를 저기에 보내서는 안 된다고 말한다. 게다가 프로젝트가 막판으로 갈수록 연구소에서 밤을 새는 경우도 허다할 텐데, 죄다 남자 연구원들로 꾸려진 늑대 소굴 안으로 그녀를 밀어 넣을 수는 없었다. 인하는 더 들어 볼 것도 없다는 듯, 차출 명단이 적힌 종이를 오 과장에게 내밀었다.

"한지은 대리는 프로젝트에 대표 조향사로 투입되긴 아직 부족합니다. 최연정 대리를 보내겠습니다."

오 과장은 평소 그에게 관대한 사람이 아니었다. 나이가 어려도 실력이 좋으니 인정하겠다는 윤 과장과는 달리 오 과장은 나이도 어린 게 벌써 수석 연구원 자리에 올랐다고 늘 못마땅한 시선을 보내오는 사람이었다.

이번엔 사안이 사안인지라 고분고분하게 나올 수밖에 없었겠지만 이마저도 참을성이 바닥난 모양이다. 오 과장의 입매가 잔뜩 비틀렸다. 시작 단계인 팀원 차출을 거부당해 자존심이 상했을 오 과장의 속내를 모르는 건 아니지만 번복할 생각은 없다. 인하는 이만 돌아가 달라는 의미로 소파에서 엉덩이를 뗐다.

"전 최 대리보다 한 대리가 적합하다 판단 내린 겁니다. 한 대리 저 주십시오."

도전적인 오 과장의 말에 인하는 다시 소파에 앉았다. 그녀를 달라는 의미가 남자가 한 여자를 원한다는 의미가 아닌 줄 알면서도 언짢다. 연구원으로서의 그녀를 누군가 탐내 한다는 것도 기분이 나쁘긴 마찬가지였다. 순간적으로 이성의 퓨즈가 나가 버렸다. 오 과장을 차갑게 바라보자, 얼굴이 하얗게 질린 오 과장이 더듬더듬 입을 열었다.

"부, 부족하면 가르치겠습니다. 기회지 않습니까, 한 대리한테는. 아무리 연구소란 곳이 상하 수직 관계가 분명한 곳이지만 본인에게 의사를 물어보지도 않고 윗선에서 잘라 버리는 건 너무 독단적이지 않나 싶고……. 적어도 본인에게 의사는 물어본 뒤에……."

인하는 자신이 상하 관계를 이용해 부하들의 숨을 옥죄는 상사는 아니라고 자부해 왔다. 그런 건 무엇보다 그 자신이 싫었기 때문에 최대한 균등하게 기회를 부여하려고 노력해 왔었다. 하지만 그녀에 관해서는 일이라 할지라도 독단적이라는 말을 부정할 수 없을 만큼 사심이 들어가는 것도 사실이었다.

잠시 고민하던 인하는 순순히 내선 전화를 들었다. 내선 번호를 누르자, 오 과장의 얼굴에 화색이 돈다. 인하는 태연하게 다리를 꼬았다. 여자 한지은은 남자 강인하를 거스를 수 있어도 연구원 한지은은 상사 강인하를 거스를 수 없다는 확신이 있기에 이런 선택을 할 수 있다는 걸 오 과장은 모르고 있었다. 조금 뒤면 알아서 실망하고 돌아갈 오 과장 생각에 마음이 한결 가벼워진다. 인하는 부드럽게 명령했다.

"최연정 대리, 한지은 대리랑 지금 내 방으로 와."

지은은 '100% 천연 성분 화장품 프로젝트 팀원 차출 명단'을 바라보았다.

'잘 들어, 한지은. 피할 수 있는 시기는 지났어. 아무리 부정해도 내 품 안에서 네가 뜨거운 여자였다는 사실은 변하지 않아.'

제주도 세미나 이후, 그에겐 태연한 척했지만 속은 전혀 그렇지가 못했다. 차에서 내리려는 자신을 붙잡았던 그의 눈빛은 욕망으로 타오르고 있었다. 그 눈빛은 하룻밤의 욕망으로 끝내고 싶어 하는 남자의 눈빛이 아니었다.

그 눈빛이 잊히질 않는다. 하지만 그에게 동요를 내비칠 수는 없었다. 제주도에서 그가 선사해 준 쾌락이 아찔했던지라 그의 말이 점점 현실이 되고 있었지만, 곁을 내주기엔 그는 너무 위험한 남자였다. 여자를 홀리는 치명적인 페로몬을 가지고 있는 남자지만, 여자를 불안하게 만드는 남자이기도 했다.

지은은 강당 앞에서 차갑게 뿌리치던 그의 손길이 다시 생각나 프로젝트 팀원 차출 명단을 꼭 움켜쥐었다. 피하는 건 일시적인 방편에 불과하다는 걸 알지만 정면으로 그와 맞섰을 때, 끝까지 동요를 내비치지 않을 자신이 없었다. 그래서 어제 늦은 오후, 우연히 복도에서 만난 오 과장이 슬며시 이 종이를 찔러 주며 '원치 않는 거 아니지?' 하고 물었을 때, '아뇨. 감사합니다.' 하고 긍정의 의사를 내비쳤다.

지은은 수석 연구실을 바라보았다. 오 과장이 들어간 지 꽤 시간이 지났다. 그런데 안에서는 아무런 기척이 없었다. 마음이 점점 초조해졌다. 그리고 얼마 후, 내선 전화가 울렸다.

"네. 향료연구팀 최연정입니다."

전화기에 손을 얹던 지은은 연정의 내선 전화임을 알고 낮게 한숨을 쉬었다. 프로젝트 팀원 차출 요청은 해당 연구원에게 큰 결격사유가 있거나, 다른 프로젝트팀에 들어가 있지 않는 이상 수락해 주는 게 은밀한 룰이다. 혹시 막판에 오 과장이 차출 명단을 바꾼 걸까.

한 번 내린 결정을 절대 번복하는 일이 없는 그와는 다르게 오 과장이 진중한 사람은 아닌지라 기운이 잔뜩 빠졌다. 어깨를 쭉 늘어뜨리는데 뒤에서 연정이 어깨를 잡아 왔다. 지은은 서둘러 차출 명단을 파일 속으로 집어넣었다.

"부장님 호출. 지은 씨랑 나 들어오래."

"같이요?"

"응. 뭐 짚이는 거 없어?"

다행히 차출 명단은 보지 못한 것 같다. 짚이는 건 있지만 둘이 같이 호출당하는 상황은 예상 밖의 일이었다. 고개를 젓자 연정이 고개를 끄덕이고 노크를 했다.

안으로 들어가자 그가 턱짓으로 소파를 가리켰다. 오 과장의 맞은편에 연정과 나란히 자리한 지은은 수석 연구실에 감도는 묘한 분위기를 최대한 감지해 보려 노력했다. 시간이 이렇게나 길어졌다는 건 의견 조율이 잘 안 됐다는 것이고, 그렇다면 한쪽은 찡그리고 있어야 정상인데 두 사람 모두 얼굴 기색이 나쁘지 않았다.

"조만간 오 과장님을 주축으로 새 프로젝트팀이 결성될 거야. 우리 팀에서도 조향사 대표로 한 명이 가 주어야 하는데, 오 과장님은 한지은 대리가 와 주길 바라고 있어. 하지만 난 최연정 대리가 적합하다고 생각해. 최연정 대리부터 의견 말해 봐."

같은 대리급이라도 연정은 5년 차고 자신은 4년 차이니 그의 말이 틀린 건 아니다. 하지만 정말 그것뿐일까? 일에 관해서는 사심을 배제하고 누구보다 이성적으로 판단해 줄 거라고 믿어 의심치 않았던 그에게 처음으로 의심이 들었다.

당신은 지금 연구원 한지은과 여자 한지은 중, 어느 쪽을 보고 있는 걸까.

"프로젝트팀은 책임자가 원하는 팀원으로 구성되는 게 가장 좋고, 한 대리가 제 후배이기는 하지만 부족한 커리어를 가졌다고는 생각하지 않습니다. 한 대리라면 잘할 거라고 생각합니다."

"한지은 대리 의견은?"

연구원 한지은은 상사 강인하를 거스를 수 없다는 확신에 찬 눈빛과 힘이 실린 어조. 겉은 상사 강인하였지만 속은 남자 강인하였다. 마음이 엇나갔다.

"제 의견도 반영이 되는 거라면 전 팀에 합류하고 싶습니다."

기쁜 기색이 역력한 오 과장과는 달리 그의 표정은 차가워졌다. 지은은 쐐기를 박았다.

"프로젝트팀으로 가겠습니다."

화학 성분을 일체 넣지 않은 천연 성분 라인 프로젝트팀이 오 과장을 필두로 7명의 팀원들이 더해져 본격적으로 출범했다. 대표 조향사

자격으로 이번 프로젝트에 합류하게 된 지은은 다이어리를 접는 오 과장의 손을 유심히 바라보았다.

"내일 회의는 9시에 임시로 개설된 프로젝트 연구실에서 하겠습니다. 오늘 회의는 여기까집니다."

아침 9시부터 시작된 회의가 3시간 만에 끝마침을 알리자 연구원들의 입에서 일제히 한숨이 쏟아져 나왔다. 너도나도 한시라도 빨리 탈출하고 싶은 마음뿐인지 우르르 회의실을 빠져나갔다. 지은도 다이어리를 챙겨 일어서려는데 아직 회의실에 남아 있던 오 과장이 다가왔다. 오 과장은 회의 때의 카리스마는 다 어디다 팔아먹고 쭈뼛쭈뼛 앞만 가로막고 있었다.

"따로 지시하실 사항이라도 있으세요?"

"아니, 뭐 그런 건 아니고……. 나 사실 한 대리한테 적잖이 감동했어. 날 더 믿어 준 것 같아 고맙기도 하고 뭐 그래서……."

직속 상사인 그에게 반기를 들었던 일을 아무래도 오 과장이 단단히 오해한 것 같았다. 하지만 사실 일에 관해선 오 과장님보다 강 부장님을 더 믿는다고 반박할 수도 없어 지은은 웃음으로 대답을 대신했다.

"그래, 그래. 그래도 강 부장이 직속 상산데 대답하기 곤란하겠지. 앞으로 석 달 동안은 강 부장 얼굴보다 내 얼굴을 더 많이 보게 될 텐데, 구내식당 밥 말고 나가서 맛있는 걸로 밥이라도 한 끼 같이 할까? 어때, 한 대리?"

제멋대로 긍정으로 받아들인 오 과장은 신이 잔뜩 나 있었다. 선우와 교제를 시작하기 전부터 연구3팀 오 과장이 향료연구팀 한 대리를 마음에 두고 있다더라는 소문이 연구소 내에 워낙 파다하게 돌았던지라 지은은 살짝 인상을 쓰고 말았다.

사심을 배제할 수 없는 강 부장 대신 사심은 이제 없어졌을 거라고 판단한 오 과장이 더 골칫거리가 될 줄은 미처 몰랐다. 지은은 정중하게 고개를 숙였다.

"죄송합니다. 저는 급하게 마쳐야 하는 일이 있어서 구내식당에서 먹겠습니다. 그럼."

오 과장의 얼굴이 급격하게 굳어 가는 걸 봤지만 지은은 모른 척 빠르게 오 과장을 지나쳐 회의실을 빠져나왔다. 그렇지 않아도 입맛이 없었는데 의외의 복병 오 과장 때문에 더 입맛이 없어졌다.

그냥 연구실로 갈까 하다가 그래도 밥을 먹어야 오후를 견뎌 내지 싶어 마음을 고쳐먹고 구내식당으로 향했다. 연구소 지하에 있는 구내식당으로 막 들어서려는데 옆 엘리베이터에서 내리는 연정과 마주쳤다.

"최 대리님. 이제 식사하세요? 같이……."

"흥!"

며칠 전에 그 앞에서 자신의 편을 들어 주기에 화가 다 풀린 줄 알았더니 사안이 사안이었던 만큼 잠시간의 휴전이었던 모양이다. 에그 썬더를 사 오지 않았다는 이유로 연정은 오늘도 골이 난 상태였다.

웬만해선 화를 내는 법이 없는 연정이 골이 난 지도 벌써 일주일이 훌쩍 지난지라 이쯤 되니 에그 썬더의 정체가 심히 궁금해졌다. 지은은 들어 보고 정말 중요한 물건이다 판단되면 해외 사이트를 뒤져서라도 선물해야겠다고 생각하며 식판과 수저를 챙기는 연정의 뒤에 딱 달라붙었다.

"대리님, 그게 그렇게 중요한 거였어요?"

"그걸 말이라고 해? 우리 그이의 일주일 식량이었다고!"

"식량……. 먹는 거였어요? 에그 썬더가?"

먹는 거에 신형 구형을 구분 짓는 것도 이상하고 달걀 모양의 생김

새도 먹는 것 같아 보이지는 않았다. 하지만 식량이란 소리에 별 거리낌 없이 명칭을 말하는데, 밥을 푸던 연정이 식판을 내려놓고 입을 틀어막았다.

"누가 들음 어쩌려고 그렇게 크게 말해. 에그 썬더는 우리 그이의 똘똘이 식량이란 말이야."

속삭임이었지만 분명히 다 들었고, 한국어였는데 제3세계 언어처럼 도통 알아들을 수가 없었다. 연정에게 입이 틀어막혀 눈만 말똥말똥 뜨고 있자, 연정이 한숨을 폭 쉬었다.

"내일부터 우리 그이가 출장이라 특별히 필요했던 똘똘이 식량. 내 질을 대신해 줄 물건이었다고, 그거."

지은은 그 자리에 얼어붙고 말았다. 언젠가 연정에게 성인용품은 날이 갈수록 진화해서 여성의 질의 감촉과 똑같은 남성들의 자위기구가 존재한다는 얘기를 언뜻 들은 적이 있었다.

그 얘기를 들었을 땐 되게 징그럽게 생겼을 거라고 막연히 추측했었는데, 계란 모양의 깜찍한 외관이 실상은 자위기구라니. 그런 걸 버젓이 팔고 있는 러브랜드 실내로 들어가지 않은 건 절대적으로 잘한 일이었다.

멍한 정신으로 식판에 음식을 담고 연정의 뒤를 따르는데, 어디선가 익숙한 체취가 콧속으로 들어왔다. 저절로 바짝 정신이 들었다. 앞을 보니 윤 과장과 식사를 하고 있던 강 부장 옆에 자리를 튼 연정이 빨리 앉으라고 턱짓으로 재촉하고 있었다. 지은은 이제 와 다른 자리를 찾아갈 수도 없어 울며 겨자 먹기로 윤 과장 옆에 엉덩이를 붙였다. 숟가락을 들기도 전에 윤 과장이 서운하다는 투로 물었다.

"같은 팀인데 요 며칠 한 대리 얼굴 보기가 참 힘드네. 오 과장 프로젝트팀 분위기는 어때?"

"나쁘지 않습니다."

매서운 그의 눈초리가 머리를 가격할 기세다. 프로젝트팀에 연정을 보내려 했던 그로서는 대답이 심히 맘에 안 들었겠지만, 조금 귀찮아질지도 모르는 오 과장을 빼면 팀 분위기는 정말 나쁘지 않았다. 결국 그가 숟가락을 소리 나게 내려놓자 연정과 윤 과장이 눈치를 보기 시작했다.

"든 자리는 몰라도 난 자리는 안다고 지은 씨가 요새 자리를 자주 비우니까 연구실이 좀 휑해. 설마 내가 자꾸 골내서 연구실에 자주 안 오는 건 아니지?"

"아니에요."

장단을 맞춰 줄 거라 생각했는지, 연정이 당황했다.

"그, 그래? 난 또 내가 자꾸 골내서 그런 줄 알았지."

"최 대리가 한 대리한테 왜 골을 내? 설마 이번 프로젝트 한 대리한테 뺏겼다고 생각하는 거야?"

윤 과장의 놀림에 연정이 펄쩍 뛰었다.

"윤 과장님은 절 어떻게 보시고! 그게 아니라 지은 씨 제주도 갔을 때 뭘 좀 사다 달라고 새벽에 전화까지 해서 부탁했었는데 지은 씨가 그걸 잊었단 말이에요. 그래서 골 좀 부린 거예요."

"사다 달라고 한 게 뭔데?"

어떻게든 분위기를 풀어 보려고 던진 말에 윤 과장이 호기심을 보이자 급격히 당황한 연정이 묵비권을 행사하며 열심히 밥만 먹기 시작했다. 지은은 언제나 느긋하던 연정이 당황하는 모습은 처음 보는지라 살짝 입꼬리를 올렸다. 그때 묘한 표정으로 바라보고 있는 그와 시선이 마주쳤다. 재빨리 시선을 내려 피하는데, 아직도 붕대가 칭칭 감긴 그의 손이 시야에 들어왔다.

'피할 수 있는 시기는 지났다고 이미 말했을 텐데. 내 앞에서 등 보이지 마. 이렇게 두 번은 안 보내.'

연정과 오 과장을 내보내고 프로젝트 합류 허가서에 도장을 찍어 주며 그는 또 한 번 자신의 손등에 피를 냈다. 제대로 치료나 한 건지, 상처가 아물지 않은 손으로 테이블을 내려치는 바람에 상처가 터지며 피가 흘렀었다. 하지만 눈빛만큼은 매서웠다. 마치 내가 버리기 전에, 넌 날 버릴 수 없다는 경고 같았다. 그 눈빛이 또렷하게 생각나 속이 울렁거렸다.

"먼저 일어나겠습니다."

그와 마주 앉아 있는 채로는 식사를 더 이상 할 수 없을 것 같아 지은은 몇 숟가락 뜨지도 못한 식판을 들고 일어섰다. 뒤통수에서 집요한 그의 시선이 느껴졌지만 지은은 멈추지 않고 구내식당을 빠져나왔다.

어느새 해가 짧아져 7시도 안 됐는데 하늘엔 어둠이 깔려 있었다. 인하는 얌전히 주차되어 있는 그녀의 차를 노려보았다. 점심시간 이후, 그녀는 향료연구팀에 머리카락 한 올도 보여 주지 않았다. 아직 퇴근을 하지 않은 것은 분명한데, 대체 어디에 있는 건지.

기약 없이 기다리는 것보다 연구소를 다 뒤져 보는 편이 낫지 않을까. 아니. 그러다 길이 엇갈리면 기다리지 않은 것만 못하다.

가을이 언제 있었냐는 듯 이제는 제법 추위가 매서웠다. 몸을 살짝 움츠리며 고개를 내리자 붕대가 칭칭 감겨져 있는 손이 눈에 들어온다.

이 모든 게 그 전화로부터 시작됐었다. 그 전화만 아니었다면 조금 더 그녀가 방에 머물러 줬을지도 모른다고 생각했고, 마주 보며 아침 식사를 할 수 있을지도 모른다고 생각했다.

뜨거웠던 그녀를 단번에 돌아서게 할 만한 전화는 애인으로부터의 전화 이외엔 없다고 확신했었는데, 연정의 전화였다는 사실에 허탈감이 밀려왔다. 어처구니없는 오해로 그녀와 더 멀어졌다고 생각하니 도저히 견딜 수가 없었다.

붕대를 감은 손으로 주먹을 꽉 쥐는데, 저 멀리서 그녀의 실루엣이 보였다. 형태밖에 보이지 않았지만 얌전한 걸음걸이, 꼿꼿하게 선 허리가 그녀라고 말해 준다. 점점 그녀의 윤곽이 또렷해지고 마침내 그녀가 바로 옆까지 다가왔을 때, 인하는 그녀의 손목을 낚아챘다.

"얘기 좀 해."

차 키를 찾느라 가방 안에서 분주하게 움직이던 그녀의 손이 허공에 붕 떴다. 땅으로 떨어진 가방을 바라보던 그녀는 손목을 잡은 그의 손을 털어 내듯 뿌리쳤다.

"일에 대한 건 내일 연구실에서 듣겠습니다."

그리고 가방을 빠르게 주워 돌아섰다. 인하는 그녀가 한 발자국 떼기도 전에 그녀의 손목을 다시 붙들었다.

"멋대로 돌아서지 말랬잖아!"

화를 낼 생각은 아니었는데 사무적으로 나오는 그녀의 태도에 부글부글 끓던 속이 마그마가 분출하듯 쏟아지고 말았다. 야속하게도 그녀의 표정은 아무 변화가 없다.

난 이렇게 통제가 안 될 정도로 무너지고 있는데…….

다시 화가 쏟아질 것 같아 애써 마음을 억누른다.

"너와 나 둘만의 사적인 얘기야, 한지은."

눈을 맞춰 오는 그녀의 시선이 깊어지면서 옅게 눈동자가 흔들렸다. 조금 안도감이 든다. 자신처럼 이성이 뿌리째 흔들리는 건 아니지만 아주 아무렇지도 않은 건 아닌 것 같아서.

그녀의 손목을 놔주고 살포시 그녀를 당겨 품에 안았다. 거부할 줄 알았는데 의외로 그녀는 순순히 안겨 있었다. 그녀의 자그마한 어깨에 얼굴을 묻었다. 그녀의 체취를 한껏 들이마시며 마음을 안정시키는데, 그녀가 입술을 달싹였다.

"오늘 밤에도 여자 한지은이 필요하신가요?"

오늘 밤뿐만 아니라 그녀를 알아 온 이후 모든 나날엔 여자 한지은이 필요했다. 그녀에 대한 갈증이 너무 거대해 모든 힘을 쏟은 저항도 무의미했을 정도로. 하지만 잔뜩 날이 선 그녀의 목소리가 어쩐지 심상치 않다. 인하는 천천히 그녀를 품에서 떼어 내고 동그란 어깨를 부여잡았다.

"그런 걸 묻는 의도가 뭐야."

"두 번 다시 여자 한지은이 되어 드릴 생각 없습니다. 욕구를 해소할 상대는 딴 데 가서 찾으세요."

그녀의 입에선 나오긴 어려울 거라 생각했던 노골적인 말, 절로 얼굴이 찌푸려졌다. 욕구를 해소할 상대라니.

화가 나지만 부정은 할 수 없다. 처음 시작은 분명 그러했다. 날 동하게 만드는 여자. 머리가 어떻게 됐나 싶을 만큼 욕구가 커져서 그저 무작정 안고 싶은 여자. 그 욕구 때문에 결국 여기까지 왔다.

모를 거라 생각했던 건가. 숨긴 적도 없으면서.

그녀는 시커먼 속내를 훤히 들여다보고 있었다. 그리고 그 속내는 그녀에게 생각보다 훨씬 큰 상처를 남기고 말았다.

가슴이 시큰거리고 명치끝에서 무언가 올라온다. 모든 것이 사실인 걸 인정하면서도 부정하고 싶어진다. 그게 아니라고 말하며 안아 주고 싶다. 그녀의 어깨를 잡은 손에 저절로 힘이 들어갔다.

"나한테서 등을 돌리는 것도 두 번은 못 봐 주지만 네 스스로를 그렇게 깎아내리는 것도 두 번은 못 들어."

"그런 말 쉽게 하지 마세요. 절 사랑하시는 게 아니시라면."

사랑이라고 말하는 그녀의 목소리가 작게 떨렸다. 인하는 아무 말도 할 수가 없었다.

사랑…….

과학적으로 3년이라는 유효기간까지 있는 그 단어를 믿지 않는다. 여자도 사귀어 봤고 적지 않게 안아 왔지만 사랑이라는 감정을 느껴 본 적은 없다.

지독한 배반으로 산산조각이 났지만 유일한 사랑은 단 하나, 어머니뿐.

사랑, 후 불면 날아가 버리는 얇디얇은 종잇장만큼이나 가벼운 그 딴 사랑. 그런 주제에 때론 어떤 흉기보다도 무섭게 변해 사람 마음을 다 갈가리 찢어 놓는 그딴 사랑.

그녀의 어깨를 잡은 손에 저절로 힘이 풀린다. 그녀의 눈이 아프게 일렁였다.

'날 내버려 둬요. 당신이 미워지지 않게.'

잔뜩 상처받은 그녀의 눈빛은 그렇게 말하고 있었다. 인하는 돌아서는 그녀를 잡을 수 없었다.

집에 들어오자마자 씻고 일찌감치 잠자리에 들 생각이었다. 그런데 지금 뒤척임만 대체 몇 시간째인지, 자려고 노력하면 할수록 정신만 또렷해졌다. 급기야 날씨가 추워져 얼마 전에 교체한 오리털 이불까지 무겁게 느껴진다. 지은은 결국 자리를 털고 일어나 커튼을 열어젖히고 창문을 활짝 열었다. 차가운 공기가 피부에 스민다. 머리가 조금 맑아지는 느낌이다.

그때, 어디선가 자동차 엔진 소리가 들려왔다. 지은은 살짝 고개를 내려 집 주변을 살폈다. 건장한 성인 남자 두 명이 끌어안아도 다 못 끌어안을 정도로 큰 벚꽃나무에 반이 가려져 있어서 제대로 보이지 않았지만 자동차 뒤꽁무니가 지나치게 익숙했다.

그의 차다.

지은은 혹여 내려다보고 있는 자신을 그가 발견할까 벽으로 몸을 감췄다.

'미안해…….'

당신 감정이 사랑인 거냐고 돌려 묻는 말에 그는 아무런 대답도 하지 못했지만 그의 눈빛은 그렇게 말하고 있었다. 사랑은 아니라는 대답. 예상했던 대답이었는데 작은 기대라도 했던 걸까. 눈빛만으로 가슴에 피가 날 수도 있다는 걸 처음 알았을 만큼 마음이 아팠다. 하지만 그의 마음이 사랑이 아닌 성욕이라는 걸 알면서 그에게 안긴 것이니 그를 탓할 수는 없었다.

그래서 열리지 않은 입 대신 눈빛으로 속삭였다. 지금까지는 당신의 잘못이 아니지만 앞으로는 당신의 잘못이 될 것 같다고. 그 의미를 그도 알아들었다고 생각했다. 알아들었기 때문에 순순히 놓아준 거라고 생각했다. 그런데 지금 그는 왜 여기 있는 걸까.

슬쩍 벽에 걸린 시계를 바라본다. 새벽 2시가 넘은 시각. 누군가를 기다리기엔 너무 늦은 시간이다.

지은은 창문을 닫지도 못하고 침대에 누워 이불을 머리끝까지 끌어 올렸다. 혼란스러웠다. 그와 마찬가지로 자신 역시 사랑은 아니라고, 한 번도 열리지 않은 몸이었지만 내재되어 있는 본능이 그를 원했을 뿐이라고 생각했는데, 이상할 만큼 그에게 모든 신경이 쏠린다. 사랑은 아니라는 걸 그에게 눈빛으로 확인받은 지 몇 시간 지나지도 않았는데, 그의 자동차가 집 앞에 서 있다는 걸로 불쑥 또 기대감이 들었다.

'조금은……. 아주 조금은…… 사랑이었을지도 모르잖아.'

나비가 없으면 꽃은 비참해진다.

제주도에서 그는 나비였고, 자신은 예쁘게 만개한 꽃이었다. 침대 위에서 그가 보여 줬던 모든 것은 사랑이 아니라고 하기엔 잔혹할 만큼 감정이 흘러넘쳤다.

지은은 자리를 털고 일어났다. 욕구에 불과했다는 말일지라도 그에게 직접 말로 들을 생각이었다. 잠옷을 트레이닝복으로 갈아입고 점퍼와 모자까지 눌러쓴 지은은 빠르게 일 층으로 내려갔다. 현관을 통과하고 대문을 열자, 자동차의 엔진 소리가 더욱 선명하게 들려왔다. 지은은 조심히 그의 차로 다가갔다.

시동도 켜져 있고, 헤드라이트까지 밝게 켜져 있는데 까치발을 들어 안을 들여다봐도 운전석은 텅텅 비어 있다. 조심히 뒷좌석으로 걸음을 옮겼다. 짙게 선팅이 되어 있어 내부가 잘 보이지 않았다.

최대한 창문에 눈을 붙였다. 안에서 무언가 꿈틀댔다. 지은은 화들짝 놀라 한 발자국 물러섰다. 분명 눈이 마주쳤다고 생각했는데 잘못 본 걸까. 한참을 기다려도 문은 열리지 않았다. 지은은 다시 다가가 창문을 똑똑 두드렸다.

"안에 계세요?"

여전히 아무런 기척이 없자 불길한 예감이 들었다. 그는 이런 식으로 사람을 피하는 스타일은 아니었다. 욕구도 스스럼없이 드러냈던 그가 집 앞까지 찾아와서 자신을 피하고 있다는 건 뭔가가 이상했다. 분명 무슨 일이 있는 거라는 생각이 들자 몸이 먼저 움직였다.

잠겨 있지 않았던 문을 열어젖히자 알코올 냄새가 진동했다. 그리고 의자에 겨우 몸을 지탱하고 쓰러져 있는 그가 눈에 들어왔다. 놀란 지은은 뒷좌석에 올라타 그의 몸을 흔들었다.

"부장님! 부장님, 정신 차리세요!"

살아 있는 사람이라고 하기엔 지나치게 생기가 없어 겁이 덜컥 났다. 그때, 그가 굳게 감았던 눈을 천천히 떴다.

"……한지은?"

과한 술에 몸이 괴로워 그렇다고 하기엔 그의 목소리가 지나치게 위태로웠다. 끙끙, 신음이 섞인 쇳소리 같은 목소리였다.

지은은 재빨리 그를 훑었다. 술에 취해 제 손으로 풀러 버린 건지 느슨해진 붕대 안으로 그의 상처가 살짝 엿보였다. 손을 가까이 가져와 좀 더 자세히 살펴보니 깊고 넓은 상처가 곪다 터져 버린 상태였다. 시퍼렇다 못해 거무스름하게 변해 버린 살이 괴사 직전처럼 보였다.

"병원. 어서 병원으로……. 조금만 참으세요."

아무런 생각도 들지 않았다. 머릿속엔 오로지 그를 병원에 데려가야 한단 생각만 가득했다. 지은은 급한 대로 일단 그의 상처에 이물질이 들어가지 않게 붕대로 감싸 놓았다. 운전석으로 가려고 몸을 돌리는데 그가 급하게 허리를 안아 왔다.

"가지 마."

애절한 목소리였지만 지금은 이런 걸로 실랑이를 펼칠 시간이 없다. 상처를 본 이상 한시라도 빨리 그를 병원으로 데려가는 게 급선무였다. 허리에 감긴 그의 팔을 떼어 내려는데 그가 아예 깍지를 껴 버렸다. 감싸 놓은 붕대가 느슨해지면서 상처가 다시 보인다. 상처가 점점 더 벌어지고 있었지만 그는 힘을 풀지 않았다. 속이 탄다.

"이럴 시간 없어요. 어서 빨리 병원으로……."

"너에 대한 내 감정에 어떤 이름을 붙여야 하는 건지 나도 잘 모르겠어."

"……."

"네가 어디에 있든 내 눈이 널 찾아내. 내 품에 안겨 있는 널 매일 상상하는데 나에게 등을 보여 주는 네가 싫어. 정말 싫은데 싫어지지가 않아. 매번 네 냄새가 날 미치게 해. 이런 게 사랑이 시작될 수 있는 감정인 거라면 내치지만 말고 나에게도 기회 줘. 널 이렇게 놓아버리긴 싫어. 놓아지지가…… 않을 것 같아."

그는 시위 중이었다. 그는 이곳까지 오는 내내 화가 난 표정을 고수하더니 의사를 앞에 두고서도 마찬가지였다. 이 상처가 마치 다 한지은 탓이라는 듯, 치료해 줄 의사가 아니라 옆에 서 있는 그녀에게 손을 들이밀고 있었다. 고해성사 같은 고백에 병원이 먼저라고 못을 박은 것에 대한 그의 불만 표출이었다.

지은은 황당한 눈으로 그를 바라보았다. 아무리 술을 조금 먹었기로서니 34살이나 먹은 남자가 포커페이스로 이런 아이 같은 짓을 잘도 한다 싶었다. 그럼에도 불구하고 굴하지 않는 그의 당당한 시선에 한동안 눈빛으로 실랑이가 벌어졌다.

"의사는 접니다. 손은 저에게 보여 주셔야죠. 보호자분은 나가 계세요."

의사의 목소리엔 짜증의 기색이 다분했다. 치료를 할 의지가 있는 건지 없는 건지, 그의 태도가 워낙 불성실했던지라 의사가 화가 날 만도 했다. 어린애 같은 그에게 장단 맞춰 준 자신도 혼이 난 것 같아 지은은 재빨리 시선을 갈무리했다. 그리고 조용히 자리를 뜨려는데, 아무래도 심하게 벌어진 그의 상처가 마음에 걸렸다.

"상태가 많이 심각한가요? 혹시 괴사가 된 건 아니죠?"

참 빨리도 물어본다는 듯 의사의 눈초리에 한심함이 담겨 있다.

"조직 검사 결과 다행히 괴사는 아니에요. 드레싱으로 곪은 부위 걷어 내고 봉합하면 될 것 같습니다."

이런 상처쯤은 비일비재하게 봐 왔을 의사는 별거 아니라는 어투였지만 지은은 그렇지가 못했다. 괴사가 아니라는 것은 천만 다행이지만 꿰매야 한단 소리 아닌가! 지은은 슬쩍 그의 안색을 살폈다. 살에 바늘이 들어간다는데 겁도 안 나나? 그의 표정은 남 살 꿰맨다는 것처럼 심드렁하기만 했다.

"많이 꿰매야 하나요?"

"10바늘 정도 꿰매야겠네요. 드레싱 들어갈 거니까 보호자분은 이만 나가세요."

귀찮다는 기색이 역력한 표정으로 손을 내저은 의사는 간호사가 내미는 장갑을 손에 끼워 넣었다. 시간이 시간인 만큼 당직 의사의 고단함을 모르는 건 아니지만 너무 불친절한 것 아닌가 싶어 지은은 살짝 화가 났다.

한마디 쏘아붙일 요량으로 입을 여는데, 괘씸죄가 적용돼 밉게 꿰매 놓을지도 모른다는 생각이 든다. 저절로 입이 다물어졌다. 지은은 조용히 등을 돌렸다.

응급실 밖으로 나와 제일 먼저 맞닥뜨린 건 적막이었다. 사람이 곤하게 잠이 들어 있을 땐 병도 잠시 쉴 수 있게끔 도와주는 행운의 날인 걸까. 시내까지 나와 제법 큰 병원을 찾아왔음에도 응급실 앞은 사람 하나 지나다니지 않았다. 최소한의 불만 켜진 병원이 조금 으스스하다.

지은은 긴장감을 누르며 응급실 앞에 놓여 있는 의자에 엉덩이를 붙였다. 얼마나 걸릴까 굳게 닫힌 응급실의 철문을 바라보는데, 다급한 발소리와 바퀴 굴러가는 소리가 들려왔다. 간호사가 약품이 든 카트를 끌고 급하게 응급실로 향하는 소리였다. 철문이 열렸다 닫히자 간호사가 지나간 자리에 이제까지와는 차원이 다른 강렬한 포르말린 향이 빈틈없이 채워졌다. 코가 마비될 것 같다.

엄마가 위암으로 2년 동안 투병 생활을 하시면서 지겹도록 맡아 와 포르말린 향이라면 진저리가 쳐졌다. 병원 밖으로 나가 시원한 공기를 들이마시고 싶었지만 언제 보호자를 찾을지 몰라 그럴 수도 없다. 어떻게든 포르말린 향을 피해 볼 요량으로 진료를 받느라 그가 벗어 건넨 재킷에 코를 묻었다.

캔스 코스메틱의 로빈 포맨.

절제와 본능의 대조를 표현했다는 이 스킨의 향은 마치 그를 위해 특별히 제작된 스킨 같았다. 차가운 느낌의 진저 스파이시 향이 흰 가운을 입고 칼날 같은 카리스마를 뽐내는 그를 연상시키고, 토바코 꽃의 부드럽고 깊은 향이 침대 위에서 쾌락 속으로 안내해 주던 그를 떠올리게 한다.

차가운 이성, 하지만 예측할 수 없는 관능과 예상치 못한 열정을 표현하는 향이 그와 많이 닮았다고 생각하는데, 믿을 수 없게도 포르말린 향에 기분 나쁘게 뛰던 가슴이 점점 안정되어 갔다. 지은은 멍해진 정신으로 그의 냄새가 듬뿍 밴 재킷을 하릴없이 한참 동안 응시했다.

어떤 사람의 체취만으로 안정감을 느껴 본 적이 또 있었던가…….

찬찬히 모든 기억을 되짚어 봐도 체취만으로 안정감을 주던 사람은 피를 나눈 엄마, 아빠 이외엔 없었다.

그런데 그의 체취가…….

간절함이 느껴지는 그의 욕망에 이끌려 사랑 없는 섹스를 나눴을 뿐이라고 생각했다. 그의 마음을 확실히 알아 두고 싶었던 건 그에게 특별한 감정이 있어서가 아니라, 연구소에서 계속 얼굴을 맞대야 되는 사이인 만큼 확실한 관계 정리가 필요한 것뿐이라고 생각했다. 그런데 그게 전부가 아니었다.

이미 결론지은 것들이 하나둘 무너져 가면서 혼란 속으로 빠졌다. 그런데 미처 정리할 시간도 없이 응급실의 철문이 열리더니 그가 모습을 드러냈다. 지은은 몸을 일으켜 멍한 시선으로 그와 마주했다.

"안색이 왜 이래. 어디 아파?"

10바늘이나 꿰매고 나오면서도 태연했던 그의 표정이 찌푸려졌다. 이마로 따뜻한 그의 온기가 와 닿는다. 볼, 목으로 이어진 그의 온기에 손길이 닿은 곳마다 열꽃이 피어올랐다. 불길 속에 들어와 있는 것처럼 몸이 뜨거워졌다. 그 뜨거움이 그에게도 전해진 건지, 그는 손목을 끌어당기며 응급실 쪽으로 발길을 돌렸다. 지은은 다른 손으로 그의 손목을 살포시 잡아 세웠다.

믿어도 되는 걸까? 10바늘이나 꿰맨 자신의 상처보다 미열에 더 크게 반응하는 이 남자에게 한 발자국 다가가도 되는 걸까?

알 수 없다. 자신의 감정을 모르겠다는 말로 시작된 그의 고백이 욕망에서 비롯된 깊은 집착인 건지, 사랑이 시작되는 감정인 건지 어느 쪽도 확신은 할 수 없다.

하지만…….

"차갑게 날 바라보는 시선이 싫었어. 욕망인 줄 알면서 내 마음이 자꾸 당신 맘을 확인하고 싶어 해. 피해야 한다고 생각하는데도 내 오감이 제멋대로 당신을 찾아. 나도…… 나도 이런 내 마음이 사랑이라고 확신할 수 없지만 이런 게…… 이런 게 사랑이 시작되는 감정인 건지도 모르잖아."

그에게 하는 말인지 스스로에게 하는 말인지 스스로도 분간할 수 없었다. 그냥 속에 있는 말을 쏟아 내 버렸다. 그의 눈동자가 갑작스런 소나기를 만난 듯, 거세게 흔들리고 있다. 지은은 그의 허리를 살포시 감싸 안았다. 그리고 그의 단단한 가슴에 얼굴을 파묻었다.

"내 마음이 어디로 흐를지 알아보고 싶어요. 나 역시 이렇게는…… 놓아지지가 않을 것 같아."

강렬한 끌림으로 시작한 이 길의 끝에 어떤 결말이 기다리고 있는지는 알 수 없다. 하지만, 어떤 결말이 기다리고 있든 두려움 때문에 사랑일지도 모르는 이 감정을 놓치고 뒤늦게 후회하고 싶지는 않다.

지은은 강하게 끌어안아 주는 그의 품 안으로 더 파고들었다.

병원으로 오면서도 생각한 거지만 그녀는 운전이 꽤 능숙했다. 내비게이션이 시키는 대로 병원 주차장을 빠져나와 부드럽게 유턴을 한 그녀가 신호에 걸리자 곱게 눈을 흘긴다.

"너무 부려 먹는다는 생각 안 드세요?"

올 때야 어쩔 수 없이 운전을 했다지만 갈 때는 어림없다는 듯, 병원을 나오자마자 차 키를 넘겨주려고 하더니 심통이 난 모양이었다. 인하는 입꼬리가 올라가려는 걸 겨우 끌어 내리고 어깨를 으쓱했다.

"전혀. 술 마신 내가 운전을 할 수는 없잖아."

"다 깨셨잖아요."

숨겼다고 숨겼는데 그렇게 티가 났나? 사실 술을 마시긴 마셨지만 마신 술은 스트레이트로 양주 5잔 정도였고 바지에 쏟은 술이 더 많았다. 밀폐된 차 안에 있었던지라 알코올 냄새가 강하게 풍겨 그녀가 착각을 한 모양이었지만 병원까지 다녀오면서 아무래도 눈치를 챈 모양이었다. 점점 의심의 눈초리가 깊어진다.

인하는 궁지에 몰렸다. 여기서 인정하고 만다면 괘씸죄가 성립되어 그녀는 택시 잡아타고 돌아가겠다고 나올지도 몰랐다. 그녀의 고집이라면 충분히 그러고도 남았다. 고민하던 인하는 안전벨트를 풀고 그녀에게 가까이 얼굴을 들이밀었다.

"술이 깼는지 안 깼는지 확인이 필요하다면 얼마든지."

닿을 듯 말 듯 아슬아슬한 거리까지 입술을 붙였다. 눈을 동그랗게 뜬 그녀가 몸을 뒤로 뺀다.

"됐어요. 안 깬 걸로 해요."

"그냥 믿는 건가?"

볼에 홍조가 든 얼굴로 그녀가 작게 고개를 끄덕였다. 인하는 몸을 다시 조수석으로 원위치시키고 벨트를 맸다. 정신은 말짱했지만 입안엔 아직 알코올 향이 남아 있는지라 확인을 해도 좋았을 텐데, 조금 아쉽기도 하다.

"한지은."

"네, 부장님."

서서히 상승곡선을 타고 있던 기분이 순식간에 확 가라앉았다. 오랜 버릇에서 비롯된 무의식적인 호칭이라는 건 알지만 맘에 들지 않는다. 연구소 밖에서 그녀에게 부장님 소리를 듣는 건, 남자로 보고 있지 않다는 거부처럼 들렸다. 아무래도 그녀와의 첫걸음은 연구소 밖에서의 부장님 호칭을 봉인하는 걸로 시작해야 할 모양이다.

"한지은이 알아보고 싶다고 했던 마음이 상사와 부하 관계로서의 마음이었나?"

"그건 아니지만 마땅한 호칭이 없잖아요."

인하는 신호가 파란불로 바뀌자 부드럽게 차를 출발시키는 그녀를 보며 인상을 썼다. 침대 위에서 달뜬 신음이 섞인 목소리로 인하 씨, 하고 불러 주던 여자는 옆에 있는 여자가 아니라 다른 여자였나? 기억하지 못할 리가 없는데 그녀는 모르쇠로 잡아뗀다. 불쑥 못된 마음이 고개를 내밀었다.

"당장 이곳을 침대로 만들어 줄 수도 있어. 그래야 마땅한 호칭을 찾아낼 수 있다면 얼마든지."

그녀가 핸들을 꽉 움켜쥐며 농담하지 말라는 시선을 보내왔다. 언제나 그녀에겐 열 마디의 말보다 한 번의 행동이 더 크게 효력을 발휘했다. 그러니 이번에도 행동으로 의지를 전달할 수밖에. 인하는 옆 차선에 다가오는 차가 없는지 사이드미러로 확인을 마치고 핸들을 쥔 그녀의 손에 자신의 손을 포갰다. 갓길로 차를 돌리려는데, 놀란 그녀의 입에서 다급한 음성이 터져 나왔다.

"인하 씨! 호칭 바꿀게요. 바꾼다구요. 핸들에서 빨리 손 떼요!"

"바뀐 거 확실해?"

"확실해요. 확실하니까 빨리 손 떼요!"

"그럼 한 번 더."

"……인하 씨."

인하는 만족스러운 미소를 띠며 핸들에서 손을 뗐다. 그제야 긴장이 풀리는지 그녀가 한숨을 쉰다.

"사람이 어떻게 좌회전, 우회전도 없고 직진만 있어요? 매번 나만 당하는 것 같아요."

인하는 씁쓸한 웃음을 애써 삼켰다. 그녀는 매번 자신을 쉽게 이겨 먹는다고 생각할지 모르지만 그녀에 관해선 한 번도 쉬운 적이 없었다.

한지은이란 여자는 한시도 긴장을 늦출 수 없는 여자였다. 조금만 긴장을 늦추면 그 틈을 타서 그녀는 어느새 저 멀리 달아나 있었다. 그런 여자에게 안달이 나 스스로 상처까지 냈던 자신을 그녀가 조금이나마 알게 될 날이 오긴 할까. 인하는 거즈에 덮여 있는 꿰맨 부위를 어루만졌다.

"많이 아파요?"

곁눈질로 상처를 쓰다듬는 손을 발견한 그녀가 말을 걸어왔지만 대답하지 않았다. 아픈 건 손이 아니라 마음이었다. 이제 겨우 시작 단계인데 조바심이 났다. 지금은 그녀가 용기 내어 한 발자국 다가와 주었지만 한 발은 늘 뒷걸음질 칠 준비를 하고 있다는 불안감은 해소되지가 않았다.

인하는 씁쓸함을 들켜 버릴 것 같아 시선을 창밖으로 옮겼다. 어느새 차가 집 근처에 다다라 있었다.

얼마 지나지 않아 인하의 집 앞에 차가 섰다. 주차를 마친 그녀는 차 키를 뽑아 들고 차에서 내렸다. 인하도 차에서 내려 반 바퀴를 돌아 그녀와 마주했다. 그녀가 차 키를 내밀었다. 인하는 차 키를 받으려다 문득 손을 멈추고 물끄러미 그것을 바라봤다.

많이 늦은 시간이었다. 병원에 같이 가 주고, 여기까지 대신 운전을 해 준 것만으로도 그녀는 충분히 피곤할 거였다. 그러니 이만 보내야 하는 게 맞는데 보내기가 싫다. 이성과 감정이 격렬하게 대치하는 사이, 그녀가 손바닥 위에 차 키를 얌전히 내려놓았다.

"푹 쉬세요. 내일 연구소에서 봬요."

콜택시를 부를 모양인지 휴대폰을 귀에 붙이며 그녀가 돌아서고 있었다. 인하는 저도 모르게 그녀의 휴대폰을 빼앗았다. 당황의 빛이 어린 그녀의 눈동자가 어둠을 뚫고 부딪쳐 온다.

일은 쳤는데, 몸이 먼저 움직여 버린 거라 마땅히 할 수 있는 변명이 떠오르질 않았다. 어떻게 이 난관을 헤쳐갈 수 있을까 열심히 머리를 굴리는데, 그녀가 휴대폰으로 손을 뻗어 왔다. 인하는 한 발자국 물러서며 무작정 꿰맨 손을 그녀 앞으로 내밀었다.

"손이 이래서 머리를 감을 수가 없어. 의사가 꿰맨 부위에 물이 들어가면 안 된다고 했으니 감겨 주고 가."

"네?"

그녀의 얼굴이 황당함으로 물든다. 임기응변 능력이 겨우 이 정도였던가. 스스로 생각해도 어이없는 발언이었다. 하지만 이왕 시작한 거 뻔뻔하게 나가기로 했다.

"연구소 내에서 나는 깔끔한 이미지야. 기름진 머리로 이미지를 훼손하고 싶지 않아. 이 손, 절반은 한지은 탓이니 이 정도의 보상은 해 줄 수 있지 않나?"

"지금 억지 부리고 있다는 거 본인도 알죠?"

정말 두 번은 못할 짓이다. 온몸이 화끈거린다. 인하는 무작정 그녀의 손을 잡고 집 안으로 이끌었다. 민망함을 조금은 알아주는 건지, 그녀는 다행히 순순히 끌려와 줬다. 인하는 집 안으로 들어서자마자 거실에 불을 밝히고 그녀를 바라보았다. 방심하고 있던 사이, 제 휴대폰을 재빨리 낚아채 주머니 속에 넣은 그녀가 트레이닝복 소매와 바지를 걷어붙였다.

"욕실 어디예요?"

손으로 아이보리색 문을 가리키자 그녀가 성큼성큼 걸음을 옮긴다. 급하기도 하지. 인하는 팔짱을 끼고 그녀를 지켜봤다. 욕실 문을 활짝 열어젖히고 불을 켠 그녀가 홱 돌아선다.

"뭐 해요. 머리 안 감아요?"

인하는 웃음이 터져 나오려는 걸 억지로 집어삼켰다. 비장한 표정인 그녀 앞에서 웃음을 내보였다가는 그녀가 당장 이 집을 나갈지도 모를 일이었다.

바지를 걷어붙이고 셔츠를 벗어 빨래 통에 집어넣었다. 상체가 고스란히 드러나자 무슨 짓이냐는 듯, 그녀가 눈을 흘겼다. 인하는 그녀를 지나쳐 먼저 욕실 안으로 들어갔다.

"얇은 셔츠는 옷에 금방 젖잖아. 어설픈 한지은 실력에 미리 대비하는 거야."

인하는 욕실 벽에 기대 샤워기를 그녀에게 내밀었다. 눈을 흘기면서도 그녀는 순순히 샤워기를 받아 들었다.

"내 실력에 깜짝 놀랄걸요? 두 번 감겨 달라고나 하지 말아요. 허리 숙여요."

물을 틀어 온도를 맞추는 그녀를 보던 인하는 순순히 허리를 숙이고 그녀의 앞으로 머리를 내밀었다. 엄청난 실력이라고 호언장담하지만 귀로 물이 다 들어오는 것 아닌가 내심 걱정도 됐다. 하지만 이렇게 좀 더 그녀와 함께 있을 수 있다면 그쯤이야 기꺼이. 다행히 적절하게 온도를 맞췄는지 차갑지도 뜨겁지도 않은 물이 머리카락을 적셔 간다.

샴푸를 하고 헹구고 잘 사용하지 않은 트리트먼트까지 완벽하게 헹궈 낸 그녀의 손길은 우려했던 것과 달리 지나치게 능숙했다. 귓등까지 세세하게 비눗물을 제거해 나가는 그녀의 손길에 몸이 나른해지기까지 했다. 이런 유려한 손놀림으로 그녀가 애무를 해 주면 그녀의 안으로 들어가기도 전에 천국을 맛볼지도 몰랐다.

엉큼한 생각을 읽기라도 한 듯, 익숙한 손놀림으로 물기까지 짜낸 그녀가 머리카락에서 손을 떼고 물을 잠갔다. 인하는 끙, 신음 소리가 뱉어져 나오려는 걸 억지로 삼켰다.

"고개 들어요."

허리를 펴는 사이, 선반에서 마른 수건을 꺼내 든 그녀가 머리카락 위에 재빨리 수건을 올렸다.

"여기선 못 털어 주겠어요. 소파에 앉아 봐요."

까치발까지 들며 머리 털기를 시도하던 그녀가 결국 키 차이에 굴복

하고 먼저 욕실을 나섰다. 그녀의 키가 작다고 느꼈던 적은 없었는데, 정수리까지 무리 없이 닿기엔 20cm가량의 키 차이는 꽤 큰 모양이다. 인하는 욕실을 나와 거실 소파에 앉았다. 곧바로 물기를 털어 내기 시작한 그녀의 손길은 머리를 감겨 줄 때와 마찬가지로 능숙했다. 온전히 그녀에게 머리를 맡겼다.

"꿈이 미용사였나?"

"설마요."

작은 그녀의 웃음소리가 기분 좋게 귓가를 간질였다. 인하의 입가에도 옅게 미소가 감돌았다.

"아마추어의 손길이 아닌데."

"엄마가 위암으로 2년 동안 투병 생활을 하시다 돌아가셨거든요. 워낙 깔끔하셨던 분이라 항암치료 때문에 머리를 밀고 나서도 매일 머리를 감던 분이셨어요. 숟가락도 들기 힘들 만큼 기력이 떨어지신 뒤부터는 매일매일 내가 그 일을 대신했더니 원치 않게 프로가 됐네요."

그녀는 덤덤하게 말했지만 느껴진다. 혼자 머리도 감지 못할 만큼 기력이 떨어지신 어머니의 머리를 감겨 드리며 그녀가 혼자 얼마나 많은 눈물을 삼켰었는지. 머리카락 안에서 멈춘 그녀의 손길이 말해 주고 있었다. 인하는 몸을 일으켜 그녀를 향해 돌아섰다. 그리고 조심히 그녀를 품에 안았다. 맨가슴에 깊은 슬픔이 담긴 그녀의 뜨거운 숨이 와 닿는다.

가슴이 답답하다. 어떤 위로를 해 줘야 하는지 알지 못하는 자신이 초라하게 느껴졌다. 그저 천천히 그녀의 가녀린 등을 쓸어내렸다.

그녀의 뜨거운 숨이 가라앉을 때까지.

빨리 윗옷을 입으라는 그녀의 등쌀에 못 이겨 잠깐 옷을 갈아입으러 방에 들어갔다 나온 사이, 그녀는 거실 소파에 기대 잠이 들어 있었다. 우유보다 잠이 더 간절했는지 옷을 갈아 입으러 들어가기 전에 내어 줬던 우유는 조금도 줄어 있지 않았다.

새우처럼 웅크린 자세를 바르게 펴 주고 이불을 가져와 몸을 덮어 주었다. 그리고 소파 밑에 앉아 그녀를 물끄러미 바라보았다. 두꺼운 안경이 얼굴의 절반을 가리고 있는 게 거슬린다. 그녀가 깨지 않게 천천히 안경을 벗겨 냈다. 뽀얀 콧등에 안경 자국이 연하게 나 있다. 그 부위부터 서서히 쓸어 내려가다 살포시 그녀의 눈에 입을 맞췄다.

자그마한 손, 올곧은 눈동자, 항상 욕망을 불러일으키는 그녀의 냄새가 질리지 않는다. 질리기는커녕 날이 갈수록 더욱 간절해진다. 한 번 안고 나면 욕망이 사그라질지도 모른다고 생각했던 게 얼마나 큰 오만함이었는지 깨닫고 나자 헛웃음이 나온다.

사랑……일까?

어쩌면.

주차장에서 그녀를 맥없이 보내고 그녀를 다시 만나기 전까지 사랑일 리 없다고, 사랑이어선 안 된다고 부정만 했다. 하지만 그녀가 거짓말처럼 눈앞에 나타난 순간 모든 것이 무너졌다. 사랑이든 욕구든 이렇게 그녀를 놓을 수는 없다는 감정만이 마음을 채웠다.

그 감정이 지금도 그의 안에 오롯이 살아 있다. 넘치는 감정을 주체 못 해 숨이 빠르게 반복해서 쏟아질 때마다 그녀의 앞머리가 갈대처럼 흔들린다.

우린 서로에게 얼마나 흔들릴까. 그 끝은 어디일까.

불현듯 아버지의 목소리가 끼어든다.

'난 네 엄마에게 첫눈에 반했어. 그래서 무작정 쫓아다녔지. 이 여자가 아니면 절대로 안 된다고 생각했거든. 네 엄마는 석 달 가까이 날 미친 사람 취급했어. 온갖 욕설은 물론이고 경찰에 신고할 거라는 협박도 들었지. 그런데도 난 네 엄마가 너무 사랑스러웠어. 그리고 결국 난 네 엄마를 얻었지. 인하야, 사랑이라는 건 그렇게 불쑥, 찾아오는 거란다.'

어머니에게 아버지도 불쑥이었다. 하지만 아버지와는 달랐던 불쑥.

'엄만, 첫눈에 반하진 않았어. 오히려 난 네 아빠가 싫었어. 외모, 성격, 직업, 나이. 무엇 하나 맘에 드는 게 없었거든. 하지만 어느 날 이런 생각이 문득 들었어. 내가 앞으로 이 남자만큼 날 사랑해 주는 남자를 만날 수 있을까. 사랑이 꼭 불꽃같을 필요는 없지 않을까, 이런 생각. 우리 인하는 아직 어려서 잘 이해하지 못하겠지만, 조금 더 크면 알 수 있을 거야.'

34살이 된 지금 생각해 보면 아버지에 대한 어머니의 시작은 사랑도, 정도 아닌 그저 스스로와의 타협이었다. 반면 현관 앞에 있던 남자와 어머니는 불꽃같은 욕망이었다. 불꽃을 경험해 보지 못한 어머니에게 욕망은 치명적인 독이었을 것이다. 그 독에 아버지는 어머니를 잃고 패자가 되었다.

거칠어진 숨이 그녀의 얼굴 위로 쏟아졌다.

그녀가 잠들어 있는 소파 뒤로 검은 그림자가 등장했다. 얼굴도, 이름도 모르는 그녀의 잘난 애인의 그림자였다. 그림자가 말한다.

왜 내 여자가 네놈 집에 있는 거냐고. 내 여자에게 손대지 말라고.

그림자를 노려봤다. 머릿속에서 어머니를 잃고 괴로움에 몸부림쳤던 아버지의 모습에 자신의 얼굴이 겹쳤다. 조바심, 분노, 절망이 뒤섞인다. 휘몰아치는 감정을 잠재우려 그녀의 손을 움켜쥐었다.

사랑이라면, 패자가 되지 않으리라. 잃지 않으리라.

거스를 수 없다면, 얻을 테니까.

인하는 마음을 어루만지는 그녀의 온기를 손에 담고 소파에 얼굴을 묻었다. 과정은 더디고 고통스럽겠지만 견딜 수 있을 것 같다.

이 온기만 있다면,

얼마든지.

거실 창으로 새어 들어오는 햇살이 톡톡 눈을 두드리며 잠을 깨웠다. 부족해도 한참 부족한 잠에 눈을 뜨지 못하던 지은은 로빈 포맨의 향에 눈을 번쩍 떴다.

머리에 물기를 제거해 줄 때부터 졸음이 쏟아지더니 그의 집 거실에서 잠이 들었나 보다. 슬그머니 몸을 일으키려는데 손에 묵직함이 느껴졌다. 그의 손에 손이 갇혀 있다. 살며시 손을 빼내고 가슴께에 있는 이불을 걷어 냈다.

"아."

얼굴만 소파에 묻고 잠이 든 그는 한눈에 보기에도 불편해 보였다. 이불까지 덮어 줬으면 그는 방에 들어가서 자도 됐을 텐데. 이렇게 자고 있는 게 제 탓인 것 같았다. 잠이 든 그의 볼을 조심스레 쓸어내리자 그가 천천히 눈을 떴다.

"깼어요?"

"음."

그는 불편하게 자서 몸이 뻐근한지 기지개부터 켰다. 잠에서 막 깨어난 탓인지 날카로움은 온데간데없고 나른해 보이는 모습이 또 다른 매력으로 다가왔다. 쉽게 시선이 떼어지지 않아 저도 모르게 한참을 바라보자 그가 짓궂게 눈을 빛낸다.

"아침부터 그렇게 쳐다보면 출근이고 뭐고 침대로 가고 싶어져. 그걸 원하는 거라면 기꺼이 응해 줄 생각이지만."

"아! 출근!"

맙소사. 어떻게 출근을 잊을 수 있었을까. 지은은 화들짝 놀라 주머니에서 휴대폰을 꺼내 시간을 확인했다. 7시 반이 채 안 된 시각이었지만 집으로 돌아가 준비를 하고 출근을 하려면 넉넉한 시간은 아니었다.

"갈게요."

지은은 서둘러 몸을 일으키고 현관으로 향했다. 막 신발을 발에 끼워 넣으려는데 그가 먼저 옆으로 다가와 신발을 신었다. 지은은 그에게 의아한 눈빛을 던졌다.

"바래다줄게."

"시간 괜찮아요?"

"음. 난 화장이 필요 없으니까."

여기서 자신의 집까지 왕복을 하는 시간은 짧게 잡아도 30분은 소요될 터였다. 다림질이 깔끔하게 되어 있는 각 잡힌 슈트야 미리 준비되어 있다 치더라도 왁스로 머리를 정돈할 시간은 필요할 텐데. 정말 괜찮은 걸까?

조금 걱정은 되었지만 지각이 뻔히 보이는데 무모하게 나설 타입은 아니지 싶어 지은은 순순히 그의 호의를 받아들였다. 택시를 잡아 타고 가는 시간보다 그의 차를 타고 가는 편이 확실히 빠를 터였다.

지은은 부드럽게 핸들을 돌리는 그를 바라보았다. 그도 시간 계산은 하고 있는지, 과속 방지턱 앞에서는 속도를 줄이면서도 최대한 속도를 내고 있었다. 지은은 정확히 12분 만에 자신의 집 앞에 차를 세운 그를 보며 속으로 작은 탄성을 질렀다. 일에는 조금의 빈틈도 허용하지 않는 칼날의 강 부장다운 운전 솜씨였다.

"고마워요. 연구소에서 봐요."

"한지은."

막 차 문을 열려는데 그가 손목을 잡았다. 지은은 문을 열려던 손짓을 멈추고 그를 바라보았다.

"한지은 마음이 어디로 향하고 있는지 쉽게 결정 내리지 마. 오래, 오래 들여다봐."

쉽게 결정 내릴 수 있었더라면 혼란이 오는 일도 없지 않았을까. 지은은 불안해 보이는 그의 표정에 고개를 끄덕여 주고는 차 문고리를 당겼다.

"한지은."

"또 왜요."

제법 과속을 한다 싶었는데 이러려고 그랬던 건가 싶을 만큼 그는 지나치게 느긋했다. 지은은 그를 밉지 않게 흘겼다. 이번엔 장난이겠거니 했는데, 그의 눈빛은 더없이 진지했다.

"하루 3번. 프로젝트팀에만 있지만 말고 하루 3번은 연구실로 와서 내 눈에 얼굴 도장 찍고 가."

수석 연구실에 주로 있어서 모를 줄 알았는데 신경 쓰고 있던 모양이었다. 프로젝트팀으로 간 이후, 그곳을 방패 삼아 최대한 그를 피했던 것이 사실이라 조금 미안해졌다. 어차피 향료연구팀에서 맡은 일을 다 끝낼 때까지는 프로젝트팀 일과 병행해야 했다. 지은은 순순히 고개를 끄덕였다.

"그럴게요."

그제야 그가 옅은 미소를 보여 주며 손목을 놓아주었다.

하지만 지은은 그의 차가 집 앞을 벗어나 보이지 않게 될 때까지 집 안으로 들어가지 못했다.

8. 싸움, 한 걸음 더

임시로 프로젝트 연구실이 개설된 지 얼마 되지 않아 제대로 구색을 갖춘 프로젝트팀 연구실이 마련됐다. 연구실 안에 따로 마련된 향료 배합실은 프로젝트팀에 선발된 조향사 한 명이 쓰기엔 과하다 싶을 만큼 7명이 함께 쓰는 향료연구팀의 향료 배합실과 비교해도 손색이 없었다.

연구소 내에서 정식으로 선정한 프로젝트인 걸 감안해도 파격적인 지원이라고 생각했었는데 이런 파격적인 지원을 해 준 데에는 다 이유가 있었다. 프로젝트가 '100% 천연 성분 화장품'인 만큼 향료도 100% 천연 성분이어야만 하기에 작업량이 다른 프로젝트보다 월등히 많고 까다로운 탓이었다.

오 과장은 정식으로 프로젝트팀 연구실이 들어선 날부터 향료를 채취해서 샘플을 가져가기가 무섭게 새로운 향료를 요구했다. 향료연구팀에서는 7명이 나눠 하던 일을 프로젝트팀에선 혼자 다 해내려니 몸이 열 개라도 부족할 판이었다.

오늘도 감금당하다시피 배합실에 들어앉은 지은은 꽃창포 줄기에서 채취한 향료를 시험관에 조심히 옮겨 담았다. 그리고 고무마개로 향이 날아가지 않도록 단단히 봉했다. 이제 남은 건 내일을 위해 사용한 기구들을 정리하는 일뿐이었다.

책상 위에 어지럽게 놓인 빈 시험을 막 집어 드는데 향료 배합실의 문이 살짝 열렸다. 그 안으로 오 과장이 얼굴을 들이밀었다. 지은은 얼굴을 찌푸리지 않으려 얼굴근육에 힘을 주었다.

회의할 때와 점심시간을 제외하면 향료 배합실에 있다는 걸 뻔히 알면서도 오 과장은 별 용건 없이 시시때때로 얼굴을 들이밀었다. 오늘만 해도 벌써 몇 번째인지. 이러려고 프로젝트팀으로 불러들인 것은 아닌가 의심될 만큼 거의 스토커 수준이었다.

"한 대리, 향료 샘플 얼마나 더 걸리겠어?"

"지금 끝났습니다."

"그래? 그럼 내 자리로 가져와."

"알겠습니다."

표정 관리에 한계를 느끼던 참이었는데 문을 닫고 오 과장이 사라지자 짜증으로 울컥하던 마음이 조금 수그러들었다. 지은은 서둘러 뒷정리를 마치고 문고리를 잡았다. 그런데 흰 가운 주머니에서 지잉 진동이 울리며 발목을 잡았다. 지은은 인상을 쓰며 휴대폰을 빼 들었다.

[한지은.]

누군지 발신자를 확인하지 않아도 알 수 있었다. 일에 집중하느라 확인하지 못했지만 이름 석 자가 다인 문자만 벌써 4통째였다. 찌푸려졌던 인상이 순식간에 펴지고 가슴이 쿵하고 내려앉았다.

하루 3번 얼굴을 보여 주겠다던 약속이 단 하루밖에 지켜지지 못

할 줄 미리 예상했다면 애초에 약속을 하지 않았을 텐데.

피하고 싶을 땐 어떻게든 얼굴을 보게 되더니 정작 마주치고 싶을 땐 하루 3번은커녕 하루 한 번이 겨우였다. 그런데 오늘은 그 마저도 허락되지 않았다. 출근해서 퇴근 시간이 다 돼 가는 지금까지 한 번도 마주치지 못했으니 이 문자를 보내는 그의 표정이 얼마나 무시무시했을지 상상이 됐다.

지은은 땅이 꺼져라 한숨을 내쉬었다. 앞으로는 오 과장, 뒤로는 강 부장이 버티고 있는 이 상황을 어떻게 해야 하나 잠시 고민해 보지만 이미 답은 나와 있다. 지금 현재 우선순위로 삼아야 할 건 남자 강인하가 아니라 오 과장의 업무 지시였다.

지은은 무거운 마음으로 휴대폰을 흰 가운 안에 찔러 넣고 향료 배합실을 나왔다. 기다렸다는 듯, 오 과장이 시선을 맞춰 온다. 꽃창포에서 채취한 향료 샘플을 빨리 넘겨주고 시선을 치워 버리려는데, 전화벨 소리가 연구실을 울렸다. 내선 전화와는 다르게, 소리가 뚜뚜— 끊어지는 걸 보니 외부에서 걸려 온 외선 전화였다. 소리의 진원지를 찾아보니 자신의 자리였다. 갑자기 연구원들의 시선이 몰렸다.

'이 이상한 분위기는 뭐지?'

"거 참, 이게 대체 몇 번째야? 오늘 한 대리 전화 불나네, 불나. 받아봐, 한 대리."

불쾌한 기색이 역력한 오 과장의 말을 유추해 보자면 꽤나 여러 번 울렸던 모양이다. 뭔가 굉장히 민폐를 끼치고 있다는 느낌이었다. 지은은 얼른 자리로 가서 수화기를 들었다.

"한지은입니다."

—한지은.

낮고 울림 좋은 베이스 기타를 연상케 하는 목소리에 지은은 숨을 멈췄다.

그의 목소리가 낮다. 화가 난 것이다. 하지만 지금은 그럴 걸 고려해 줄 때가 아니었다. 외선 전화라는 것만으로 연구원들이 시선을 보내온다는 건, 이미 연구원들은 이 전화가 누구에게서 걸려 온 것인지 알고 있을지도 모른다는 얘기다.

머릿속이 하얘졌다. 지은은 당혹스러움에 무작정 전화를 끊어 버렸다. 연구원들이 시선은 해명을 요구하고 있었다. 이 전화에 대해 어디까지 알고 있는 건지 감이 잡히지 않아 뭐라 말문을 열어야 할지 난감하기만 했다. 그런데 구원의 빛이 한 줄기 스며들었다.

"한 대리가 받았는데도 그냥 끊었어? 한 대리 찾는 전화 아니야?"

누군지 모르는구나. 지은은 재빨리 고개를 끄덕였다.

"거 참, 이상하네. 한 대리 자리 번호가 장난 전화 걸기 좋은 번호인가? 한 대리 자리 외선 번호 바꿔 달라고 요청해야겠어."

형사의 눈빛 같았던 연구원들의 시선이 흩어졌다. 알아서 정리를 해 주는 오 과장이 지금만큼은 천사로 보였다. 안도의 숨이 쏟아졌다. 그의 성격을 바탕으로 짐작해 보자면 애매한 스캔들로 고생할 자신을 배려한 행동이라고 보긴 어려웠다. 매번 엉뚱한 사람이 전화를 받아 분에 못 이겨 끊어 버렸다고 봐야 했지만 지금은 뭐라도 좋았다. 상사와 부하의 스캔들로 다른 이들의 입방아 대상이 될 뻔한 걸 피한 것만으로도 감지덕지다.

지은은 채취한 향료가 든 시험관을 들고 오 과장 앞으로 갔다.

"꽃창포 줄기에서 채취한 향료입니다."

시험관을 받아 든 오 과장은 마개를 열어 향을 맡았다. 처음엔 손으로 바람을 일으켜 향을 맡는 폼이 영 어색하더니 이제는 제법 그럴듯한 폼이 나왔다. 하긴, 근래 들어 매일 5, 6번 시향을 하니 나아지지 않으면 그게 이상한 거지만. 향이 꽤 맘에 들었는지 오 과장은 여러 번 향을 맡고 시험관을 봉했다.

"꽃창포에는 어떤 효능이 있지?"

"꽃창포에는 천연 세척 효과와 향균 효과가 있고 피부에 탄력을 공급해 매끄러워지게 하는 효능이 있습니다."

"탄력이라……. 피부 재생 라인에 후보군으로 넣어 보지. 베이스 노트까지 시향 테스트하려면 얼마나 걸리지?"

"4시간쯤 걸립니다."

"좋아. 보고서는 내일 작성하더라도 테스트는 오늘 끝내자고."

"알겠습니다."

여기저기서 숨죽인 한숨이 쏟아졌다. 퇴근 시간이 다 되어 가는데 4시간이 걸리는 시향 테스트를 명령했다는 건 오늘도 프로젝트팀 전원 야근 확정이라는 소리였다. 피부 재생라인이라는 주제가 잡혔으니, 다른 연구원들도 피부 재생라인에 들어갈 원료를 고심해야 할 터였다.

오늘로써 야근도 일주일째가 되는지라 지은 역시 달갑지 않았지만 별 도리가 없다. 그저 숙명이려니, 받아들일 수밖에. 다시 향료 배합실로 들어가려는 그 순간, 연구실의 문이 덜컥 소리를 냈다. 갑자기 이유를 알 수 없는 냉기가 들이닥쳐 등골이 서늘하다. 지은은 모든 행동을 멈추고 문을 주시했다. 문이 슬로우버전으로 열린다. 더디게 흐르는 찰나가 지나가고 방문자가 모습을 드러내는 순간, 지은의 숨이 멈췄다.

활짝 열린 문을 지나 그가 긴 다리를 뽐내기라도 하듯 성큼성큼 연구실 안으로 들어오고 있었다. 그의 모습은 언제나 연구소에서 보여주는 모습 그대로 빈틈을 찾아볼 수 없었다.

"강 부장님께서 여긴 어쩐 일로……."

오 과장이 말을 건네는 짧은 찰나, 공중에서 그와 시선이 얽혔다. 이 공간 안에 단둘만 있는 것 같은 착각이 들 만큼 그의 시선이 올곧다. 더 이상 그와 마주하고 있다가는 동요를 보여 다른 연구원들에게 의심을 사게 될 것 같았다. 지은은 서둘러 향료 배합실 쪽으로 몸을 틀었다.

"한지은 대리 좀 보러 왔습니다. 한지은 대리."

흔들림 없는 그의 낮은 목소리가 '거기 서, 한지은.'으로 들려온다. 온몸에서 열이 오르면서 가슴이 뛰기 시작했다. 이성적으로는 절대 달가울 수 없는 상황인데 감정은 앞만 보고 무작정 달려온 그가 싫은 건지, 좋은 건지 스스로도 분간이 어려웠다. 이런 동요를 다른 연구원들이 눈치채지 못해야 할 텐데. 최대한 마음을 가다듬고 그를 향해 돌아섰다.

"네, 부장님."

지척까지 다가와 오 과장까지 등지고 선 그는 화가 난 것 같기도 하고, 안도하고 있는 것 같기도 했다. 혹시라도 그가 장소도 고려하지 않고 감정을 드러낼까 봐 지은은 조마조마한 심정으로 그의 얼굴을 주시했다.

"오늘 퇴근 전까지 제출하라고 지시한 보고서는 다 됐나?"

애초에 지시받은 보고서가 없는데 보고서는 무슨 보고서? 난감하고 당혹스러웠다. 오 과장까지 다 보고 있는 마당에 없는 보고서를 갑자기 뚝딱 만들어 낼 수도 없는 노릇 아닌가. 하지만 어떻게든 이 위기를 넘겨야 했다. 지은은 침착하게 자리로 돌아가 책상을 뒤졌다. 그리고 안의 내용이 보이지 않는 파일 하나를 집어 들었다. 지은은 그의 앞으로 돌아가 파일을 내밀었다.

"지시하신 보고서입니다."

여기까지 장단을 맞춰 줬으면 이쯤에서 위험한 줄타기는 갈무리하고 얌전히 돌아갈 줄 알았는데, 그는 전혀 그럴 생각이 없는 모양이었다.

그는 건넨 장본인도 내용을 알지 못하는 파일을 대담한 손길로 열어젖혔다. 그와 연구원들의 간격은 제법 떨어져 있었지만 매의 눈으로 내용을 보게 되는 사람이 있다면 변명도 불가능한 상황에 이르게 될 터였다.

지은은 재빨리 시선을 돌려 오 과장과 팀 내의 연구원들을 살폈다. 그가 파일을 닫는 소리가 들릴 때까지, 다행스럽게도 파일 안의 내용이 뭔지 파악한 사람은 없어 보였다. 눈에 원망스러움을 담아 그를 슬쩍 흘겼다. 하지만 그의 시선은 이미 다른 곳을 향해 있었다.

"오 과장님, 한지은 대리에게 부연 설명을 들어야 할 것 같은데 잠시 데려가도 되겠습니까?"

"네? 아, 네. 뭐……. 그런데 정말 보고서 하나 받으려고 여기까지 직접 오신 겁니까?"

오 과장은 뭔가가 의심스럽다는 기색이었다. 마음이 조마조마하다.

"이 보고서가 내일 아침 일찍 소장님께 올라가야 하는 보고서라면 납득하시겠습니까?"

지은은 그를 어처구니없는 시선으로 바라보다가 오 과장에게 시선을 돌렸다. SJ연구소에서 최고로 높은 자리에 앉아 있는 소장님에게 한낱 선임 연구원이 보고서를 올릴 수 있을 리 없었다. 4년 차인 자신도 믿을 수 없는 거짓말을 오 과장이 믿을 리가 없…….

오 과장은 4년 차 선임 연구원보다 뇌 구조가 단순한 사람이었다. 소장이란 단어 때문인 건지, 위협적인 그의 말투 때문인 건지는 잘 모르겠지만 오 과장이 하얗게 질린 얼굴로 대답을 하지 못했다.

"그럼 허락하신 걸로 알고 잠시 데려가겠습니다. 한지은 대리, 가지."

오 과장이 어서 따라가 보라며 다급하게 손짓한다. 지은은 그의 뒤를 따르며 허탈한 웃음을 삼켰다. 오 과장은 SJ 코스메틱 연구소 최고 권력자인 김 소장 라인을 잡기 위해 안간힘을 쓰고 있는 사람 중 하나였다. 그렇기 때문에 이런 어처구니없는 상황이 성립될 수 있는 거였다.

하지만 연구소 내에 정작 김 소장 라인이라는 건 존재하지 않았다. 김 소장은 줄을 잘 서서 최고 자리에 오른 게 아니라 온전히 실력으로 그 자리까지 오른 드문 케이스였기 때문이었다. 워낙 연구에 열정적인 분이시라 라인 따위를 만들 시간에 논문을 하나 더 보는 쪽을 택할 분이었지만, 김 소장과 가깝게 지내는 그가 김 소장의 첫 번째 라인이 될지도 모른다는 이상한 루머가 돌면서 오 과장같이 헛물켜는 불쌍한 이들이 생긴 것이었다.

그는 분명히 다 알면서 교묘하게 오 과장의 약점을 이용한 거다. 영악한 그의 잔꾀로 어영부영 위기는 넘겼지만 잘했다고 칭찬을 해줄 수도 없는 노릇이었다. 지은은 그저 그의 뒤통수만 바라보며 걸었다.

침묵 속에 그가 걸음을 멈췄다. 향료연구팀은 5층이었는데 그가 걸음을 멈춘 곳은 비어 있는 4층 회의실 앞이었다. 의아스러움에 뭐라 입술을 달싹이려는 순간, 그가 갑자기 손목을 당겨 순식간에 회의실 안으로 집어넣었다. 반사적으로 문고리를 잡자 그가 급하게 뒤에서 허리를 끌어안았다.

"이러지 말아요. 누가 보면……."

"잠시만. 잠시만 움직이지 마. 그냥 이대로 있어."

귓가에 와 닿는 그의 뜨거운 숨결에 아랫배가 긴장으로 딱딱하게 굳어 갔다. 허리를 압박하는 힘 때문에 숨이 고르게 뱉어지지 않을 지경이었다. 그런데 그가 아이처럼 어깨에 얼굴을 기대 왔다. 방금 전 오 과장에게 카리스마를 폴폴 풍기며 협박 아닌 협박을 하던 몇 분 전과는 사뭇 다른 모습이었다.

남자 강인하는 상사 강인하와는 달리 무조건 강하지만은 않다는 걸 수차례 경험했음에도 이런 모습을 볼 때마다 놀랍기만 했다. 지은은 망설이다가 이내 손을 올려 보드라운 그의 머리카락을 살며시 쓰다듬었다.

"그거 알아? 하루 3번, 지키겠다고 약속해 놓고 그날부터 지금까지 우리가 얼굴 마주한 시간은 1시간도 안 된다는 거. 거짓말쟁이, 한지은."

지은은 머리카락을 쓰다듬던 손을 내리고 살짝 고개를 내려 그를 바라봤다. 투정 부리는 것 같은 나른한 그의 목소리를 잘못 들은 건 아닐까, 의심하는 중인데 그는 더 이상 말이 없었다. 대신 서서히 붉게 물들어 가는 그의 귀가 잘못 들은 게 아니라고 대답해 줄 뿐이었다.

참아 보려고 안간힘을 썼지만 도저히 웃음을 참을 수가 없었다. 픕, 하고 소리 내어 버리자 어깨에서 고개를 뗀 그가 허리를 반 바퀴 빙그르르 돌려 자신과 마주 보게 만들었다.

"웃지 마. 웃을 일 아냐."

"알았어요. 안 웃을게요."

말은 그렇게 했지만 한 번 터진 웃음은 수그러들 기미가 보이지 않았다. 아, 투정조차 진지한 이 남자를 어쩌면 좋을까? 연정이나 다른 연구원들이 보면 놀라서 기겁할 거란 생각이 드는데 그가 테이블 위에 비스듬히 걸터앉아 성마른 손길로 머리카락을 쓸어 넘겼다.

"내가 어떤 마음으로 거기까지……! 젠장. 넌 몰라."

거친 숨을 내뱉는 그의 눈빛에 원망이 섞여 있다. 목마른 자가 우물 판다는 심정으로 이런 일을 벌이긴 했지만 프로젝트 연구실까지 오는 도중에도 그는 수없이 고민했을 거였다. 같은 팀 부하 직원에게도 개별 보고를 받지 않는 그에게 크게 연관도 없는 다른 팀 연구원들과 얼굴을 맞대야 하는 상황이 달가웠을 리 없었다.

그의 행동이 그로서는 꽤 많은 용기가 필요했다는 걸 이제 와 깨닫게 된 게 미안했다. 지은은 웃음을 가라앉히고 그의 앞으로 다가갔다.

"알아요. 내 얼굴 한 번 보려고 힘든 걸음 해 준 거라는 거. 맞죠?"

"한지은이 날 보러 와 주지 않았으니까."

몸짓은 이미 다 자란 성인 남자인데 그의 안엔 작은 아이가 들어앉아 있는 것 같다. 지은은 혹여 밖에서 누가 보고 있지 않은지 힐끗 문밖을 쳐다보고는 조심히 그의 머리를 가슴으로 끌어당겼다.

"미안해요. 약속 지키지 못해서. 하지만 인하 씨가 더 잘 알잖아요. 프로젝트팀이라는 게 원래 이렇다는 거. 화내지 말아요."

거칠었던 숨이 돌아온 걸 보니 한결 마음이 가라앉은 것 같았다. 그가 허리에 팔을 둘러 끌어당겼다.

"좋아. 이번엔 봐주도록 하지. 단, 조건이 있어."

"조건이요? 무슨……."

옅게 웃음 지은 그가 허리를 번쩍 들어 자신의 허벅지 위에 앉혀 놓았다. 조금만 움직이면 그의 중심에 살이 닿을 것 같은 굉장히 모호한 자세다.

"내 갈증을 채워 줄 한지은의 시간이 필요해. 오늘 밤을 나에게 줘."

지은은 화끈거리는 얼굴을 재빨리 두 손으로 감쌌다. 노골적인 단어는 피해 갔지만 그의 말이 무얼 뜻하는지는 알 수 있었다.

무슨 대답을 해야 할까.

이제까지의 연애에서는 사랑이 먼저였다. 사랑하는 감정이 있어야만 섹스도 가능하다고 생각했다. 하지만 그와는 열려 버린 욕망이라는 판도라의 상자 때문에 섹스가 먼저였다.

남자의 욕망이 이런 것이란 것을 이미 알아 버리긴 했지만 모든 게 불확실한 이런 관계인 채로 그를 또 받아들여도 되는 걸까?

욕망일 뿐이라고 생각한 섹스는 한 번으로 충분했다. 두 번째의 섹스도 욕망일 뿐인 섹스라고 생각하고 싶지는 않았다. 하지만 아이러니하게도 그의 마음이 사랑일지도 모른다고 느꼈던 것도 침대 위에서 그를 받아들이면서 느꼈던 감정 때문이었다.

그 감정은 이제껏 한 번도 경험하지 못할 만큼 짙고 은밀해 이제껏 해 왔던 연애는 아이들의 소꿉장난처럼 느껴지기도 했다. 나이 서른에 처음으로 느껴 보는 진짜 어른들의 연애라는 느낌…….

지은은 그의 눈과 마주했다. 품에 안고 있는 한 여자만 담은 그의 깊은 눈동자는 언제나처럼 진지했다. 욕망도 사랑의 한 부분이 될 수 있다는 사실을 부정할 수는 없었다. 마음이 흘러가는 방향을 알아보기로 결정한 이상, 침대 위에서 그가 보여 주고 느끼게 해 주는 감정 또한 피하기만 한다고 최선은 아니었다.

지은은 모든 생각을 접었다. 사랑이든, 욕망이든 지금으로썬 어느 쪽도 섣부른 판단일 뿐. 지금은 그저 진지하게 부딪쳐 오는 그에게 집중하자. 마음을 굳히고 좋아요, 하고 대답하려던 지은은 문득 머릿속에 떠오른 '야근' 이라는 단어에 미간을 찌푸리며 짧게 숨을 토해냈다.

"미안해요, 인하 씨. 그 조건은 들어주기 힘들겠어요. 오늘 안으로 베이스 노트까지 마쳐야 하는 시향 테스트가 있는데 아직 시작도 못 했어요."

"후. 꼭 오늘 해야 해?"

"오 과장님 지시예요."

"진지하게 제안하지. 지금이라도 최연정 대리랑 교체하는 거 생각해 봐. 한지은만 그러겠다고 한다면 무슨 수를 써서라도 교체시켜 줄게."

지은은 허벅지에서 내려와 그를 노려보았다. 제대로 얼굴 볼 시간도 없는 상황에 마음이 상한 그를 아주 이해하지 못하는 건 아니지만 그래도 다른 사람도 아닌 그가 이런 말을 해서는 안 되는 거였다.

같은 조향사인 그라면 힘들어도 참아 주고 이해해 줄 거라고 생각했는데……. 커리어를 쌓을 수 있는 절호의 기회라는 걸 누구보다 잘 알고 있으면서도 교체하자는 말을 너무 쉽게 뱉은 그에게 실망하고 말았다.

"아뇨. 난 여자 한지은이기 이전에 조향사 한지은이고 싶어요. 절대 교체는 안 할 거예요. 바빠서 먼저 들어갈게요."

낮게 부르는 그의 목소리가 들려왔지만 지은은 돌아보지 않았다. 제대로 시작도 못 한 남자 강인하와 여자 한지은의 관계 때문에 꽤 신뢰가 쌓여 있다고 믿은 상사 강인하와 연구원 한지은마저 삐걱삐걱 소리를 내고 있는 것 같아 그를 등지는 마음이 무겁기만 했다.

3분기 업무 보고가 있는 날이었다. 연구소 대신 본사로 출근을 했다가 7시가 넘어서야 겨우 본사를 빠져나왔다. 피곤 때문에 눈이 시큰거렸다. 인하는 아린 눈을 꾹꾹 누르다 조수석에 놓여 있는 유명 일식집 로고가 박힌 커다란 쇼핑백을 힐끔 바라봤다.

한식, 일식, 양식 중에 그녀는 일식을 좋아하는 편이었다. 피자나 고기엔 심드렁했던 그녀의 표정이 제주도에서 돔회를 눈앞에 두었을 때만은 달랐다. 분위기가 좋지 못해 비록 많이 먹진 않았지만 그녀의 눈이 넘치는 식욕으로 반짝였다.

그 눈을 기억하고 있다. 그래서 본사에서 집으로 향하던 길에 유명 초밥집을 발견했을 때 무작정 차를 세우고 들어갔다. 많은 초밥 중 정확히 뭘 좋아하는지 몰라 제일 종류가 많고 큰 걸로 골랐다. 그런데 과연 그녀가 먹어 줄지, 그게 문제였다.

'내 생각이 짧았어. 미안해.'

그녀가 화를 내며 회의실을 빠져나간 그날은 불면의 밤이었다. 연구원으로서의 한지은을 인정하지 않는다는 뜻은 아니었는데 남자로서의 욕심만 내세워 그녀에게 상처를 주고 말았다. 밤새 깊게 반성하고 다음 날 아침 그녀의 집 앞으로 찾아가 사과했지만 그녀의 반응은 썩 좋지 못했다. 진심 어린 사과를 무시하진 않았지만 그렇다고 완전히 풀어 주지도 않는 애매모호한 상태가 벌써 일주일째였다.

가슴이 답답하다. 인하는 창문을 열어 시원한 바깥 공기를 코로 들이마셨다. 바빠서 얼굴 볼 시간이 줄어든 것도 줄어든 것이지만, 왠지 감이 좋지 않은 오 과장 밑에 그녀가 6개월이나 있어야 한다는 게 더 싫었다. 견뎌야 하는 방해물은 애인의 그림자만으로도 차고 넘쳤다.

그런 마음은 조금도 몰라주는 건가 싶어 서운함이 밀려온다. 하지만 이번 일은 어떤 이유를 갖다 붙여도 명백하게 자신의 잘못이다. 어떤 상황이었든, 조향사로서의 그녀의 프라이드를 끝까지 존중했어야 했다.

이렇게 반성하고 있으니 그만 풀어 줬으면 좋겠는데.

하루 종일 그녀 생각뿐이었다. 일주일 동안 하루에 한 번은 우연이라도 얼굴을 봤는데 오늘은 본사로 출근을 하는 바람에 한 번도 얼굴을 보지 못해 평소보다 더한 것 같았다.

생각이 흘러흘러 이번에도 같은 곳에 멈춘다.

보고 싶다, 한지은.

시큰둥하게 맞아 주는 그녀일지라도, 특별히 사 온 초밥을 거들떠보지도 않는 그녀라도.

연구소 주차장에 도착해서 그녀에게 전화를 걸었다. 뚜우— 뚜우— 단조로운 신호음이 한 번, 두 번 늘어 갈 때마다 심장이 점점 더 세차게 뛴다. 점점 신호음이 길어질수록 목소리조차 들을 수 없는 건가 초조해지는데 통화가 연결됐다.

—네.

“어디야?”

급한 마음에 물어보긴 했지만 그녀의 위치가 연구실이 아니라는 건 확실했다. 휴대폰 너머로 바람 소리와 또각또각 그녀의 하이힐 소리가 들려왔다. 인하는 서둘러 시각을 확인했다. 9시가 넘은 시각이었지만 12시가 넘어야 퇴근을 하는 그녀의 요즘 패턴을 생각하면 아직 퇴근하긴 이른 시각이었다. 하필 오늘 그녀가 일찍 퇴근을 해 길이 엇갈린 걸까 싶어 초조해진다.

—……오늘은 좀 일찍 끝났어요. 주차장이에요.

아직 화가 완전히 안 풀린 그녀의 대답이 더디게 나온다. 말이 끝나기도 전에 시선이 차창 너머로 향했다. 이제 막 주차장으로 들어선 그녀가 저 멀리 얌전하게 걸어오고 있었다.

20미터, 15미터, 10미터, 그녀가 점점 가까워져 온다.

“처음 보는 코튼데, 새로 구입한 건가? 한지은한텐 흰색이 어울린다고 생각했는데, 검정색도 잘 어울리는군.”

그녀는 고개를 내려 제 옷 색깔을 확인하고 있었다. 인하는 조금 멍해진 그녀의 표정을 바라보며 슬며시 미소 지었다.

—……어디예요?

"나 보기 싫잖아. 미운 짓 했으니까 그럴 만해. 눈 맞춰 달라고 안 할 테니까 혼자 바라보는 것까지 방해할 생각 마."

넓은 주차장이지만 늦은 시각이라 차가 많지 않아서 금방 찾아낼 줄 알았더니 그녀는 목표물을 바로 코앞에 두고 그냥 지나쳤다. 그러고도 한참을 못 찾아내니 어쩔 수 없이 서운함이 밀려온다.

"나한테 이렇게 관심이 없었나? 차 안을 다 확인하기 전엔 못 찾을 거 같으니 그만 찾아."

—장난 그만하고 빨리 나와요.

"나가면 화는 완전히 풀어 줄 건가?"

—……봐서요.

여기까지 양보해 준 것만으로도 많은 발전이었다. 어제까지는 복도에서 마주쳐도 눈도 안 맞춰 줬었다. 더 숨어 있다간 그녀가 그냥 차를 타고 가 버릴 것 같아 순순히 항복했다. 밖으로 나와 차 문을 닫자 소리를 들은 그녀가 눈을 맞춰 왔다. 통화를 종료시키고 그녀에게 다가갔다.

"혹시 오늘 연구실에 왔었나?"

"갔었어요."

"나 보러?"

"윤 과장님께 보고서 제출하러요."

말간 눈에 가득한 토라짐을 이해 못 하는 건 아니었지만 그래도 마음이 씁쓸한 건 어쩔 수가 없다. 그 마음을 삼키며 바람에 흩날린 그녀의 머리카락을 단정하게 넘겨 주려 손을 뻗었다. 어깨를 움츠린 그녀가 살짝 고개를 돌려 손길을 피한다.

"업무 보고 때문에 본사 갔단 얘기 들었는데 연구소엔 왜 왔어요?"

"이곳에 한지은이 있으니까. 보고 싶은 한지은을 볼 기회가 생기니까."

다시 그녀의 머리카락에 손을 댔다. 솔직함이 효과가 있었는지 이번엔 피하지 않는다. 한 발 더 다가가 살포시 그녀를 끌어안았다.

"진심으로 반성 중이야. 미안해."

밀어내려고 허리에 손을 갖다 대던 그녀가 천천히 손을 밑으로 내렸다. 이제 겨우 희망의 빛이 보이는 것 같다. 미련이 남아 느린 손길로 그녀를 놓아주었다.

"차에 선물 있어. 가 봐."

"선물이요……?"

눈을 동그랗게 뜬 그녀의 얼굴엔 의아함이 가득했다. 고개를 끄덕이자 그제야 그녀가 움직이기 시작했다. 인하는 조용히 그녀의 뒤를 따랐다. 뒷좌석 문부터 연 그녀가 아무것도 없는 것을 확인하고 조수석 문을 열어 쇼핑백을 확인했다. 어두워서 뭔지 분간이 잘 안 되는지 그녀가 차에 올라타 불을 켠다. 그녀의 입가에 미소가 걸렸다. 운전석에 올라타 그 모습을 바라보던 인하도 옅게 웃었다.

"먹을 거에 감동하는 여자였나?"

"잘 안 하지만 이 집 초밥엔 해요, 감동."

서울에서도 유명한 초밥집이라 그녀도 알고 있는 모양이었다. 그녀가 도시락 뚜껑을 열어 도미 초밥을 집어 입에 쏙 넣었다. 작은 입술로 오물오물 음식을 씹는 그녀의 모습에 중심이 서서히 제 존재를 알리기 시작했다. 인하는 속으로 끙, 신음을 삼켰다. 그사이 그녀는 연어 알 초밥을 꺼내 입에 집어넣었다.

"혼자 먹으니 맛있나?"

"같이 먹어요."

옆에 있는 사람은 안중에도 없고 초밥만 황홀한 눈빛으로 바라보던 그녀가 그제야 머쓱한 손짓으로 도시락을 내밀었다. 하지만 오물오물거리는 그녀의 입술만 클로즈업 되는 탓에 초밥 따위는 눈에 들어오지도 않았다.

인하는 그녀의 손에서 도시락을 받아 들고 손목을 잡아당겼다. 자유로운 다른 손으로 그녀의 머리를 잡고 그녀의 입술 전체를 덮어 버렸다. 그녀가 벗어나려고 버둥거렸지만 놓아주지 않았다.

그녀가 숨을 들이켜는 사이, 벌어진 그녀의 입안으로 살짝 혀를 집어넣었다. 연어 알 몇 알이 입안으로 넘어와 톡 터진다. 그녀의 아랫입술을 소리 나게 쪽, 빨아 당겼다. 그래도 아쉬움이 남아 그녀의 입술에 한동안 입술이 머물렀다. 느리게 입술을 놓아주자, 그녀가 숨을 헐떡이며 노려본다.

"그렇게 쳐다보지 마. 또 하고 싶어지니까."

인하는 초밥 도시락을 다시 그녀에게 내밀었다. 도시락을 받아 든 그녀는 할 말을 잃고 발개진 볼을 감추려 고개를 숙였다. 그런데 이번엔 코트 자락을 감아쥐며 꼼지락거리는 그녀의 손이 클로즈업 됐다. 아무래도 그동안 쌓였던 게 한 번에 폭발할 모양이었다.

최대한 참아 보려고 시선을 창밖으로 돌리고 핸들을 꽉 잡아 보지만 눈은 자꾸 곁눈질을 하고, 손은 제멋대로 그녀를 향해 뻗어 나가려 했다. 후우, 거친 숨을 내쉰 인하는 차에 시동을 걸었다. 차가 출발하자 그녀가 소리쳤다.

"이렇게 가면 어떡해요. 나 내려 주고 가야죠!"

"인질을 중간에 내려 주는 납치범이 세상에 어딨어."

"네?"

사람 욕심이라는 게 참 간사하다. 목소리만 들어도 좋겠다가 얼굴만 봐도 좋겠다로 바뀌더니 오래 같이 있고 싶다로 바뀌어 버렸다. 이런 상황은 전혀 머릿속에 없었는데 돌발 행동도 옆에 그녀가 있으니 즐겁기만 했다. 인하는 당황한 기색이 역력한 그녀의 얼굴을 힐끔 쳐다보며 짓궂게 미소 지었다.

"반항하지 않으면 목숨만은 살려 주도록 하지."

인하는 자동차의 속력을 높였다. 적정 속도가 넘어가자 모든 문이 찰칵, 소리를 내며 저절로 잠겼다.

"한지은. 한지은."

듣기 좋은 베이스 기타 톤의 목소리가 귓가를 간질이자 저절로 웃음이 나왔다. 꿈치고는 너무 달콤한 꿈이라 깨고 싶지 않은데 어디선가 찬 바람이 새어 들어와 달콤한 꿈을 방해했다. 이대로라면 꿈에서 깨어날 것만 같아 지은은 이불을 끌어 올리려고 팔을 쭉 뻗었다.

"나중에 딴소리하지 마."

배 언저리에 당연히 있어야 할 이불이 손에 잡히지 않아 몸을 웅크리던 순간, 몸이 허공에 붕 떠올랐다. 그리고 따뜻한 입김이 얼굴에 와 닿았다.

지은은 무겁게 닫혀 있던 눈꺼풀을 단번에 들어 올렸다. 스스로도 놀랄 만큼 빠르게 아득한 꿈속에서 현실로 돌아왔지만 이미 때는 늦었다. 셔츠에 달라붙은 그의 탄탄한 가슴 근육이 눈을 어지럽히고, 로빈 포맨의 향이 섞인 그의 체취가 감각을 마비시키고 있었다. 지은은 눈을 질끈 감았다.

"내, 내려 줘요."

그와 밀착되어 있었지만 주위가 지금처럼 고요하지 못했다면 스스로도 알아들을 수 없을 만큼 작은 목소리였다. 하지만 그는 알아들었다. 무릎으로 조수석 문을 닫은 그가 고개를 내려 시선을 맞춰온다.

"딴소리하지 말랬잖아. 먼저 안아 달라고 손을 뻗은 건 너야."

쥐구멍이라도 있으면 숨고 싶은 심정이 이럴 때 쓰라고 있는 말인가 보다. 지은은 온몸이 붉어져 있을 거란 착각을 느낄 만큼 부끄러웠다. 어떻게 이런 상황까지 만들 만큼 그렇게 깊게 잘 수가 있었을까? 그것도 그의 차 안에서.

변명의 여지가 없지만 그래도 변명을 해 보자면 요 근래 계속됐던 야근에 몸이 너무 지쳐 있던 탓이었다. 땅바닥에 이불이라도 깔고 자고 싶을 만큼 지쳐 있는 사람을 납치 아닌 납치까지 해 놓고 그는 목적지도 알려 주지 않았다. 어디로 가는 건지 목적지만이라도 알려 달라고 몇 번을 물어봐도 그는 되레 아이 취급을 했다.

'배가 고파서 자꾸 칭얼대는 건가? 초밥 먹으면서 얌전히 기다려.'

그의 말에 웃음기가 섞여 있었음에도 열이 올랐다. 그래서 정말 차 안에서 그 많은 초밥을 다 먹어 버렸다. 배가 부르니 그렇지 않아도 잠이 솔솔 쏟아졌는데 그가 히터까지 틀어 버리니 더 이상 참을 수가 없었다. 차가 멈출 때까지 잠시만, 아주 잠시만 눈을 감고 있겠다는 욕심이 결국…….

지은은 내려 달라는 말도 못 하고 작게 몸을 뒤척였다.

"가만히 좀 있어. 그렇지 않아도 생각보다 무겁다고 느끼고 있는 중이니까."

진심이든 아니든 이건 굴욕이다. 지은은 상체를 벌떡 일으켰다.

"내려 줘요."

용기를 그러모은 강한 어필이었는데도 불구하고 그는 되레 무릎

아래와 겨드랑이 사이를 받쳐 들고 있던 팔에 힘을 주었다. 말뿐이었대도 무겁다더니 내려 줄 의사는 전혀 없어 보였다. 지은은 선이 살아 있는 그의 턱을 뚫어지게 바라보았다.

"내려 주면 도망갈 거잖아."

"왜 도망갈 거라고 생각해요?"

"여기가 어딘지 아직 한지은은 모르는 것 같으니까."

망치로 뒤통수를 한 대 맞은 기분이었다. 눈을 뜬 순간 여기가 어딘지 그것부터 확인했어야 했는데. 가까이 붙어 있는 그의 존재만으로 머리와 마음이 벅차 잊고 말았다. 지은은 서둘러 주변을 둘러보았다. 눈에 익는 갈색 대문의 현관, 더 둘러볼 것도 없이 그의 집 앞이다.

"여긴 왜……."

느린 걸음으로 대문 앞까지 간 그는 걸음을 멈추었다.

"아무에게도 방해받지 않고 우리 둘만 있을 수 있는 곳이니까. 나에겐 지금 이곳이 너무나 간절하지만 한지은한텐 간절한 곳이 아니라는 거 알아. 오히려 거북한 곳일지도 모르지."

거북한 곳이라고 말할 때, 그의 목소리가 살짝 떨렸다. 그의 입에서 뜨거운 숨이 뱉어져 나왔다. 그는 불안해하고 있다. 며칠 동안 눈길도 주지 않는 여자 때문에 그가 느껴야만 했을 불안의 크기가 눈덩이처럼 크게 부풀어 올라 그의 가슴을 때리고 있었다. 지은은 차가운 공기 중으로 섞여 들어가는 그의 뜨거운 숨을 바라보았다.

그는 지금 어떤 눈빛을 하고 있을까.

기쁨이나 행복은 아닐 거다. 슬픔에 가까울 것 같다. 문득 이대로라면 언젠가 그가 지쳐 버릴지도 모른다는 생각이 들었다. 슬픔을 주는 사람 곁에 오래 머물고 싶어 하는 사람은 없으니까. 그런 건 싫었다. 등을 돌리는 그를 바라보는 건 생각만으로도 어쩐지 너무 아플 것 같았다.

조바심이 일었다. 하지만 몇 마디의 말만으로는 그의 불안을 완전히 해소시켜 줄 수는 없을 것 같다. 이걸로 부족할지 모르지만 그래도……. 지은은 팔로 그의 목을 꽉 감싸 안고 그의 가슴팍에 깊숙이 얼굴을 묻었다.

"그렇지 않아. 거북하지 않아요……."

경직되어 있던 그의 몸이 조금씩 풀리기 시작했다. 지은은 팔에 모든 힘을 그러모아 더 꽉 그를 껴안았다. 하지만 오히려 그는 그녀의 몸을 떼어 놓았다. 따뜻한 그의 온기를 잃은 그녀의 몸엔 한 치의 자비도 없이 서늘한 냉기가 스며들어 왔다. 마음까지 꽁꽁 얼려 버릴 것 같은 냉기에 흠칫 몸이 떨린다.

지은은 그를 향해 손을 내밀었다. 그는 내민 손만 물끄러미 바라보다 이내 등을 돌려 버렸다. 반은 무의식적으로 내민 손이었지만 잡아 줄 줄 알았는데. 꼼짝도 할 수 없어 그저 그의 등만 바라봤다. 그는 현관문을 열고 안으로 들어가서야 걸음을 멈추고 얼굴을 보여 줬다. 벽에 몸을 기대고 삐딱하게 기대서서 현관문을 잡고 있는 그는 얼굴에선 아무것도 읽히지 않았다.

대체 무슨 생각을 하는 거야, 당신.

생각을 전혀 읽을 수 없어 초조하다. 초조함을 견디지 못하고 입술을 깨물었을 때, 그가 입을 뗐다.

"한지은. 네가 이 안으로 들어온다면 오늘 밤 난 널 보내지 않을 거야. 하지만 난 이기적인 놈은 되고 싶지 않아. 선택은 네 스스로 해."

그가 현관문에서 손을 떼었다. 천천히 현관문이 닫혀 가고 있다.

지은은 그 문을 믿을 수 없다는 눈으로 바라봤다.

말도 안 돼. 납치 아닌 납치까지 해서 실컷 다 홀려 놓고 이제 와서 선택? 당신이란 남자는 정말…….

소리 소문도 없이 찾아오는 폭풍처럼 한바탕 마음을 다 헤집어 놓고 겨우겨우 정신을 차리면 그는 어느새 한 발자국 뒤로 물러나 있다. 날 좀 봐 달라고 안달이 나 있으면서도 엄마에게 사랑을 확인받고 싶어 하는 아이처럼 마음을 보여 달라고 떼를 쓴다.

알지만…… 다 알고 있지만…….

그의 모습이 반밖에 보이지 않게 되었을 때, 지은은 달리기 시작했다. 저 문이 완전히 닫히기 전에 그에게 닿아야 한다는 생각 외엔 어떤 생각도 할 수 없었다.

길지 않은 거리지만 다급한 마음 때문인지 이마에 땀이 맺혔다. 현관문이 완전히 닫히기 직전, 아슬아슬하게 문을 활짝 열어젖혔다. 문을 잡고 가쁜 숨을 한꺼번에 몰아쉬는데, 그가 두 팔을 활짝 벌렸다. 그의 입가에 걸려 있는 미소가 눈부시다. 머릿속이 텅 비어 버렸다. 지은은 신발을 벗어 던지고 그의 품 안으로 뛰어들었다.

"어서 와."

탄탄한 가슴 근육에서 따뜻한 그의 온기가 볼을 타고 전해지자 눈물이 날 만큼 안심이 됐다. 지은은 온몸으로 꽉 안아 주는 그의 몸을 힘주어 끌어안았다. 그를 놓치고 싶지 않았다.

어제의 감정은 이게 아니었지만, 내일은 또 달라질지도 모르지만 지금은 그저 오직 당신만.

지은은 그가 품에서 살짝 떨어뜨려 놓고 입을 맞춰 오자 기쁘게 그를 받아들였다. 아랫입술과 윗입술을 번갈아 빨아 대는 통에 입술을 탐하는 음탕한 소리가 색스럽게 집 안을 채웠다.

그의 입술이 농염하면서도 느리다. 허리에 머물러 있던 손은 이미 브래지어 라인까지 올라왔는데 혀는 왜 이렇게 더디기만 한지. 열어 달라고 입술을 두드리지도 않았는데 입술을 벌렸다. 그리고 다리 한 쪽을 들어 무릎으로 그의 엉덩이를 쓸었다. 그가 억눌린 신음을 터트린다. 그의 혀가 급하게 안으로 들어왔다.

"으음!"

브래지어 위로 가슴을 꽉 움켜쥐는 그의 손은 입안을 꼼꼼히 헤집으며 돌아다니는 혀만큼이나 뜨겁고 급했다. 그리고 그만큼이나 그녀도 뜨겁고 급했다.

지은은 치아를 훑어 내리는 그의 혀를 혀로 옭아매 그의 타액을 들이마셨다. 그게 굉장한 자극이었는지 또 한 번 신음을 흘린 그가 눈을 떴다. 하지만 그를 신경 써 줄 여유가 없었다. 몸 안 가득히 차오른 열기는 더욱더 깊게 그를 원했다. 지은은 무릎으로 쓸어내리던 엉덩이로 손을 내려 그의 엉덩이를 움켜쥐었다. 탄탄한 근육들의 향연에 그의 혀를 세차게 빨아들이다 뜨거운 숨을 쏟았다.

"날 미치게 할 작정이었다면 성공했어, 한지은."

"하악."

그가 한 팔로 엉덩이를 단번에 들어 올리자 다리가 갈 곳을 잃고 허공에서 펄럭거렸다. 니트와 브래지어를 동시에 밀어 올린 그가 급하게 유두로 혀를 가져다 댔다. 신음이 터져 나오며 허리가 비틀렸다. 집요하게 유두를 희롱하는 그의 혀에 정신이 혼미했다. 제주도에서 그가 처음 핥아 줬을 때도 이 정도까진 아니었는데 몸이 고장이라도 나 버린 것 같았다.

지은은 그의 머리카락에 손가락을 집어넣어 있는 힘껏 그의 머리를 가슴 쪽으로 끌어당겼다. 손에 힘이 들어가면 들어갈수록 그의 혀는 더 집요해졌다. 물고, 빨고 모든 것이 지나치게 자극적이었지만 이빨로 유두를 살짝 깨물어 줄 때엔 몸이 풍선처럼 부풀어 오르다 빵 터질 것만 같았다.

"그만. 그만 멈춰요."

있는 힘껏 그의 머리를 밀어냈지만 힘이 빠져 버린 손짓으로 온몸으로 부딪쳐 오는 그를 밀어내기엔 역부족이었다. 푹신한 소파에 등이 닿았지만 그의 입은 떨어지지 않았다.

귓불을 어루만지던 그의 손은 아직 그의 혀가 닿지 않아 뽀송뽀송한 다른 한쪽 가슴을 세차게 주무르기 시작했다. 양쪽 가슴에서 전달되는 지독한 쾌감에 몸이 비틀리고 엉덩이가 들썩거렸다. 지은은 몸을 부들부들 떨며 울부짖다시피 신음을 쏟아 냈다.

"하악! 제발……! 핫……. 멈춰요. 제발……!"

그가 살짝 고개를 들어 시선을 맞춰 왔다. 열기로 가득한 얼굴을 그가 보고 있는 게 부끄러웠지만 아이러니하게 그만큼 흥분됐다. 지은은 이성과 쾌락 사이에서 이러지도, 저러지도 못하고 눈동자만 굴렸다. 그가 귀에 뜨거운 숨을 불어 넣는다.

"걱정 마. 지금 네 얼굴은 최고로 아름다워."

그는 계산적이었고 치밀했다. 정신을 못 차리는 사이, 바지의 단추를 풀고 그가 다리 사이로 손을 집어넣었다. 애액이 팬티라이너를 다 적신 것도 모자라 이제 흐를 지경인데 그곳으로 그의 손이 들어오고 있었다. 다리를 오므리기 전에 재빨리 먼저 손을 집어넣은 그가 단번에 여린 살을 찾아 살살 어루만졌다.

"하악……! 이, 인하 씨!"

"그래, 알아. 그냥 느껴. 다 쏟아 내도 괜찮아."

혼자만 잔뜩 흐트러진 모습을 그에게 보이고 싶진 않았지만 몸의 감각이 이성을 거부했다. 그의 손에 온전히 몸을 내맡기고 연신 신음을 쏟아 냈다. 그의 어깨를 붙잡고 간절하게 매달렸다.

"하악! 그만. 그만……!"

길게 갈라진 틈새를 집요하게 헤집는 속도가 빨라졌다. 그를 받아들일 때의 허리 놀림처럼 저절로 몸이 들썩거렸다. 이대로라면 몸이 부서지고 말 거라는 생각이 들었을 때, 아슬아슬하게 부풀어 있던 내부가 팡, 소리를 내며 터져 버렸다. 지은은 눈을 감고 경련했다.

가쁜 숨은 한참 만에야 진정됐다. 지은은 천천히 눈을 떴다. 천장 위에 대롱대롱 매달려 있는 하얀 전등, 몽롱했던 정신이 돌아오면서 차츰 집 안의 풍경들이 눈에 들어오기 시작했다.

지은은 다리 사이에 멈춰 있던 그의 손이 빠져나오는 생생한 감각에 놀라 그를 바라보았다. 그는 애액으로 번들거리는 손을 바라보고 있었다. 느껴 버린 게 너무 확연히 드러나는 적나라한 광경이라 얼굴이 붉어지는데 그가 혀끝을 내밀어 살짝 애액을 핥았다.

"뭐, 뭐하는 거예요!"

"줄곧 궁금했어. 참다못해 터트린 네 열기의 맛이."

"이상해……. 그런 말 하지 말아요."

"다 맛보고 싶어. 네 몸 구석구석 한 군데도 빠짐없이."

그는 아랑곳 않고 조금 더 길게 손가락을 혀로 핥았다. 뜨거운 몸만큼이나 야하게 느껴져 지은은 도저히 보고 있을 수가 없었다. 살짝 고개를 돌려 버리자 이내 그가 목덜미에 입술을 묻었다. 입술로 천천히 목덜미를 쓸어 내려가던 그는 잔키스를 퍼붓고는 허리를 폈다.

느릿한 입술이었지만 쾌락 속으로 서서히 빠져들고 있었는데. 그의 입술이 떨어진 게 못내 아쉽다.

"그런 표정 지을 거 없어. 밤은 기니까."

그는 휴지로 손을 대충 닦아 내고 욕실로 걸음을 옮겼다. 지은은 화끈 거리는 볼을 양손으로 감싸 쥐었다. 애달았던 마음도, 그의 손에 속절없이 느꼈던 쾌락도, 멀어져 간 그의 온기에 아쉬워한 마음도 모두 들켜 버린 것 같았다.

얄미워, 당신.

그가 들어간 욕실 문을 흘겨보며 바지 단추를 잠근 지은은 인상을 찌푸렸다. 애액 때문에 축축해진 팬티라이너가 살에 와 닿는 기분이란……. 일단 팬티라이너부터 갈아야겠다. 가방을 뒤적거려 자그마한 파우치를 꺼내 드는데 욕실 문이 열렸다.

"초록색, 빨간색. 선택해."

그의 손엔 색깔만 다른 새 칫솔 두 개가 들려 있었다. 다시 얼굴에 열이 올랐다.

'왜 저렇게 자연스러운 거야? 여자를 집에 들인 게 처음이 아닌 거 같잖아!'

하긴, 34살 건장한 성인 남자의 집에 방문한 여자가 자신이 처음이길 바란다는 것 자체가 너무 큰 욕심이었다. 하지만 억울했다. 하나부터 열까지 물 흐르듯 자연스러운 그와는 다르게 모든 걸 처음 경험하고 있는 자신만 부끄러워하고 있는 것 같았다. 지은은 성큼성큼 걸어가 그의 손에서 빨간색 칫솔을 빼앗듯 낚아챘다.

"같이 씻을까?"

욕실로 들어서려는데 그의 목소리가 발목을 잡았다. 서늘한 목소리가 도저히 농담처럼 들리지 않아 지은은 홱 돌아섰다. 그는 여유롭게 웃고 있었다. 분한 마음에 칫솔을 쥔 손이 작게 떨렸다. 질 수 없지. 지은은 애써 마음을 가라앉히고 생긋 웃었다.

"인하 씨 말대로 밤은 길어요. 침대 위에서 얌전히 기다려 줘요."

전혀 생각지도 못한 반격이었는지 그의 표정이 멍해졌다. 지은은 조금 산뜻해진 마음으로 욕실 문을 닫았다.

인하는 읽고 있던 책을 협탁 위에 올려놓고 그녀를 물끄러미 바라보았다. 방으로 들어온 그녀는 이제껏 자신이 알던 그녀가 아니었다. 젖은 머리를 수건으로 꾹꾹 누르고 있는 그녀는 지나치게 요염한 모습이었다. 인하는 속으로 신음을 삼켰다.

저 티셔츠를 선택한 것부터가 잘못이었다. 허벅지를 완전히 다 가릴 줄 알고 욕실 앞에 놓아둔 티셔츠였는데 생각보다 길이가 짧았다. 티셔츠는 조금만 펄럭거리면 다리 사이가 보일 만큼 아슬아슬한 길이였다. 볼록한 엉덩이를 계산했어야 했는데.

사락사락, 그녀가 다리를 움직일 때마다 보일 듯 말 듯 티셔츠가 펄럭거리자 중심이 점점 묵직해져 왔다. 인하는 천천히 다가오는 그녀를 진한 눈길로 바라봤다. 방문 앞에서 침대까지 얼마 되지 않는 거리인데 느리게만 움직이는 그녀가 마음에 들지 않았다. 몸을 앞으로 숙여 그녀를 끌어당기려는데, 그녀가 한 발자국 뒤로 물러섰다.

"움직이지 말아요. 거기서 조금도 움직여선 안 돼요."

순간적으로 몸이 굳었지만 그녀의 협박 아닌 협박에 모른 척 넘어가 줄 생각은 없었다. 다시 팔을 뻗자, 그녀가 방문 앞까지 뒷걸음질 쳤다. 확연히 멀어진 거리에 인하는 미간을 좁혔다.

"이리 와."

"내가 허락할 때까지 내 몸에 손가락 하나도 대지 않겠다고 약속하면요."

몸에 손을 대기도 전에 페니스가 묵직해졌는데 손 하나 대서는 안 된다니. 지키지 못할 게 너무나도 뻔하다. 인하는 단호하게 고개를 저었다.

"못해."

"그렇다면 난 오늘 밤 인하 씨와 함께 있지 않을 거예요. 내가 이대로 돌아가도 괜찮아요?"

인하는 그녀를 뚫어지게 응시했다. 이 말도 안 되는 요구사항을 뒤집을 만한 무언가를 찾으려고 그녀를 탐색해 봤지만 찾을 수 없었다. 그녀는 진심이었다. 문고리를 잡고 있는 그녀의 손이 지금이라도 당장 나갈 수 있다며 자신의 의지를 피력하고 있었다.

그녀가 어떤 생각으로 이런 요구사항을 내걸었는지는 알 수 없지만 그렇다고 이대로 그녀가 돌아가게 둘 수는 없다. 인하는 일단 백기를 들었다.

"알았어. 약속할게. 이제 이리 와."

그녀를 향해 뻗었던 손을 거두고 침대 깊숙이 몸을 기대니 그제야 그녀가 천천히 움직이기 시작했다. 옆자리에 얌전히 누울 줄 알았던 그녀가 침대 끝에서부터 천천히 몸을 타고 올라오기 시작했다. 매끄러운 그녀의 살결이 몸을 스칠 때마다 신음이 터져 나올 것만 같다.

"지금 날 유혹하는 건가?"

"……빼앗고 싶어. 인하 씨의 여유를. 나 때문에 고통스러워했으면 좋겠어."

처음부터 여유 따윈 없었다. 집으로 차를 몰면서도 마음은 그녀의 마음이 어디로 향하고 있는지, 토라져 있는 동안 마음이 나에게서 멀어진 건 아닌지 확인하고 싶어 안달이 나 있었다. 그녀에게 선택을 요구하면서도 마음은 불안했다. 그녀가 발길을 돌려 가 버릴까 봐.

다행히 그녀는 달려와 줬다. 품 안으로 안겨 와 줬다. 그 순간부터 그녀의 안으로 들어가고 싶다는 생각뿐이었다. 그 욕구를 억누를 수 있었던 건 혼자서만 느끼는 일방적인 섹스를 그녀가 경험하게 하고 싶지 않다는 강한 일념 때문이었다. 그런데 여기서 더? 아무것도 모르면서 고통스러웠으면 좋겠다는 그녀를 대체 어떻게 하면 좋을까.

"안아만 줄게. 그것도 안 되나?"

"안 돼요."

귀에 입술을 바짝 붙여 속삭이듯 말을 건넨 그녀는 얼굴 곳곳에 잔키스를 퍼붓기 시작했다. 이마에서 시작된 키스가 입술을 거쳐 목덜미를 지나 가슴까지 왔다. 인하는 신음을 삼키며 급하게 숨을 들이켰다. 하지만 약하게 떨린 몸은 숨길 수가 없었다.

슬쩍 고개를 든 그녀가 이내 가슴에 얼굴을 묻고 조금 더 대담하게 나왔다. 유두와 유륜 주변을 조심스럽게 핥아 가는 그녀의 혀 놀림은 자신이 해 주었던 것을 흉내 내는 수준이라 무척이나 서툴렀지만 그것만으로도 충분히 아찔했다.

페니스가 지금 당장 그녀의 따뜻한 그곳으로 들어가 달라고 아우성친다. 이를 악물었다. 입술에 유두를 머금고 쪽 빨아 당기는 그녀의 서툰 놀림에 온몸 구석구석 전류가 흐른 듯, 소름이 돋았다.

"읏……."

갓 태어난 아이를 어루만지듯 부드럽게 유두를 쓸어내리던 그녀는 몸을 바로 세우고 티셔츠를 벗어 던졌다. 그런데 당연히 있을 줄 알았던 브래지어가 보이지 않았다. 충분히 매혹적이기도 하지만 그보다 사랑스럽다. 샤워를 하는 동안 온전히 한 남자만을 생각하며 고민에 고민을 거듭했을 그녀가 미치도록 사랑스러웠다. 손이 저절로 뻗어 나가려는 걸 모든 인내심을 그러모아 참아 내었다.

그녀가 자신의 가슴에 예쁘게 넘실대는 소담한 가슴을 붙이고 슬며시 부비적댄다. 유두와 유두가 은밀하게 부딪치는 감촉. 몸이 저릴 만큼 쾌락이 느껴지면서도 하얗게 고스란히 드러난 그녀의 등이 안쓰러웠다.

그 등이 서늘해 보여서 따뜻하게 안아 주고 싶은데 언제까지 그녀에게 손을 댈 수 없는 걸까. 괴로움에 얼굴이 절로 일그러지는 순간, 그녀가 시선을 맞춰 왔다.

"고통스러워요?"

"견디기 힘들 만큼."

"나 때문에?"

"너 때문에. 날 이렇게 만들 수 있는 건 한지은뿐이야."

그녀는 만족스러운 미소를 지었지만 그는 점점 더 깊은 괴로움의 수렁으로 빠졌다. 그녀의 미소 하나로도 몸이 터질 만큼 부풀어 올랐다. 이대로 가다간 한 자락 남은 이성마저 날아가 성난 짐승처럼 그녀를 안게 될 것만 같았다. 인하는 짓이기듯 목소리를 짜냈다.

"몸이 뜨거워 미칠 것 같아. 다 한지은 때문에 이렇게 된 거야. 달래 줘야지, 응? 어서……."

망설이는 그녀를 눈짓으로 계속 채근했다. 그 압박에 더 이상은 견디기가 힘들었는지 배에 체중을 싣고 돌아앉은 그녀가 천천히 페니스에 손을 올렸다. 그녀의 따뜻한 온기가 닿자 페니스가 사정없이 꿈틀댔다.

젠장.

터지기 직전이었다. 급하게 몸을 일으켜 그녀의 어깨에 얼굴을 묻었다.

"하아. 지은아……. 한지은……. 안게 해 줘……. 제발……."

대답은 없었지만 페니스를 잡고 있던 그녀의 손에 조금 힘이 들어갔다. 그 작은 신호탄과 동시에 그녀의 몸을 끌어안았다. 마른 몸이라

유난히 도드라져 보이는 어깨뼈를 시작으로 등과 갈비뼈를 훑고 배 언저리를 쓰다듬다 망설임 없이 그녀의 가슴을 움켜쥐었다. 귓불을 물고 핥으며 숨을 불어 넣자 그녀가 신음을 터트리며 팽팽한 활처럼 허리를 튕겨 올렸다.

인하는 그녀의 고개를 살짝 돌려 입술을 탐하며 곧장 손을 그녀의 팬티 속으로 집어넣었다. 어설픈 손짓, 몸짓으로 애무를 해 나가면서 그녀도 묘한 흥분을 느꼈는지 이미 그녀의 안은 충분히 젖어 있었다. 인하는 마지막 인내심을 그러모아 여린 살점을 찾아 튕기고 쓸어내리다 손가락 하나를 그녀 몸속 깊숙이 집어넣었다.

"하악! 이, 인하 씨! 흐윽!"

몸에 완전히 힘이 풀려 버린 그녀가 허벅지를 넓게 벌리며 몸을 완전히 기대 왔다.

인하는 이 순간이 좋았다. 곧고 꼿꼿한 그녀가 이성과 쾌락 사이에서 몸부림치다가 결국 무너지고 마는 이 순간의 그녀는 온전히 자신의 것을 내어 주었다.

그녀의 몸속 깊이 묻은 손을 빠르게 움직였다.

"더. 더 원해 봐. 응?"

본능적으로 엉덩이를 페니스에 비비던 그녀가 달뜬 신음을 내뱉으며 속절없이 무너져 내려갔다. 허리를 튕기는 그녀의 몸짓은 몸부림에 가까웠다.

유혹의 정점, 더 이상은 무리다.

인하는 그녀를 눕히고 곧장 그녀의 팬티를 끌어 내렸다. 우악스런 손길로 자신의 팬티까지 끌어 내린 인하는 그녀의 입구에 페니스를 맞췄다.

"읏!"

"하악……! 아아, 인하 씨……."

조였다 풀었다 제멋대로 움직이는 그녀의 안에서 페니스가 끊임없이 춤을 췄다. 탱고의 리듬처럼 격렬하고 압도적인 몸놀림에 그녀는 흐느끼듯 신음을 내뱉었다. 아직 덜 마른 그녀의 머리카락이 허리가 흔들릴 때마다 나풀나풀, 시트 위에서 같이 춤을 췄다. 그 모습이 지나치게 자극적이라 이대로 터져 버릴 것 같다.

조금만 더. 조금만 더.

서둘러 그녀의 가슴에 얼굴을 묻었다. 집어삼킬 듯 그녀의 가슴을 베어 물자 시트를 움켜쥐고 있던 그녀가 목에 팔을 두르고 신음했다.

"먹어도 먹어도 갈증이 나. 가져도 가져도 네가 그리워."

안아도 안아도 채워지지가 않았다. 안으면 안을수록 그녀에 대한 열망만 커져 갈 뿐이다. 페니스를 부러뜨릴 듯 조여 오는 수축에 허리를 더 빠르게 움직였다. 이제 곧, 최고로 황홀한 그 순간이 올 것만 같았다. 그녀 역시 그것을 본능적으로 감지했는지 허리를 들썩이며 보조를 맞춰 왔다. 절정이 쏟아지려는 순간, 마지막 인내심을 그러모아 간신히 참아 내며 그녀의 귀에 속삭였다.

"네 몸 안에 날 남기고 싶어. 이대로 네 안에 쏟아 내고 싶어. 허락해 줘."

그녀는 대답 대신 엉덩이에 손을 올렸다. 그래도 좋다는 은밀한 사인이었다. 곧바로 그녀의 입술에 혀를 급하게 집어넣으며 그녀의 엉덩이를 끌어당겼다. 움찔움찔 반응하던 그녀가 파르르 격렬하게 몸을 떨었다. 관자놀이에서 시작한 땀이 머릿속으로 빨려 들어간다. 인하는 그녀의 절정에 맞춰 그녀의 몸 안에 자신을 흩뿌렸다.

경련이 멈추고 나니, 시야가 뿌옇다. 거칠었던 신음의 여운이 공기 안에 스며들어 있는 탓이다. 완전히 널브러진 그녀를 조심히 껴안았다. 품 안 가득 들어오는 그녀의 감촉이 절정의 순간만큼이나 좋다.

황홀한 현실, 이대로 시간이 멈춰 버렸으면.

모든 열정을 쏟아 내고 난 뒤에 빠져든 잠은 마약과도 같다. 깊은 잠에 들어 있던 오감은 모두 돌아왔지만 온몸이 나른해 도저히 눈을 뜰 수가 없었다. 인하는 눈을 감은 채로 품에서 느껴지지 않는 그녀의 온기를 찾아 팔을 뻗었다. 하지만 손끝엔 따뜻한 시트 자락만 만져질 뿐 그녀는 만져지지 않았다.

그녀가…… 없다?

떠지지 않던 눈이 단번에 떠졌다. 겨울이 깊어질수록 해가 짧아져 아직 밖은 까만 어둠이 내려앉아 있었다. 벌떡 일어나 불을 켜고 그녀를 찾아보지만 방 안 어디에도 그녀는 없었다. 방에 딸린 욕실 문을 노크도 없이 벌컥 열었다. 만약 그녀가 욕실 안에 있었다면 소리부터 질렀겠지만 욕실 안에선 어떤 비명도 들려오지 않았다.

"젠장!"

작게 꼼지락대는 그녀에 얼굴에 자잘하게 키스를 뿌리다 그녀를 안고 최고로 만족스러운 단잠에 빠졌었다. 14살 이후로 이런 단잠을 이뤄 본 적이 없었다. 그런데 그녀는 잠시 머물다가 사라지고 마는 바람처럼 또 사라졌다. 밤새 바로 옆에 두고 있었으면서도 그녀를 이렇게 놓쳐 버리고 만 자신에게 분노가 쏟아졌다.

인하는 옷을 대충 걸쳐 입고 차 키를 집어 들었다. 아직 시트에 따뜻한 온기가 남아 있었으니 멀리 가진 못했을 거였다. 방문을 열고 곧장 현관으로 향하려는데 달콤한 냄새가 코를 자극했다. 인하는 홀린 듯, 주방으로 몸을 틀었다.

"하아."

그녀였다. 사라져 버린 줄 알았던 그녀가 식탁 앞에 서서 토스트기에서 갓 튀어나온 빵을 접시에 옮겨 담고 있었다. 그녀가 떠나지 않아 다행이라는 안도와 조급했던 마음에 대한 허탈이 동시에 가슴을 때린다.

5분도 안 되는 짧은 시간 동안 천국과 지옥을 경험하고 나니 온몸에 힘이 쭉 빠졌다. 아무것도 할 수가 없어 그저 그녀를 물끄러미 바라보았다. 그녀는 방금 막 만든 스크램블을 접시에 옮겨 담고 냉장고에서 주스를 꺼내 컵에 따르느라 몹시 분주했다. 소박한 아침을 제법 그럴싸하게 차려 놓고 한동안 그걸 바라보던 그녀는 만족스런 미소를 지었다.

인하는 팔짱을 끼고 벽에 몸을 기댔다. 덜컥 내려앉았던 마음이 주방을 자박거리는 그녀의 발걸음에 서서히 치유가 되고 있었는데 웃음 한 번에 완전히 치유가 됐다. 마음이 한결 편안해졌다. 언제쯤 그녀가 자신의 존재를 알아줄까 내심 기대하며 시선을 보냈다. 시선이 전해졌는지, 그녀가 고개를 돌린다.

"깼어요?"

"음."

"아침 먹어요."

인하는 그녀가 손수 빼 준 의자에 순순히 앉아 식탁에 차려진 음식을 보다가 그녀에게 두 손을 들어 보였다.

"인도식으로 먹어야 하는 건가?"

아차, 소리를 낸 그녀의 얼굴에 난감함이 비쳤다. 모든 일을 완벽하게 해낼 줄 알았던 그녀에게도 빈틈이라는 게 있긴 있던 모양이다. 어쩐지 이런 모습은 자신만이 알고 있을 것 같아 기분 좋은 웃음이 터진다.

"짓궂어, 정말. 웃지만 말고 수저랑 포크 어디에 있는지 알려 줘요."
"가스레인지 옆, 두 번째 서랍."
그녀는 곧장 걸음을 옮겨 서랍을 열었다.
이상한 기분이다. 누군가에게 제 공간을 내어 준 적이 또 있던가.
……없다.
자신과 가장 친밀한 사이라고 해도 좋을 20년 지기 친구 켈리에게조차 제 공간을 헤집도록 허락한 적이 없었다. 철저하게 제 공간과 물건을 단속해서 켈리는 시급하게 치료받아야 할 결벽증이라고까지 했었다.
그런데 그녀는 전혀 불쾌하지가 않다. 불쾌는커녕 오히려 발끝이 간질간질거리는 이 느낌이 좋기만 했다. 인하는 이런 기분이 드는 자신이 낯설어 몽롱한 정신으로 그녀가 내미는 포크와 수저를 받아 들었다.
"많이 먹어요."
식사를 하는 동안에도 이상한 기분은 계속됐다. 마주 앉은 식탁 아래로 그녀의 무릎이 살짝살짝 살을 스칠 때마다 뭔가가 가슴에서 울컥 치밀어 올랐다. 여자와 남자 사이에선 욕구만이 전부라고 생각해 왔는데 분명 욕구와는 다른 것이었다.
나란히 앉아 같은 음식을 나눠 먹으며 시선을 맞추고, 웃고……. 눈물이 날 만큼 따뜻한 이 느낌…….
분명 알고 있는 느낌이다. 스스로도 잊어버리고 살았을 만큼 아득한 옛 기억……. 욕망이라는 흉기에 배반으로 얼룩져 거의 지워지다시피 한 기억……. 저녁 식탁에 어머니의 계란말이가 올라올 때면 세상을 다 가진 것같이 행복했던 그때와 같은 느낌.
인하는 식사를 마치고 빈 접시를 설거지통으로 옮기는 그녀를 바라보다 그녀에게 다가가 허리를 끌어안았다. 그녀가 몸을 틀려 한다.

"돌아보지 마. 그냥 이대로 있어."

인하는 강한 힘으로 허리를 붙들어 멈춰 세웠다. 이제 막 흐르기 시작한 이 행복한 시간들 속에 불행이 숨어 있다는 걸 그녀가 알아서는 안 된다. 그녀가 다 알아 버린다면 그녀는 분명 울고 말 테니까.

그녀의 목 깊숙이 얼굴을 묻었다. 설익은 복숭아를 닮은 그녀의 살내음 속에서 자신의 몸에서 나는 것과 똑같은 바디샴푸의 향이 풍겨오자 불안했던 마음이 가라앉기 시작했다. 천천히 눈을 감았다.

세상 모두가 알게 되어도 제발 너만은 모르길…….

9. 불안한 예감

천장에 촘촘하게 붙어 있는 형광등이 하나도 빠짐없이 제구실을 하고 있음에도 불구하고 연구실은 어두침침했다. 이끼가 무성한 보도의 벽돌 사이를 보듯, 시선을 두는 곳마다 시야가 뿌옜다.

지은은 주간 보고서를 작성하느라 키보드를 두드리던 손짓을 멈추고, 모니터에 시선을 두었던 눈을 느리게 깜빡거렸다. 몇 번을 반복해서 깜빡거려 봐도 여전히 시야가 뿌예 짜증이 치솟았다.

신경질적으로 창밖에 시선을 던졌다. 점심나절부터 내리기 시작한 비는 밤이 되어서도 그칠 줄을 몰랐다. 12월 초입인데 눈도 아니고 비, 보슬비도 아닌 폭우라니. 하늘이 미친 것 같았다. 실컷 쏟아 내는 비로도 모자라 퍼런빛을 뿜어내기까지 하는 하늘을 마음과는 달리 무심하게 바라봤다.

얼마 지나지 않아 서서히 밀려들기 시작하던 오직 한 가지의 생각이 감당하기 버거울 만큼 머릿속을 가득 메워 버린다.

강인하…….

그날 싱크대 앞에서 그는 한참 동안 껴안은 팔을 풀지 않았다. 만족스러운 섹스를 하고, 단잠에 빠졌다가 일어나 눈을 맞추며 아침을 나눠 먹고, 행복한 웃음으로 마무리 지어야 할 순간에 그런 행동은 이상했다.

순식간에 공기가 탁해지는 부자연스런 느낌에 왜 그러냐고 묻고 싶은 걸 참고, 또 참다가 결국 그의 팔을 먼저 풀었다. 한 번에 성공하지 않으면 두 번의 기회는 없을 거라는 걸 직감했기에 그가 방심한 순간을 틈타 한 번에 풀어 버렸다.

기습 같은 마주함에 당혹스러워하면서도 그는 재빨리 표정을 지웠지만 놓치지 않았다. 집요한 시선 끝자락엔…… 금방이라도 울음을 터트릴 것 같은 아이의 모습과 닮은 그가 서 있었다.

단 몇 초였지만 그런 표정과 대면하고 나니 말문이 막혀 버렸다. 누가 억지로 말문을 틀어막고 있는 것도 아닌데 멍청하게 그를 바라보는 것밖에 하지 못했다. 묻지도 않고, 먼저 말하지도 않는 거북한 공기가 돌자, 그의 얼굴은 곤혹스럽다는 표정으로 변해 갔다.

들키면 안 되는 거였던 거야? 겨우 표정 하나를? 아니면 다른 무언가를? 왜?

수많은 물음표들이 머릿속을 어지럽혔지만 한 번 막힌 말문은 쉽게 열리지 않았다.

지은은 창밖에 있던 시선을 느릿하게 모니터로 옮겼다. 줄곧 아무것도 묻지 못했던 그 순간을 후회했다. 되돌릴 수 없는 일이라는 걸 알면서도 후회는 이번에도 사그라지지 않았다. 해소되지 못한 의문 때문에 마음에 겹겹이 무거움만 더해져 갈 뿐이다.

되돌리지 못하는 그런 후회 따윈 일로 지워 버리자 싶어 키보드에 손을 올리는데, 스스로 작성해 가던 보고서가 남이 작성한 보고서처럼 낯설게 느껴졌다. 그런데 더 놀라운 건 낯설게 느껴지는 게 보고서뿐만이 아니라는 것이다. 오랫동안 앉아 있었던 의자도, 손에 익은 물건들이 놓여 있는 책상도, 낯익은 얼굴들이 모여 있는 연구실도 모두 낯설었다. 이걸 뭐라 표현해야 할까…….

그래. 영혼이 짧지만 강렬한 과거를 배회하다가 이제야 돌아온 것 같은 생경한 느낌.

그 순간, 머릿속에서 번쩍하고 빛이 떠올랐다.

아. 그 순간의 그도 혹시 이런 상황과 맞닥뜨린 건 아니었을까. 뜨거운 섹스, 달콤한 단잠, 익숙한 공간 안에서의 아침 식사. 전혀 이상할 게 없는 수순이지만 그 안에서 어떤 기억과 마주한 그는 과거 속 어딘가를 배회하던 중이었는지도 모른다.

추측은 이상하리만치 점점 강한 확신으로 바뀌어 갔다.

그 얼굴은 일시적인 불안 같은 게 아니다. 분명 내가 모르는 무언가가 있다. 그게 뭘까.

하나하나 그날을 되짚어 본다. 아침을 함께했고, 그가 끌어안았고, 잠시 그가 곤혹스러운 표정을 지었고, 그다음엔…….

뒷모습이 너무 예뻐 보여서 안고 싶었다며 어울리지 않게 능청을 떨었다. 남자의 집에서 하룻밤을 보낸 다음 날, 남자와 나란히 집을 나서는 게 부끄러우니 혼자 돌아가게 해 달라는 자신에게 웃으며 현관 앞에서 손을 흔들어 주었다.

말도 안 돼.

분명 그의 행동은 이상했지만 수습은 그 모든 걸 잊게 만들 만큼 자연스러웠다. 그래서 당시엔 부자연스러운 흐름이라는 것도 깨닫지 못했다. 소름이 돋는다.

후각에 민감한 조향사라 할지라도 한 가지 향을 오래도록 맡으면 자신도 모르는 사이 그 향에 둔감해지고 만다. 그래서 조향사들은 어떤 향에 둔감해지지 않도록 한 가지 향을 오래 맡지 않는다. 그런데 그는 이미 둔감해져 있었다. 의도했든, 의도하지 않았든 자연스런 흐름으로 타인을 속일 수 있을 만큼.

몸이 작게 떨려 와서 두 손으로 제 몸을 감싸 안는데 책상 위에서 휴대폰이 진동했다. 지은은 뭐가 됐든 신경을 다른 곳으로 분산시켜야겠다는 생각에 느릿한 손짓으로 휴대폰을 집어 들었다.

[보고 싶다, 한지은.]

그에게서 온 문자였다. 하루에도 3, 4통씩 날아오는 문자의 내용은 회의가 길어져서 목이 뻣뻣해졌다던가, 점심은 12시 10분쯤 먹을 예정이라던가, 평소보다 퇴근이 30분 정도 늦을 것 같다던가, 하루 일과를 담은 소소한 것들이었다. 얼굴을 보여 주지 않는다고 이상한 이유까지 만들어 프로젝트팀 연구실로 들이닥쳤던 그를 생각하면 감동할 만한 일이지만 그런 건 느낄 새도 없었다.

지은은 의자를 박차듯 튕기고 벌떡 일어났다. 조용한 연구실 안에 소음이 울려 퍼지자 연구원들의 시선이 몰려 버렸지만 그런 건 보이지도 않았다. 가운을 벗어 던지고 가방을 챙겨 곧장 멀뚱히 바라보고 있는 오 과장에게 향했다.

"급한 일이 있어서 오늘은 먼저 들어가겠습니다. 죄송합니다, 과장님."

황당해하는 오 과장의 얼굴이 시야에 꽉 들어찼다. 오늘까지 제출하라고 지시한 보고서도 제출하지 않고 퇴근을 하겠다고 했으니 그럴 만했다. 하지만 지금은 오 과장의 소리 없는 질책을 들어 주고 있을 여유가 없었다. 할 수만 있다면 날아가고 싶을 만큼 마음이 조급했다.

그래서 오 과장이 뭐라 대꾸하기도 전에 목례를 하고 급하게 연구실을 빠져나왔다.

뛰듯이 빠른 걸음으로 연구소를 빠져나와 주차장으로 향하며 그에게 전화를 걸었다. 저녁을 먹을 참이라던 그는 전화를 받지 않았다. 차에 올라타며 다시 걸어 봐도 그의 목소리는 들려오지 않았다.

속도를 올려 그의 집으로 향하는 동안 몇 번이고 전화를 걸어 봐도 음성 사서함으로 연결해 주겠다는 여자의 목소리만 흘러나왔다. 그의 동네로 들어서는 골목 쪽으로 거칠게 핸들을 꺾었다. 그의 집이 가까워져 갈수록 마음이 더 급해진다.

기다려요, 인하 씨. 조금만. 아주 조금만.

물기가 시야를 가리려고 해서 입술을 깨물어 버티는데 휴대폰이 진동했다. 발신자도 확인하지 않고 재빨리 휴대폰을 귀에 붙였다. '미안, 진동이라 몰랐어.' 란 그의 짧은 목소리가 들려오자 아슬아슬하게 매달려 있던 눈물이 볼을 타고 흘러내렸다. 소리를 내면 목 놓아 울어 버릴 것 같아 입을 열 수가 없다.

—한지은.

응, 나 여기 있어요.

—왜 말이 없어. 무슨 일 있는 거야?

아니, 나는 괜찮아요.

—지은아, 한지은! 대답해!

그의 목소리는 점점 다급해졌다. 거칠어지는 그의 숨소리가 휴대폰을 통해 생생하게 전해져 왔다. 지은은 그의 집 근처에 주차를 시켜 놓고 시동을 껐다. 눈과 볼을 거칠게 문지르며 눈물 자국을 지워 냈다. 다시 눈물이 터지지 않도록 있는 힘껏 입꼬리를 올렸다.

"배고파요. 그래서 힘이 없어. 밥 있으면 좀 나눠 줄래요?"

—뭐?

“밥 달라구요, 밥.”

백미러에 비쳐지는 얼굴이 부자연스러운 웃음 때문에 괴기스러워 보였다. 하지만 평소처럼 덤덤하게 말을 마쳤으니 그것으로 됐다. 차 문을 열고 밖으로 나왔다. 좀 전부터 서서히 그치기 시작한 비는 이제 완전히 멎어 있었다. 차 한 대가 지나갈 정도의 골목길을 사이에 두고 그의 집을 바라보며 휴대폰 너머 그의 목소리에 모든 신경을 집중시켰다. 걱정했던 마음이 녹아내리는지 그의 낮은 신음 소리가 들렸다. 작은 숨소리 하나인데 심장이 두근두근거린다.

—기다려. 지금 연구소로 갈게.

“그럼 우리 엇갈리는데. 문 열어 줘요.”

휴대폰 너머의 모든 소리가 사라졌다. 그답지 않게 한 대 얻어맞은 것 같은 표정을 하고 있을 것 같아 입꼬리가 올라갔다.

—……한지은, 너 지금…….

“맞아요, 인하 씨 집 앞. 나 추워요.”

보란 듯이 손에 호호 입김을 불어 넣자 그가 부산스러워졌다. 쿵쿵, 발소리에 이어 꽤나 당황했는지 퍽 하고 무언가에 부딪치는 소리도 들렸다.

10, 9, 8, 7, 6…….

5를 막 세려고 하는 참에 그의 집 현관문이 열렸다. 서너 개 솟아 있는 계단 위로 그가 모습을 드러냈다. 시선이 공중에서 얽히자 그가 귀에 붙였던 휴대폰을 스르르 밑으로 내렸다.

지은도 휴대폰을 내리며 머리부터 발끝까지 느릿하게 그를 훑었다. 편한 면바지와 니트를 입은 그의 발엔 발가락 열개가 모두 드러나는 슬리퍼가 신겨져 있었다. 언제나 완벽을 추구하는 그에겐 어울리지 않는 모습이었다. 웃음이 나왔다.

당신을 흐트러뜨리는 게 나여서. 좋아서.

그가 시선을 떼지 않은 채로 움직이기 시작했다. 긴 다리를 가지고 있는 그의 걸음이 느릴 리가 없는데 느리게 느껴졌다. 그 발걸음에 조바심이 나서 한 발자국 걸음을 옮기려는데 택시 한 대가 정확하게 그와 자신의 사이를 파고들었다. 뜻밖의 방해물에 걸음이 묶여 버려 그도 움직이지 못하고 인상만 찌푸리고 있다.

택시를 빙 돌아가야겠다고 생각하는데 탁, 소리가 들리더니 택시가 움직이기 시작했다. 택시가 있던 자리엔 키가 크고 굵게 웨이브가 진 검은 머리의 여자가 서 있었다. 여자 옆에 놓여 있는 빨간 하드 캐리어를 바라보다 한 발자국 걸음을 떼려는 순간, 여자가 '인하!' 하고 부르며 그의 목을 끌어안았다. 그는 놀란 얼굴이었지만 여자를 떼어 내지는 않았다. 잔뜩 신이 난 여자는 그의 볼에 입까지 맞췄다. 순식간에 일어난 일들, 가슴에서 삐걱, 소리가 난다.

보고 싶다고 했잖아. 그래서 이렇게 달려왔는데…….

그때, 그와 시선이 얽혔다. 명치끝이 쿡쿡 쑤셔 온다. 여자를 떼어 낸 그가 빠르게 이쪽으로 다가왔다. 몸을 돌려 버리자 그가 손목으로 손을 뻗어 왔다.

"쓸데없는 상상하지 마. 그런 거 아니야."

뭐가 아니라는 거야. 다…… 봤는데.

줄줄이 튀어나오려는 말들을 억지로 삼키고 원망스러움을 담아 그를 노려봤다. 상황을 지켜보던 여자가 캐리어를 두고 이쪽으로 다가왔다. 한 남자를 사이에 두고 두 여자가 다툼을 벌여야 할 것만 같은 애매한 구도다. 먹은 것도 없는데 속이 답답해졌다. 그때, 여자가 고개를 쏙 빼고 얼굴을 들이밀었다.

"오, 예뻐. 미인이야."

한국인 같은데 여자의 눈동자엔 갈색빛이 돌았다. 지나치게 눈을 빛내는 여자의 시선은 부담스러웠지만 낯선 여자를 향해 한 남자에 대한 소유권을 주장하려는 여자의 눈빛은 아니었다. 여자에 대한 정체가 미궁 속으로 빠지면서 혼란이 일었다. 계속 얼굴을 들이미는 여자에 밀리듯 한 발자국 뒤로 물러서자 그가 팔을 잡아당겨 등 뒤로 숨겼다.

"그만 봐. 닳아."

그의 얼굴을 멀뚱멀뚱 바라만 보던 여자의 입에서 과장스럽게 '오 마이 갓' '오, 지저스!'가 연달아 터져 나왔다. 머리가 어지럽다.

뭐가 어떻게 되어 가고 있는 거지?

잘은 모르겠지만 얼굴이 붉어지면서 발끝이 저절로 오므라들었다. 그가 잡고 있는 손목은 아까부터 불에 덴 듯 화끈거렸다. 여자가 혼자서 중얼거리며 패닉 상태에 빠져 있는 사이, 그가 몸을 돌려 시선을 맞춰 왔다.

"이름은 켈리. 올해로 알아 온 지 20년 된 오랜 친구야. 보다시피 성별은 여자지만 나에게 켈리의 성별은 무의미해. 누구처럼 날 고통스럽게 할 수 없거든."

그의 얼굴에 짓궂음이 가득한 미소가 피어올랐다. 발가락 끝이 더 안쪽으로 둥글게 말아진다.

어떻게 친구가 됐나 싶을 만큼 켈리는 그와 정반대의 성격이었다. 조용하면서도 매사에 신중한 그와는 달리 켈리는 한시도 몸을 가만히 내버려 두지 못하는 왈가닥 부류였다.

김치찌개가 먹고 싶다며 졸라 대는 켈리를 그가 무시하자 켈리가 간절한 눈빛으로 SOS를 청해 왔다. 그는 20년 동안 켈리를 무시할 수 있는 내공을 충분히 쌓았겠지만 내공이 없는 지은은 그 눈빛을 외면할 수가 없어 켈리의 편에 서고 말았다.

"먹고 싶어요, 나도."

귀찮다는 기색이 역력했던 그는 단번에 돌변했다. 주방에서 그와 김치찌개를 만드는 내내 20년 우정보다 사랑이 먼저가 된 것이냐는 켈리의 볼멘소리가 떠나질 않았다. 켈리의 기세는 이 집에서 쫓겨나고 싶다면 계속 떠들어도 좋다고 그가 일침을 놓고 나서야 수그러들었다. 하지만 평화는 오래가지 않았다. 조금 늦은 저녁 식사를 마치고 욕실에 들어갔다 나온 켈리가 그의 파란색 칫솔과 딱 두 번 사용한 빨간색 칫솔을 손에 들고 호들갑을 떨어 댔다.

"빨간색, 이거 지은 거 맞지? 인하의 집에 다른 사람의 물건이 있다니. 믿을 수 없어. 지은! 인하를 어떻게 한 거야, 응?"

질문은 했지만 대답을 들을 생각은 없어 보였다. 켈리는 이건 꿈이야를 중얼거리며 혼자 방방거리기만 했다. 정신없이 온 거실을 누비는 켈리를 잠재우기 위해 결국 또 그가 나섰다. 칫솔을 뺏고 뒷목을 잡아 소파에 질질 끌어 앉힌 그는 켈리를 향해 차가운 시선을 쏘았다. 몸을 흠칫 떨던 켈리의 어깨가 눈에 보일 만큼 축 처졌다. 칫솔을 다시 욕실에 가져다 놓고 나온 그는 무심했지만 지은은 난감했다. 아무리 친구라지만 그래도 여잔데, 뒷목을 잡은 건 좀 심했다 싶었다. 둘 사이에서 눈치를 보다가 조심히 켈리의 옆으로 다가갔다.

"켈리. 사과 좋아해요?"

"응!"

쾌활한 모습으로 다시 돌아온 켈리를 보는 그의 얼굴에 못마땅함이 가득했다. 방금 전까지만 해도 분명 의기소침해 있었는데 회복이 빨라도 너무 빠르다. 지은은 당황하고 말았다.

"사과…… 먹을래요?"

"응!"

눈을 빛내며 과하게 고개를 끄덕이는 켈리를 뒤로하고 주방으로 갔다. 작은 쟁반에 과도와 씻은 사과 두 개를 올려 다시 거실로 돌아왔다. 켈리 옆은 어쩐지 좀 부담스러워 그의 옆에 앉아 사과를 깎으려는데 켈리가 과도를 낚아챘다.

"내가. 내가 할게."

누가 깎든 상관없다 싶어 지은은 순순히 고개를 끄덕였다. 그런데 소파에 기대 팔짱을 끼고 있던 그가 재빨리 켈리의 손에서 칼을 빼앗았다.

"왜, 왜! 내가 할래!"

"안 돼."

"왜!"

"네가 깎으면 먹는 것보다 버리는 게 더 많으니까."

그의 시선이 차가운 칼날이 되어 또 한 번 켈리에게 내려앉았다. 사과로 화제를 돌린 게 허무해질 만큼 켈리의 어깨가 다시 축 처졌다. 그는 관심 없다는 듯 태연하게 사과를 깎기 시작했다. 과도를 덮어 버릴 것 같은 큰 손으로 참 예쁘게도 깎았다. 그가 먹기 좋은 크기로 조각내기가 무섭게 켈리가 방실방실 웃으며 사과 한 조각을 집어 입에 쏙 넣었다.

이쯤 되니 두 사람의 분위기가 대략 파악이 된다. 켈리와 그 사이에선 이런 일들은 특별할 것도 없는 일상 같은 것들인 모양이었다. 사과를 다 깎고 휴지로 대충 손을 문지른 그가 팔을 들어 어깨를 감싸 왔다. 동시에 입 속으로 사과 한 조각이 들어왔다.

바쁘게 사과를 집어 먹던 켈리의 손짓이 멈추면서 어깨로 시선이 와 닿았다. 놀람이 가득한 눈빛이라 얼굴이 달아올랐지만 모른 체했다. 밀어내기엔 소중하게 어루만져 주는 그의 감촉이 너무나 좋았다. 보답으로 사과 한 조각을 들어 그에게 내미려는데 켈리가 입을 달싹였다.

"집에 웬 사과야? 인하 사과 별로 안 좋아하잖아."

그에게 주려고 사과를 집어 올리던 손이 허공에 뜬 채 멈춰 버렸다. 켈리의 말에 악의는 없었다. 밥 먹었어? 하고 묻는 것과 다름없는 어조였다. 그래도 얄미운 마음이 드는 건 어쩔 수가 없다.

스리슬쩍 사과를 내려놓으려는데 그가 사과를 집은 손을 쭉 들어 올리고 덥석 사과를 물었다. 얼마나 크게 물었는지 손가락 한 마디까지 그의 입속으로 들어갔다 나왔다. 검지를 입속에 넣어 주면서 아프면 참지 말고 깨물어 버리라고 속삭여 주던 그의 모습이 떠올라 몸이 살짝 떨린다. 켈리 앞에서 발칙하게 야릇한 기억을 떠올린 자신을 힐책해 보지만 아랫배의 찌릿함은 쉬이 가라앉지 않았다.

"좋아하게 됐어. 사과 농장 딸 덕분에."

그가 시선을 맞춰 오며 웃었다. 어떻게 반응해야 할지 몰라 얼굴이 붉어졌다. 그때 희미하게 휴대폰 벨소리가 들렸다. 방 쪽에서 소리가 나는 걸 보니 그의 휴대폰인 모양이다. 몸을 일으켜 방으로 향하는 그의 뒷모습을 보며 켈리가 저게 정말 인하 맞아? 하고 중얼거렸다. 지은은 그런 켈리를 물끄러미 바라봤다.

켈리가 거실과 주방을 누비고 다니는 와중에도 그와 켈리는 한 번도 부딪치지 않았다. 켈리와 자신은 몇 번이나 부딪혔는데 말이다. 서로를 너무 잘 알고 있기 때문이겠지. 켈리가 그에 대해 알고 있는 건 사과를 싫어한다는 것뿐만이 아닐 거다. 20년이나 함께했다는 켈리는 그에 대해 훨씬 더 많은 것을 알고 있을 거다.

이상한 감정이 치고 올라온다. 조금 통통한 편이지만 적당히 붙은 살들이 오히려 육감적으로 보이는 켈리는 같은 여자가 보기에도 꽤 미인이었다. 정말 그와 동갑이 맞나 의심스러울 정도로 동안인 데다가 왈가닥인 성격 또한 미워 보이지가 않는다. 아직 미혼인 게 이상할 정도였다. 마음이 엇나가기 시작했다. 남녀 사이에 친구가 어디 있어, 하고.

"지은. 인하 매력적인 남자지?"

속삭이듯 작게 말하는 켈리의 물음에 지은은 겨우 상념을 끊어 냈다. 그의 등을 좇던 켈리의 시선이 어느새 돌아와 있었다. 뭐라고 물었더라. 아, 매력적인 남자.

그는 안정감을 주는 남자는 아니지만 이따금씩 보여 주는 위태로운 모습조차 거부할 수 없을 만큼 매력적인 남자임엔 분명하다. 그 매력을 20년 동안 곁에서 봐 온 켈리라고 모를 리 없었다. 왜 생각이 자꾸 이런 쪽으로만 흐르는지, 불쑥 경계심이 솟아났다. 하지만 겉으론 침착하게 고개를 끄덕였다.

"다행이야. 지은에게도 인하가 매력적이라니. 지은, 아마 인하는 말하지 않았겠지만 인하는 지금 지은에게 홀려 있어. 오래 인하를 알아 온 내가 하는 말이니까 틀림없어. 내 말 믿지, 지은?"

그는 자신의 감정에 어떤 이름을 붙여야 하는지 잘 모르겠다고 했었다. 그러니 기회를 달라고 했었다. 그래서 지금은 그에게 기회를 주고 있는 중이고, 자신 역시 그에 대한 마음이 어디로 흘러가는지 지켜보고 있는 중이다.

그런데 켈리는 그가 자신에게 이미 홀려 있다고 한다. 켈리가 대신 말해 줄 수 있는 부분도 아니고, 정말 그런 건지 확신도 서지 않지만 그가 보여 주는 것들이 침대로 유인하기 위한 수작에 불과하다고는 생각하지 않는다. 서툴지만 그는 그만의 방식대로 다가오고 있는 중이었다.

지은은 고개를 끄덕였다.

"음……. 지은이 믿는다고 하니까 해 주는 말인데……. 아니, 꼭 해 줘야 할 것 같은데……."

짧은 시간이지만 지금까지의 켈리는 말과 행동에 전혀 거침이 없었다. 그런데 지금 켈리는 처음으로 주저하고 있었다. 커다란 켈리의 눈동자가 불안하게 떨렸다. 지은은 숨을 훅 들이켰다.

직감이 말해 주고 있다. 왈가닥 켈리조차 주저하게 만드는 이 얘기가 내가 모르는, 알고 싶지만 또 알고 싶지 않기도 한 그의 얘기라는 것을.

슬쩍 그가 들어간 방을 확인한 켈리가 귀에 입을 갖다 댔다.

"지은. 이건 어디까지나 인하의 친구로서 말하는 거야. 오해는 하지 말고 들어 줘. 인하는 지금 34살이지만 사랑에 관해선 14살 그때에 멈춰 있어. 지은은 인하가 서툴고 느려서 힘이 들지도 모르지만 그래도 지은이 인하를 믿고 기다려 주었으면 해."

다른 건 귀에 잘 들어오지 않았다. 오로지 들리는 건 '14살, 그때' 뿐. 그가 말하지 않은 부분을 켈리에게 대신 물어선 안 된다는 것 정도는 알고 있지만 유혹을 뿌리치기가 힘들다.

'직접 물어 좋지 못한 기억을 떠올리게 하는 것보다 켈리에게 묻는 편이 낫지 않을까. 무슨 일이 있었던 건지 말해 달라는 내 다그침에 인하 씨는 곤혹스러워하지 않아도 되고, 나는 갑갑함을 내려놓을 수 있고. 켈리에게 묻는 게 잘못된 것만은 아냐.'

합리화를 끝낸 지은은 두 손을 그러모아 쥐며 켈리에게 바짝 다가

섰다.

"말해 줘요, 켈리. 14살 그때, 인하 씨한테 무슨 일이 있었던 건지."

난감하다는 듯 켈리가 손으로 이마를 문지른다. 켈리는 알고 있는 게 분명했다. 그의 성격상, 켈리는 그의 아픔에 대해 모든 것을 알고 있는 유일한 사람일지도 모른다. 간절하게 켈리의 손을 붙잡았다. 켈리가 뭐라 입을 달싹이려는 순간, 방문이 열렸다.

왜 하필 지금. 방에서 나오는 그의 모습에 몸에서 힘이 쭉 빠져나갔다. 실망감이 숨겨지지가 않아 고개를 내리고 바닥만 바라봤다. 촘촘하게 깔려 있는 나무 장판을 못으로 긁어 잔뜩 헤집어 놓고 싶어진다.

"왜 그러고 있어?"

그가 옆에 앉아 말을 건네 왔다. 다정함이 묻어나는 목소리였지만 아무 말도 하기가 싫었다. 혼자만 따돌려진 기분이었다. 대답을 하지 않자, 거실엔 어색한 공기가 감돌았다. 그런데 켈리가 갑자기 으하하하 소리 내어 크게 웃었다.

"내가 여기서 자고 갈 거라고 해서 지은 삐졌어."

지은은 천천히 고개를 들어 켈리를 바라봤다. 부부가 아니라 친구 사이라도 오래 함께하면 닮는 걸까. 순식간에 진지하고 난감했던 기색을 얼굴에서 지워 낸 켈리는 소파를 침대 삼아 아예 누워 버렸다.

"졸려. 잘래."

소파 등받이에 얼굴을 묻는 것을 보니 아주 아무렇지 않은 건 아닌가 보다. 지은은 몸을 일으켰다. 이성으로는 아닌 걸 알지만 삐뚤어진 마음이 이방인 취급을 받는 것 같아 더 이상 견디기가 힘들었다. 가방을 집어 들자, 그가 가만히 어깨를 잡아 온다.

"싫은 거면 싫다고 말해. 이렇게 피하지 말고."

정말 켈리의 말을 믿어 버렸나 보다. 어떤 표정을 지어야 할지 몰라 지은은 입술을 깨물며 고개를 저었다.

"그런 거 아니에요."

"그럼. 안 싫어?"

그렇다고 싫지 않은 것도 아닌데. 지금도 충분히 복잡한데 하나가 더 겹치니 머리도 마음도 터져 버릴 것 같다. 이런 순간엔 차라리 컴퓨터였으면 싶다. 그러면 리셋 버튼 하나에 복잡한 것들은 흔적도 없이 사라질 텐데.

"갈게요. 나오지 말아요."

프로젝트팀 연구원들이 아직 연구소에 남아 있을 것 같아 다시 연구소로 돌아갈까 하다가 그냥 집으로 와 버렸다. 어차피 엇나가 버린 거 끝까지 엇나가 버리자 싶었다.

지은은 소파에 축 늘어져 있다가 벌떡 몸을 일으켰다. 시계를 확인하니 11시가 다 되어 가고 있었다. 방으로 들어가서 편한 옷으로 갈아입고 청소기를 돌리기 시작했다. 아파트였다면 아랫집, 옆집, 윗집에서 당장 항의가 들어왔을 텐데 단독 주택이 이래서 좋았다.

소파 밑에 청소기를 집어넣는데 불현듯 마치 제집처럼 소파에 웅크리고 있던 켈리의 모습이 떠오른다. 급하게 청소기를 내려놓고 정원으로 통하는 창을 활짝 열어젖혔다. 차가운 공기가 훅, 폐부로 들어오니 살 것 같다.

거실 청소를 끝내고 이 층으로 통하는 계단을 밟았다. 손에 들고 있는 청소기의 무게가 조금 버겁다. 방으로 들어와 코드를 꽂아 연결하고 청소기를 다시 돌렸다. 화장대 밑, 협탁 옆, 꼼꼼하게 밀어 가다가 침대 밑으로 쑤욱 청소기를 집어넣었다.

연회색의 침대 시트 위에 육감적인 몸을 쭉 늘어뜨리고 있는 켈리의 모습이 눈앞에 펼쳐지더니 동영상 하나가 제멋대로 재생되기 시작했다. 동영상은 켈리와 그가 나란히 누워 있는 모습을 첫 장면으로 보여 주고, 두 남녀가 뜨겁게 입맞춤을 하고 격정적인 섹스를 나누는 장면을 이어 보여 주었다. 갑자기 위잉, 토해 내는 청소기의 소리가 부숴 버리고 싶을 만큼 거슬렸다.

청소기를 집어 던지고 침대 바디에 몸을 기댔다. 무릎을 세워 두 팔로 끌어안는데 왈칵 눈물이 쏟아졌다. 모든 게 엉망이고 뒤죽박죽이다. 말도 안 되는 망상이라는 걸 알면서 왜 눈물이 나는지. 닦아도 닦아도 계속 흘러내리는 눈물을 눈이 벌게지도록 거칠게 문질렀다. 입으로는 울지 마. 울 일 아니잖아. 왜 우는 거야, 대체. 하고 중얼거린다. 눈물은 그래도 멈추질 않는다. 거슬려, 정말.

눈물은 한참 만에야 멈췄다. 욕실로 들어가 찬물에 세수를 하고 열이 오른 목도 식혀 주었다. 수건으로 닦아 내기 직전, 성급하게 목을 타고 흘러내린 물줄기가 가슴골을 갈랐다. 옷이 젖지 않도록 몸을 뒤로 쑥 빼 물기를 닦아 내고 욕실을 나왔다. 방에 걸린 시계를 바라보니 12시 반을 가리키고 있다. 가방에서 휴대폰을 꺼냈다. 부재중 전화가 없다. 핸드폰을 든 손이 힘없이 아래로 떨어졌다.

그렇게 나갔는데 한 번 더 잡지도 않더니 켈리랑 회포나 풀다가 이대로 잘 모양이다. 아니, 이미 잠들었을지도 모르겠다. 그래도 혹시 먼저 전화해 주길 기다리고 있을지도 모른다는 일말의 기대감이 들어 슬쩍 전화를 걸어 볼까, 싶기도 하다. 그런데 만약 정말 자고 있거나 받지 않으면?

그만두자.

침대에 앉아 멍하니 시간을 죽이면서도 휴대폰을 손에서 놓을 수가 없다. 새삼 미련이라는 게 얼마나 지독한 건지 깨닫는다. 차라리 문자라도 남겨 볼까. 잘 들어왔다고 자판을 두드리다가 깨끗이 지웠다. 그는 아무런 죄가 없는데 화풀이하듯 그렇게 나와 놓고 잘 들어왔다고, 잘 자라고 뻔뻔하게 나가는 건 좀 염치없다.

한참을 곰곰이 생각하는데 손에서 휴대폰이 진동했다. 지은은 죄지은 사람마냥 놀라 엉덩이를 들썩거렸다. 마음을 진정시키며 액정을 바라보니 그의 이름이 떠 있었다. 곧장 휴대폰을 귀에 붙였다.

"네."

—고집쟁이, 한지은.

화가 났을 줄 알았는데 투정 부리는 것 같은 목소리다. 거짓말쟁이에 고집쟁이까지 점점 수식어도 늘어 간다. 다음엔 어떤 수식어가 붙을까.

"켈리는요? 자요?"

—몰라.

모른다니? 같은 집에 있으면서 자는지 안 자는지도 모른다는 건 이상했다. 무슨 의미인가 물으려는데 그가 덧붙였다.

—켈리 여기 없어. 호텔 앞까지 데려다 주고 지금 돌아가는 길이야.

배려, 해 준 거겠지. 어쩌면 그는 가지 않겠다고 고집을 부리는 켈리의 뒷목을 또 질질 잡아끌었을지도 모른다.

—한지은.

"네."

—싫은 건 싫다고 해. 오늘처럼 혼자 속상해하지 말고.

"……."

—어려운 일인가?

침묵이 길어질수록 거칠어지는 그의 숨소리가 고막을 살살 긁는다.

너무 긁혀서 다칠 것 같다고 생각되는 순간 '젠장' 하고 그의 낮은 울분이 울려 퍼졌다. 그 소리를 끝으로 세상이 완전히 잠들었다. 숨소리조차 들려오지 않는다.

—……이런 것쯤은 보여 줘도 되잖아.

대답을 바란 말이 아니었다. 내뱉던 숨에 점점 빠져나가던 기대와 희망이 서글픔으로 바뀌어 찌꺼기처럼 나온 마음 한 자락. 중력을 이기지 못해 떨어지고 마는 물방울처럼 그의 마음 한 자락이 아슬아슬하게 떨어져 내린 그런 것.

—멀어지지 마…….

휴대폰이 닿아 있는 왼쪽 귀가 뜨겁다. 위태롭게 들끓던 마음이 서서히 요동치기 시작했다.

"인하 씨, 날……!"

빠앙— 시끄러운 경적 소리가 타이밍을 빼앗았다. 뒤이어 그의 짜증 섞인 한숨 소리가 들려왔다. 그 숨에 하려던 말들이 허공으로 흩어졌다. 주위는 금세 조용해졌다.

—켈리 때문에 많이 피곤할 텐데 일찍 자.

"……네."

—잘 자.

"……잘 자요."

통화가 끊겼다. 지은은 고집스럽게 휴대폰을 꽉 움켜쥐었다.

"날 보여 줄 테니 당신도 보여 줘요. 궁금해요, 나. 14살 인하 씨한테 무슨 일이 있었던 건지 나도…… 알고 싶어요……."

켈리는 알고 있지만 나는 모르고 있는 그의 이야기.

멈췄던 눈물이 한두 방울 뚝뚝 떨어지기 시작했다.

정말 리셋이 되어 버렸으면.

10. 굴레

평일 오후인데도 공항은 붐볐다. 북적북적한 12번 게이트 앞에는 12월인데도 반바지를 입은 단체 관광객들이 모여 있었다. 추운 도시를 피해 따뜻한 도시로 가려는 모양이었다. 그 관광객들 옆으로 다양한 인종의 수많은 사람들이 지나갔다. 어떤 이는 기대에 찬 얼굴로, 어떤 이는 슬픔에 찬 얼굴이었다.

만남과 헤어짐이 반복되고 설렘과 아쉬움이 교차하는 공항의 얼굴을 잠시 들여다보던 인하는 왼쪽으로 고개를 돌렸다. 한쪽 벽면이 전부 투명한 유리로 되어 있는 창밖엔 높게 솟은 관제탑 위로 회색빛의 하늘이 펼쳐져 있었다. 당장이라도 눈을 퍼부을 것 같은 빛깔이 마음에 들지 않는다. 절로 인상이 찌푸려졌다.

겨울도 싫지만 눈은 더 싫다.

"……오지 않았으면 좋겠군."

"뭐가? 날 시카고까지 데려다 줄 비행기? 내가 시카고로 돌아가는 게 그렇게 서운한 거야? 인하, 너무 서운해하지 마. 또 올게."

체크인을 하러 갔던 켈리가 기척도 없이 돌아와 얼굴을 들이밀었다. 인하는 눈썹을 씰룩거리며 켈리에게 시선을 던졌다. 서늘한 기운이 풍겼는데도 켈리는 별 대수롭지 않다는 듯 히죽 잘도 웃어 댔다.

순간, 34살이 된 켈리의 얼굴에서 14살이었던 어린 켈리의 얼굴이 겹쳐 보였다. 동시에 귓가로 카랑카랑하던 14살 켈리의 목소리가 토씨 하나까지 틀리지 않고 정확하게 울려 퍼졌다.

'내 이름은 켈리, 나이는 14살. 엄마한테 들었는데 너도 14살이라며? 게다가 한국인! 한국엔 한 번도 가 보지 못했지만 나도 한국인이야. 한국에 대해 얘기해 주지 않을래? 그곳이 어떤 곳인지 나는 굉장히 궁금해. 아빠가 방학이 시작되면 대전 엑스포에 데려가 주신다고 하셨는데, 아빠가 일이 바쁘셔서 못 가게 되었지 뭐야. 안타깝고 슬프지만 어쩌겠어. 내가 아빠를 봐드려야지. 우리의 나라 한국은 분명히 엄청엄청 멋진 곳일 거야, 그렇지? 아, 참! 근데 네 이름은 뭐니?'

그때의 켈리는 마치 지독하게 밝아 저절로 인상을 찌푸리게 만드는 여름날의 햇빛 같았다. 가까이에만 있어도 목이 타고 몸이 그을릴 것 같아 의식적으로 켈리를 피해 다녔었다. 하지만 켈리는 묻는 말에 대답도 해 주지 않는 14살의 남자아이에게 끈질기게 달라붙었다.

그렇게 1년이 가고 2년이 가고……. 3년째 되던 해에 켈리를 떼어 내는 걸 포기한 이후로 어영부영 켈리와 함께한 세월이 어느덧 20년이었다.

넉살이 좋다고 해야 할지, 둔감하다고 해야 할지, 경계가 모호한 켈리의 성격은 그때나 지금이나 변함이 없다. 하지만 세월이 지난 만큼 이런 켈리를 대하는 데엔 능숙해졌다. 중심을 잡지 못하고 켈리의 장단을 맞춰 주다 보면 어느새 켈리의 페이스에 휘말리고 만다는 걸

세월로 체득했다. 인하는 엄한 표정을 지어 보였다.

"다음에도 이런 떼를 쓸 생각이라면 한국에 와도 두 번 다시 찾아오지 마. 일을 방해하는 친구는 필요 없어."

조금 과격하게 표현을 했지만 진심이었다. 4박 5일의 휴가까지 내서 일부러 찾아왔는데 배웅을 해 주지 않으면 돌아가지 않겠다고 협박을 해 온 것에 대한 경고는 분명히 필요했다. 아무리 20년 지기라지만, 친구 배웅이라는 말도 안 되는 이유로 반차를 낸 건 한 번으로 족하다.

켈리가 눈을 가늘게 뜨며 얼굴을 들이밀었다.

"인하, 정말 일을 방해해서 화가 난 거야? 진짜는 연구소에 지은이 있는데 휴가를 내게 만들어서 화가 난 거지? 아아, 20년 우정이여."

인하는 굳게 입술을 다물며 창밖 쪽으로 고개를 돌려 버렸다. 반박을 하지 않은 것이 아니라 할 수가 없었다. 제대로 정곡을 찔려 버렸다. 그녀에게 오늘은 식당에서 얼굴을 보여 주지 못할 것 같다는 문자를 보내게 만든 켈리에게 분노를 느낀 게 불과 몇 시간 전이었다. 켈리는 이미 속마음을 간파했는지 어깨까지 들썩이며 웃음을 터트렸다.

"인하가 일보다 여자를 더 소중하게 생각하는 날이 올 줄은 몰랐어. 세상은 정말 살아 볼 가치가 있는 것 같아. 지은, 브라보!"

"시끄러."

차갑게 표정을 굳히고 날카로운 시선으로 쏘아보자 입술을 오므린 켈리가 두 손을 번쩍 들어 보였다.

인하는 뜨거운 숨을 내뱉었다. 지금은 타인의 속내를 제법 잘 읽는 편인 켈리에게만 들켰지만 이대로라면 켈리가 아닌 다른 누군가에게 속내를 들키는 것도 시간문제다.

점점 통제가 어려워지고 있었다. 만지고 싶고, 키스하고 싶고, 쏟아 내고 싶다는 욕구가 때와 장소를 가리지 않고 하루에 셀 수도 없을 만큼 여러 번 밀려왔다. 켈리에게 속내를 들키고 만 이 순간에도 마음은 그녀를 집에 가둬 놓고 혼자만 보고 싶다는 욕심으로 가득하다.

젠장. 정말 가둬 버릴까?

……미친 생각은 여기까지만.

"그런데 말이야, 인하. 이대로라면 지은을 잃을지도 몰라."

상념에서 헤어 나오자마자 켈리의 차분한 목소리가 날아들었다. 켈리의 얼굴이 드물게 진지하다. 장난이라도 듣고 싶지 않은 말이라 말투에 날이 섰다.

"무슨 말이 하고 싶은 거야?"

"사랑한다는 말…… 지은에게 해 줬어? 아니, 앞으로 해 줄 수는 있어?"

하고 싶지 않은 얘기, 피하고 싶은 얘기.

시선을 피하며 한 발자국 도망가 보지만 켈리는 집요하게 곧장 따라붙었다.

"여자는 남자보다 섬세해. 마음으로 인하가 아무리 지은을 사랑해도 사랑한다고 말해 주지 않으면 지은은 점점 불안해할 거야. 인하, 지은은 좋은 여자지만 확신을 주지 않는 남자의 곁에 불안을 견디면서까지 남아 줄 여자는 많지 않아. 지은은 인하를 떠나 버릴지도 몰라."

감정을 확인할 기회를 달라며 그녀를 곁에 잡아 두었다. 그것마저도 자신에겐 엄청난 용기가 필요한 일이었지만 그녀를 잃게 되는 것보다는 나았다. 하지만 그녀와 함께하는 시간이 늘어 갈수록 점점 마음이 초조해졌다. 아무리 따뜻하게 안아 주고 사랑한다는 말 이외의 말들로 그녀를 달래도, 사랑을 말해 주지 않는 자신에게 불안을 느껴 그녀가 떠나 버릴지도 모른다는 압박감은 점점 숨통을 조여 왔다.

해 주지 못했고, 앞으로도 해 주기 어려울 한마디로 인해 그녀가 떠날지도 모른다. 예상하고 있지만, 그래서 늘 불안에 떨고 있지만 그럼에도 불구하고 앞으로 나아가지 못하는 자신이 싫어진다.

인하는 눈을 감아 절망을 감춰 버렸다.

"많이 아플 거 알지만 지은을 놓치고 싶지 않다면 극복해야 해, 인하."

켈리의 말소리가 귓가에서 윙윙댄다. 머릿속에서 막연하게 그려지는 세상은 온통 탁한 회색이었다. 인하는 홀린 듯 중얼거렸다.

"이미 다른 남자가 있어."

"설마, 지은에게 말이야?"

"그래."

"언제부터?"

"나와 만나기 전부터."

"인하는 다 알면서 지은에게 다가갔단 말이야?"

"그래."

"그래서, 그래 놓고 설마 이렇게 지은을 포기하겠다는 건 아니지? 사랑이야. 지금 인하가 하고 있는 건 분명 사랑이라고! 지은에게 다른 남자가 있다는 걸로 도망을 칠 생각이라면 당장 그만둬. 핑계잖아, 그거!"

천천히 눈을 뜨고 켈리를 바라봤다. 얼굴이 하얗게 질린 켈리의 눈동자는 혼란과 놀람, 답답함과 다급함이 혼합되어 쉴 새 없이 흔들렸다. 인하는 다시 눈을 감았다.

"처음엔 남자의 귀찮은 욕구라고 생각했다. 한 번 가지고 나면 흥미 없어질 그런 욕구. 그런데 아냐. 달라, 한지은은. 우습게도 지금의 난 한지은한테 잠시 지나가는 바람에 불과할까 봐 하루하루 불안에 떨며 미쳐 가고 있다. 이런 내가 도망? 못 해. 불가능해. 이런 마음이면서도 사랑을 말하지 못하는 내가, 나에게 오라고 말하지 못하는 내가 싫다."

"인하……."

눈을 감고 자신을 통제하려고 애쓰고 있지만 인하의 불안은 이미 통제 가능 범주를 넘어섰다. 그의 몸이 부들부들 떨리고 있었다. 켈리는 눈조차 깜빡일 수 없었다. 20년간 그를 봐 왔지만 이렇게 무너진 그의 모습은 20년 전 그날 이후로 처음이었다. 사랑이라는 걸 이미 알면서도 과거의 굴레에 가로막혀 앞으로 나아가지 못하는 그의 모습에 켈리의 마음도 무너져 갔다.

가여운 내 친구, 인하.

켈리는 가방에서 쇼핑백 하나를 꺼냈다. 쇼핑백 안에 든 자그마한 상자를 건네주기 위해 시카고에서 서울까지 날아왔지만 애써 묻은 상처를 들쑤시는 건 아닌지 망설여졌기에 아직 전해 주지 못한 것이었다. 켈리는 인하의 손에 쇼핑백을 들려 주었다.

손에 느껴지는 감촉에 인하는 천천히 눈을 떴다.

"네 이모님이 시카고 집으로 보내온 거야. 네 아버지가 대신 전해 주었으면 좋겠다고 내게 부탁하셨어. 인하, 이제 용기를 내서 과거와 마주해. 널 위해서가 아니라 지은을 위해서."

인하는 쇼핑백을 바라보았다. 이 안에 뭐가 들었는지 정확하게는 알 수 없지만 연락을 끊고 산 이모가 자신 앞으로 보내올 만한 건 단 한 가지, 어머니의 유품뿐이었다. 인하는 쇼핑백을 꽉 움켜쥐었다. 그녀를 만나기 전이었다면 당장 쓰레기통에 던져 버렸겠지만 그녀를 위해서 극복해야만 한다는 켈리의 설득을 무시할 수가 없었다.

"긴 터널 끝엔 분명 행복이 기다리고 있을 거야. 행운을 빌게, 인하."

따뜻한 포옹을 나눈 뒤, 켈리는 12번 게이트 안으로 사라졌다. 주위는 여전히 소란스러웠지만 외딴섬에 홀로 떨어진 듯 아무것도 들리지 않았다. 반바지 차림의 단체 관광객들의 수가 더 늘어 12번 게이트 앞을 가로막고 있다. 인하는 그 풍경을 마지막으로 눈에 담고 공항을 빠져나왔다.

지은은 거실 창 앞에 앉아 다리를 가슴으로 당겨 모으고 두 팔로 끌어안았다. 연구3팀의 회식 때문에 오 과장이 야근 없이 일을 끝내 오랜만에 즐기는 여유였다. 무릎담요를 끌어당겨 다리를 완전히 덮어 버리고 거실 밖 풍경을 바라보았다.

멀리 보이는 교회의 십자가 아래로 크리스마스를 앞두고 장식된 전구들이 파랗고 빨간빛을 내뿜고 있었다. 징글벨, 고요한 밤 거룩한 밤 같은 캐럴 송이 생각나는 것을 보니, 또 이렇게 한 해가 가려는가 보다.

지은은 허밍으로 노엘을 흥얼거리며 까만 어둠이 내려앉은 하늘을 바라보았다. 하늘은 닿기만 해도 손이 얼어 버릴 것같이 지독하게 시린 까만빛이었다. 그 까만빛 하늘 안에 따뜻한 빛을 뿜는 반달이 있다. 그래도 반달이 있어서 하늘이 덜 추울 것 같아 다행이었다.

그 따뜻한 달 아래로 비행기 한 대가 지나갔다. 빨간 불빛을 반짝반짝 빛내며 비행기는 빠른 속도로 하늘을 가로질렀다. 지은은 눈으로 비행기 불빛을 좇았다.

켈리, 그녀가 오늘 저 비행기를 타고 시카고로 돌아갔다.

그녀와의 첫 만남 이후로 그녀에 대해 몇 가지 더 알게 된 것 중, 가장 놀라운 것은 그녀가 캔스 코스메틱 원료 분석실에 근무하는 연구원이라는 사실이었다. 폐쇄적이고 보수적 성향이 강한 한국의 연구소를 생각하면 켈리의 성격은 연구원이라고 하기엔 지나치게 외향적이고 빈틈이 많았다. 그런 켈리가 연구원이 된 건, 어쩌면 20년 동안 그와 함께하다 보니 자연스레 그 길로 접어들게 된 것인지도 모른다.

지은은 어제 점심 무렵, 세미나에서 연을 맺은 김 소장님께 인사를 드리러 왔다며 연구소를 찾은 켈리를 떠올렸다. 구내식당에서 함께 점심을 먹던 그와 켈리, 그리고 김 소장은 언뜻 보면 가족으로 보일 만큼 사이가 좋아 보였다. 연정과 그녀가 있던 테이블에까지 간간이 그들의 웃음소리가 전해졌었다. 그 웃음소리가 아직도 귓가에서 윙윙대는 것 같아 지은은 허밍을 멈추고 미간을 좁혔다.

켈리는 특유의 쾌활함으로 잘 웃어 주고, 따뜻하게 대해 줬지만 지은은 시간이 흐를수록 점점 더 켈리가 불편해졌다. 켈리가 인하, 하고 다정하게 그를 부를 때. 아무리 잠이 오지 않더라도 하루에 5시간 이상은 꼬박꼬박 자야 한다고 그에게 잔소리를 퍼부을 때. 연구소라 어쩔 수 없겠지만 넥타이 없이 단추 두어 개를 풀어 젖힌 모습의 인하가 훨씬 멋지다고 조언했을 때. 기분 나쁘게 가슴이 울렁거렸다.

하지만 이제 신경을 곤두세우고, 기분 나쁜 울렁거림을 느끼지 않아도 된다. 켈리는 시카고로 돌아갔으니까.

4시 40분 비행기라고 했으니 켈리가 탄 비행기는 이미 대한민국 상공을 떠났겠지만 반짝반짝거리던 비행기의 빨간 불빛이 시야에서 사라지자 비로소 켈리가 완전히 사라진 것 같은 해방감이 들었다.

지은은 김이 서린 창문에 'bye—bye 켈리' 라고 글자를 새겨 넣었다. 켈리가 돌아갔다는 사실 하나만으로 커다란 돌덩이가 얹혀 있는 듯 묵직했던 마음이 깃털처럼 가벼워지는 느낌이었다. 크리스마스 전구 장식이 한층 더 아름다워 보이고 시리게 느껴졌던 하늘은 따뜻하게 느껴졌다.

지은은 멈췄던 허밍을 다시 흥얼거렸다. 그때, 불현듯 엘리베이터가 추락하듯 가슴이 저 나락으로 쿵 소리를 내며 곤두박질쳤다. 더 이상 허밍이 나오지 않는다.

나 혹시…… 질투, 했던 건가……?

그녀에게 있어서 '질투'란 단어는 굉장히 낯선 단어였고 좋아하지 않는 단어였다. 질투란, 자신에게 주어진 것보다 더 큰 것을 바라는 자들이 갖는 탐욕스러운 마음과 같은 거라고 생각해 왔기에. 남자 때문에 누군가를 질투했었다는 것을 인정하고 싶지는 않지만 질투 외엔 이 감정을 뭐라 표현할 길이 없다. 온몸이 부르르 떨렸다.

'내가 왜 켈리를……. 그 사람이 내게 뭐기에…….'

언제부턴가 그가 곁에 없으면 허전함을 느꼈다. 일할 때는 당연하게 버려두었던 휴대폰을 몸에서 한시도 떼어 놓지 않게 되었다. 그가 괴로워할 때엔 안아 주고 싶었다.

그리고 지금 이 순간에도 난, 그만 생각하고 있다.

아름다운 풍경을 보여 주던 창문이 온통 그의 얼굴로 채워져 버렸다. 오늘은 한 번도 보지 못한 그가 몹시 그리워져서 눈물이 핑 돌았다. 그 순간, 가슴이 덜컥 소리를 내며 속삭였다.

"어떡해……. 어떡해, 인하 씨……. 내가 당신을…… 당신을……."

바람에 나뭇가지들이 춤을 추는 소리가 순식간에 멈췄다. 빛 하나 새어 들어오지 않는 방에 갇혀 버린 듯, 주위가 캄캄해졌다. 점점 더 짙어지는 어둠이 작은 소리마저 삼켜 버릴 태세로 달려들었다. 지은은 입술을 깨물었다. 6년 전, 햇살이 무척이나 따뜻해서 되레 슬펐던 그날이 떠오른다.

그날은 기력을 잃어 제대로 눈도 못 뜨시던 엄마와 1년 만에 함께 산책을 한 날이었다. 환자복을 입었지만 활기차게 뛰어놀던 아이들, 선선한 바람, 낙엽 냄새. 정답고 포근한 풍경 속으로 들어가 휠체어에 탄 엄마와 산책을 하던 그 순간, 아이러니하게도 죽음이라는 단어가 떠올랐다. 혹시 하늘이 엄마의 생명을 앗아 가려고 마지막 자비를 베풀어 엄마에게 기력을 준 게 아닐까?

아직 열리지 않은 저승의 문이 코앞까지 다가와 당장이라도 엄마를 삼켜 버릴 것만 같았다. 두렵고 무서워 눈물이 쏟아질 것 같았지만 눈물을 쏟아 버리면 정말 엄마의 죽음이 현실이 될 것 같았다. 그래서 떨어지는 단풍이 아름답고 말하는 엄마의 얼굴을 마주하며 아무 일도 일어나지 않은 것처럼, 아무 일도 일어나지 않을 것처럼 웃어 버렸다.

그때 말했어야 했는데. 사랑한다고, 엄마의 딸로 태어나 행복했다고, 다음 생이 있다면 그때도 내 엄마로 찾아와 달라고 말했어야 했는데…….

한 번 놓쳐 버린 기회는 두 번 다시 찾아오지 않았다. 다음 날 아침…… 엄마는 깊은 잠에 빠진 이후로 눈을 뜨지 않았다. 미세하게 남아 있던 엄마의 온기마저 잃어버릴까, 엄마를 끌어안고 제발 한 번만 눈을 떠 달라고 울부짖었지만 엄마는 끝내 대답하지 않았다.

6년이 지난 지금도 종종 꿈에서 그때를 보곤 한다. 평온한 일상 속에서 기습하듯 덮쳐 오는 아픈 기억은 항상 눈물로 베갯잇을 적시게 만들었다.

지은은 몸을 벌떡 일으켰다.

전하지 못한 말 때문에 가슴 아파해야 하는 건, 엄마의 기억 하나로도 차고 넘칠 만큼 벅차. 두 번 다시 같은 후회로 울고 싶지 않아.

지은은 달리기 시작했다.

같은 시간, 인하는 메일을 확인 중이었다. 반차를 내는 바람에 오후 업무 보고를 듣지 못해 윤 과장에게 오후에 올라오는 업무 보고서 내용을 간추려 메일로 보내 달라고 부탁했었다. 메일엔 당장 처리를 해야 할 만큼 시급한 내용은 담겨 있지 않았다. 마우스 스크롤을 내리던 인하는 내일 뵙자는 윤 과장의 인사말을 마지막으로 읽어 내리고 창을 닫았다.

이제 무얼 해야 할까…….

공항에서 곧장 집으로 온 후, 시리얼로 간단히 요기를 하고 샤워를 했다. 일까지 마쳤으니 이제 더 이상 도망갈 곳도 없다. 남은 건 상자를 열어 보는 일밖에 없다는 걸 알지만 선뜻 마주할 용기가 나지 않는다.

인하는 의자 깊숙이 몸을 묻고 눈을 감았다. 폭신한 의자 속에 파묻힌 채, 땅으로 꺼져 버렸으면 싶다. 아니, 그보다 그녀의 목덜미에 얼굴을 묻는 편이 더 좋겠다. 설익은 복숭아를 닮은 그녀의 체취를 맡으면 아무것도 생각하지 않고, 아무런 통증도 느끼지 않고 깊은 잠에 빠져 버릴 수 있을 것 같다.

그녀가…… 간절하다.

당장이라도 그녀를 품에 안고 싶지만, 솜사탕 같은 그녀의 맨살을 온몸으로 느끼고 싶지만, 그래서는 안 된다는 걸 안다. 사랑의 확신도 주지 않은 남자가 이렇게 흔들흔들 위태로운 모습을 보이면 그녀는 정체를 알 수 없는 불안감에 질식해 정말 떠나 버릴지도 몰랐다.

만약 그런 일이 일어난다면 지금의 고통과는 비교도 할 수 없을 만큼 더 큰 고통이 찾아올 것이다. 그러니 지금은 그녀 없이 어떻게든 혼자서 견뎌 내야만 했다.

인하는 무거운 몸을 일으켰다. 상자를 열어 내용을 확인하는 것 따위는 이제 시작에 불과한데, 시작부터 움츠러들 수는 없다. 긴 터널 끝에 기다리고 있을 행복은 거저 얻어지는 것이 아닐 테니, 한 발자국 앞으로 나아가야만 했다. 하지만 상자를 잡은 손이 부들부들 떨리는 것까지는 막을 도리가 없다.

상자를 부여잡은 인하는 눈을 질끈 감았다. 상자를 잡고 있는 손은 자신의 커다란 손 하나지만, 보이지 않는 그녀의 손이 커다란 손 위를 감싸 주고 있다고 스스로에게 최면을 걸었다. 괜찮다고, 괜찮을 거라고 따뜻하게 위로해 주는 그녀와 함께 상자를 열었다.

인하는 천천히 눈을 떴다. 자그마한 상자 안엔 손바닥보다 조금 큰 배냇저고리와 사진 한 장이 들어 있었다. 인하는 배냇저고리부터 들어 올렸다. 무늬 하나 없이 투박한 배냇저고리의 이음새는 한눈에도 서툰 바느질 솜씨가 보일 만큼 엉성했다.

'인하야, 이것 좀 봐봐. 엄마가 널 배 속에 품었을 때 직접 짠 배냇저고리야. 너무 귀엽지? 근데 네 아빠는 이렇게 엉성한 걸 입혔다가는 피부병이 날 것 같다지 뭐야? 정말 말이 씨가 될까 봐 무서워서 너에게 입혀 보지도 못했지만 지금은 역시 만들길 잘했다는 생각이 들어. 이렇게 곱씹을 수 있는 추억거리로 남았으니까. 인하야, 엄마는 네가 배 속에 있을 때부터 너를 사랑했어. 사랑해, 내 아들.'

10살. 너무나도 행복했던 그 무렵, 꽉 껴안아 주며 사랑한다고 속삭여 주던 어머니의 목소리가 24년이 지난 지금은 칼날이 되어 가슴에 박힌다.

가슴이 삐걱삐걱 소리를 내며 더 이상 과거를 들추지 말라고 경고했지만 배냇저고리를 상자에 넣고 고집스럽게 사진 한 장을 들어 올렸다. 아이 티를 제법 벗은 14살의 남자 아이는 아일랜드형 식탁 앞에서 어머니의 가슴에 안겨 뚱한 표정을 짓고 있었다.

이날은 또렷하게 기억이 난다. 계란말이하고만 밥을 먹는다고 어머니에게 혼이 나고 결국 야채와 고기만으로 남은 밥 반 공기를 비워 냈었다. 어머니는 그때 환한 미소를 지으며 꼭 껴안아 주었다. 그리고 귓가에 속삭여 주었다.

'잘했어, 우리 아들. 너무너무 사랑해.'

기억하려 해도 기억나지 않을 만큼 다 지워 버렸다고 생각했는데, 어머니의 목소리가 너무도 또렷하다. 어디선가 소금 대신 설탕을 넣어 달큰한 계란말이 냄새마저 풍겨 오는 것 같다. 분노와 아픔이 뒤섞여 사진을 부여잡은 손에 저절로 힘이 들어갔다. 모서리가 너덜너덜했던 사진이 구겨졌다.

더 이상은 기억하고 싶지 않아. 떠올리고 싶지 않아.

인하는 벌떡 일어나 냉장고에서 물을 꺼내 통째로 들이켰다. 차가운 물이 쉴 새 없이 식도를 타고 흘러 들어갔지만 가슴속의 뜨거움은 가라앉지 않았다.

인하는 반 정도 비워진 물통을 식탁 위에 올려놓고 쓰러지듯 냉장고 앞에 주저앉았다. 이제 그만 멈춰 달라고 아무리 소리쳐 봐도 자의로 풀어 버린 케케묵은 기억은 멈출 줄을 몰랐다. 제멋대로 맹렬하게 전진해 14살, 미치게 시렸던 그 겨울로 결국 자신을 데려다 놓고야 말았다.

하얗고 시렸던 눈. 시카고의 집. 어머니와 낯선 남자. 홀로 남은 어머니.

'사랑해, 인애 씨.'

모든 감정이 얼어붙어 버린 자신의 목소리까지.

의도적으로 어머니를 피한 지 일주일째가 되던 날, 어머니는 이혼 서류 한 장만 거실 테이블 위에 올려놓고 시카고 집을 떠났다. 그리고 다시 돌아오지 않았다.

겨우 그딴 사랑.

사랑이란 말, 불결하고 더러워.

인하는 튕기듯 몸을 일으켜 싱크대에 얼굴을 박고 물을 틀었다. 그날처럼 속에 있는 모든 걸 게워 내고 초록색 위액까지 흘러나왔지만 토악질은 멈출 줄을 몰랐다.

하지만 아무리 괴로워도.

아무리 부정해도.

그녀에 대한 마음은 그럼에도 불구하고 사랑이다. 촉촉이 땅을 적시는 봄비처럼 그렇게 사랑이 스며들어 버렸다. 거부할 수 없게 돼 버렸다.

'지은아, 한지은……. 이런 내가 너에게 사랑을 말할 수 있을까. 널 얻을 수 있을까. 그런 날이 오기는 할까……'

마음속에서 지옥이 꿈틀댄다. 그녀를 잃을까 봐 두렵다. 하수구로 흘러들어 가는 이 물처럼 그저 모든 것이 씻겨 내려갔으면…….

입을 헹구고 물을 잠그는데 초인종 소리가 들렸다. 인하는 걸음을 옮겨 비디오폰을 확인했다.

"한지은?"

인하는 곧바로 열림 버튼을 누르고 빠르게 현관으로 걸어갔다. 문을 열자 대문에서부터 힘껏 달려왔는지 그녀는 거친 숨을 내뱉고 있었다. 인하는 자신의 옷깃을 꽉 부여잡은 그녀를 빠르게 훑었다. 그녀는 이 매서운 추위 속에 점퍼도 없이 얇은 티셔츠와 트레이닝복 바지만 입고 있었다. 얼굴을 만져 보니 얼음장이라 일단 현관 안으로 그녀를 이끌었다.

"너 왜 이래. 무슨 일이야."

조금이라도 따뜻해지라고 볼과 팔을 손으로 쓸어 주는데 그녀는 옷깃을 더 꽉 부여잡을 뿐, 고개를 숙인 채 말이 없었다. 실체는 전혀 파악이 안 되지만 뭔가 예감이 좋지 않았다. 그녀의 어깨를 흔들었다.

"한지은, 무슨 일이냐고 묻잖아."

그녀가 천천히 고개를 들었다. 창백한 얼굴, 하지만 단호하고 올곧은 눈동자.

"내가, 내가…… 당신이 좋아져 버렸어. 인하 씨를 사랑하게 된 것 같아."

기습 같은 고백.

불편한 공기가 감돌기 전에 인하는 몸을 틀며 그녀의 손목을 잡아 안으로 이끌었다. 하지만 그녀는 움직일 생각이 없어 보였다. 그녀가 손목을 잡은 손을 다른 손으로 덮으며 걸음을 멈춰 세웠다. 그녀의 눈과 마주하면 안 될 것 같지만 피할 수가 없다. 인하는 그녀를 향해 돌아섰다. 한 남자만을 가득 담은 그녀의 눈이 말하고 있다.

'당신은? 나에 대한 당신 마음을 말해 줘.'

이제껏 살면서 딱 한 번, 20년 전 그날 그런 광경을 보게 되었을 때 신을 원망해 봤다. 그 이후로는 내성이 생긴 탓인지 웬만한 절망엔 신이 원망되지 않았다. 그런데 지금 이 순간 두 번째로 신을 원망하고 있다.

이제 극복해 보려고 막 시작을 한 참인데 어째서 지금……!

마음속에서 맴돌고 있는 그 한마디가 입 밖으로 터져 나오지 않는다. 절망스러움에 얼굴이 일그러졌다. 마음이 와르르 무너진다.

괴로운 침묵이 오래 이어지자 손 위에 겹쳐졌던 그녀의 손이 힘없이 밑으로 떨어졌다. 그녀의 눈에선 실망과 슬픔이 엿보였다. 그녀는 고개를 숙이고 뒤돌아섰다. 그녀가 나가고 현관문이 닫히는 소리가 귀를, 심장을 갉아먹는다.

그녀가…… 떠나간다.

머리로 다른 생각을 하기도 전에 몸이 먼저 반응했다. 인하는 현관문을 열어젖히고 그녀의 뒤를 쫓았다. 차에 올라타려는 그녀를 간신히 붙잡아 등 뒤에서 허리를 끌어안았다.

"한지은이란 여자 때문에 처음으로 집을 사고 싶어졌어. 욕실에 칫솔 두 개가 놓여 있는 걸 볼 때마다 우리의 공간 안에 컵도 두 개, 수저도 두 개, 밥그릇과 국그릇도 두 개로 채워 넣고 싶다고 생각했어."

정리되지 않은 말들이 마구잡이로 뒤엉켜 쏟아졌다. 그녀가 몸부림친다. 더 세게 힘주어 그녀의 허리를 끌어안았다.

"알아. 내 말이 진심처럼 들리지 않을 거라는 거, 백 마디의 다른 말보다 한 마디의 그 말을 더 원한다는 거 아는데……. 지은아, 한지은. 지금은…… 지금은 제발……. 욕해도 좋고 때려도 좋은데 돌아서지만 마."

그녀의 몸부림이 서서히 잦아들었다. 허리를 끌어안은 손 위로 그녀의 눈물이 떨어졌다. 인하는 천천히 그녀를 돌려세웠다.

"당신은, 당신은 정말 나빠……."

"알아. 다 내 잘못이야. 그러니까 울지 마. 너 울면 내가 널 더 잡고 있을 수가 없어."

조심히 그녀를 품에 안았다. 세게 끌어안으면 그녀가 부서질까, 손에 힘도 못 줬다. 소중해서, 너무 소중해서 보고 있는 것만으로도 가슴이 아렸다.

크게 들썩이는 그녀의 어깨 위로 먼지 같은 눈이 내려앉았다. 인하는 눈을 흩뿌리기 시작한 하늘을 한 번 올려다보고 그녀를 천천히 품에서 떼어 냈다. 그리고 고개를 숙이고 있는 그녀의 턱을 살며시 잡아 올려 그녀의 입술에 살포시 입술을 붙였다.

그녀의 입술과 그의 입술 사이로 그와 그녀의 눈물이 섞여 들어갔다.

11. 마주 보기

인하는 머리에 팔을 괴고 누워 잠이 들어 있는 그녀를 바라보는 중이었다. 그녀가 자신의 침대 위에 누워 있는 게 처음도 아닌데 이상하게 눈을 뗄 수가 없었다. 어떻게 이렇게 미동도 없이 잘 수가 있을까. 배 위에 다소곳이 포개진 그녀의 손을 보는데 문득 자다가 심장마비라도 일으킨 건 아닐까 하는 두려움이 들었다.

슬며시 그녀의 코 밑에 손가락을 대 본다. 손가락에 따뜻한 숨이 와 닿는다. 인하는 안도의 숨을 내뱉다 허탈하게 웃어 버렸다. 미동 없이 잔다고 죽은 건 아닐까, 하고 겁을 먹다니. 어처구니가 없다. 인하는 심통 난 표정으로 그녀의 볼을 쿡쿡 찔렀다. 그래도 그녀는 미동이 없다. 고집쟁이.

"한지은 하나야. 단 하나."

두려워할 이유가 전혀 없는 일도 두렵게 만드는 유일한 사람. 유일한 여자.

그녀의 어깨 밑으로 팔을 넣어 가슴으로 끌어당겼다. 깨우고 싶을 땐 일어나지 않더니 깨우지 않으려는 조심스러운 손짓엔 깨고 만다. 가슴팍에 쏙 들어온 그녀가 고개를 들면서 살며시 눈을 떴다. 그녀가 다시 눈을 감고는 작게 몸을 뒤척이며 항의를 했다.

"불편해."

반말이다.

"많이?"

"응."

잠이 덜 깬 모양이다. 대답이라기보다는 반사 반응에 가깝다. 그래도 반말이 훨씬 듣기 좋다. 존댓말보다 편안하게 귀에 감기기 때문인가 보다.

"그래도 이렇게 자."

"응."

그녀는 한 번도 이렇게 안겨 잔 적이 없었다. 품에 안겨 있다가도 그녀는 금방 똑바로 누워 천장을 바라보는 자세로 돌아갔다. 그런 자세로 자는 게 오랜 버릇인 것 같았다. 쉽지 않을 텐데 얌전히 그러겠다고 해 주는 그녀가 사랑스럽다. 그녀의 얼굴 곳곳에 자잘한 키스를 퍼부었다.

왼쪽 눈에 입술을 갖다 대는데 퉁퉁 부어오른 살결이 느껴졌다. 잠들기 직전까지 평생 쏟을 눈물을 한꺼번에 쏟아 낼 기세로 울어 댔으니 당연했다. 우는 그녀를 꼭 안아 주는 것밖에 하지 못했던 자신의 무능력함에 치가 떨리면서도 부은 그녀의 눈엔 어쩔 수 없이 가슴이 아리다. 반복해서 그녀의 눈가에 입을 맞추는데 그녀가 어깨를 움츠리며 옷깃을 꾹 잡아 왔다.

"꿈을 꿨어……."

그녀의 입술에 입을 맞추고 살짝 고개를 들었다.

"꿈?"

"응. 14살 때 처음으로 엄마랑 아빠랑 크리스마스트리를 만들었었어. 엄마가 낭비라고 크리스마스트리를 싫어했었거든. 그해에도 엄마는 안 된다고 했는데 내가 크리스마스트리가 너무 갖고 싶다고 떼를 썼어. 밥도 안 먹고 삼 일 밤낮을 울었더니 아빠가 이브 날 트리랑 장식들을 사 오셨어. 나무에 방울도 달고 별도 달고. 되게 예뻤어. 싫다던 엄마의 눈에도 예쁘긴 예뻤나 봐. 엄마도 웃었어. 내 인생을 통틀어서 가장 행복했던 그 겨울. 그 겨울의 꿈을 꿨어……."

내 인생에서 가장 잔인했던 14살의 그 겨울, 너는 그때가 가장 행복했었다고 말한다. 잔인했고, 또 그만큼 아팠던 기억을 네가 알게 된다면 너는 나를 이해할 수 있을까. 새하얀 도화지인 네가 새까만 도화지인 나를 감당할 수 있을까.

"이브 날, 우리도 만들자. 크리스마스트리…… 만들고 싶어……."

"그래. 그러자. 만들자."

잠에 흠뻑 취한 그녀의 말은 웅얼거림에 가까웠다. 다시 깊은 잠 속으로 빠져들려는지 옷깃을 잡은 그녀의 손에 점점 힘이 풀려 가기 시작했다. 인하는 안타까움에 그녀의 손을 꽉 부여잡았다. 하지만 그녀는 이미 깊은 잠에 빠져 미동이 없었다.

그녀가 눈을 뜨면 이 순간을 기억이나 할까. 잠결에 한 말이라 그녀는 기억하지 못하고 애인을 선택할지도 모른다. 그래도 자신은 그녀를 원망할 수 없다. 사랑하게 된 것 같다고 그녀가 고백해 왔을 때, 사랑한다고, 그러니 온전한 내 여자가 되라고 말하지 못했으니까. 기회를 날려 버린 건 다른 누구도 아닌 자신이었다.

이브 날, 크리스마스트리를 만들며 눈을 맞추고 웃음 지을 상대가 자신이 아닌 다른 남자가 될지도 모른다고 생각하니 피가 빠르게 돈다. 가슴이 꽉 조여든다. 인하는 잠든 그녀의 얼굴을 바라봤다.

평온하게 잠들어 있는 그녀의 얼굴은 자신의 모든 것을 아는 순간, 두려움과 놀람으로 얼룩질지도 모른다.

하지만…….

그녀를 놓을 수는 없다.

언제부턴지 명확하게 알 수 없지만 늪에 빠지듯 점점 그녀에게 빠져 갔다. 그리고 이제는, 그 늪이 하루하루 숨을 쉬는 이유가 되어 버렸다. 아픈 과거의 상처와 마주해야 하는 것보다 두려운 것은 그녀를 잃게 되는 것.

이해하지 못해도 괜찮아. 감당하지 못해서 매일 밤 날 붙잡고 왜 이렇게 못난 사람인 거냐고 때려도 좋아.

이렇게 널 잃을 수가 없어…….

인하는 그녀의 눈과 코, 입에 차례대로 입을 맞추고 그녀가 깨지 않도록 조심조심 침대 밑으로 내려왔다. 온기를 잃은 그녀는 작게 몸을 뒤척였지만 눈을 뜨지는 않았다. 휴대폰을 들고 거실로 나온 인하는 잠시 창밖을 바라봤다. 흩날리던 눈이 제법 굵어지더니 쌓이고 말았다. 세상이 온통 하얗다.

낯선 남자가 남기고 간 눈 발자국. 그리고 남자의 발자국 옆으로 어머니가 집을 나갈 때 새겼을 눈 발자국이 환영이 되어 눈을 찌른다.

인하는 눈을 질끈 감았다.

새하얀 눈이 세상을 덮은 그날, 어머니를 잃었다.

하지만 새하얀 눈이 세상을 덮은 오늘, 난 널 얻으려 한다.

인하는 휴대폰 액정에 번호를 눌렀다. 신호음이 몇 번 들리기 전에 휴대폰 너머로 익숙한 목소리가 들려왔다.

—인하니?

"네, 아버지. 자주 전화 못 드려서 죄송합니다."

—한창 일할 나이인 거 안다. 그보다 무슨 일 있는 거야? 한국은 지금 새벽일 텐데…….

"……어머니가 계신 곳을 알고 싶습니다."

한동안 침묵이 이어졌다. 이 침묵이 아버지가 어머니가 계신 곳을 모른다는 의미는 아니었다. 어머니가 돌아가셨던 2년 전 봄, 아버지는 덤덤히 어머니의 죽음을 알려 주시고는 이튿날 여행을 잠시 다녀오겠다며 일주일간 집을 비우셨다. 목적지를 묻지 않았지만 아버지가 어머니의 빈소를 찾아 한국으로 떠났다는 건 직감으로 알 수 있었다.

—……네 어머니는 석암산에 있는 수도사에 모셔져 있다.

일흔이 넘은 아버지의 목소리가 처연하게 가라앉았다. 인하는 뜨거운 숨을 토해 내고 최대한 덤덤하게 입을 열었다.

"식사 거르지 마세요."

—너도 항상 건강 챙겨라.

짧은 통화를 마치고 인하는 그녀가 있는 방으로 돌아갔다. 침대 위로 올라가 천장을 바라보는 자세로 돌아간 그녀를 다시 끌어당겼다. 작게 반항하던 손짓도 잠시, 그녀는 깊은 잠에 취해 맥없이 축 늘어졌다. 인하는 그녀의 정수리에 입술을 묻었다.

그녀를 옆에 두기 위해 걸어야 하는 고통의 길이라면 기꺼이 감내할 것이다.

바라는 건 오직 한 가지.

내 아픔이 그녀에게 상처가 되지 않기를. 눈물의 이유가 되지 않기를.

모처럼 개인적인 시간이 허락된 일요일이었다. 어제, 100% 천연 성분 화장품 메인 성분의 후보 성분이 5가지로 추려지면서 프로젝트 팀원들에게 온전한 휴일이 허락된 덕이었다. 샤워를 마치고 방으로 돌아온 지은은 드라이기로 머리를 말리고 옷장을 활짝 열어젖혔다.

어떤 옷이 좋을까, 이 옷 저 옷을 꺼내 거울을 보며 몸에 대보지만 눈에 차는 옷이 없다.

이럴 줄 알았으면 아무리 바빠도 새 옷 몇 벌 정도는 좀 사 둘걸.

아쉬운 대로 겨울옷을 죄다 꺼내 조합에 들어갔다. 언젠가 그가 잘 어울린다고 했던 잘록한 웨스트 라인의 검정색 캐시미어 코트와 페이즐리 원단의 미니 원피스를 꺼내 침대 위에 올려놓고 화장대로 갔다. 스킨 뚜껑을 여는데 화장대 위에 올려 두었던 휴대폰이 진동했다.

[오늘 약속 기억하지? 조금 이따 데리러 갈게. 준비하고 있어.]

그에게서 온 문자였다. 지은은 새침하게 휴대폰을 바라보았다.

"바보. 당연히 기억하지. 어떻게 잊어. 설레서 잠도 설쳤는데."

어제는 그야말로 폭풍의 하루였다. 5가지 후보군들의 향료를 채취하고, 효능을 정리하고, 여기에 4분기 업무 보고서까지 일이 겹쳐 토요일임에도 9시가 넘어서야 겨우 퇴근을 할 수 있었다. 추위는 또 얼마나 매서운지 물먹은 스펀지가 된 몸을 겨우 이끌고 주차장에 도착했다. 그런데 문자를 보내도 답장이 없어 이미 잠자리에 들었을 거라고 생각했던 그가 차 보닛에 기대서 있었다.

'내일 시간 좀 내 주었으면 좋겠는데. 같이 가 주었으면 하는 곳이 있어.'

데이트 신청을 하는 사람치고는 지나치게 진지했지만 그런 건 아무래도 좋았다. 주말에 시간을 내 달라고 그가 청해 온 것이 처음이었는지라 두근대는 가슴을 진정시키지도 못하고 세차게 고개만 끄덕였다.

지은은 솜에 스킨을 묻혀 꼼꼼히 얼굴에 바르다 그때의 자신이 생각나 살짝 미간을 좁혔다.

"고백도 먼저 했으면서. 바빠요, 하고 한 번쯤은 튕겼어야지. 더 많이 좋아하는 사람이 약자라더니. 바보, 한지은."

말이란 것은 참으로 신기한 힘을 가지고 있다. 그에 대한 마음을 인정하고 고백까지 해 버렸더니 그 이후로는 스스로 억제가 되지 않을 만큼 그에 대한 마음이 커져 갔다. 정말 바보가 돼 버린 것처럼 그를 떠올리는 것만으로도 웃음이 나오고, 일을 하는 중에도 문득문득 그가 보고 싶어져 화장실을 핑계로 향료연구팀에 다녀오기도 했다.

이런 마음을 당신은 알까…….

그는 사랑한다고 말해 주지 않았다. 하지만 그럼에도 불구하고 그의 마음은 사랑이었다. 눈이 흩날리던 그 밤, 가슴 아프게 흘러내리던 그의 눈물이 말해 주고 있었다. 그의 입으로 사랑을 확인받고 싶은 바람이 어긋나 많은 눈물을 쏟고 말았지만 사랑을 일부러 말해 주지 않는다기보다 사랑을 말하기 어려워하는 것 같았다.

'인하는 지금 34살이지만 사랑에 관해선 14살 그때에 멈춰 있어. 지은은 인하가 서툴고 느려서 힘이 들지도 모르지만 그래도 지은이 인하를 믿고 기다려 주었으면 해.'

켈리가 했던 말의 의미를 조금은 알 것 같았다. 그가 사랑을 말하기 어려워하는 건, 아마도 그의 과거에서 비롯된 것. 그래서 다그쳐 물을 수가 없었다.

지은은 앞으로도 다그쳐 묻지 않기로 했다. 그를 속속들이 알고 있지 못한다는 조바심은 아직 남아 있지만 누구나 다 말하기 어려워하는 과거가 하나쯤은 있기 마련이다. 조바심 때문에 그를 곤혹스럽게 하고 싶지는 않다. 지금은 그의 마음이 자신을 향하고 있다는 사실을 확인받은 것에 만족하고 그를 기다려 볼 참이었다.

눈썹을 보기 좋게 정리하고 핑크색 립글로스로 화장을 마무리한 지은은 파우더로 다시 한 번 꼼꼼하게 피부를 정리했다. 그리고 거울 속의 자신을 들여다봤다. 얼굴 곳곳에 설렘이 고스란히 드러나 있는 자신의 얼굴이 낯설게 느껴진다. 긴장으로 상기된 표정이 마음에 들지 않아 입가를 쭈욱 늘어뜨리고 침대로 다가갔다. 발목까지 내려오는 원피스를 벗고 골라 두었던 옷으로 갈아입으려는데 초인종 소리가 들렸다.

"벌써 왔나?"

그에게서 문자를 받은 지 아직 30분도 지나지 않았다. 지은은 허리까지 내렸던 파자마 원피스를 다시 입고 1층으로 내려가서 비디오폰을 확인했다. 비디오폰에 비춰진 사람은 그가 아니었다.

"누구세요?"

—옆집 사람이에요.

이 집에 산 지 20년째였지만 친하게 지내던 노부부가 몇 년 전 다른 곳으로 이사를 가면서 주인이 바뀐 옆집과는 전혀 왕래를 하지 않았다. 그런데 옆집에서 무슨 일일까? 의아스러웠지만 일단 문을 열었다.

"무슨 일로……."

40대 중반쯤으로 보이는 아줌마가 상자 하나를 내밀었다. 지은은 이게 뭔가 싶어, 상자를 바라보다 아줌마에게 시선을 던졌다.

"며칠 전에 택배기사가 집이 비었다면서 대신 좀 전해 달라고 맡기고 갔어요. 몇 번 찾아왔었는데 그때마다 집이 비어 있어서 이제야 전해 주네. 받아요, 얼른.”

아줌마는 상자를 거의 떠안기다시피 들이밀었다. 얼떨결에 상자를 받아 든 지은은 아줌마가 사라지고 나서야 정신을 차리고 문을 닫았다.

혹시 아빠가 보낸 건가? 잠시 생각하던 지은은 고개를 저었다. 가끔 과일이며, 고구마며 소소한 걸 보내오긴 했지만, 냉장 보관이 필요한 것들이라 보내기 전에 항상 연락을 하셨다. 그런데 받은 연락도 없었고, 농작물이 들어 있다고 하기엔 상자가 너무 작고 가벼웠다.

거실로 들어서며 상자 위에 보낸 사람 이름을 확인해 보는데, 주소만 있을 뿐 이름은 적혀 있지 않았다.

지은은 거실 서랍에서 칼을 찾아 상자를 개봉했다. 상자 안엔 손바닥보다 조금 더 큰 벨벳 케이스와 카드 한 장이 들어 있었다. 카드와 케이스를 번갈아 보던 지은은 꽤 고급스러워 보이는 케이스부터 열어 보았다.

“만년필?”

이 택배 자체가 의아스러웠지만 내용물을 확인하고 나니 더 의아스러웠다. 펜촉이 금으로 되어 있는 만년필은 한눈에 보기에도 꽤 값이 나가 보였다.

이렇게 고급스러운 걸, 대체 누가?

물건을 확인했음에도 감이 오지 않아 지은은 케이스를 내려놓고 카드를 집어 들었다.

미련이란 녀석 때문에 이제야 널 보내는 날 용서해. 네가 어디에 있든, 무얼 하든 나 역시 항상 널 응원할게. 행복해야 해.

아. 짧은 탄성이 차마 입 밖으로 나오지도 못하고 속으로 삼켜져 버렸다. 지은은 멍한 얼굴로 만년필을 바라보았다. 흐릿한 영상 하나가 머릿속을 스쳐 지나간다.

주말이었고, 사람들로 북적이는 백화점이었다. 선우와 셔츠를 사러 갔다가 만년필을 발견하고 시선을 빼앗겨 한참을 바라봤다.

'이게 그렇게 예뻐?'

'응.'

'그럼 사. 사 줄게.'

'아니. 지금은 아니야. 선우 씨, 내가 나중에 머리가 하얘질 만큼 나이가 들면 말이야. 이런 고급스런 만년필로 내 인생이 얼마나 아름다웠었는지 꼭 글로 남기고 싶어. 지금 나에게 이런 만년필은 사치지만 그땐 이런 고급스런 만년필, 하나쯤은 가져도 괜찮겠지?'

불과 몇 개월 전 일인데 아득한 먼일처럼 느껴진다. 장선우란 사람은 마치 처음부터 존재하지 않았던 것처럼 선우에 관한 건 모든 게 생경했다. 지은은 입술을 깨물었다.

어떻게, 어떻게 이렇게 까마득히…….

마음이 순서도, 질서도 없이 복잡하게 뒤엉켰다. 어떻게 이럴 수 있냐고 스스로를 힐책해 봐도 논리적으로 대답할 수가 없다. 지금에 와서 보니 이렇게 되었다라고밖에 말할 수 없는 감정적인 것.

누군가 사랑은 사랑으로 잊혀진다고 했던가. 마음 안에서 폭풍같이 휘몰아치는 그에게 모든 신경을 빼앗기는 동안 장선우는 한지은 인생에서 백지처럼 하얗게 지워지고 말았다. 정말 하얗게.

선우에게 미안한 마음이 드는 것도 잠시, 지은은 입을 틀어막았다. 선우와의 관계를 향료연구팀 전원이 알고 있다. 그가 수석 연구원으로 부임한 지는 얼마 되지 않았지만 그도 알고 있었을 거다.

"어떡해……. 어떡해, 인하 씨……."

그에게 선우와 계속 관계를 이어 가고 있다고 말하지 않았지만 선우와 헤어졌다고 말하지도 않았다. 고의적으로 그에게 선우와의 헤어짐을 숨긴 건 아니지만 결과적으론 숨긴 게 돼 버렸다. 이런 상태로 그에게 고백까지 해 버렸다. 그런데도 그는 안아 주었다. 같이 울어 주었다. 다른 남자가 있는 여자를.

나는 그에게 대체 무슨 짓을 한 걸까.

몸이 부들부들 떨렸다. 울음이 터져 나오려는 걸 간신히 두 손으로 틀어막았다.

'정신 차려, 한지은. 울고 있을 때가 아냐. 지금이라도 말해야 해.'

지은은 2층으로 올라가 꺼내 두었던 옷으로 갈아입고 거울을 들여다보았다. 거울 속엔 긴장 속에 설렘이 가득했던 여자는 온데간데없고 겁에 질려 새하얗게 얼굴이 뜬 여자만이 자리하고 있다.

파우더를 집는 손길이 바람에 속절없이 흔들리는 나뭇가지처럼 바들바들 떨려 왔다. 3분이면 될 걸 배의 시간을 투자해 덧바른 립글로스를 내려놓는데 휴대폰이 진동했다. 지은은 그 작은 진동에 놀라 엉덩이를 들썩이고 휴대폰을 들었다.

"네."

—집 앞에 도착했는데. 준비 다 됐나?

"네."

—그럼 나와. 시동 안 끄고 있을게.

지은은 통화가 끊긴 휴대폰을 물끄러미 바라보았다.

그는 화를 낼까. 그렇겠지. 속였다고 생각할지도 몰라.

그래도 말해야만 한다. 더 늦기 전에.

지은은 가방을 챙겨 방을 나섰다.

「월요일인 내일부터는 추위가 한풀 꺾일 것으로 보입니다. 전국이 대체로 맑은 가운데 한낮에 서울은 영하 6도까지, 남부지방은 영하 2도까지 올라갈 것으로 보입니다. 당분간은 눈 소식도 없어, 화창한 날씨가 계속되겠습니다.」

라디오에서 날씨를 알려 주는 밝은 기상캐스터의 목소리가 흘러나왔지만 무거운 차 안의 공기는 조금도 나아지질 않았다.

팽팽한 긴장감의 연속. 그가 심상치 않다.

이 차에 올라탄 지 1시간이 넘었지만 슬픈 것 같기도 하고, 화가 난 것 같기도 하고, 긴장을 한 것 같기도 한 그의 복잡한 표정은 변함이 없었다.

앞만 주시하며 운전을 하는 그를 바라보던 지은은 그의 목 언저리에 시선을 고정했다. 평소에도 그는 늘 슈트를 입었지만, 검은색 넥타이를 착용한 건 오늘이 처음이다. 그가 함께 가 주었으면 한다는 곳이 달콤한 데이트를 위한 곳이 아님을 알았지만 누구의 죽음을 애도하기 위함인지, 왜 그런 곳에 자신과 함께 가려는지는 알 수 없었다.

지은은 손에 땀이 차는 것 같아 원피스 끝자락에 손을 문질렀다. 한참 동안 손을 문지르다 보니 차는 어느새 평범한 주택가를 벗어나 공원을 지나쳐 절 입구 앞에 섰다. 사이드브레이크를 당기고 먼저 내린 그가 조수석 차 문을 열었다.

"인하 씨, 나 옷이……."

이런 곳에 올 줄은 몰랐기에 차림을 신경 쓰지 못해 망설여졌다. 그는 가타부타 말없이 손을 내밀었다. 작게 떨리고 있는 그의 손이 잡아 달라고 말하고 있는 것 같아 그의 손을 맞잡고 땅에 발을 디뎠다. 절 입구를 지나 대웅전 옆 추모관이라고 써진 곳에 걸음을 멈추고서도 그는 손을 놓지 않았다.

지은은 인상을 찌푸리며 드넓게 펼쳐진 뜰 쪽으로 고개를 돌렸다. 추모관 앞에 섰을 뿐인데 머리를 울릴 만큼 진동하는 향내에 정신이 아찔했다. 그는 동요 없이 추모관 안으로 먼저 들어가며 손을 잡아끌었다. 지은은 하는 수 없이 그를 따라 안으로 들어갔다.

“아.”

불상이 놓여 있는 공간과 문이 나 있는 곳을 제외하고 선반이 설치된 모든 벽면엔 고인들의 사진들이 가득하다. 사진들 옆 자그마한 공간엔 작은 화분이 놓여 있기도 했다.

정신을 아찔하게 하는 건 인공적인 향내가 아니었다. 죽은 자들을 그리워하는 산 자들의 향. 6년 전 엄마와 이별했던 병실의 향과 같았다.

지은은 고인의 사진을 바라보는 할머니를 바라보았다. 할머니의 눈에선 쉬지 않고 눈물이 흘러내렸다. 소리도 없는 눈물이라 더 구슬프게 느껴진다. 할머니가 바라보고 있는 고인의 사진에 시선을 던졌다.

사진 속의 고인은 세상을 등지기엔 너무 젊은 모습이었다. 얼굴 곳곳에 검버섯과 주름이 자리한 할머니와는 다르게 고인의 얼굴엔 세월의 흔적이 없었다. 나이에 상관없이 찾아오는 것이 죽음이란 걸 새삼 깨닫고 나자 살갗에 오소소 소름이 돋는다.

지은은 그에게 고개를 돌렸다. 망설임 없이 이곳으로 들어왔던 그는 마치 길을 잃은 사람 같았다. 고인을 찾아온 것임엔 분명한데, 그는 고인의 사진을 한 번에 찾아내지 못하고 벽면을 눈으로 샅샅이 훑고 있었다. 한참을 찾던 그의 시선이 한 곳에 멈춰 섰다. 여리게 떨리던 그의 손이 눈에 보일 만큼 세차게 떨렸다.

지은은 본능적으로 여기가 그의 아픔과 관련이 있는 곳이라는 걸 직감했다. 떨리고 있는 그의 손을 꽉 부여잡았다. 그가 그 손을 내려다보고 이내 손을 끌어당기며 걸음을 옮겼다.

"2년 전에 돌아가신 내…… 어머니야……."

그의 목소리가 낮다. 지은은 뭐에 홀린 듯 영정 사진으로 느릿하게 고개를 돌렸다.

예쁜 분이었다. 2년 전이라면 그가 32살 때인데, 32살의 장성한 아들을 두었다고 믿기 힘들 만큼 고운 분이었다.

왜 이곳에 날 데리고 온 건지, 왜 엄마를 그런 시선으로 바라보고 있는 건지 묻고 싶은 말이 너무 많았지만 모든 말들이 목에 걸려 뱉어지지가 않았다. 그 모든 질문들을 거리낌 없이 쏟아 내기엔 그는 너무 아파 보였고, 슬퍼 보였고, 괴로워 보였다. 그 모든 감정을 터트리지 않기 위해 그는 안간힘을 쓰고 있었다.

"……20년 전, 내 어머니는 나와 내 아버지를 버리고 한 남자를 따라 한국으로 가셨어. 어머니가 원하는 부분을 자신이 채워 줄 수가 없기 때문에 떠난 어머니를 용서해야 한다는 아버지의 말을 그땐 이해하기 힘들었다. 아버지의 말을 이해하게 된 건 10년쯤 지나서였어."

그의 과거. 아픈 그의 얘기…….

"21살의 어린 여자가 38살의 남자와 사랑을 했고, 결혼을 했고, 아들을 낳았고, 얼마간은 행복했겠지. 하지만 아들이 14살이었을 때 어머니의 나이는 겨우 35살이었어. 내 어머니는 남편과 아들이 있었음에도 욕구를 채워 줄 수 있는 남자를 거부할 수 없었던 거야."

그는 잠시 숨을 골랐다. 지은은 흥건하게 땀이 찬 손을 꽉 움켜쥐었다.

"가족이 함께 사는 집에 사내를 끌어들인 어머니를 용서할 수가 없었다. 하지만 무엇보다 용서할 수 없었던 건, 매일같이 사랑한다는 말로 아버지와 날 안심시켜 놓고 떠나 버린 어머니였어. 아버지와 나를 떠난 그 순간, 어머니는 14년 동안 매일같이 해 왔던 사랑한단 말이 거짓이었다는 걸 나에게 확인시킨 셈이었지. ……그래서 나한텐 누군가에게 사랑을 말한다는 게 세상에서 제일 힘든 일이야."

모든 감각이 마비된 것 같았다. 죽은 자들을 그리워하는 산 자들의 향이 맡아지지도, 커다란 금색의 불상이 보이지도 않았다.

얼마나 괴로웠을까. 얼마나 아팠을까.

14살, 그가 지옥 같은 시간을 보낼 때 자신은 매일 아침마다 엄마의 따뜻한 배웅을 받으며 아빠가 태워 주는 차를 타고 학교에 갔었다. 중학교 졸업식 때의 사진에도, 고등학교 졸업식 때의 사진에도, 항상 왼편에는 엄마가 있었고 오른편엔 아빠가 있었다.

엄마가 그리워 가끔 사진첩을 들춰 볼 때도 그게 축복받은 일이라고 생각하지 못했다. 꽃다발을 들고 환하게 웃으며 서 있는 자신의 양옆에 엄마와 아빠가 서 있는 건 너무 당연한 거였다.

하지만 중학교 졸업식 때도, 고등학교 졸업식 때도 그의 왼편엔 차가운 바람이 불었을 것이다. 분명 그에게도 따뜻한 엄마의 사랑이 필요했을 텐데. 엄마를 잃어버리고 모든 것을 혼자 감당해야만 했을 그의 고통은 감히 짐작조차 되지 않았다.

영정 사진을 보며 구슬프게 눈물을 흘리던 할머니가 추모관을 빠져나갔다. 주위가 깊은 잠에 빠진 듯 고요해졌다. 그에게 모든 오감이 쏠린다. 그는 다 큰 성인이 돼서도 낙인처럼 달라붙은 아픈 기억을 홀로 감당하고 있었다.

"14살 이후로 누구한테든 한 번이라도 아프다고 말해 본 적 있어요? 울어 본 적, 있어요?"

그의 동공이 작게 흔들렸다. 지은은 까치발을 들고 두 팔로 최대한 그의 너른 어깨를 끌어안았다.

"아프다고 말해도 돼요. 울어도 돼."

꼿꼿하기만 하던 그가 천천히 어깨로 얼굴을 묻어 왔다. 허리를 끌어안은 그의 팔이 약하게 떨리고 있다. 이 아픔을 내보이기까지, 그에게 많은 용기가 필요했을 거라는 걸 느낄 수 있어 고마우면서도 안쓰러워 눈물이 쏟아졌다. 그의 옷깃을 꽉 부여잡자 그가 고개를 들었다. 눈물을 훔쳐 주는 손길이 너무 다정해 더 감정이 복받쳤다.

"……울지 마. 너만 있으면 난 아프지 않아. 울지 않을 수 있어. 너만 있으면."

촉촉하게 젖어 있는 그의 목소리가 마음을 애달프게 만든다. 그 마음을 위로하듯, 절 어디에선가 희미하게 종소리가 울려 퍼졌다.

추모관을 나와 수도사 앞에 있는 공원으로 이동했다. 울어서 붉어진 눈으로 애써 웃으며 여기까지 나왔는데 공원이라도 둘러보고 가자고 그녀가 제안했기 때문이다.

인하는 일요일 낮인데도 한적하기만 한 공원을 전체적으로 둘러보다 그녀에게 시선을 돌렸다. 나무 벤치의 사사로운 낙서를 유심히 바라보고 있는 그녀는 보물을 발견한 아이처럼 눈을 빛냈다. 말은 안 해도 향료연구팀 업무에 프로젝트팀 일까지 해내고 있는 터라 외부로 나올 시간이 없어 내심 답답했던 모양이다. 눈동자를 이리저리 굴리던 그녀가 한 곳에 시선을 멈추고 팔을 잡아당겼다.

"이거 봐 봐요."

그녀가 가리킨 곳엔 '아영아, 돌아와. 난 너 없으면 죽어.' 라고 쓰여 있었다. 메시지는 꽤나 비장한데 정작 글씨체는 그냥 낙서로 보일 만큼 성의가 없었다.

"되게 많이 좋아했나 봐. 그쵸?"

"그런가 보네."

그녀가 시선을 맞춰 오며 뾰로통하게 쏘았다.

"무슨 대답이 그렇게 성의 없어요?"

"남의 연애사엔 관심 없으니까."

"공원은 원래 이런 소소한 재미를 즐기는 건데. 낙서에도 장르가 다양해요. 로맨스에 관심 없으면 뭐에 관심 있어요? 코믹? 액션? 인하 씨가 즐거울 만한 얘기, 내가 찾아 줄게요."

그녀는 다시 벤치의 낙서를 훑기 시작했다. 꽤나 진지한 얼굴이었다.

"한지은."

"네?"

그녀가 대답을 하고는 눈을 동그랗게 뜨며 시선을 맞춰 왔다. 인하는 벤치에 기대앉아 그녀의 손을 끌어 옆에 앉혔다. 여전히 그녀는 왜 불렀냐는 얼굴이다.

"뭐에 관심 있냐며. 물어서 대답한 거잖아. 내 관심 장르는 한지은이라고."

그녀의 머리카락 사이로 손을 집어넣었다. 아침 이슬을 머금은 것처럼 보드랍고 촉촉한 머릿결이 손가락 사이를 감는 감촉이 썩 좋았다. 살짝 머리카락을 들추자 발개진 볼 옆으로 볼보다 조금 더 붉은 귀가 은밀하게 모습을 드러냈다. 붉어진 귀를 의식한 듯, 그녀가 손을 밀어내고는 재빨리 머리카락으로 귀를 가렸다.

그 모습이 귀엽게도 보이지만 앙큼하게도 보여, 그녀의 허리를 들어 허벅지 위에 앉혔다. 그리고 움직이지 못하도록 허리를 두 팔로 단단하게 감았다. 작게 뒤척이던 그녀가 이내 단념하고 고개를 숙였다.

"한지은."

"알아들었어요. 관심 장르. 그만 말해요."

"이번엔 부른 건데. 그런 뜻으로만 듣고 싶은 건가?"

그녀가 새치름한 표정으로 눈을 흘긴다. 하지만 그것도 잠시, 발갛게 얼굴이 달아오르는 걸 스스로도 느끼는지 다시 고개를 숙이고 손으로 얼굴을 가렸다. 웬만하면 참아 보려고 했는데 자꾸 밖으로 웃음소리가 새어 나왔다. 하하, 웃어 버리자 그녀는 항의를 하듯 몸을 뒤척인다.

연구원으로서의 한지은에겐 적당히 거리를 두는 사무적인 얼굴 하나였는데, 여자 한지은에겐 참 여러 가지 얼굴이 숨겨져 있었다. 때론 이런 면도 있었나 놀랄 만큼 당황을 하고, 때론 귀엽게 얼굴을 붉히고, 때론 요염한 표정으로 유혹을 해 오기도 한다. 그녀에겐 또 어떤 모습이 숨겨져 있을까. 그녀의 새로운 모습과 만날 때마다 독점욕이 눈덩이처럼 커져 간다.

그녀의 얼굴을 가리고 있는 두 손을 부드럽게 떼어 내려 하자, 그녀가 조금 강하게 몸을 흔들며 저항을 했다.

"붉어도 예쁘니까 나 좀 봐. 응?"

주춤주춤 망설이던 그녀가 천천히 손을 내렸다. 인하는 그녀의 볼을 살며시 쓸어내리며 눈을 맞췄다.

"사랑, 평생 말 못 해 줄지도 몰라. 그래도 지은아, 널 갖고 싶어 하는 내 마음이 욕심이라고 해도 어쩔 수 없어. 널 다른 남자와 공유하고 싶지 않……."

"잠깐! 잠깐만요."

급하게 외침과 동시에 그녀는 손바닥으로 입까지 막았다. 원치 않게 입을 봉인당한 인하는 일단 제지 없이 그녀를 지켜봤다. 방금 전까지만 해도 반짝반짝 빛나던 그녀의 눈동자가 처연하게 내려앉았다. 입을 막고 있는 그녀의 손을 떼어 내려 하자 그녀가 단호하게 고개를 저었다.

"나부터요. 내가 먼저 말하게 해 줘요."

이 타이밍에 입막음을 당한 게 썩 마음에 들진 않지만 그녀의 태도가 너무 강경해 고개를 끄덕였다. 그제야 그녀는 입을 막았던 손을 거뒀다. 하지만 그녀는 곧바로 입을 열지 않았다. 망설이며 주저한다기보다 어떻게 시작을 해야 할지 난감해하고 있다는 느낌이었다.

무엇이 그녀를 난감하게 만드는 걸까. 머릿속으로 수많은 생각이 지나간다. 그중에 가장 불길한 추측이 마음을 헤집는다.

따뜻한 여자니까, 내 아픔이 감당하기 힘들어서 그 짐까지 떠안고 싶지는 않다고. 함께할 수는 없다고 말하려는 건 아니겠지.

한쪽의 사랑만으로는 남녀가 함께할 수 없다. 한쪽이 아무리 열렬히 사랑을 갈구해도 한쪽이 더 이상 원하지 않게 되면 결국 남는 건 치유되기 힘든 마음의 상처뿐이다.

아버지의 사랑이 그러했다. 이혼 서류만 남겨 두고 떠난 어머니를 아직도 잊지 못하는 아버지의 지독한 사랑은 하지 않는 것이 더 나았을 만큼 비극이었다. 몸은 살아 있지만 마음이 죽어 겨우 숨만 쉬는 인생. 한 여자를 사랑한 대가치고는 너무 가혹했다.

그런 아버지를 보며 언젠가 누군가를 마음에 담게 되도 마음을 전부 내어 주진 않겠다고 다짐했다. 마음이 텅텅 비어 버린 채로 평생을 살아 내야 하는 짓 따윈 절대로 하지 않겠다고 다짐했다.

하지만…….

피는 물보다 진하다고 했던가. 이미 그녀에게 마음 전부를 내어 줬다. 저항할 새도 없었다. 정신을 차리고 보니 이미 마음은 제 것이 아니었다. 의식도 못 할 만큼 자연스럽게, 그녀는 모래를 적시고 다시 물러나는 파도처럼 마음을 밀고 들어왔다.

이미 내 전부가 되어 버린 그녀를 잃게 되면 난……. 아버지가 그랬던 것처럼 마음이 텅텅 비어 버린 채로 살아 내야 할 것이다.

만약 그녀가 함께할 수는 없다고 말한다면 난 어떡해야 할까. 놓아 줘야 하는 걸까. 사랑이라는 이름으로 아버지가 어머니를 보내 줬듯, 나도 그녀를 보내 줘야만 하는 걸까.

젠장.

그녀의 허리를 안은 팔에 힘이 들어갔다. 힘을 느낀 그녀가 어깨를 들썩거리며 급하게 말을 쏟아 냈다.

"일부러 말 안 한 건 아니에요. 어떻게 그런 걸 잊고 있을 수가 있나, 이해가 잘 안 될지도 모르지만 정말 나도 까마득히 잊고 있었어요. 그래서 말 못 한 거예요. 정말이에요."

뭘 잊고 있었고, 뭘 말하지 못했다는 거지? 전혀 알아들을 수가 없어 조급함이 일었지만 짓이겨지고 있는 입술부터 빼내 줘야 할 것 같았다. 손을 올려 그녀의 입술을 매만졌다.

"알았어. 알았으니까 입술은 짓이기지 마. 상처 나는 거 싫어."

"내가 무슨 말을 하든 정말 받아들여 줄 수 있어요?"

"그래."

날 떠나겠다는 말만 하지 않는다면 뭐든. 뱉고 나면 혹시 현실이 될까 겁이 나 뒷말은 삼켰다. 그녀가 낮게 중얼거리듯 말했다.

"……헤어졌어요. 만나던 그 사람이랑……. 최근에 헤어진 게 아니라 좀 오래전에. 언젠지 정확히 기억은 안 나지만 제주도 세미나 전이에요."

"……뭐?"

기분이 이상하다. 허공에 몸이 떠 버린 것처럼 정신이 몽롱했다.

수많은 생각 속에 이런 가설은 없었다. 입을 막아야 할 만큼 그녀가 급하게 해야 할 말은 어머니에 대한 것뿐이라고 생각했다.

너무 미워하지 않았으면 좋겠다든가, 그래도 어머니이니 용서를 해야 한다거나 하는 부류의 가설은 긍정적인 가설. 과거에 얽매여 사랑한단 말도 못 하는 당신 사랑이 정말 사랑이긴 하냐라거나, 감당할 수 없으니 우리 관계는 여기까지만 이어 가자는 부류는 부정적인 가설이었다.

헤어짐은, 그녀와 남자와의 이별은 꿈에도 생각지 못한 일이다. 거울을 보지 않아도 자신은 분명 얼빠진 표정을 하고 있을 거였다. 그 표정을 초조하게 바라보던 그녀가 급하게 덧붙였다.

"어떻게 그런 걸 잊었냐고 하면 그동안 당신한테 정신없이 빠져서 그 사람의 존재를 까마득히 잊었다, 라고밖에 설명 못 하지만 정말이에요. 간을 볼 목적이었다거나, 인하 씨 마음을 믿지 못해서 얘기 안 한 게 아니에요. 정말 그런 게 아니에요……. 인하 씨를 좋아……한단 말도 진심……이었어요."

그녀는 톡 건드리기만 하면 금방 울음이라도 터트릴 것 같았다. 이렇게나 두려운 건가. 간을 봤다고 생각하고, 믿지 못한 거라고 생각할까 봐?

그녀는 연구원으로서는 유능한 연구원이지만 남자 앞에 여자로 설 때는 그다지 유능하지 못했다. 남자를 홀릴 매력은 충분히 가지고 있지만, 간을 볼 생각을 할 만큼 연애에 능수능란한 여자는 아니었다.

자신의 감정엔 솔직한 편이지만, 믿지 못하고 마음도 없는 남자에게 좋아한단 말을 할 수 있을 만큼 쉽게 마음을 보여 주는 여자도 아니었다.

차가운 바람에 살짝 얼어붙은 그녀의 볼을 어루만졌다. 보드라운 살의 감촉이 손에 닿자, 손끝이 저리다. 따뜻함이 손을 타고 전신으로 빠르게 번져 갔다. 그 순간, 바람도 멈췄다. 시간이 멈춘 것 같은 착각이 인다.

"두려워하지 마. 그런 오해 하지 않으니까. 한지은 믿어."

"정말…… 정말 믿어 주는 거예요?"

이번엔 그녀가 얼이 빠졌다. 그녀의 안에서도 긍정적인 가설과 부정적인 가설이 뒤섞여 그녀를 괴롭혔던 모양이다. 인하는 바람에 날리는 그녀의 옆머리를 귀 뒤로 넘겨 주었다.

"헤어졌다고 나에게 말해 준 거, 이제 후회해도 소용없어."

"무슨 뜻이에요?"

14살 그날 이후, 앞으로 어떤 인생을 살든 아버지, 어머니, 그 남자. 세 부류 같은 인생은 절대로 살지 않겠다고 스스로를 세뇌시켰다. 어머니도 증오스러웠지만, 아들과 남편이 함께 살고 있는 여자의 집 앞에서 버젓이 사랑을 속삭이던 남자도 마찬가지로 증오스러웠다.

하지만 그녀를 만나면서 다짐이 무너졌다. 애인이 있는 그녀에 대한 마음을 누르고 또 눌렀지만 완전히 누르지 못했다. 과거의 굴레, 도덕적 관념이 그녀의 살내음을, 그녀의 말간 눈동자에 상사로서가 아니라 남자로 담겨 보고 싶은 욕망을 이기지 못했다.

그녀에게 남자로 다가가기까지, 시작도 힘들었지만 수시로 불쑥불쑥 끼어드는 애인의 그림자와 언제 그녀가 돌아설지 모른다는 불안감 때문에 더 힘이 들었다.

그럼에도 불구하고 그녀에게 애인에 대해, 그녀의 마음에 대해 묻지 못했던 건 나를 다 보여 줄 자신이 없었기 때문에.

그런데 애인의 그림자가 신기루였단다. 물었어야 했는데, 그랬다면 좀 더 일찍 함께할 수 있었을 텐데, 하는 뒤늦은 후회.

그녀와의 관계에서 유일한 오점이었던 시작마저 깨끗한 상태였던 거라면 이제 더 이상 망설일 이유가 없다. 망설이기 싫다.

"이제 한지은은 도망 못 간다는 뜻. 너만 볼게. 내 손 잡는 거 후회 안 하게 할게. 나에게 와, 한지은."

그녀의 양 볼이 복숭아처럼 분홍빛으로 물들었다. 수줍게 웃던 그녀는 목에 팔을 감아 왔다. 목 언저리에 그녀가 얼굴을 묻으며 속삭였다.

"응. 갈게. 인하 씨한테 갈게."

공원을 빠져나와 집으로 돌아가는 길, 차 안은 뜨거운 열기로 가득했다. 손을 지분거리고, 다리를 어루만지고. 살과 살이 접촉할 때마다 점점 온도가 높아져만 갔다.

달칵, 현관문이 소리 나게 닫히자마자 누가 먼저랄 것도 없이 서로에게 달라붙어 옷을 벗겨 내었다. 뜯어 낼 기세로 셔츠의 단추를 풀고 지퍼를 내리고. 속옷만 남기고 바닥에 모든 옷이 떨어지자마자 입술이 맞닿았다. 혀와 혀가 얽히고 식도를 타고 타액이 넘어간다.

숨이 거칠어지고 공기가 빠르게 순환하기 시작했다. 그의 입술이 그녀의 턱으로, 목으로, 가슴으로 넘어갔다. 잘 다듬어진 얇은 그의 머리카락이 그녀의 볼록한 가슴 위를 가볍게 두드린다. 아직 냉기가 남아 있는 머리카락의 감촉.

허리가 뒤틀리고, 신음이 터지고, 그의 어깨를 잡은 손에 힘이 들어갔다. 유륜을 지분거리는 그의 혀가 유두에 닿을 듯, 말 듯 아슬아슬하게 유영하다 빠르게 멀어졌다. 애가 탄다. 지은은 꼭 감고 있던 눈을 떴다. 그의 이마가 이마에 살포시 얹어졌다.

"어쩌지. 벌써 미칠 것 같아."

높은 온도의 열기가 피부에 녹아든다. 그의 잇새로 뜨거운 숨이 쏟아졌다. 그 뜨거움은 밖으로 새어 나가지 못하고 얼굴과 얼굴 사이에 갇혔다. 올곧고 뜨거운 시선, 이미 부풀 대로 부풀어 오른 페니스가 허벅지를 반복해서 건드린다.

지은은 그의 팬티 안으로 손을 집어넣었다. 화산처럼 뜨거운 살덩이에 손이 닿는 순간, 그가 급하게 팔목을 잡았다.

"오래 버틸 자신 없어."

"응."

나 또한, 으로 이어질 뒷말은 그의 입술에 삼켜져 버렸다. 뜨거운 질주의 시작. 등이 벽에 닿음과 동시에 그가 팬티를 벗기고, 한쪽 다리를 받쳐 들고, 빠르게 안을 가르고 들어왔다. 몸과 마음도 이제 하나가 됐다는 끔찍한 만족감이 몸을 물들인다. 발끝에서 머리끝까지 온통 그로 채워진 것 같다.

감당하기 버거운 쾌감에 몸이 바들바들 떨렸다. 그의 어깨를 잡고 숨을 헐떡였다. 그의 혀가 목을 핥고, 손은 가슴을 뭉개듯 주무르고, 다리 사이의 여린 살점을 자극했다. 빠져나갔다 다시 밀고 들어오는 속도가 점점 빨라졌다.

이윽고 찾아온 절정의 순간, 카메라 플래시가 터지듯 눈앞에서 빛이 터졌다. 눈이 부셔 눈을 뜨고 있을 수가 없었다. 눈을 감자, 땀에 젖은 그의 살이 틈 없이 밀착한다. 꼭 끌어안고 등을 쓰다듬어 주는 그의 손길이 그가 밀고 들어왔던 순간만큼 내밀하다. 정수리에 그의 턱이 살포시 닿았다.

"약속할게. 너뿐이야. 내 마음에 들어온 사람, 앞으로 내 마음 속에 있을 사람. 한지은 하나야."

따뜻함이 온몸을 휘감는다. 그를 꼭 끌어안았다.

나 역시 당신뿐이야. 지금도, 앞으로도.

해가 달에게 자리를 비켜 줘야 할 시간이었다. 노을이 하늘을 붉게 물들이고, 한 몸이 되어 붙어 있는 두 사람을 질투하듯 훑었다.

12. 사내 연애

간부 회의는 늘 지루하고 따분하다. 매주 지치지도 않고 로봇처럼 틀에 박힌 말만 해 대는 간부들 틈에 장장 2시간이나 붙들려 있었다. 심신이 피로했다.

회의실을 빠져나오며 얼굴을 쓸어내리던 인하는 휴대폰 진동을 느끼고 주머니에서 휴대폰을 꺼냈다. 발신자가 표시되는 액정엔 이름 대신 꽤 긴 숫자가 떠 있었다. 하지만 이런 번호로 전화를 걸어 올 상대는 딱 한 사람뿐이라 굳이 유추할 필요도 없었다. 인하는 잠시 고민하다가 휴대폰을 귀에 붙였다.

"왜."

—무슨 인사가 그래? 20년 지기 친구 서운하게!

한국은 낮 12시가 넘은 시각이니 시카고는 지금 한밤중일 텐데, 대낮보다 더 당찬 이 목소리는 밤도 없나 보다. 켈리의 쩌렁쩌렁한 목소리에 고막이 울리는 것 같았다. 인하는 휴대폰을 귀에서 떨어뜨렸다가 다시 붙였다.

"국제전화까지 한 용건이 겨우 인사를 듣기 위해서라면 끊어. 바빠."

—자, 잠깐! 있어! 할 말 있어서 전화한 거라고.

정말 전화를 끊으려던 인하는 켈리의 다급한 외침에 다시 휴대폰을 귀에 붙였다.

"3분 주지."

—칫! 쩨쩨하긴. 인하, 저기…… 상자 말이야. 열어 봤어?

어쩐지 위화감이 들어 피하고 싶더라니, 이거였나. 호기심에 관해선 둘째가라면 서러울 켈리이니 대답을 들을 때까지 집요하게 물어올 거다. 인하는 대충 얼버무리려던 생각을 접고 순순히 대답했다.

"그래."

—열어 봤어? 정말? 그래서? 그래서 어떻게 됐어?

인하는 왼쪽 관자놀이를 누르며 벽에 몸을 기댔다. 어떻게 됐냐니. 어머니의 유품을 확인했다고 해서 크게 달라진 건 없었다. 여전히 어머니를 용서할 수 없고, 그녀와 마주 보게 됐지만 사랑한단 말은 해주지 못했다. 다만…….

"20년 동안 난 내가 어머니의 자식이란 걸 부정했었다. 성격, 습관, 음식 성향, 어느 것 하나 어머니를 닮은 게 없다고 생각했어. 사람들은 내 외모가 어머니와 판에 박은 듯 닮았다고 말했었지만 난 그것마저 부정했었지. 그런데 처음으로 인정했다. 난 그분의 자식이 맞더군. 빌어먹게도 광기가 닮았어. 자식과 남편을 버리고 다른 남자를 선택한 어머니나, 다른 남자가 있는 줄 알면서 달려들었던 나나 미친 건 마찬가지였으니까. 그래서 어머니를 용서할 수는 없어도 이해는 했다."

—와우. 엄청난 발전이네. 인하에겐 지은이 의사구나? 마음의 병을

치료해 주는.

의사라……. 그럴지도 모른다. 어머니를 이해하게 된 건, 그녀가 한 번이라도 아프다고 말해 본 적 있냐며 작은 몸으로 안아 주던 순간이었다. 내 치부 같은 아픔이 그녀에게도 전이가 된 것 같아 속이 상하면서도 위로가 되었다.

타인의 아픔이 제 아픔인 것처럼 울어 주던 그녀의 모습이 아직도 생생하다. 가슴을 간질거리는 따듯한 바람이 불어왔다. 체온을 뺏어갈 만큼 시리도록 차가웠던 벽이 더 이상 차갑게 느껴지지 않았다.

그녀가 보고 싶다.

간부 회의에 들어가기 전에 12시에 구내식당에서 만나자고 문자를 보냈었는데 회의가 늦게 끝나는 바람에 지체되고 말았다. 그녀가 밥을 다 먹고 일어나기 전에 서둘러 식당으로 가야 한다는 생각이 들자 마음이 조급해졌다. 인하는 벽에서 등을 떼고 식당 쪽으로 몸을 틀었다.

"3분 지났다. 더 묻고 싶은 게 있어도 다음에 해. 끊는다."

급하게 스톱을 외치는 켈리의 목소리를 무시하고 통화를 종료시킨 인하는 빠른 걸음으로 식당으로 향했다.

지은은 밥을 입에 집어넣다 옆 테이블을 힐끔거렸다. 12시에 구내식당에서 보자더니, 20분이나 지나서 식당에 나타난 그는 연정에게 앞자리를 뺏기고 홀로 식사를 하고 있는 중이었다. 간부 회의가 늦게 끝났다는 문자를 받았지만, 일 때문이니 어쩔 수 없다고도 생각하지만 괜히 그가 야속했다. 지은은 다시 옆 테이블을 힐끔거렸다.

"옆 테이블은 왜 자꾸 쳐다봐. 부장님 식사하시는 거 처음 봐?"

연정이 수상하다는 눈으로 직격타를 날렸다. 도둑이 제 발 저리다고 괜히 속마음을 들킨 것 같아 지은은 식판으로 고개를 내렸다.

"부장님 본 거 아니에요. 그냥 오늘은 유난히 식당에 사람이 많다 싶어서요."

"으흠, 그래? 근데 지은 씨 오늘 밥 먹는 속도가 유난히 느리네? 밥 양도 다른 날보다 적은데."

"내가 그래요?"

"응."

연정은 이미 한참 전에 식사를 끝낸 상태였다. 남은 거라고는 앞에 앉은 사람을 기다려 주는 따분한 일밖에 없는지라 연정의 눈이 평소보다 더 집요했다. 더 이상 속도를 늦춰서 먹다간 눈치 빠른 연정에게 영락없이 들켜 버릴 것 같았다.

지은은 밥 먹는 속도를 본래대로 되돌렸다. 의식적으로 시선을 연정과 식판에만 고정하며 밥을 거의 다 비워 냈을 때, 식판에 그림자가 드리워졌다.

"오랜 만이야, 지은 씨."

익숙하지 않은 여자의 목소리인데 아주 낯설지가 않았다. 언젠가 들어 본 적 있는 것 같은 느낌이다 싶어 고개를 드니 입사 동기인 효선이었다. 효선과 입사 동기이긴 하지만 본사 상품 기획부 소속인 효선과는 마주칠 일이 거의 없었다.

별로 달갑지 않은 얼굴인데, 왜 연구소에서까지 마주친담.

"그러게. 오랜만이네. 연구소엔 어쩐 일이야?"

"1월에 출시될 신상품에 유해 성분인 프탈레이트를 제외시키면 좋겠다는 의견이 나와서 제외가 가능한지 연구2팀과 회의하고 내려오는 길이야. 마침 점심시간이라 식사 해결하고 돌아가야 할 것 같아서."

"그래. 그럼 식사 맛있게 하고 조심히 돌아가."

"매정하네. 연구소엔 아는 사람도 없는데 같이 먹잔 말도 안 하고. 앉아도 될까요?"

효선은 말은 자신한테 걸어 놓고 동의는 연정에게 구하고 있었다. 지은은 무슨 태도가 이런가 싶어 헛웃음이 나왔다. 효선은 아랑곳 않고 연정이 고개를 끄덕이자마자 냉큼 옆자리에 앉아 버렸다. 어쩐지 별로 예감이 좋지 않았다.

만나면 반갑게 인사는 나누었던 효선과 틀어진 건, 올해 하계연수 때 선우와 같이 있는 걸 효선에게 들킨 이후였다.

선우와 단둘이 있긴 했지만 사내 커피숍에서 커피를 마시고 있었을 뿐인데, 효선의 시선이 지나치게 매서웠다. 그것이 이상해 선우에게 이유를 아냐고 물었었다. 그러자 선우는 효선에게 고백을 받아 이미 만나는 사람이 있다고 거절했는데, 효선이 상관없다는 듯 꽤 집요하게 접근을 해 와 난감한 상황이라고 털어놓았다.

웬만해선 남 얘기를 잘 하지 않는 선우가 난감이란 표현까지 쓰는 것을 듣고 놀랐었는데, 난감하다는 선우의 말을 이해하고도 남을 만큼 효선은 연수 내내 매서운 눈빛을 쏘아 댔다. 지은은 남의 남자를 뺏은 것도 아닌데 그런 시선을 받을 이유는 없다 싶어, 효선의 눈빛에 지지 않고 맞섰다.

그 이후로 효선과는 입사 동기에서 소리 없는 신경전을 펼치는 사이로 바뀌게 된 것이다. 하지만 항상 눈으로만 싸움을 했지, 서로 말을 건 적은 없었다. 그런데 이번엔 무슨 꿍꿍이인지. 연정이 고개를 숙이며 작게 물어 왔다.

"누구?"

"본사 상품……."

"본사 상품 기획부 소속 이효선이에요. 지은 씨랑은 입사 동기구요."

"아, 네……."

말을 싹둑 잘라먹는 효선의 태도에 연정도 당황했는지 이 여자 뭐냐는 눈짓을 보내왔다. 지은은 인상을 찡그리며 효선이 보지 못할 정도로 작게 고개를 저었다. 그때 효선이 밥을 뜨다 말고 아, 하고 추임새를 내뱉었다.

"맞다. 나 일요일에 선우 씨 봤어. 제이 호텔 커피숍에서. 여자랑 둘이 있었는데 분위기가 아무래도 묘하다 싶어서 아까 선우 씨한테 물어보니까 선보는 중이었다더라. 너랑 선우 씨는 언제 끝난 거니?"

"끝나? 본사 그이랑 헤어졌어, 지은 씨?"

개개인의 사생활만큼 빨리 퍼지는 소문도 없는지라 회사 사람들이 선우와의 이별을 알게 되는 건 시간문제라고 생각하긴 했지만 너무 갑작스럽다. 게다가 그게 효선의 입을 통해서일 줄은 몰랐다.

예고도 없이 들이닥친 갑작스런 상황이라 지은은 당혹스러웠다. 그나마 그에게 먼저 말하고 난 후에 효선이 나타났으니 불행 중 다행이라 생각해야 할까. 효선도, 연정도 집요한 구석이 있는 사람들이라 피할 수 있을 것 같지 않아 지은은 마지못해 대답했다.

"그렇게 됐어요."

"내 직감엔 좀 된 것 같은데. 선우 씨, 헤어지고 바로 선 자리에 나갈 만큼 정 없는 남잔 아니잖아. 맞니?"

"어제 그제 헤어진 것도 아니고 정말 좀 된 거야?"

주위가 점점 조용해졌다. 몰아붙이는 두 사람의 목소리가 점점 커지면서 앞 테이블에서 식사를 하고 있던 오 과장 무리까지 시선을 던졌다. 눈에 호기심이 깃들어 있는 것을 보니 들은 모양이었다. 그 시선을 연정도 보았는지, 더 묻지 못하고 입을 다물었다. 하지만 효선은 멈추지 않았다.

"아니다. 언제보다 왜가 중요하지. 왜 헤어진 거니? 그렇게 죽고 못 살더니. 결혼한다 그랬잖아."

남 연애하다 헤어진 얘기에 무슨 관심이 이렇게 많은 건지. 언제, 어떻게, 왜 헤어졌는지 나불나불대는 건 과거를 함께했던 선우에게도, 현재를 함께하고 있는 그에게도 예의가 아니었다. 그래서 입을 다무는데 효선의 물음은 끝이 없었다. 누가 먼저 헤어지자고 했냐, 연락도 안 하는 거냐, 등등등…….

지은은 할 수만 있다면 효선의 입을 막아 버리고 싶었다. 아무래도 한동안 연구소 내의 화제 중 하나는 향료연구팀 한지은이 본사 상품기획팀 장선우와 연애를 하다 1년 만에 헤어진 이유에 대한 각종 추측들이 될 것 같았다.

언젠가는 퍼질 얘기였고, 사람들이 뭐라 떠들든 크게 상관없지만 그에게 미안했다. 그와 이제 막 시작을 한 참인데, 전 애인과의 이별 이유 같은 걸 그가 듣게 될 거라는 게 속상했다.

"대리님, 저 먼저 일어날게요."

선우와 연애를 하며 있었던 일이나 감정에 대해 옆 테이블에 앉아 있는 그가 더 이상 듣게 해서는 안 될 것 같았다. 연정에게 양해를 구하고 엉덩이를 떼는데, 효선이 팔을 붙들었다.

"가긴 어딜 가. 얘기해 주고 가야지."

예나 지금이나 집요한 건 여전하다. 팔을 비틀어 빼내 보려는데 뭘 먹었는지 힘이 장사였다. 더 이상은 참을 수가 없어 한 마디 쏘아붙이려는데 테이블에 그림자가 졌다. 고개를 돌려 보니 그가 서 있었다.

"한지은 대리, 식사 다 했나?"

대답을 하려는데, 효선이 한 박자 빨랐다.

"향료연구팀 강인하 부장님, 맞으시죠?"

갑자기 팔에서 손을 뗀 효선이 벌떡 일어나 그를 향해 환한 웃음을 지어 보였다. 그제야 그의 시선이 효선을 향했다.

"저 상품 기획팀 이효선이에요. 일전에 3분기 업무 보고 있던 날 자료 카피 부탁하셔서 해 드렸는데. 기억하세요?"

"기억합니다."

"어머, 영광이에요. 식사 다 하시고 벌써 일어나시나 봐요. 저 오늘 커피 한 잔도 못 마셨는데. 괜찮으시면 커피 한 잔 같이 해요."

"그럴 이유가 없으니 사양하겠습니다. 커피 자판기는 1층 정문 앞에 있습니다."

민망함과 수치심이 뒤엉켜 효선의 얼굴이 발갛게 달아올랐다. 흥미롭다는 눈으로 바라보고 있던 연정이 입을 가리며 재빨리 고개를 숙였다. 지은도 웃음이 나오려는 걸 겨우 참아 냈다. 그는 내 알 바 아니라는 듯 태연하게 효선에게서 시선을 갈무리했다.

"한지은 대리, 식사 다 한 것 같은데 잠깐 나 좀 보지."

"네, 부장님."

대답을 듣고 그가 돌아서자 효선이 핑크색 립스틱을 칠한 입술을 짓이기며 눈을 흘겼다. 효선의 눈은 마치 네가 뭔데 내가 가져야 할 시간을 대신 차지하냐고 묻는 것 같았다. 종로에서 뺨 맞고 한강에서 눈 흘기는 격이다. 어이가 없어 허탈한 웃음이 나왔다.

얼마 전만 해도 선우더니, 그새 갈아탄 건가?

갈아타든 유지하든 알 바 아니지만 그를 바라보는 눈빛이 마음에 들지 않는다. 옷깃만 스쳐도 인연이라는데, 이쯤 되면 효선과는 인연이 아니라 악연이다 싶었다. 지은은 효선을 차가운 시선으로 바라봤다.

"넌 이런 게 재밌니? 너란 애, 정말 질린다. 앞으로 우리가 다시 마주쳐도 너, 두 번 다시 알은척하지 마. 이건 경고야."

이렇게 쏘아붙일 거라고는 예상 못 했는지 놀란 얼굴이 된 효선을 뒤로하고 그의 뒤를 좇았다. 잔반통에 쏟아 내는 음식물의 양을 보니 그는 식사도 거의 못 한 것 같았다. 아직 점심시간도 제법 남았는데……. 왜 식사를 하다 말았냐고 물으려다 문득 스치는 생각에 입을 닫았다. 지은은 그의 뒤에 바짝 달라붙었다.

"혹시 일부러 그랬어요?"

"뭘 말이지?"

"방금요."

"음."

미묘한 대답을 하고 등을 돌린 그의 귀가 살짝 붉어졌다. 은근히 귀여운 남자. 둘만 있게 되면 뽀뽀라도 해 줘야지.

커피 두 잔을 뽑아 들고 그와 옥상으로 올라왔다. 한겨울의 옥상은 가혹한 추위를 선사하는 곳이지만 사람들의 눈을 피해 그와 둘만 있을 곳을 찾다 보니 어쩔 수가 없었다. 그래도 따뜻한 커피가 손을 녹여 주고, 등 뒤에서 그가 바람을 막으며 체온을 나눠 주고 있어 못 견딜 정도는 아니었다. 지은은 커피를 한 모금 마시고 물었다.

"나랑은 커피 마실 이유가 있나 봐요? 이유가 뭐예요?"

그의 눈썹이 슬쩍 올라갔다.

"무슨 질문이 그래? 정말 몰라서 묻는 건가?"

안다. 왜 모르겠는가. 직접 듣고 싶은 얄궂은 여자의 마음인 거지. 시치미를 떼고 고개를 젓자 그의 눈이 가늘어졌다. 속마음을 알아챘나 보다.

"생각해 봐. 내가 한지은이랑 커피를 마시고 있는 이유가 뭔지."

"안 할래요. 그냥 말해 줘요. 말해 주면 상 줄게요."

"상? 상이 뭔지 일단 들어 보고."

"싫으면 말아요. 상인데 설마 나쁜 거 줄까. 인하 씨 손해지."

잠시 침묵이 돌았다. 누가 먼저 백기를 들 것인가 탐색하는 침묵이었다. 승자는 지은이었다.

"한지은이니까. 다른 여잔 싫어."

단속을 해도 입가가 저절로 위로 올라간다. 지은은 누가 들어오지는 않는지 옥상 문 쪽을 한 번 바라보고 몸을 돌렸다. 어깨를 감고 있던 그의 손이 허리로 내려왔다. 까치발을 들고 그의 입술에 쪽 하고 입을 맞췄다.

"상이에요. 아까 나 구해 준 거, 지금 예쁜 말 해 준 거에 대한."

"몸을 날려 구하고, 예쁜 말도 했는데 겨우?"

누가 들음 칼이라도 대신 맞아 준 줄 알겠다. 그의 표정엔 불만이 가득했다. 이 정도로는 만족 못 할 거라는 걸 알지만 대낮의 연구소이니 어쩔 수가 없었다. 고개를 흔들자, 그가 커피를 뺏더니 난간 위에 종이컵 두 개를 나란히 올렸다.

따뜻한 온기를 잃은 손이 차가워져 그를 흘기며 종이컵으로 손을 뻗었다. 그런데 그가 두 볼을 잽싸게 감싸더니 입술을 앗아 갔다. 사람들이 없는 곳을 찾아 옥상으로 왔지만 그래도 혹시 사람이 올지도 모르는데 그는 거침이 없다. 입술을 핥고 입안으로 들어온 그의 혀가 혀를 옭아맸다.

지은은 문을 곁눈질하며 그의 가슴을 밀어냈다. 그는 꿈쩍도 안 했다. 한 치의 틈도 허용하지 않겠다는 듯 그의 입술은 끈질기게 달라붙었다. 말랑말랑하고 부드러운 혀의 아찔한 감촉에 아랫배가 저릿해져 오고 저절로 눈이 감겼다.

지은은 항복을 선언하고 그의 허리를 두 팔로 감으며 보조를 맞췄다. 옭아매고, 도망가고, 입속을 제 입속처럼 오가며 농밀한 밀회를 즐겼다. 입안에 감도는 연한 커피 향이 누구의 것인지도 분간 가지 않을 만큼 실컷 밀회를 즐기고 나서야 그가 입술을 뗐다. 화끈거리는 얼굴은 부끄러움 때문이 아니라 추위 때문이라고 속으로 변명을 하며 그를 흘겼다.

"못됐어, 정말."

"이제 내 여자니까 눈치 볼 필요 없잖아."

그는 태연한 얼굴로 종이컵을 집어 손에 들려 주었다. 키스를 나누는 동안 커피는 다 식어 온기를 잃어 있었다. 한 모금 들이켜자 차가운 커피의 냉기가 뜨거운 입안을 식혀 준다. 몸을 돌리고 그의 너른 가슴에 등을 기댔다. 그가 자연스럽게 한 손으로 허리를 감아 온다.

"인하 씨."

"응?"

"출장 갈 계획 없어요?"

그렇게 묻고 살짝 고개를 올렸다. 그가 의아한 시선으로 바라보고 있었다. 지은은 작게 한숨을 쏟아 냈다.

"당분간 나와 그 사람이 왜 헤어졌는지에 대한 각종 추측들로 시끄러울 거예요. 인하 씨 마음 안 다쳤으면 좋겠어."

진심으로 그가 다치지 않았으면 좋겠다. 그의 가슴에 머리를 푹 기대자 그가 정수리에 턱을 살포시 올렸다.

"내 마음만 다치는 거야? 한지은 마음은 괜찮고?"

부드럽게 울리는 그의 목소리가 마음을 어루만진다. 그의 팔을 풀고 뒤돌아 그의 가슴에 얼굴을 묻었다.

"난 괜찮아요. 언젠가는 터질 거라 각오했던 일이기도 하고."

"그래도 듣기 싫잖아."

"응……."

그의 허리를 끌어안고 그의 가슴에 얼굴을 비볐다. 로빈 포맨의 향이 콧속을 어지럽히자 몸이 나른해졌다. 서서라도 잘 수 있을 것 같다. 지은은 눈을 감았다. 정말 잠들어도 쓰러지지 않게 그가 분명 잡아 줄 테니까.

"안 들을 방법 있어."

반은 꿈속이었다. 지은이 중얼거렸다.

"어떻게?"

"그런 건 우리 둘 사이가 알려지면 쉽게 묻힐 테니까. 기꺼이 방패가 되어 주지."

정신이 확 들었다. 지은은 눈을 뜨고 고개를 들었다.

"진심 아니죠?"

그는 어깨를 으쓱했다.

"80%쯤은 진심."

"안 돼요. 절대 안 돼. 향료연구팀은 한 팀뿐이라 팀 변경도 못 하는데 소문나면 당신은 한 달에 한 번 내 평가 보고서 어떻게 쓸 건데요."

"뭘 어떻게 써. 난 잘하면 10점 줄 거고 못하면 0점 줄 거야. 설마 내가 연구원 한지은이랑 여자 한지은도 구분 못 할 것 같아?"

"그런 뜻이 아니라……. 알았어요. 인하 씨는 괜찮은데 내가 불편해요. 사람들 시선, 난 무서워요. 소문 다 난 뒤에 인하 씨한테 10점 받고 기뻐할 자신 없어요. 그러니까 인하 씨, 응?"

세상에 영원한 비밀은 없다. 본사에서 근무하는 선우와의 연애도 금방 발각이 됐는데 그와의 연애도 언젠가 발각이 될 거다. 하지만 그래도 최대한 숨기고 싶었다. 한 단계 더 성장해 그의 옆에 조금 더 당당히 설 수 있게 될 때까지만이라도. 그런데 같이 동참해 줘야 할 상대가 협조를 안 해 준다면 심히 곤란했다. 지은은 최대한 간절한 눈으로 그를 바라봤다.

"후. 알았어. 그래서 남겨 뒀잖아. 20%."

나에 대한 배려가 고작 20%밖에 안 되는 거냐고 쏘아붙이려다 입을 다물었다. 얼굴을 보여 주지 않았다고 대담하게 프로젝트팀까지 찾아왔던 걸 생각하면 이것도 그로서는 많이 쓴 거다 싶었다.

"약속한 거예요? 불편하고 속상해도 날 위해서. 응?"

마음에 안 들 때면 으레 그렇듯, 눈썹을 씰룩거리던 그가 마지못해 대답했다.

"……알았어."

협상 성공. 그런데 과연 이 비밀이 얼마나 지켜질 수 있을까? 그것은 미지수.

13. 메리 크리스마스

열흘 전, 100% 천연 화장품에 대한 메인 향료로 5개의 후보 성분 중, 히비스커스가 선정되었다. 시판되어 있는 제품들 중, 메인 성분으로 히비스커스를 사용한 제품이 없어, 독창성이 다른 후보군들보다 뛰어나다는 이유 때문이었다.

메인 향료가 정해지자마자 더디게 가던 프로젝트에 속도가 붙기 시작했다. 지은은 하우스 측에 히비스커스의 원료를 요청하여 샘플을 만들 향료를 뽑았다. 그리고 원액을 얼마나 희석시켜서 화장품에 덧입힐지 실험을 반복했다. 몇 번인지 셀 수도 없을 만큼 수도 없이 시행착오를 겪고 나서야 원액과 정세수의 황금 비율을 찾아냈다. 화장품에 향료를 덧입혀 보는 과정이 아직 남았지만 한 고비는 넘긴 셈이었다.

그리고 오늘은 크리스마스이브. 하지만 남의 나라 얘기다. 프로젝트팀 일이 조금 느슨해지자마자, 곧바로 개별 연구가 기다리고 있었다. 계획서를 제출할 때 기입했던 날짜가 한 달 앞이라 약간의 여유를 부릴 새도 없었다. 많이는 바라지 않을 테니 몸이 딱 하나만 더 있었으면 좋겠다 싶을 만큼 바빴다. 계획대로라면 개별 연구는 마무리 작업을 하고 있어야 할 때인데.

6월 초부터 계획한 연구임에도 시간에 쫓기게 된 건, 이번 연구 과제의 핵심인 네덜란드에서 새로 개발한 종자, 다이아몬드 튤립의 만개 시기가 한 달이나 늦어져 향료 채취가 늦어진 탓이었다. 하우스 관리자는 연구소 내 하우스에서 처음으로 재배하게 된 종자다 보니 시행착오가 있었다고 했다.

이틀 전에야 겨우 향료 채취를 완료하고, 이 향료를 어디에 사용해야 가장 극대한 효과를 낼 수 있는지를 알아보기 위해 원료 배합실에 긴급 샘플을 요청했다. 요청한 스킨, 로션, 파운데이션, 바디미스트까지 총 4개의 샘플을 손에 쥔 게 바로 오늘 아침이었다.

샘플이 도착하자마자 본격적으로 연구 논문 작업에 착수했다. 오전 내내 샘플 테스트지를 만들었던 지은은 테스트지만으로는 부족해 점심시간도 반납하고 제 몸을 마루타 삼아 샘플들을 발라 보고 뿌려 보며 향을 맡아 보고 있는 중이었다.

"저기…… 한 대리……."

지은은 작업을 방해하는 작은 목소리에 인상을 찡그리며 고개를 들었다. 그런데 뜻밖에도 주저하는 목소리의 주인공이 오 과장이었다. 지은은 급하게 얼굴을 펴고 자리에서 일어났다.

"네, 과장님."

"저…… 그러니까……."

오 과장은 얼핏 봐도 상태가 좀 이상했다. 눈도 마주치지 못하고 얼굴도 붉다. 강 부장처럼 모든 일을 오차 없이 완벽하게 해내지는 못해도 명령하기를 망설이는 타입은 아니었는데. 오 과장은 사람을 불러 놓고 애꿎은 손톱만 문대고 있었다. 지은은 1초가 아까운 마당이라 짜증이 일었다.

"뭐 하실 말씀 있으세요?"

오 과장이 대답은 안 하고 뒤쪽 어딘가를 바라보았다. 지은은 오 과장의 시선을 따라 뒤쪽으로 고개를 돌렸다. 오 과장과 같은 연구3팀 소속이자, 프로젝트팀 일원인 이 대리가 파이팅을 외치듯 두 주먹을 불끈 쥐고 있었다.

뭐지?

정체를 알 수는 없지만 한쪽은 망설이고, 한쪽은 파이팅을 외쳐 주고 있는 이 상황이 어쩐지 달갑지 않았다. 싸한 느낌을 받으며 오 과장 쪽으로 고개를 돌렸다. 이 대리의 파이팅이 효과가 있었는지 오 과장은 주저하는 손길로 주머니에서 봉투 하나를 꺼내 내밀었다. 지은은 봉투를 한 번 보고 오 과장에게 다시 시선을 던졌다.

"뭐예요, 이게?"

"뮤지컬……."

"네?"

발끝만 보며 우물쭈물하던 오 과장이 뭔가를 단단히 결심한 듯 갑자기 고개를 번쩍 들고 외쳤다.

"지은 씨! 크리스마스에 외로운 솔로들끼리 뮤지컬 한 편 봅시다!"

지은은 한 걸음 뒤로 물러났다. 생각하고 한 행동이 아니라 거부감이 들어 무의식중에 나온 행동이었다. 골이 울렸다.

예상했던 대로 연구소엔 선우와 헤어졌다는 사실이 빠르게 퍼졌고, 남 말 하기 좋아하는 사람들 입에서 선우와 헤어진 이유에 대한 추측들이 쏟아졌다. 누가 찼고, 누가 차였네부터 시작해서 둘 중에 하나가 바람을 피웠을지도 모른다는 둥, 집안에서 반대를 했을지도 모른다는 둥, 별별 이유들은 다 등장했다.

화장실에서, 구내식당에서, 자판기 앞에서, 각종 추측들을 쏟아 내던 연구원들은 추측 속의 주인공만 등장하면 깜짝 놀라며 입을 닫았다. 연구실 내에서도 몇 번이나 그런 상황과 마주했지만 자리를 피하거나 고개를 숙이지 않았다. 연구원들 입에 오르락내리락할 거라는 건 이미 예상한 바고, 근거 없는 추측들은 시간이 지나면 저절로 사라질 얘기들이었다. 그런 얘기들에 당당하지 못할 이유는 없었다.

하지만 이런 상황은 예상 범주를 넘어선 돌발 상황이었다. 답변이야 고민할 필요도 없지만 이 대리가 보고 있는 상황이라 거절이 쉽지가 않았다. 오 과장이든 이 대리든 프로젝트팀이 해산될 때까지 계속 얼굴을 봐야 하는데 이를 어쩐담. 고민하던 지은은 기대에 찬 오 과장의 얼굴을 보는 순간 결심을 굳혔다.

"죄송합니다, 과장님. 저는 과장님과 뮤지컬을 함께 볼 생각이 없습니다."

"왜……. 아, 혹시 뮤지컬 싫어하나? 그런 거면 저녁을 먹거나 드라이브를 해도 좋은데……."

논문 때문에 바쁘다고 돌려 거절할 수도 있었지만 괜한 여지를 줄 수도 있어 돌려 말하지 않았다. 상대에겐 잔인할 수도 있지만 희망고문이 더 좋지 않은 거니까. 그런데 못 알아듣는다. 지은은 찡그려지는 인상을 숨기지 않았다.

"아니요. 저는 과장님과 사적으로 만날 생각이 없습니다."

완벽한 거절은 예상 못 했는지 오 과장은 눈에 띄게 당황하고 있었다. 뭐라 말도 못 하고 하얗게 얼굴이 질려 가고 있는 오 과장을 보는 것이 불편하다. 그때, 점심을 먹으러 갔던 연구원들이 한꺼번에 몰려 들어왔다.

“어? 과장님, 밖에서 식사하셨습니까? 크리스마스이브라 그런지 식당 밥이 유난히 맛있었는데. 앗, 혹시 한 대리만 데리고 나가서 맛있는 거 사 주신 거 아닙니까? 으흐흐흐.”

프로젝트팀의 분위기 메이커라고 불리는 조 대리지만 이번엔 입을 잘못 놀렸다. 오 과장의 얼굴이 싸늘하게 굳어져 가고 있었다. 눈치 빠른 조 대리가 슬쩍 오 과장과 제일 사이가 막역한 이 대리 쪽을 쳐다봤다. 이 대리는 더 이상 얘기하지 말란 듯, 고개를 흔들었다.

조 대리와 연구원들이 이상 기류를 포착하고 조용히 제자리로 돌아갔지만 이미 때는 늦었다. 눈에 보이지는 않지만 오 과장을 둘러싼 어둡고 음산한 검은 오로라가 분명하게 느껴졌다.

“조 대리. 오늘 저녁 약속 있나?”

“네? 아. 없습니다.”

“이 대리. 오늘 저녁 약속 있나?”

“없습니다.”

“한 대리는, 오늘 저녁 약속 있나?”

있다. 그와 저녁을 함께 먹기로 했다. 하지만 이럴 땐 있어도 없어야 한다.

“없습니다.”

“오늘 다들 야근 준비해.”

크리스마스이브에 산타가 되어 주진 못할망정 야근이라는 핵폭탄을 던진 오 과장은 연구실 문을 쾅 닫고 나가 버렸다. 연구실엔 한동안 정적만 흘렀다. 크리스마스이브의 야근을 인정해서가 아니라 현실을 받아들일 수 없어 생긴 정적이었다. 패닉 상태에 빠져 있는 연구원들을 바라보던 지은은 작게 한숨을 내쉬고는 주머니에서 휴대폰을 꺼내 들었다.

[인하 씨, 미안해요. 야근을 하게 돼서 크리스마스트리 장식 사러 가기로 한 약속 못 지킬 것 같아요. 많이 늦을지도 모르니까 오늘은 연락 기다리지 말고 일찍 자요. 내일 전화할게요.]

인하는 그녀에게서 도착한 문자를 읽고는 휴대폰을 부서져라 손에 꽉 움켜쥐었다.

얼마 전, 그녀는 연구 논문 때문에 당분간 바쁠 것 같다고 했었다. 하지만 그래도 오늘은 날이 날인 만큼 그녀에게 시간을 내 달라고 했었다. 그녀는 프로젝트팀에서 맡은 향료가 한 고비를 넘겼으니 하루 정도는 그러겠다고 했었다.

그런데 갑자기 야근을 하게 됐단다. 원료 부분이 아직 마무리가 되지 않았다는 소리는 오전에 간부 회의에서 들었지만 향료 부분인 그녀까지 야근을 할 필요는 없었다. 게다가 다른 날도 아니고 크리스마스이브에.

그녀를 프로젝트팀으로 데려가겠다고 차출 명단을 들이밀었을 때부터 오 과장이 맘에 들지 않았다. 오 과장을 바라보는 그녀의 눈은 상사를 대하는 사무적인 눈빛, 딱 거기까지였지만 그녀를 대하는 오 과장은 상사가 부하를 대하는 느낌이 아니었다. 여자로 생각하고 있다는 느낌.

연구소 내에 그녀가 전 남자 친구와 헤어졌다는 사실을 모르는 연구원들이 없었다. 분명 오 과장의 귀에도 들어갔을 터였다. 그녀의 곁엔 이미 자신이 있지만 그 사실을 모르는 오 과장이 과연 그녀를 부하로만 대할까? 크리스마스이브라는 이 특별한 날에?

한지은은 귀엽다. 섹시하다. 사랑스럽다.

그런 그녀를 오 과장이, 남자들이 가만둘 리가 없다.

생각이 거기까지 미치자 마음이 급해졌다. 오 과장이 그녀에게 남자로 다가갈 거라는 확실한 근거는 없지만 수컷의 본능이 그녀를 오 과장에게서 구해야 한다고 외쳤다. 무조건 야근은 막아야 한다. 인하는 의자를 밀어내며 자리에서 일어났다. 수석 연구실을 막 나서려는데 타오르는 불꽃에 찬물을 끼얹듯, 손에 쥔 휴대폰이 진동했다.

[비록 몸은 떨어져 있어도 내 마음은 항상 인하 씨 곁에 있어요. 사랑해요.]

사랑해요. 사랑해요. 사랑해요.

휴대폰에서 시선이 떼어지지 않는다. 문자로 온 것이니 그녀의 목소리가 들릴 리 없는데 그녀가 귓가에 속삭이고 있는 것만 같다.

거짓말처럼 문고리를 잡고 있던 손에 힘이 풀렸다. 불쾌하게 뛰던 심장도 서서히 제자리를 찾아 갔다.

그래. 조급할 건 아무것도 없다. 사랑하는 남자가 있는데 다른 남자에게 흔들릴 여자가 아니다. 물론 절대 뺏기지도 않을 거지만.

인하는 자리로 돌아가 앉았다. 결재 서류를 읽어 내리는 그는 조급했던 조금 전과는 다르게 차분하기만 했다. 이런 그의 모습을 그와 그녀의 속사정을 모두 다 아는 제3의 누군가 봤더라면 이렇게 말할 것 같다.

한 마리의 맹수와 맹수를 길들이는 유능한 조련사, 라고.

야근에 대한 모든 전말을 다 알고 있는 이 대리의 끈질긴 시선 때문에 정신까지 지쳐 버렸다. 하얀 종이를 가득 채우고 있는 까만 알파벳들이 점점 흐려졌다. 눈이 자꾸만 감겼다. 어떻게든 졸음을 쫓아내 보려고 허벅지를 꼬집어 봐도 소용이 없었다. 이대로 책상에 엎어지고 싶었다.

"오늘은 여기까지만 하지."

책상으로 얼굴이 맞닿으려는 순간 들려온 오 과장의 목소리는 구원의 빛이었다. 지은은 겨우 몸을 바로 세웠다. 눈을 느리게 깜빡거려 보지만 잠은 쉽게 달아나 주질 않았다. 조금만 더 버티자고 스스로를 다독이며 시간을 확인하니 12시 45분이었다.

여자에게 차였다고 이런 식의 복수를 하다니. 이건 상사라는 감투를 쓴 노총각의 횡포였다. 하지만 찬 여자 입장인 그녀는 불평도 할 수가 없었다. 쓰러지기 직전에라도 일을 끝내 준 게 다행이었다.

지은은 혼이 절반은 나가 있는 상태로 참고 논문 자료들과 테스트지, 샘플을 쇼핑백에 담았다. 그러고 나니 부산스럽게 움직이던 연구실의 소리들이 완전히 사라져 있었다. 휘익, 연구실을 한 바퀴 둘러봤다. 연구원들이 모두 퇴근을 했다는 사실을 알고 나자 마지막으로 부여잡고 있던 긴장의 끈이 풀어져 버렸다. 더 이상은 한계다. 지은은 책상 위에 엎어졌다.

새벽녘의 연구소는 낮보다 더 폐쇄적인 느낌이다. 연구소로 들어서는 입구에서 보안 요원들이 철저하게 출입 가능자를 가려내고 있음에도 연구소 문 곳곳엔 쇠 자물쇠와 도어록 같은 보안 장치들이 쉽게 눈에 띄었다. 인하는 최소한의 불만 밝혀져 있는 연구소 복도를 어두운 표정으로 걸었다.

'진짜 더러워서 못해 먹겠네. 여자한테 차인 게 팀원들 탓이야? 왜 화풀이를 여기다 해.'

'여자한테 차여요? 오 과장님이 말입니까?'

주차장에서 그녀를 기다리다 Am 12:59이었던 카오디오의 앞 숫자가 1로 바뀌는 순간 마지막 인내심이 끊어졌다. 야근에도 정도가 있지. 프로젝트팀으로 가려고 차 문고리를 잡는 순간 주차장에 프로젝트팀의 이 대리와 조 대리가 나타났다. 두 사람은 듣고 있는 귀가 있다는 것도 모르고 열심히 오 과장의 뒷담화를 나눴다.

'그럼 그 인간 말고 또 누가 있어? 아까 점심때 크리스마스 핑계로 한 대리한테 데이트 신청했는데 오 과장, 아주 처참하게 까였어. 한 대리가 '저는 과장님과 사적으로 만날 생각이 없습니다.' 하는데 어찌나 차가운지, 찔러도 피 한 방울 안 나오겠더라. 내 볼이 다 화끈거렸는데 오 과장은 오죽했겠냐만은 그래도 크리스마스이브에 이건 아니지.'

'그래도 이 대리님은 자유로운 몸이시니 바가지 걱정은 없지 않으십니까. 전 이제 마누라한테 죽었습니다. 결혼하고 첫 크리스마스이븐데.'

'위로야, 염장이야? 어쨌든 1월 1일에도 야근해서 마누라한테 두 번 죽고 싶지 않으면 입단속이나 잘해.'

두 사람이 주차장에서 사라지고 제일 먼저 인하의 입에서 나온 말은 '젠장.' 이었다. 연구 과제에, 프로젝트팀 일만으로도 충분히 힘든 상황에서 정신적으로 괴롭힘까지 당했으니 투정 한마디 할 법도 한데 그녀는 내색 한 번 하지 않았다. 혼자서 다 끌어안지 말고 조금 나눠줘도 좋을 텐데.

인하는 프로젝트팀 연구실 앞에 서서 어둠에 빛을 내고 있는 문고리를 망설임 없이 돌렸다. 이 대리와 조 대리가 연구소를 떠나면서 그녀를 제외한 프로젝트 팀원 모두가 퇴근을 했으니 이 안엔 그녀 혼자만 남았을 것이었다.

문을 열자 형광등의 밝은 빛이 한꺼번에 눈으로 쏟아져 들어왔다. 사물이 제대로 분간이 되지 않아 눈을 찌푸리며 천천히 앞으로 나아갔다. 연구실 안은 고요했다. 부스럭거리는 작은 소리마저 들리지 않았다. 후각을 자극하는 그녀의 익숙한 살내음만이 그녀가 이곳에 있다는 걸 증명해 주고 있었다.

인하는 빛에 눈이 익숙해지자마자 그녀를 찾았다. 그녀는 책상에 볼을 댄 채 눈을 감고 있었다. 기절한 것처럼 몸을 축 늘어뜨리고 있어 이상한 느낌이 들었다. 인하는 잰걸음으로 그녀에게 다가갔다.

"지은아. 한지은."

"으음."

살짝 그녀의 볼을 톡톡 때리자 그녀가 신음했다. 잠에…… 취해 있었던 건가. 허탈한 마음으로 그녀를 한참이나 내려다보지만 그녀는 여전히 미동이 없었다. 정신적으로 많이 고됐었나 보다.

내선 전화로 경비실에 연락해 3층 오른쪽 제일 끝 방, 프로젝트팀의 연구실 문이 열려 있는 것 같으니 확인해 달라고 당부하고 그녀를 조심히 안아 들었다. 그녀의 고른 숨결이 따뜻하게 가슴에 와 닿았다. 그녀가 눈을 감은 채로 품 안으로 파고들며 웅얼거렸다.

"쇼핑백. 쇼핑백 챙겨야 해……."

그녀는 술을 마셔도 흐트러짐이 없는 편이었다. 그런데 이 태평한 모습은 어떻게 설명을 해야 할지. 술보다 잠에 취했을 때 더 빈틈을 보이게 되는 타입인가? 앞으로도 잠에 취해 있을 때가 종종 있을 텐데, 그렇다면 심히 곤란하다. 아니, 다른 남자 앞에서 이렇게 빈틈을 보이는 건 절대 용납할 수가 없다. 마음만큼 눈빛이 복잡해졌다.

"한지은, 너 내가 누군지는 알고 안기는 거야?"

"……보지 않아도 알 수 있어……. 로빈 포맨……. 연구소에서 이 스킨을 쓰는 사람은 내 남자뿐이니까……."

하마터면 가슴이 까맣게 다 타 버려 재가 될 뻔했다. 향기로 사람을 알아보는 것. 그녀만 그런 게 아니다. 자신 역시 그렇다. 보지 않아도, 목소리를 듣지 않아도, 코가 그녀를 찾아낸다.

"유능한 조향사군."

인하는 살며시 미소 지으며 쇼핑백을 챙겨 연구실을 빠져나왔다.

깊은 어둠 속에 잠식되어 있던 감각들이 서서히 깨어나기 시작했다. 익숙한 로빈 포맨의 향기, 허리를 감싸고 있는 단단한 팔과 푹신한 매트의 감촉. 옆에 있는 사람이 누구고, 여기가 어디인 줄은 알겠는데 대체 어떻게 된 거지?

아.

여기저기 흩어져 있던 기억의 조각들이 하나둘 제자리를 찾기 시작했다. 긴장이 풀려 책상에 엎어졌던 자신의 모습, 처음엔 꿈이라고 착각했던 로빈 포맨의 향기, 그리고 단단했던 그의 가슴까지. 분명 그의 품에 안겨 침대 위까지 왔을 텐데, 그 과정은 하나도 기억이 나지 않는다.

지은은 살며시 눈을 떴다. 어둠 때문에 사물이 하나도 분간이 되지 않는 걸 보니, 아직 새벽인 모양이었다. 어둠에 눈이 익숙해졌을 무렵, 조심히 그의 팔을 걷어 내고 천천히 몸을 일으켰다.

침대를 완전히 벗어나 제 몸을 보니 출근할 때 입었던 옷 대신 그의 커다란 티셔츠 하나만 입혀져 있었다. 어떻게 옷이 벗겨지는 것도 모르고 잤을까? 발갛게 달아오르는 두 볼을 감싸 쥐고 방 안에 있는 욕실로 향했다.

너무 커서 어깨를 타고 흘러내릴 것 같은 티셔츠와 속옷을 차례차례 벗고 온도를 조절해 샤워기를 틀었다. 따뜻한 물줄기가 몸을 감싸자 끈적끈적 불쾌하게 달라붙어 있던 모든 이물질이 씻겨 나가는 기분이었다.

오랜 시간 공들여 샤워를 하고 세수와 양치질을 하고 머리까지 감았다. 수건으로 물기를 제거하자 차가운 공기가 살갗에 맞닿았다. 오돌토돌 소름이 인다. 익숙한 감각이지만 좋은 감각은 아니라 빠르게 물기를 제거하고 속옷을 입었다. 그의 향이 가득 배어 있는 티셔츠를 입자 그의 품에 안겨 있는 것 같은 착각이 든다. 아랫배를 조여 오는 은밀하고 야릇한 감각이 떠올라 서둘러 욕실을 나왔다.

그는 아직 곤히 잠들어 있었다. 은은한 달빛이 비추는 그의 얼굴을 잠시 바라보다 목이 말라 방을 나섰다. 부엌 쪽으로 몸을 트는데, 거실 창 쪽에서 반짝반짝 빛을 뿜는 무언가가 발길을 멈춰 세웠다. 실체를 확인하려고 고개를 돌렸다.

"아."

크리스마스트리였다. 그와 키가 비슷할 것 같은 아주 커다란 트리. 양말이며, 방울이며, 각종 장식들이 달려 있는 나무 사이로 줄에 매달려 있는 전구들이 빨갛고, 파란빛을 쉼 없이 뿜어내고 있었다. 지은은 트리의 아름다움에 시선을 뺏겨 넋을 놓고 바라보았다.

14살 이후엔 매년 집에서 크리스마스트리를 만들었지만, 엄마가 돌아가신 이후엔 한 번도 만들어 보지 못했다. 집에 놓여 있는 트리를 보는 건 꼭 6년 만이었다. 애틋하지만 이제는 아련해진 옛 기억이 되살아난다. 14살, 트리를 다 만들고 점등식을 했을 때 한층 더 아름답게 빛나는 트리를 보며 환하게 웃던 엄마의 얼굴이.

그때, 문이 열리는 소리가 들리더니 허리에 단단한 그의 팔이 감겼다. 그의 팔에 돋아난 힘줄을 가만가만 더듬으며 트리에 시선을 고정한 채 입을 뗐다.

"예쁘다."

"마음에 들어?"

"너무너무. 올해엔 꼭 집에서 보고 싶었거든요."

"알아."

지은은 고개를 돌려 그와 시선을 마주했다.

"알아요?"

"만들고 싶다고 했잖아, 크리스마스이브 날."

"내가?"

"음."

그런 말을 한 기억이 없다. 오래전 기억까지 죄다 꺼내 되짚어 봐도 없는 기억이다.

"언제?"

"트레이닝복 차림으로 찾아와서 날 놀라게 했던 날."

트레이닝복 차림으로……. 켈리가 떠났던 날. 처음으로 그에게 마음을 고백했던 날이다. 하지만 트리 얘기를 하진 않았다.

"거짓말쟁이. 그날 내가 언제 트리 얘길 했어. 지어내지 마요."

"했어. 잠에 취해 한 말이라 스스로 기억을 못 하고 있을 뿐이지. 14살 때 처음으로 엄마 아빠와 트리를 만들었다며. 행복했었다며."

거짓말이라고 하기엔 그의 표정이 너무 진지하고 또 너무 깊게 알고 있다. 잠에 취해서라는 단서를 잡고 기억을 다시 더듬었다.

꿈. 그래, 꿈을 꿨었다. 14살, 엄마와 아빠와 처음 트리를 만들던 때의 꿈을.

지은은 입술을 꽉 깨물었다. 14살, 자신에겐 행복했던 그때가 그에겐 더없이 잔인한 때였다. 엄마를 잃고 아픔에 몸부림치기 시작했던 때. 그런 그에게 14살이 가장 행복했다고 말했단다. 그는 이질감을 느끼지 않았을까. 상처를 받진 않았을까. 같이 웃어 줄 수는 없는 얘기였을 텐데……. 혼자서 트리를 만들며 외롭진 않았을까. 마음이 쓰리지만 그래도 웃어 주고 싶었다. 분명 웃는 얼굴을 보려고 만든 걸 테니까.

“고마워요. 정말 너무 예뻐.”

그가 정수리에 살며시 입을 맞춘다.

“같이 만들었으면 더 좋았을 텐데.”

“남겨 뒀어.”

뭘? 눈으로 묻자, 그가 옅게 웃더니 팔을 풀고 트리 뒤에서 커다란 별을 꺼내 앞으로 내밀었다.

“한지은 몫.”

아름다운 트리였지만 꼭대기가 허전했다. 빠트렸다고 생각했었는데 남겨 뒀던 거였나 보다. 물끄러미 별을 바라보고 있자, 그가 손에 그것을 쥐여 주었다. 꼭대기에 손이 닿지 않아 까치발을 들었지만 그래도 닿지 않았다. 그가 뒤에서 허리를 안아 번쩍 들어 올려 준다. 꼭대기에 별을 얹어 주자, 부족한 부분이 채워지면서 한층 더 아름다운 트리가 됐다. 그가 내려 주자마자 그를 향해 환한 미소를 지었다.

“메리 크리스마스.”

“다른 남자 앞에선 그렇게 웃지 마.”

그의 입가에서 옅은 미소가 지워지고 눈에 짙은 욕망이 떠올랐다. 눈을 깜빡이는 사이, 팔을 끌어당긴 그가 목덜미에 입술을 묻었다. 부드럽게 목덜미를 빨아 당기던 그는 다시 허리를 번쩍 안아 올렸다. 그리고 허공에서 달랑거리는 다리를 허리에 두르게 했다.

폭신한 매트에 등이 닿았다. 그가 몸 위에 올라타 지그시 눈을 맞춰 온다. 이마, 눈, 코, 볼, 입술, 턱까지 매만지던 그의 손이 넉넉한 티셔츠 안으로 숨어 들어갔다. 브래지어 위로 가슴을 만지던 그의 큰 손이 등 뒤에 닿았다.

"하아……."

후크를 풀어낸 그의 손은 거침이 없었다. 그가 단번에 가슴을 움켜쥐고 유두를 비틀자 저절로 입술이 벌어지고 뜨거운 숨이 뱉어졌다. 그 입안으로 그의 혀가 들어왔다. 그의 목을 끌어안자 그의 혀가 움직이기 시작했다. 끈적하게 혀가 뒤엉켰다. 당기고, 밀고, 휘감고, 한참을 입속을 휘젓고 난 뒤에 그의 혀가 빠져나갔다.

아랫입술을 소리 나게 쪽 빨아 당긴 그가 가슴을 빨아들였다. 가슴을 한가득 머금은 입술 안에서 뜨거운 열기를 내뿜고 있는 혀가 유두를 스치듯 건드렸다. 그 짧은 순간, 짜릿함에 엉덩이가 들썩였다. 그의 머리를 가슴으로 끌어당기며 신음했다.

끊어질 듯, 끊어지지 않는 애타는 신음에 갈증을 해결해 주겠다는 듯, 그의 혀가 유두를 핥고 빨았다. 끊임없이 들썩이는 허리의 요동에 침대가 출렁였다. 참을 수 없는 쾌락에 시트를 꽉 부여잡자 그가 깍지를 껴서 손을 잡았다.

"줄곧 그리웠어, 네가."

허벅지에 그의 입술이 닿았다. 그의 입술이 닿은 곳마다 전기에 감전된 듯, 살이 파르르 떨렸다. 그가 무릎을 세워 발바닥이 매트에 닿도록 자세를 고쳤지만 힘이 풀린 다리는 스스로 지탱을 하지 못하고 미끄러졌다. 그는 치골을 혀로 핥으며 손을 미끄러뜨렸다.

"아흑! 인하 씨!"

작은 숲을 지나 그의 손은 단번에 여린 살결을 찾아냈다. 그가 갈라진 곳을 따라 살결을 자극할 때마다 비명이 터져 나왔다. 지은은 그와 깍지 낀 손에 힘을 주며 다른 한 손으로 그의 어깨를 부여잡았다. 치골을 핥던 그의 혀가 다리 사이로 빨려 들어갔다. 집요하게 살결을 자극하는 혀 놀림에 신음 소리가 흐느낌으로 바뀌었다.

"제발……. 더 이상은……."

"참지 않아도 돼. 다 받아 줄게."

사이에 뜨거운 숨이 와 닿자 더 견딜 수가 없었다. 몸이 녹아 버릴 것 같다. 그러다 수증기가 되어 하늘로 증발할 것 같았다. 지은은 그의 머리를 힘껏 밀어내었다. 제법 힘이 들어간 움직임에 그가 살짝 머리를 들었다.

"들어와 줘요. 인하 씨도 내가 받아 줄게."

깍지를 풀고 두 팔을 그를 향해 뻗었다. 그의 눈빛이 흔들린다. 성급하게 옷을 벗어 던진 그가 몸 위에 올라탔다. 하지만 그는 곧바로 들어오지 않았다. 뜨거운 숨을 가슴 위에 토해 내면서도 주변만 맴돌았다.

입이 바싹바싹 마르면서 애가 탔다. 도저히 이대로는 견딜 수가 없을 것 같아 다리로 그의 허리를 감았다. 힘줄이 팔딱팔딱 뛰고 있는 그의 페니스가 입구에 와 닿자 지은은 허리를 돌리며 그를 재촉했다.

"한지은, 너 때문에 미치겠다, 정말……."

"하악!"

낮게 으르렁대던 그가 잔뜩 인상을 찌푸리며 단번에 몸을 가르고 들어왔다. 안을 꽉 채우는 만족스러운 쾌감에 몸이 부르르 떨리면서도 오랜만에 받아들여서 그런지 살짝 통증이 느껴졌다. 반사적으로 얼굴을 찡그리자 성급하게 들어왔던 그가 움직임을 멈춘다. 그는 유두와 여린 살점을 동시에 자극했다. 작은 통증은 금세 쾌락으로 바뀌었다.

"윽."

자극이 강한지 그가 인상을 찡그리며 천천히 허리를 움직였다. 조금은 여유가 있던 그의 움직임은 흐느낌이 짙어질수록, 수축이 강해질수록, 여유가 없어졌다. 점점 깊게 파고 들어오는 그가 몸에 또렷하게 새겨져 정신이 혼미했다.

"하윽! 미칠 것 같아……."

그가 등 뒤로 손을 넣어 상체를 일으켰다. 그의 허벅지에 앉는 자세가 되자 페니스가 더 깊숙이 들어왔다. 허리가 그의 팔에 의해서 요동칠 때마다 매트가 거센 폭풍을 만난 파도처럼 흔들렸다.

"인하 씨……. 인하 씨……!"

지은은 그의 목에 팔을 두르고 흐느꼈다. 그의 얼굴도 점점 고통스럽게 변해 갔다. 부풀어 오르던 몸이 이제 터져 버릴 것 같았다. 그의 목에 얼굴을 묻고 매달렸다. 허리를 들었다 놓는 그의 움직임이 한층 빨라졌다.

몸이 터져 버리는 순간, 그는 강하게 가슴을 움켜쥐며 신음을 내뱉었다. 움직임이 잦아들자 지은은 그의 가슴에 몸을 맡기고 널브러졌다. 그가 귓가에 속삭인다.

"메리 크리스마스."

14. 그와 그녀의 거리

지은은 예정된 시각보다 뒤늦게 강당에 들어섰다. 종무식이 거행되고 있는 강당은 연구원들로 북적였다. 조용한 연구소에 이렇게 사람이 많았던가? 대체 이 많은 사람들이 그동안 다 어디 숨어 있던 걸까? 벌써 4번째 맞는 진풍경이지만 볼 때마다 놀라웠다.

지은은 차마 안으로 들어갈 엄두가 나지 않아 문가에서 가만히 바라만 보고 있었다. 연구원들이 자유롭게 얘기를 나누고 있는 걸 보니 이미 형식적인 종무식은 끝이 난 모양이었다.

지은은 이 많은 연구원들 속에서도 눈에 확 들어오는 그를 발견하고 시선을 고정했다. 그는 김 소장과 얘기를 나누고 있는 중이었다. 하지만 바로 그의 앞에 있는 김 소장은 눈에 보이지도 않았다. 비단 잘난 외모 때문만이 아니라 SJ 코스메틱 연구원 틈에서도 수석 연구원으로서의 그의 카리스마는 자체발광이 따로 없었다. 지은은 입술을 삐죽거렸다.

"왜 저렇게 잘난 거야. 질투 나게."

"음. 강 부장이 좀 잘나긴 했지."

소리도 없이 다가온 연정이 되받아치자, 지은은 화들짝 놀라 연정을 바라봤다. 연정은 그를 바라보며 태연하게 주스 잔 하나를 내밀었다. 지은은 얼떨결에 주스 잔을 받았다.

"언제부터야? 두 사람?"

"뭐, 뭐가요?"

연정이 시선을 맞춰 왔다. 연정의 눈빛에선 아무것도 읽히지 않았다. 뭔가를 캐내려고 할 때면 으레 그렇듯, 특유의 집요한 시선도 없었다. 추측을 넘어서서 확신을 한 것 같은 표정이다.

"세상엔 감출 수 없는 게 딱 두 가지가 있어. 기침과 사랑. 지은 씨는 강 부장만 바라보고 강 부장은 지은 씨만 바라보는데 모르는 게 더 이상하지. 봐, 지금도 강 부장이 이 많은 연구원들 속에서 누굴 바라보고 있는지."

로봇의 움직임처럼 고개가 부자연스럽게 돌아갔다. 연정의 말대로 그는 정말 이 많은 연구원들 틈에서 또렷하게 시선을 맞춰 오고 있었다. 딱딱한 포커페이스는 온데간데없고 그가 슬며시 미소까지 짓는다. 지은은 그대로 눈을 감아 버렸다. 입에서 저절로 체념의 한숨이 흘러나왔다.

"얼마 안 됐어요. 대리님, 이번엔 모른 척해 주세요. 부탁드릴게요."

"음. 비밀 연애? 하긴, 공개 연애를 하기엔 부담스러운 상대이긴 하지. 하지만 지은 씨, 내가 숨겨 줘도 사랑은 결국 들키게 되어 있어."

알고 있다. 연정에게 들켰듯, 다른 연구원들에게 들키는 것도 시간 문제일 거다. 하지만…….

"서로의 존재가 조향사의 앞길에 걸림돌이 되진 않았으면 좋겠어요. 최소한 특혜 주고, 특혜받는다는 말은 듣지 말아야죠. 지금은 격차가 벌어져 있지만 부지런히 노력해서 내 힘으로 올라갈 거예요. 저 남자 앞길에 내가 방해가 되지 않도록."

연정이 생긋 웃는다. 그 웃음이 지금 상황에선 어울리지 않는다 싶어, 지은은 빤히 연정을 바라보았다. 연정은 별것 아니라는 듯 어깨를 으쓱했다.

"그냥 좀 달라 보여서. 본사 그 남자랑 연애할 때보다 조금 더 성장한 느낌이야. 보기 좋다."

서른하나에 성장했다는 말을 듣게 될 줄이야. 어쩐지 부끄러워 발끝이 저절로 안으로 모아졌다. 지은은 얼굴도 붉어질 것 같아 고개를 살짝 숙였다.

"비밀…… 지켜 주실 거죠?"

"그래야겠지? 강 부장을 적으로 돌리긴 좀 무서우니까. 근데 지은 씨, 들키고 싶지 않다니까 해 주는 말인데 말이야. 정말 들키고 싶지 않다면 강 부장한테서 풍기는 지은 씨의 체취는 어떻게 좀 해 봐. 크리스마스 다음 날, 아침에 강 부장 출근하는데 앗! 싶더라."

크리스마스는 정말로 불탔던 하루였다. 연구 과제를 하다가도 그와 눈이 마주치면 불이 붙었고, 밥을 먹다가도 불이 붙었던 날. 아침까지 그런 상태가 이어져 연구소로 향하기 전, 차 안에서도 그와 뜨거운 키스를 나눴다.

그날의 은밀한 사생활을 연정에게 들킨 것 같아 지은은 반박도 못 하고 얼어붙었다. 선우 때 그랬듯 악몽의 재연이었다. 연정은 뭐가 그리 즐거운지 웃음을 터트렸다.

"알고는 있었지만 지은 씨 정말 거짓말 못 하는구나? 빨리 프로젝트팀 일이 끝나야 강 부장이랑 곁으로 돌아올 텐데. 어떻게 돼 가?"

프로젝트팀 일에 대한 얘기가 나오자 부끄러움이 사라질 만큼 급격하게 기분이 가라앉았다. 프로젝트팀은 요 며칠 그야말로 전쟁터였다. 원료 부분이 마무리되고, 원료에 향료를 덧입혀 보는 과정까지 무사히 마쳤는데, 뒤늦게 원료 분석실로부터 미세하게 화학성분이 검출됐다는 보고가 들어왔기 때문이었다. 어서 빨리 원인을 찾아내라는 오 과장 등쌀까지 합쳐져 프로젝트팀이 발칵 뒤집혔다.

집에도 거의 들어가지 못하고 당직실을 임시 거처로 삼은 지 벌써 5일째. 오 과장 눈치 보랴, 논문 하랴, 평소보다 배는 더 힘이 들었다. 지은은 지친 얼굴로 고개를 저었다.

"원료에서 문제 생겼다는 얘기 돌던데, 정말인가 보네. 그래도 향료 부분은 아니잖아. 기운 내. 지은 씨는 지금도 충분히 멋진 연구원이지만 이번 프로젝트 끝나면 더 멋진 연구원이 될 수 있을 거야."

연정은 어깨를 토닥여 주고 강당을 나갔다. 지은은 연정의 뒷모습을 바라보다 그에게 시선을 돌렸다. 한 공간에 있는데 마치 다른 세계에 있는 사람 같다. 김 소장과 대화를 나누고 있는 그는 조금 화가 날 만큼 화려하게 빛났다. 약간의 질투, 약간의 열등감, 저런 남자가 내 남자라는 약간의 행복이 마구잡이로 뒤엉킨다. 그때, 그가 시선을 맞춰 왔다. 지은은 옅게 웃는 그를 보며 조금 서글프게 중얼거렸다.

"당신과 나 사이는 가까우면서도 멀다."

그가 뭐라고 하는지 모르겠다는 듯, 눈썹을 씰룩거린다. 지은은 가볍게 고개를 젓고는 논문이 기다리고 있는 전쟁터로 가기 위해 등을 돌렸다.

인하는 대리기사가 넘겨주는 차 키를 받아 들고 시간을 확인했다.

새벽 1시가 넘은 시각. 커튼이 쳐진 그녀의 거실 창 사이로 불빛이 새어 나오고 있었다.

하아.

최근 그녀는 현대판 슈퍼우먼처럼 굴었다. 프로젝트팀 일에 시달리며 바쁘게 연구 논문을 해 나가는 동안, 그녀는 토끼 눈이 되어 연구소를 돌아다니면서도 절대 조언을 구하러 오지 않았다. 나날이 지쳐가는 그녀를 더 이상 보고 있을 수가 없어 결국 먼저 손을 내밀었지만, 그녀는 단호한 눈빛으로 혼자서 해내겠다며 조언을 거절했다.

그녀는 결국 끝까지 혼자서 모든 걸 해냈다. 처음 프로젝트팀에 합류한 거라 여러모로 버거웠을 텐데, 혼자서 희석 비율을 찾아내고, 혼자서 논문을 준비했다. 그렇게 두 가지 일을 끝내 놓고도 그녀는 곧장 새 연구 논문 주제를 찾기 시작했다. 어딘가 무리를 하고 있다는 느낌이 들어 조금 화도 내 봤지만 그녀는 요지부동이었다.

그런 그녀의 상태를 김 소장이 알기라도 했던 걸까. 올해에도 소장직을 연임하게 된 것에 대한 조촐한 축하 자리에서 김 소장은 뜻밖의 얘길 꺼냈다.

'강 부장, 미국 노스캐롤라이나에 SJ연구소가 있는 건 자네도 알고 있을 걸세. 미국, 유럽 시장을 겨냥해서 3년 전에 연구소를 만들어 놓긴 했지만 현재 그곳엔 향료연구팀이 없지. 그곳에 향료연구팀이 꾸려질 예정이네. 수석 연구원 자리엔 자네도 잘 아는 WS 코스메틱의 멜리사를 스카우트해 놓은 상태이고. 허나 제아무리 멜리사를 들어앉혔다고 해도 자리를 잡기까지 최소 1년은 걸리겠지.'

노스캐롤라이나 연구소에 향료연구팀이 꾸려질 거라는 건 이미 알고 있던 얘기였다. 문제는 이 다음이었다.

'그래서 말인데, 강 부장. 노스캐롤라이나 조향팀이 자리를 잡을 때까지 우리 한국 SJ 코스메틱의 조향사 중 한 명을 그곳으로 보냈으면 하네. 더 넓은 곳으로 가서 많은 걸 배울 수 있는 기회이기도 하니까. 그곳에 한지은 선임 연구원을 보내 보면 어떻겠나? 5년 차에게 주기엔 과한 기회라 생각할지도 모르네만, 나는 한지은 선임 연구원이 적격이라고 생각하네.'

시작은 그녀가 최근 끝낸 연구 논문이 김 소장의 극찬을 받게 되면서였다. 그녀의 논문은 김 소장의 추천으로 사보에도 실리게 되었다. 그리고 얼마 뒤, 오 과장으로부터 프로젝트의 3차 보고를 받은 김 소장은 천연 향료 부분이 특출하게 뛰어나단 점을 인지했다. 단기간에 연달아 김 소장의 마음을 앗아 간 그녀가 탄탄한 인재들을 세워 놓고 은퇴를 하고 싶어 하는 김 소장의 마음에 불을 지르고 만 것이다. 그 결과가 5년 차에게 주어지기엔 파격적인 발령이었다.

인하는 무거운 숨을 내뱉었다. 다음 주에 오 과장 프로젝트팀의 최종 프레젠테이션이 있다. 그것만 끝나면 이제 그녀가 자신의 곁으로 돌아올 거였다. 그런데 파견 발령이라니. 사보에 실린 그녀의 논문 덕에 뛰어난 연구원을 밑에 뒀다며 받았던 축하조차 화가 날 지경이었다. 하지만 마냥 반대할 수만도 없다. 이건 오 과장이 사심으로 그녀를 프로젝트팀으로 데려가겠다고 했을 때와는 차원이 다른 얘기였다.

그녀에겐 일생에 단 한 번뿐일지도 모르는 절호의 기회.

한국 SJ연구소엔 자신을 비롯해 7명의 조향사들이 존재하지만 한국에 존재하는 조향사는 그 수를 다 합쳐도 50명이 채 되지 않는다. 화장품 분야뿐만 아니라 생활 용품, 가공식품 분야에도 조향사들의 손길을 필요로 하지만 수가 적은 만큼 한국은 조향사에 대한 인식 자체가 거의 전무하다고 봐야 하는 실정이었다.

그러다 보니 화장품 산업이 발달한 미국, 유럽은 물론이고 가까운 일본과 비교해도 한국 조향사들은 설 수 있는 자리가 턱없이 좁을 수밖에 없었다. 또 그만큼 조향사의 발전 가능성도 적었다. 이러한 한국 조향사의 현실을 반영했을 때, 미국이란 넓은 세계는 앞으로 그녀의 조향사 인생에 커다란 도움을 줄 것이었다.

그러니 이성적으로는 그녀를 보내야 하는 게 맞는 거겠지만…….

젠장.

그녀 앞에서 공사 구분도 못 할 것 같냐고 큰소리쳤던 자신감은 저 멀리 사라져 버렸다. 지금의 자신도, 몇 시간 전 김 소장 앞에 앉아 있던 자신도, 남자 강인하일 뿐이다.

지은은 제 손으로 이마를 짚어 보고 나지막이 한숨을 토해 냈다. 연구 논문을 끝내고 이제 숨통이 좀 트이나 했더니, 프로젝트팀 막바지 작업이 기다리고 있었다. 하루하루 정신없이 1월이 어떻게 지나갔는지도 모를 지경이었다.

그동안 잠도 잘 못 자고 끼니도 제법 걸렀지만 잘 버텨 왔는데, 골을 얼마 남겨 두지 않은 시점에 기어이 탈이 나 버렸다.

"무리하다 병나면 가만 안 두겠다고 그랬는데. 당신 알면 화내겠다."

지은은 열 때문에 어질어질한 몸을 이끌고 주방으로 가서 아스피린 한 알을 삼켰다. 약도 먹었으니, 이불 속으로 들어가 푹 한숨 자면 좋으련만. 다 꿈같은 얘기다.

지은은 다시 책상으로 돌아와 노트북을 노려봤다. 해가 바뀌어 이제 어엿한 5년 차 연구원인데도 프로젝트팀에선 막내이다 보니, 최종 프레젠테이션 때 쓸 요약정리까지 떠맡아 버렸다. 서론과 본론의 절반을 끝냈으니 이제 나머지 절반을 마저 끝내야 할 차례였다.

어차피 해야 할 일이라면 조금이라도 빨리 끝내자 싶어 마음을 다잡는데 초인종이 울렸다. 그렇지 않아도 머리가 어질어질한데 초인종 소리에 귀가 먹먹해졌다. 비디오폰으로 확인하고 문까지 걸어갈 힘도 아까워 지은은 곧장 문으로 걸어갔다.

"누구세요?"

"나야."

그는 저녁에 김 소장과 선약이 있다고 했다. 술을 마실 것 같아 오늘은 보기 힘들 것 같다고 했었는데. 지은은 주저하는 손길로 문을 열었다. 그에게서 약하게 막걸리 냄새가 풍겼다.

"이 밤중에……. 혹시 무슨 일 있어요?"

그는 대답 없이 얼굴만 빤히 바라봤다. 본능적으로 덜컥 겁이 났다.

"무슨 일인데요."

"……보고 싶어서. 보고 싶어서 왔는데 나 계속 문 앞에 세워 둘 건가?"

아. 탄성을 내뱉은 지은은 그제야 살짝 비켜서며 앞을 터 주었다. 먼저 거실로 들어서려는데 그가 살짝 팔을 끌어당겼다.

"잠깐만."

지은은 중심을 잃고 휘청거렸다. 그가 재빨리 품 안으로 끌어당겨 주지 않았다면 영락없이 바닥으로 쓰러질 뻔했다. 좋지 않은 몸 상태를 그에게 들켜 버릴 것 같아 살짝 그의 품을 밀어내며 벗어났다. 하지만 이미 알아챈 건지, 짙어진 그의 눈빛이 집요하게 따라붙었다.

"저녁 먹었어요? 아, 시간이 몇 신데, 먹었겠구나. 소파에 좀 앉아 있어요. 과일이라도……."

이마에 그의 손이 올라온 순간, 뱉어지던 모든 말들이 허공으로 흩어졌다. 재빨리 한 걸음 뒤로 물러섰지만 그가 한 발 더 빨랐다. 팔을 잡아챈 그가 볼이며 목이며 몸 여기저기에 손을 얹었다. 지은은 그에게 팔이 단단히 붙들려 꼼짝도 못 하고 발끝만 바라봤다.

"언제부터 이랬어."

그의 목소리가 위험할 정도로 낮게 깔렸다. 그는 정말 화가 난 것 같았다. 지은은 고개도 못 들고 속삭이듯 말했다.

"……아침부터……."

"그럼 말을 했어야지! 내가 찾아오지 않았으면 넌 끝까지……!"

그는 화를 삭이려는 듯 거친 숨을 몰아쉬었다. 왠지 열이 나는 자신보다 그가 더 아파 보였다. 지은은 살며시 그의 손을 감쌌다.

"화내지 말아요. 난 인하 씨가 화를 내면 어떻게 해야 할지 모르겠어."

지은은 다시 발끝만 바라봤다. 정수리에 그의 시선과 함께 뜨거운 숨이 와 닿았다. 그가 어떤 눈길로 바라보고 있을지 보지 않아도 알 것 같았다. 분명 널 정말 어쩌면 좋겠냐는 듯한 복잡한 눈빛일 거다.

"병원 가자."

그의 맘을 모르는 건 아니지만 병원은 곤란했다. 링거를 맞는 시간 동안 꼼짝없이 병원에 있어야 할 거고, 잠이라도 들면 아침에나 병원을 나오게 될지 모른다. 그렇게 되면 남은 일을 끝내지 못하게 된다.

그가 팔을 잡아당기자 지은은 온 힘을 다해 버텼다.

"나 엄청 튼튼 체질이라 감기 오래 안 가요. 약 먹었으니까 자고 나면 괜찮아질 거예요. 정말이에요. 감기 하나로 이 밤에 응급실 가는 것도 웃기잖아."

"뭐가 웃겨. 몸에서 열이 나는데 이게 어떻게 웃겨."

이번엔 그도 물러서지 않겠다는 듯, 억세게 팔을 당겼다. 도저히 힘으로는 버텨 낼 수 있을 것 같지 않아 지은은 재빨리 외쳤다.

“엄마가 병원에 계시는 동안 병원 냄새 지겹도록 맡아서 병원이라면 이제 지긋지긋해요. 감기 하나로 병원에 가고 싶지 않아. 제발, 인하 씨.”

“후. 너 정말…….”

그제야 손에서 힘을 뺀 그가 발갛게 달아오른 얼굴로 거칠게 머리를 쓸어 넘겼다. 지은은 눈치를 보다 살며시 그의 팔을 끌어당겼다. 몸 상태가 좋지 못해 그가 버텼다면 힘만 빼고 말았을 텐데, 그는 다행히 순순히 끌려와 줬다. 소파에 그를 앉히고 허리를 숙여 그와 눈을 맞췄다.

“과일 줄게요. 여기 잠깐 앉아 있어요.”

달래듯 그의 어깨를 쓸어 주고 돌아서려는데 그가 벌떡 일어나 겨드랑이 사이와 무릎 사이에 팔을 끼워 넣었다. 눈 깜짝할 사이에 그에게 안겨 버린 지은은 허공에 뜬 다리를 버둥거렸다.

“왜 이래요. 내려 줘요.”

“과일이고 뭐고 다 필요 없으니까 가만히 있어. 자면 나을 거라며. 재울 거야. 자고 일어났는데도 열만 나 봐. 그땐 정말 가만 안 둬.”

그는 뭐가 그렇게 분한지 연신 씩씩댔다. 마치 골목에서 구슬치기를 하다가 아끼는 구슬을 잃고 만 어린아이 같아 웃음이 나오려고 했다. 하지만 이 상황에 웃어 버릴 수는 없어 지은은 이를 악물며 웃음을 삼켰다. 성큼성큼 이 층으로 통하는 계단을 밟아 올라간 그가 침대에 눕혀 주었다. 그리고 이불을 턱 밑까지 끌어 올려 주었다.

“정말 약은 먹은 거지?”

“응.”

“그럼 눈 감아. 아무 생각도 하지 말고 푹 자.”

지은은 순순히 눈을 감았다. 자는 척을 해야 그도 잠이 들 거고, 그래야 일을 마저 마칠 수 있을 터였다.

시간이 얼마나 지났을까. 손을 잡고 있던 그의 손에 힘이 풀려 있다. 고른 그의 숨소리도 들려온다. 지은은 슬며시 눈을 떴다. 술기운 때문인지 그는 침대 맡에 기대 제법 곤하게 잠이 들어 있었다.

조금만 더 눈을 감고 있었더라면 정말 잠이 들 뻔했는데 그가 먼저 잠이 들어 줘서 다행이었다. 지은은 그가 깨지 않도록 천천히 손을 빼내고 침대를 빠져나왔다. 그의 등 위에 이불을 조심히 덮어 주고 방을 나왔다.

등은 따스했지만 그녀의 손을 잡고 있던 손에 시린 바람이 불었다. 인하는 번쩍 눈을 떴다. 얌전히 누워 자고 있어야 할 그녀가 없었다. 앉은 채로 잠이 들었더니 뻐근한 근육이 비명을 질렀지만 그런 것 따윈 아무래도 좋았다. 방 안에 그녀가 없다는 걸 확인한 인하는 방에 딸려 있는 욕실 문부터 열었다. 그녀는 없었다.

방을 나서 일 층으로 내려가는 계단을 밟았다. 일 층으로 다 내려가기도 전에 환한 불빛이 눈을 찔렀다. 인하는 몇 계단 더 내려갔다. 노트북 앞에 앉아 있던 그녀는 마침 일을 마쳤는지, 어깨를 두드리며 윈도우를 종료시키고 있었다.

그렇게 화를 냈는데. 걱정하는 걸 다 보고서도 결국 넌…….

인하는 성큼성큼 걸어가 그녀의 뒤에 섰다.

"한지은."

요 근래 더 야윈 그녀의 어깨가 파르르 떨린다. 그녀는 천천히 몸을 일으키더니 느릿하게 고개를 돌렸다. 그녀의 얼굴은 몇 시간 전보다 더 붉어져 있었다. 열이 차오른 눈엔 핏발이 서 있고 초점은 흐릿했다. 인하는 주먹을 꽉 움켜쥐었다.

"푹 자라고 했잖아. 아침에도 열이 나면 가만 안 두겠다고 했잖아."

화가 나다 못해 머릿속이 하얗게 변해 버렸다. 아무것도 보이는 게 없었다. 당장 그녀의 노트북을 부숴 버리고 싶은 충동을 간신히 억누르고 있었다. 그런데 목소리는 이상하다 생각될 정도로 담담하게 흘러나왔다.

"그냥 감기잖아요. 별거 아니란 말이에요."

동요를 내비친 건 오히려 그녀였다. 그녀의 속눈썹이 애처로울 정도로 파르르 떨렸다. 그녀가 고개를 숙이며 손을 뻗어 셔츠 자락을 잡았다. 떨리는 그녀의 손등 위로 붉은 피가 떨어졌다.

"젠장!"

인하는 그녀의 허리를 안아 들고 급하게 욕실로 들어갔다. 그녀의 코에서 뚝뚝 떨어지기 시작한 피는 멈출 줄을 몰랐다. 그녀는 당황했는지 고개를 젖히려 했다. 빠르게 그녀의 뒷머리를 잡았다.

"젖히지 마. 그대로 있어."

코피는 물과 한참을 섞이고 나서야 멈춰 들었다. 수건으로 그녀의 젖은 얼굴을 닦아 주었을 땐 이미 그녀의 얼굴은 창백하게 질린 후였다. 거울 앞으로 그녀를 밀었다.

"그냥 감기? 별거 아니라고? 잘 봐. 지금 네 얼굴이 어떤지."

인하는 도저히 창백한 그녀의 얼굴을 보고 있을 수가 없어 고개를 돌렸다. 잠시 거울을 보던 그녀는 금세 고개를 숙여 버렸다. 주먹을 꽉 움켜쥐자 손등 위로 꿰맨 자국이 힘줄과 함께 튀어 오른다. 그 자국을 물끄러미 바라보던 인하는 자조적으로 웃었다.

"내 손이 그때처럼 너덜너덜해지면 그땐, 네가 내 맘을 이해할 수 있을까? 네가 아프면 내가 얼마나 아픈지 그땐, 알아줄래?"

"왜 그런 말을 해……. 그러지 마요. 당신 다치는 거 나 무서워요."

"내가 다치는 게 무섭긴 해?"

"당신 열 바늘이나 꿰맸어. 무서운 게 당연하잖아요."

그 말에 꾹 눌러 왔던 마음이 터져 버렸다.

"근데 왜 미치게 해! 그냥 도와 달라고 손 한 번 내밀면 될 걸 왜 기어이 피까지 보게 만드냔 말이야!"

그녀는 원망스럽다는 눈빛으로 쏘아봤다. 할 말이 가득한 눈빛이었다. 입술을 깨물며 꾹꾹 참아 내던 그녀는 눈물이 볼을 타고 흘러내리는 순간 모든 것을 터트렸다.

"나도 도와 달라고 말하고 싶어! 마음속으로는 이미 천 번도 더 손 내밀었어! 근데 그러면 의미가 없는데 어떡해. 당신을 특혜 주는 남자로 만들어 버리면 내가 노력하는 의미가 없어지는 걸 어떡하란 말이야."

욕실이 울릴 만큼 컸던 그녀의 말소리는 점점 작아졌다. 작아진 말소리와 함께 그녀의 몸도 내려앉았다. 그녀는 무릎에 얼굴을 묻어 버렸다. 인하는 그녀를 복잡한 시선으로 바라봤다.

특혜 주는 남자……라니.

악바리같이 굴며 도움을 받지 않으려는 이유가 그런 이유일 줄은 몰랐다. 나 때문인 줄…… 몰랐다. 이런 순간엔 뭘 어떻게 해야 하는 걸까. 그녀의 몸을 일으켜 무작정 품에 안았다. 그녀의 눈물이 셔츠를 적셔 간다.

"미안해. 울지 마. 내가 잘못했어."

"노력할게. 더 많이 노력할게. 빨리 당신한테 먼저 손 내밀 수 있도록 많이 노력할 테니까 나 때문에 당신 상처 내겠단 소린 두 번 다시 하지 말아요…….”

점점 커지는 그녀의 울음소리가 가슴을 할퀸다. 무엇이 널 이렇게 힘들게 할까. 너보다 조금 더 위에 있는 내 존재가 널 이렇게나 힘들게 하니? 물으려던 모든 말들이 속으로 삼켜졌다. 더 많이 노력하겠다는 말만이 귓가를 울린다. 그럼 난, 노력하겠다는 너에게 더 넓은 세계를 주어야만 하는 거냐는 말이 입안을 맴돈다.

머리는 그녀도 더 넓은 세계를 원하고 있다고, 그녀를 보내야 한다고 말하고 있지만 인정하고 싶지가 않다. 하루만 얼굴을 안 봐도 미칠 것 같은데 그 먼 곳까지 그녀를 보낼 용기가 나지 않는다.

“결혼하자.”

서글프게 울어 대던 그녀의 울음이 순식간에 멈춰 들었다. 자신이 내뱉은 말이지만 최악이었다. 법적으로 부부가 되어 버리면 아무도 그녀와 자신 사이를 갈라놓지 못할 거라는 이기심. 이렇게라도 그녀를 묶어 두려는 얄팍한 수법. 이건 노력하겠다는 그녀의 의지를 단번에 꺾어 버리는 것과 다름이 없었다. 하지만 한 치의 거짓도 없는 진실한 마음이기도 하다.

결혼하겠다고 말해. 널 다른 곳으로 보내지 않아도 된다고 말해, 제발.

바람은 무너졌다. 품에서 빠져나간 그녀가 발갛게 달아오른 얼굴로 믿을 수 없다는 듯이 바라보고 있었다. 흔들리는 그녀의 눈동자엔 약간의 놀람, 약간의 배신감, 약간의 슬픔이 마구잡이로 뒤섞여 있었다. 그녀를 당겨 다시 품에 가뒀다.

“젠장. ……대답은 일 년 뒤에…… 일 년 뒤에 들을게.”

인하는 절망을 감추듯 두 눈을 감아 버렸다.

프로젝트팀 연구실이 어수선했다. 최종 프레젠테이션이 성공적으로 끝나자마자 팀 해체 명령이 떨어졌기 때문이다. 개인 물건을 정리하는 연구원들의 손이 바쁘게 움직였다.

"이 대리님, 저는 끝나고 나면 시원하기만 할 줄 알았습니다. 그런데 그것도 아니네요. 아아. 진정 난 뼛속까지 연구원이란 말인가. 캬, 훌륭하다. 그렇지 않습니까?"

이 대리는 뿌듯한 표정의 조 대리를 기가 차다는 듯 바라봤다.

"미친 조 대리야. 얌전히 입 닫고 짐이나 싸세요."

동조는커녕 욕만 잔뜩 먹었는데도 조 대리의 얼굴엔 미소가 만연했다. 그 정도 욕은 아무렇지도 않을 만큼 웃으며 떠날 수 있는 지금이 행복한 모양이었다. 지은은 그런 두 사람을 잠시 지켜보다 책상 위에 있는 물건들을 차곡차곡 상자에 담기 시작했다.

끝, 새로운 시작.

그 새로운 시작 선엔 그가 있다. 이제, 그에게로 돌아간다.

기뻐야 할 일인데 마냥 기쁘지만은 않다. 상자가 묵직해지는 만큼 마음도 묵직해진다.

'결혼하자.'

결혼하자고 말하던 그의 목소리는 간절했다. 반지도, 꽃다발도 없는 프러포즈였지만 순수한 진심이라는 데엔 의심의 여지가 없었다. 차고 넘칠 만큼 느껴졌지만 그의 손을 잡아 줄 수 없었다. 내심 기뻤으면서. 떨렸으면서. 조금 더 당당한 모습으로 그의 옆에 서고 싶다는 욕심 때문에 침묵으로 그를 내치고 말았다.

지은은 분주하게 움직이던 손을 힘없이 밑으로 떨어뜨렸다. 침묵의 시간 동안 아프게, 간절하게 일렁이던 그의 눈빛이 잊히지가 않았다. 세수를 할 때, 일을 할 때, 옷을 갈아입을 때, 시도 때도 없이 불쑥불쑥 그의 아픈 눈빛이 마음을 할퀴었다. 그리고 지금 이 순간에도.

"어, 이게 뭐야!"

지은은 이 대리의 외침에 반사적으로 고개를 돌렸다. 모니터를 바라보고 있는 이 대리의 얼굴이 귀신이라도 본 듯 경악으로 일그러져 있었다. 뭘 봤기에 저런 표정이지? 궁금한 건 매한가지인지 짐을 꾸리던 조 대리와 연구원들이 우르르 이 대리의 자리로 몰려갔다.

모니터를 확인한 연구원들의 표정이 이 대리 얼굴처럼 경악으로 물들어 갔다. 그러다 연구원들의 시선이 약속이라도 한 듯, 동시에 그녀를 향했다.

"왜……요?"

이유를 물어도 연구원들은 벌어진 입을 다물 생각도 못 하고 바라보기만 했다. 얼굴 근육을 요리조리 움직이는 것을 보니 일부러 말을 안 하고 있는 게 아니라 말문이 막힌 것 같았다. 궁금증이 일어 한 발자국 걸음을 옮기던 그 순간이었다.

"한 대리 인사 발령 났어."

우뚝, 걸음이 멈췄다. 인사 발령?

"어떤 발령이요?"

"근무지 변경 발령."

"재미없어요, 조 대리님."

지은은 허탈하게 웃고는 발걸음을 돌렸다. 말이 되는 소리를 해야 믿지. 국내 SJ 코스메틱 연구소에 조향사팀은 이곳 한 곳밖에 없다는 거, SJ 전 직원이 다 아는데 근무지 변경? 지은은 도저히 정리할 엄두가 안 나 제일 마지막에 챙기려던 파일들을 모조리 다 끄집어냈다. 불과 몇 개월 사이에 징그럽게도 많이 쌓였다.

"미치겠네. 내가 이렇게 신용 없는 사람이었나? 노스캐롤라이나

SJ연구소. 새로 꾸려질 향료연구팀으로 한 대리 파견 발령 났다구."

처음 듣는 얘기는 아니었다. 우리 조향팀에서 한 명쯤 파견 발령이 날지도 모른다는 소문은 얼핏 듣긴 했었다. 다만, 탐내기엔 너무 큰 자리라 기대를 하지 않았기에 금세 잊었을 뿐.

버려도 될 파일인지, 가지고 있어야 할 파일인지 내용을 파악하느라 분주하게 움직이던 눈동자가 한 곳에 정지했다. 더 이상 파일 안의 내용들이 머리에 들어오지 않았다. 지은은 뻣뻣하게 고개를 돌렸다. 장난 그만하세요, 하고 내뱉으려던 말이 속으로 삼켜졌다. 연구원들의 눈빛이 한 치의 거짓도 없는 진실이라는 걸 말해 주고 있었다.

말도 안 돼.

지은은 이 대리의 자리로 다가갔다. 단단한 성벽처럼 모니터 주위를 감싸고 있던 연구원들이 조용히 길을 터 주었다. 모니터엔 2014 SJ 상반기 인사 발령 공고라는 타이틀 아래로 발령자 명단과 직위, 발령처가 차례로 적혀 있었다. 그리고 그 안에는 정말 한지은이란 이름 석 자가 있었다. '통보합니다.' 라는 글자까지 눈으로 직접 확인을 했음에도 지은은 도저히 믿을 수가 없었다.

상식적으로 납득하기 어려운 파격적인 발령이기 때문이 아니라, 이 발령을 확정 지은 이가 그일 것이기 때문에.

그는 발령에 대해선 어떤 언질도 해 주지 않았다. 밤을 함께 보내고 출근을 위해 각자의 차에 올라탔던 오늘 아침에도. 그런데 어떻게 갑자기…….

요 며칠 어딘가에 정신이 팔려 있는 듯, 순간순간 멍하던 그의 모습이 떠오른다. 적색 신호에 걸려 차가 멈췄을 때, 아침에 일어나 창밖을 바라볼 때, 냉장고에서 물통을 꺼낼 때, 그는 초점 없는 시선으로 어딘가를 바라보곤 했었다.

그답지 않은 모습이었지만 청혼을 무언으로 거절당했으니 괜찮은 척해도 태연할 수는 없는 탓이라고 여겼다. 그래서 마음이 무거우면서도 이유를 물을 수가 없었다.

그런데 그 모든 게 파견 발령 때문이었다니. 그는 대체 어떤 마음으로 인사 발령자 명단에 한지은이란 이름을 써 넣고 사인을 했을까. 묵직한 마음을 뚫고 그의 목소리가 파고든다.

'……대답은 일 년 뒤에…… 일 년 뒤에 들을게.'

지은은 입술을 깨물며 흰 가운을 꽉 움켜잡았다. 프로젝트팀의 최고 수혜자는 한 대리라는 조 대리의 능청스런 말도, 요란스럽게 축하의 말을 건네는 연구원들의 말도 들려오지 않았다. 크기와 무게를 가늠하기 힘든 돌덩이가 마음을 짓누른다.

왜 몰랐을까. 결혼하자는 말이 보내기 싫단 말이었다는 걸. 담담한 말 속에 섞여 있던 서글픔이 보내야만 하기 때문이었다는 걸.

혼자만 힘들다고 생각했었다. 부하와 여자 사이에서 자신이 힘들듯, 그도 상사와 남자 사이에서 힘들 거라는 생각은 하지 못했다. 그는 위로 올라가려고 아등바등대는 여자를 지켜보며 자신의 탓인 거 같아 더 힘들었을 거다. 그 사실을 왜 이제야 알았을까.

책상 위에 파견 발령 관련 서류를 올려 두고 신호에 걸렸을 때처럼, 냉장고 앞에서처럼, 창 앞에서처럼 초점 없는 시선으로 조용히 시간을 죽였을 그의 모습이 그려진다. 파견 발령 서류에 이름 석 자를 써 넣으며 괴로웠겠지. 아팠겠지. 손만 뻗으면 만져 볼 수 있는 존재가 너무나 아득하게 느껴졌겠지. 종무식 때 화려하게 빛이 나던 당신을 바라보며 내가 느꼈던 감정처럼…….

아픔이 전이된 듯 가슴이 쓰려 도저히 가만히 있을 수가 없다. 지은은 달리기 시작했다.

지은은 숨을 헐떡이며 향료연구팀에 들어섰다. 문이 열리는 순간부터 윤 과장 자리에 모여 있던 연구원들의 시선이 동시에 쏟아졌다. 놀라움, 부러움이 뒤섞인 시선이 일제히 모아졌다. 이미 프로젝트팀 연구실에서 한차례 겪은 홍역이었기에 지은은 눈인사를 하고 곧바로 수석 연구실 쪽으로 몸을 틀었다. 그런데 한 걸음 옮기기가 무섭게 날쌘 고동석 연구원이 앞을 가로막더니 손을 덥석 잡았다.

"한 대리님! 존경합니다! 한 대리님은 저의 롤모델이십니다!"

동석의 눈동자가 반짝였다. 롤모델은 더 높은 곳으로 정하라고 조언을 해 줘야 하는데 마음이 먹먹해서 어떤 말도 할 수가 없었다. 그저 초조한 눈빛으로 수석 연구실만 바라봤다. 그때 연정이 다가와 동석을 밀어내고 작게 속삭였다.

"아침부터 기다리시는 눈치야. 얼른 들어가 봐."

지은은 고마운 마음을 눈빛에 담아 연정을 한 번 바라보고 수석 연구실 앞에 섰다. 노크를 하자 곧바로 들어오라는 그의 목소리가 들렸다. 지은은 안으로 들어서서 조용히 문을 닫았다.

그의 방 내부는 음침했다. 연구실 쪽으로 나 있는 창은 블라인드가 쳐져 있고, 밖으로 나 있는 창문은 날이 흐려 햇빛이 하나도 들어오지 않았다. 주인 없는 책상에 외롭게 켜진 스탠드 불빛까지 훑은 지은은 맨 마지막으로 소파에 앉아 있는 그에게 시선을 던졌다. 일거리도 없이 소파에 가만히 앉아만 있는 그의 얼굴엔 피곤의 그림자가 짙게 드리워져 있었다.

"늦었네."

모든 걸 체념한 듯 덤덤한 목소리와는 달리 그의 눈동자가 쉴 새 없이 흔들렸다. 끈적끈적한 공기가 몸에 달라붙는 것 같다. 목구멍이 꽉 막혀 어떤 말도 못 하고 고개만 끄덕였다. 그도 고개를 끄덕였다.

그뿐이었다. 테이블 사이로 진득한 시선만 한참 동안 오갔다. 뜨겁고 텁텁한 공기에 바람을 불어 넣은 건 이번에도 그였다.

"미리 얘기하는데 내 뜻 아냐. 난 너 감히 어디로 보내야겠다는 생각 따위 못 했어. 김 소장님 뜻이야."

안다. 출근도 하기 싫어진다고 오늘 아침에도 투덜대던 그가 제 스스로 이런 생각을 했을 리가 없다. 이번에도 고개만 끄덕였다.

"이제 이리 와. 아니, 내가 가지."

그는 뻗었던 손을 거두고 자리에서 일어나 곧장 걸어왔다. 그가 다가올수록 음영이 짙어져 그의 얼굴이 잘 보이지 않았다. 지은은 조금이라도 얼굴을 자세히 보려고 눈을 부릅떴다. 코앞까지 다가와 걸음을 멈춘 그의 숨결이 이마에 와 닿았다.

"지금 안아 보고 싶다고 하면 연구실이라 안 된다고 할 건가?"

지은은 그를 끌어안는 걸로 대답을 대신했다. 두 팔로 힘껏 끌어안아도 그가 한 손으로 허리를 두르자 안긴 형상이 되어 버렸지만 안겼든, 안았든 그런 건 상관없었다. 그저 조금이라도 그에게 미안한 마음이 전해지길 바랐다.

"좋아할 줄 알았는데, 나만 속상한 건 아니군."

어깨에 묵직하게 올라온 그의 이마가 그의 마음의 무게 같다. 지은은 입술을 깨물었다.

"왜…… 말 안 했어요?"

"보내야 하는 남자, 떠나야 하는 여자처럼 지내기 싫어서. 나보고 편안하게 웃는 한지은 하루라도 더 보고 싶어서."

"그게 뭐야. 인하 씨는 속상했잖아요."

"덜 속상했어. 한지은이 웃어 줘서. 그런데 지금은 많이 속상해.

한지은이 안 웃어 줘서."

도저히 웃을 수 있을 것 같지가 않았다. 그의 너른 가슴팍에 얼굴을 깊숙이 묻었다.

"인하 씨, 나…… 안 가고 싶다고 하면 안 갈 수 있어요? 다른 사람, 보내 줄 수 있어요?"

허리께에서 살짝 떨린 그의 손끝이 흰 가운을 타고 살결에 닿았다. 홧홧해짐을 느끼기도 전에 그가 어깨로 손을 옮겼다. 그리고 살짝 밀어 밀착됐던 몸을 떼어 냈다. 탐색하듯 그의 집요한 시선이 얼굴 곳곳을 찌른다. 덤덤한 얼굴로 그의 시선을 고스란히 받아 냈다. 얻어 내려던 대답을 찾지 못한 듯, 그의 눈썹이 미세하게 위로 치켜 올라갔다.

"진심이야?"

"진심이에요."

올라가고 싶고, 앞으로도 올라가기 위해 노력할 생각이지만 이런 식은 아니었다. 헤어짐은 한 번도 생각해 본 적이 없었다.

"너 지금 입술 깨물어. 그렇게 내린 결정이면 다시 생각해."

다시 오지 않을지도 모르는 기회에 대한 아쉬움. 마음 한편에 자리한 미련을 저도 모르게 표출하고 말았나 보다. 안으로 말려 들어간 입술을 빼내 준 그는 곧장 돌아섰다. 화가 난 것 같았다. 지은은 망연자실한 표정으로 그의 등을 바라보다 재빨리 그의 팔목을 잡았다.

"인하 씨."

목소리가 저절로 떨렸다. 그의 팔목도 같이 떨렸다. 여자를 위해 보내려는 남자의 마음, 남자를 두고 떠나기 싫은 여자의 마음이 미묘하게 부딪쳐 공기를 흐린다. 그의 팔목을 잡은 손에 조금 힘을 실었다. 그 작은 힘에 또 한 번 그의 팔목이 떨린다. 동시에 그의 입에서 옅은 한숨 소리가 새어 나왔다. 흐린 공기를 뚫고 그가 마침내 뒤돌아섰다.

"한지은. 결혼하자는 말, 빈말 아니야. 내 옆에 당당히 서고 싶다는 네 의견을 존중해서 조금 늦췄을 뿐이야. 이번에도 가지 않겠다고 하면 두 번 다시 기회는 없어."

그의 팔을 꽉 움켜잡으며 고개를 숙였다. 그의 말이 맞다. 정말 이대로 결혼을 하면 두 번 다시 이런 기회는 잡을 수 없다. 놓치기 아까운 기회라는 건 알지만 이제 겨우 그와 시작을 한 참인데…….

"우리, 손잡고 길거리 걸어 보지도 못했어. 아직 영화관도 못 가 봤고, 단둘이 술도 같이 한번 못 마셔 봤고……. 인하 씨에 대해 아는 것보다 모르는 게 더 많은데……. 나에 대해 알려 주고 싶은 것도 아직 많은데……."

"한지은. 고개 들고 나 봐."

지은은 고개를 저었다. 그의 얼굴을 볼 자신이 없다. 모든 것이 변명이었다. 그저 불안한 마음뿐이었다. 사랑은 타이밍, 그 타이밍이 우리를 비켜 갈까 봐. 정수리로 좀 전보다 5도쯤 높게 느껴지는 그의 숨이 내려앉는다.

"겨우 이 정도 일에 흔들릴 마음이었으면 난 시작도 안 했어. 시간과 상관없이 내 마음, 한지은 마음은 단단하다고 믿어서 이런 결정할 수 있었던 건데. 내 마음만 단단한 거였나?"

지은은 고개를 저으며 서둘러 고개를 들었다.

"아니, 아니에요. 내 마음도 단단해요."

"그럼 됐잖아."

됐……다고? 정말 보내고 싶지 않은 남자 맞나 순간 의심이 들었다. 갑자기 이 남자, 심히 밉다. 그를 노려보며 비꼬았다.

“응. 헤어짐이 별건가. 5년쯤 떨어져 있어도 우리 사랑은 계속 단단할 거예요. 아마.”

서운함이 가득할 표정을 들키기 싫어 곧장 그에게서 돌아섰다. 하지만 한 발자국 채 떼기도 전에 그에게 허리를 붙들리고 말았다.

“누구 맘대로 5년이야.”

“…….”

“1년. 1년은 보고 싶어도 참아 볼 건데 그 이상은 자신 없어. 1년 안에 만족할 수 있을 만큼 올라가서 내 옆으로 와. 한지은 돌아올 때까지 난, 한지은에게 사랑을 말해 줄 수 있도록 연습하며 기다리고 있을게.”

울게도 하고 웃게도 하는 야속한 남자.

그의 마음이 남김없이 전해진다. 사랑한단 말을 먼저 했다고 자만했나 보다. 이 남자는 생각보다 나를 훨씬 더 사랑하는 것 같다.

“응.”

눈물을 참느라 가슴에 멍울이 져 그 이상의 말은 할 수가 없었다. 1초, 1초, 시간이 흘러가는 초침 소리가 유난히 크게 들린다. 마음속에서 돌기 시작한 헤어지는 시간까지의 초침 소리만큼이나.

15. 이별

“인터뷰 잘하셨나 봐요. 비자가 생각보다 빨리 나왔어요. 여기 비자랑 항공권, 지내게 되실 숙소 주소요. 잘못된 거나 빠진 거 있나 확인해 보세요.”

인사 발령 공고가 붙은 다음 날 미국으로 가는 준비를 도와주겠다며 전화를 걸어 왔던 인사부 여사원은 미소를 지으며 서류 봉투를 건넸다.

그녀의 얼굴에 초조한 기색이 엿보였다. 1년 차, 혹은 2년 차가 흔히 짓는 표정. 혹여 놓친 게 있으면 어쩌나 걱정이 되는 모양이었다. 지은은 서류 봉투를 개봉하고 살펴보기 시작했다. 다른 것들은 보이지 않고 항공권에 찍힌 출국 날짜만이 눈에 박혀 들어온다.

27FEB14

28일 티켓으로 끊겠다고 했는데 하루가 앞당겨졌다. 여사원을 바라봤다. 제법 눈치는 빠른 편인가 보다. 항공권을 유심히 살펴보고 얼른 대답을 한다.

"아, 날짜요……. 28일 비행기가 다 만석이라서요. 시차 적응 시간도 필요하실 거고, 짐 정리할 시간도 필요하실 텐데 하루 늦는 것보단 빠른 게 낫지 싶어서요. 미리 연락 못 해 드려서 죄송해요."

개인적으로는 차라리 하루 늦는 편이 나았지만 그녀의 판단이 잘못된 것은 아니었다. 첫 단추가 중요한 만큼 늦게 가는 것보다 하루 먼저 가서 준비를 하는 게 여러모로 도움이 될 터였다. 지은은 고개를 끄덕였다.

오늘이 22일이니, 이제 남은 시간은 5일.

하루하루 시간이 지날수록 그의 곁과 멀어지고 미국이 가까워져 오고 있었다. 그와 하지 못한 것들이 너무 많다는 아쉬움, 혼자 한국에 남게 된 그에 대한 안타까움, 그를 혼자 남겨 둘 수밖에 없는 상황에 대한 속상함이 뒤범벅되어 마음을 헝클어뜨린다.

성난 파도를 만난 것처럼 마음속이 격렬하게 요동쳤다. 한국 땅을 뜨기도 전에 벌써 그가 그리워져 지은은 눈을 질끈 감아 버렸다.

"또 뭐 잘못된 것이라도……."

조심스러운 여사원의 물음에 눈을 떴다. 그녀의 얼굴은 하얗게 질려 있었다. 이런. 지은은 신속하게, 하지만 꼼꼼하게 살펴보기 시작했다. 항공권과 비자는 대행사에서 맡았을 것이고 숙소만 그녀의 몫이었을 것이다. 주소 밑엔 숙소가 연구소에서 차로 20분 거리라는 것과 공항에서 찾아가는 방법까지 자세히 설명되어 있었다. 비자나 항공권에도 잘못된 것은 없다.

"없네요. 고마워요. 이만 가 볼게요. 수고하세요."

"눈길이라 미끄러워요. 조심히 가세요."

지은은 서류 봉투를 가방에 넣고 인사부를 나와 엘리베이터 앞에 섰다. 날이면 날마다 바쁘게 돌아가는 본사지만 오늘은 공식 행사라도 있는 건지 엘리베이터가 16층에서 한참이나 내려올 줄을 몰랐다. 겨우 움직이기 시작한 화살표를 바라보는데 가방에서 휴대폰이 진동했다. 휴대폰을 꺼내 들어온 메시지를 확인했다. 그였다.

[오늘은 우리 둘만 보냈으면 하는데. 이왕이면 퇴근도 같이 했으면 좋겠고. 이뤄질 수 있는 바람인 건가?]

메시지를 보내는 얼굴이 얼마나 심통 난 얼굴이었을지 안 봐도 뻔했다. 그도 그럴 것이 파견 발령이 난 이후로는 인수인계를 위해 맡았던 일의 자료를 정리하느라 정신이 없었다.

시간이 촉박하다 보니 야근이 이어지는 나날 속에 어쩌다 일찍 퇴근을 하는 날이면 어떻게들 귀신같이 알고 송별회 자리가 마련됐다. 짧은 시간이었지만 정이 들었던 프로젝트팀, 향료연구팀은 물론이고 연정과 단둘만의 송별회까지. 두 번 있었던 주말마저 의성에 다녀오고 당직이 겹쳐 그와 느긋하게 있을 시간이 없었다.

지은은 시간을 확인했다. 조금 서두르면 퇴근 시간에 얼추 맞출 수 있을 것 같았다. 비록 출국 날짜가 하루 빨라졌다는 슬픈 소식을 전하게 됐지만.

기다리고 있으라는 메시지를 보내려는데 때마침 엘리베이터의 문이 열렸다. 핸드폰을 든 채로 한 걸음 앞으로 나아갔지만 더 나아가지 못하고 이내 걸음을 멈췄다. 엘리베이터가 만원이었다. 단출한 색상의 넥타이를 단정히 맨 남자와, 검은 정장에 블라우스를 받쳐 입은 여자의 면접 부대가 틈새도 없이 뒤엉켜 있다.

"밀지 마세요!"

"아우!"

벌써 이런 시기가 왔나. 5년 전 이맘때, 연구소에 입사하고 싶다는 부푼 꿈을 안고 자신도 저들 무리 사이에 끼어 있었다. 이제는 추억이 돼 버린 기억이 떠올라 웃음이 나면서도 진저리가 쳐진다. 취업의 길은 5년 전이나 지금이나 험난했다.

엘리베이터 안에서 밀고 당기는 몸 다툼이 벌어지는 사이, 몸싸움에서 밀린 한 남자가 엘리베이터 밖으로 튕겨 나왔다.

"어, 어, 어! 이런."

떨어지기 일보 직전인 서류 더미를 바로 안아 든 남자가 엘리베이터를 향해 다시 돌진했지만 엘리베이터는 이미 닫힌 뒤였다. 남자는 옷을 툭툭 털며 야속하게 1층을 향해 내려가는 엘리베이터를 바라만 봤다. 그러다 문득 남자가 옆으로 고개를 돌렸다.

지은과 남자의 시선이 마주치고 복도엔 어색한 공기가 돌았다. 그 공기를 먼저 가른 건 지은이었다.

"오랜만이야, 선우 씨."

입춘이 지난 지가 꽤 됐는데 봄은 아직 먼 것 같았다. 창문을 뒤덮은 서리를 바라보던 지은은 카페를 둘러보았다. SJ 본사 1층에 있는 카페는 근무시간이라 그런지 한산했다. 드문드문 아까 엘리베이터에서 본 면접 응시자들이 자리를 채우고 있을 뿐, 본사 직원은 카운터에서 아메리카노 두 잔을 건네받고 있는 선우뿐인 것 같았다. 지은은 회색 정장을 입은 선우의 등을 물끄러미 바라봤다.

말랐구나.

얼굴색이 어땠는지, 마주쳤을 때의 시선은 어땠었는지는 기억이 나지 않는다. 세세히 관찰할 수 있을 만큼 마음이 여유롭진 못했다. 1시간도 머물지 않은 이 넓은 본사 안에서 선우와 맞닥뜨릴 거라고는 미처 예상하지 못한 까닭이었다.

"오른쪽이 시럽 안 넣은 거야."

선우가 테이블 위로 잔 두 개를 내밀었다. 선우는 커피를 마실 때면 그녀가 시럽 안 넣은 쪽을 선택할 거라는 걸 알면서도 늘 이렇게 시럽 넣은 쪽과 안 넣은 쪽, 두 잔을 동시에 내밀곤 했었다.

하나도 안 변했네. 여전히 다 기억하네. 난 만년필을 보고도 바로 기억해 내지 못했는데.

한쪽만 흔적을 기억한다는 게 입을 쓰게 만든다. 일부러 시럽 넣은 아메리카노를 골랐다. 선우의 시선이 느껴졌지만 가만히 잔을 그러모아 쥐고 한 모금 들이켰다.

"요즘은 넣어 마셔."

선우의 입가에 씁쓸한 미소가 감돈다. 그마저도 모른 체했다. 얌체 같아, 라는 말이 마음속을 비집는다. 창문 쪽으로 고개를 돌린 선우의 입에서 뜨거운 숨이 흘러나왔다. 그 숨이 창문에 김을 만들었다. 하지만 그것도 잠시, 선우는 서글서글한 눈매를 구부리며 까만 정장 치마에 블라우스를 받쳐 입은 무리들을 여운 깊게 바라봤다.

"그립다. 벌써 시즌이 그런가 봐. 5년 전엔 우리도 저랬는데. 기억나?"

"아니."

"그럴 리가. 저 치열했던 시간이 정말 하나도?"

"과거를 돌아봐서 뭐해. 앞만 보고 달리기에도 벅찬데."

서글서글하게 굽어졌던 선우의 눈매가 딱딱하게 굳었다. 이런 선우의 얼굴을 딱 한 번 본 적 있다. 오늘 밤 같이 있자는 말에 들어가라며 차갑게 내쳤을 때.

이럴 때의 선우는 무섭다. 절대로 져 주는 법이 없다. 수단과 방법을 가리지 않고 어떻게든 원하는 바를 얻었다. 때리지도 못하고, 소리 한 번 지르지도 못하고 혼자 집으로 들어가게 만들었던 그때처럼. 어떤 말을 내뱉을지 예상할 수가 없어 등이 딱딱하게 굳었다.

"과거가 있어야 현재도 있지. 인사 발령 공고 봤어."

"나도 선우 씨 선봤다는 얘기 들었어."

"축하해."

"잘됐으면 좋겠다."

"넌 다 잊었는데 나 혼자만 기억하는 게 미안하면 그냥 미안하다고 해. 괜히 시럽 넣은 커피 한 잔 다 비우고 속 메스꺼워 고생하지 말고."

말문이 막혔다. 사실이었다. 혼자만 기억하게 하는 게 미안한 것도, 시럽 넣은 커피를 한 잔 다 마시면 속이 메스꺼워져서 하루 종일 고생하는 것도. 선우가 시럽이 들어가지 않은 아메리카노를 앞에 놓아 주고 시럽이 들어간 아메리카노를 제 앞으로 가져갔다.

"알고, 있었어?"

"미안해하는 네 마음, 시럽 넣은 커피의 후유증. 어느 쪽을 묻는 건데."

"……둘 다."

"돌아보고 싶지 않은 과거라도 1년은 짧지 않으니까."

과거가 되었지만 서로에게만 집중했던 1년. 반년도 채 함께하지 않은 사람과의 기억이 더 깊게 자리 잡힌 자신에겐 1년이 짧았지만, 생생하게 모든 걸 기억하고 있는 선우에게 1년은 짧지 않다. 더 이상 반박할 말이 없어 불편함을 감수하고 이곳까지 따라온 이유를 꺼냈다.

"만년필 고마워."

"응."

"근데 선우 씨……."

"거기까지. 고맙다는 말까지만 듣자."

선우는 어떤 말을 예상했을까. 이별 선물로 받기엔 너무 비싼 선물이라 부담스럽다, 라는 말을 예상했을까. 뭐면 어때. 결국 하지도 못했는데. 아이러니하게도 마음이 조금 편안해진다.

"아주 안 변한 건 아니네. 이제 말도 자르고. 그래, 다 똑같으면 안 되지. 그럼 진짜 미안하다고 해야 하잖아."

이번엔 선우가 말문이 막힌 모양이다. 꾹 다문 입술 위로 시럽이 들어가 다디단 아메리카노를 바라보는 선우의 눈이 쓰게 일렁였다. 이런 얼굴을 보면서도 마음이 담담하기만 하다. 새삼스럽게 '헤어졌다'는 게 실감 난다.

"선우 씨. 나 선우 씨한테 궁금한 게 있어."

"물어봐. 뭐든."

"아픈 데 헤집는 질문일지도 몰라. 다칠 거 같으면 안 물을게."

"아니. 아픔은 드러내서 치료해야지 숨기기만 하면 곪더라. 그래서 나 너 잃었잖아. 치료하는 중이니까 괜찮아."

진짜 변했다. 그는 어떻게든 앞으로 나아가려고 노력하고 있었다. 따뜻함이 가득한 머그잔을 두 손으로 그러모아 쥐었다.

"5년 전에…… 아니, 이제 6년 전이네. 왜, 헤어졌어? 사랑했잖아."

예상하지 못한 질문이었나 보다. 선우의 눈동자가 놀란 듯 옅게 흔들린다. 그러다 이내 차분해졌다. 잔을 들어 커피를 한 모금 들이켜는 선우에게선 아무것도 읽히지 않았다.

"그런 건 우리가 헤어지던 날 물었어야지. 그땐 궁금하지 않던 이유가 왜 이제야 궁금해진 건데."

그토록 사랑했던 연인이 헤어져야만 하는 이유가 나에게도 해당될 수 있는 거라면, 미리 차단하고 싶을 만큼 사랑하는 사람이 생겼으니까. 그래서 그땐 궁금하지 않던 이유가 지금은 궁금해.

미국행을 결정하고 하나하나 정리를 해 나갈수록 마음이 갑갑해져 왔다. 그의 단단한 마음은 의심의 여지가 없었지만 그것과는 별개의 문제였다. 매일 얼굴을 마주하고, 서로의 스케줄을 꿰고 있던 일상이 어그러진다. 자신 없이 채워질 그의 시간이 안개 속을 위태롭게 달리는 것처럼 한 치 앞도 내다볼 수 없어 공포로 다가왔다. 그 공포가 커질수록 상상력만 커져 최악의 가정들이 늘어났다. 그러다 문득, 너무도 아팠던 선우의 사랑이 떠올랐다.

그렇게 사랑했으면서 왜 헤어진 걸까.

선한 빛이지만 집요하게 좇는 선우의 시선이 눈동자에 박혀 들어온다.

1년이 당신에겐 참 길었구나.

대답하지 않았지만 선우는 이미 이유를 알아 버린 것 같았다. '내가 생각하고 있는 게 맞니?' 하고 묻는 선우의 시선을 마주하고 있을 자신이 없어 탁한 액체 속으로 도망쳤다.

"미안. 못 들은 걸로 해."

"너 이미 대답했어. 숨기려면 제대로 숨기지 사과는 왜 해."

"공고 봤으면 알지. 우리 당분간은 우연으로 마주칠 일 없을 거야. 잘 지내, 선우 씨."

헤어진 남녀가 만난다는 건 이런 건가 보다. 같은 곳을 바라보지 못하게 되는 건 고사하고 같은 주제의 대화도 할 수 없게 되는 것. 헤친 코트 깃도 여미지 않고 가방만 챙겨 막 일어나려던 그때였다.

"이제 막 핀 예쁜 꽃이 해도 못 보고 시들어 죽어 버릴 것 같아서."

무슨 뜻인지 완전히 이해하지 못했지만 몸이 움직여지지 않았다. 그저 가방 끈만 부여잡고 멍하니 선우를 바라봤다.

"나만 보면 울었어. 내 얼굴을 보면 죽어 버린 아이를 떠올리게 된다고. 생각하게 된대. 눈을 닮았었을까, 코를 닮았었을까. 아니면 입을 닮았었을까. 그 아이한테 내가 줄 수 있는 게 눈물밖에 없었어."

아이를 잃은 엄마의 아픔은 잘 알지 못한다. 그저 많이 아프겠구나, 짐작만 할 뿐. 다만 한 가지 확실한 건 고작 스무 살이었던 그 아이는 그때 이미 서른하나인 자신보다 더 세상을 많이 아는 어른이 되었다. 그리고 힘겨운 시간을 견뎌야 했던 선우 또한.

위로의 말도, 사과의 말도 주제넘은 말이 될 것 같아 그저 자리를 지켰다. 오랜 침묵을 깬 건 선우였다.

"지금 네 옆에 있는 그 사람은 웃게 해 주는 남자니?"

"응."

"많이 웃어 줘. 그럼 잠시 떨어져 있어도 너 울릴 일 같은 거 안 할 거야. 내가 그랬거든. 난…… 결국 울리고 말았지만."

어딘가를 헤매듯, 선우의 눈동자가 아득해졌다. 그는 과거 중 어디를 헤매고 있는 걸까. 우리가 헤어지던 그때일까. 아니면, 너무 일찍 어른이 된 그 아이가 죽은 아이를 떠올리며 울던 그때일까.

힘겹게 과거 속을 빠져나온 선우가 자리에서 일어나 손을 내밀었다. 지은도 일어나 선우가 내민 손을 맞잡았다.

"잘 다녀와. 건강하게. 다시 보면 그땐 친구로, 동료로 웃어 주라."

"그럴게. 선우 씨도 꼭 다시 웃음 찾아."

손을 타고 따뜻한 선우의 온기가 전해진다. 인연은 아니었지만 역시나 좋은 사람. 인생 중 1년을 함께한 사람이 선우여서 다행이라고 생각했다. 그리고 안타까웠다. 잠깐이었지만 고개를 끄덕이는 선우의 얼굴에 내려앉았던 그림자는 쉽게 웃음을 찾지 못할 거라고 말해 주고 있었다.

선우와 맞잡은 손이 서서히 멀어지던 그때였다. 카페테리아 문에 달린 자그마한 종소리가 유난히 크게 들렸다. 문을 바라보고 서 있던 선우의 시선이 먼저 돌아갔다. 선우의 눈동자가 폭풍을 만난 듯 격렬하게 흔들렸다. 지은은 문 쪽으로 천천히 고개를 돌렸다.

그리고 마법 같은 일이 일어났다. 그곳엔…… 얼굴이 하얗고 머리카락이 어깨까지 내려오는 예쁜 꽃 한 송이가 서 있었다.

지은은 첫눈에 직감했다. 이름도 얼굴도 모르지만 20대 중반이 된 저 아이가 선우의 그 아이라는 것을.

둘만의 세상에 갇혀 버린 듯 서로만 응시하고 있는 그 시선 가운데, 그녀는 이방인이었다. 지은은 천천히 테이블을 벗어났다. 여자와 점점 가까워진다. 손에 코트를 들고 있는 여자는 까만 치마 정장에 블라우스를 받쳐 입고 있었다. 그리고 왼쪽 가슴에 달려 있는 미처 떼지 못한 SJ그룹 상반기 공채 수험표.

이현아.

증명사진 속의 현아는 환하게 웃고 있었다.

'이번엔 놓치지 마, 꼭 웃음 지켜 줘. 힘내, 선우 씨.'

지은은 두 사람을 뒤로하고 엘리베이터를 향해 걸었다. 한 걸음 내디딘 순간부터 싹트기 시작한 간절한 마음 하나가 급속도로 자라 가슴 안을 꽉 메웠다. 지하 주차장으로 내려오자마자 휴대폰을 꺼냈다. 세 번의 신호가 끝나기도 전에 그의 목소리가 들려왔다.

—왜 이제 전화해. 본사 남자한테 눈길이라도 준 건가? 나보다 멋진 남자는 흔하지 않았을 텐데.

드물게 장난기가 섞인 그의 목소리에 가슴이 벅차 온다. 당장 꺼내지 않으면 터져 버릴 것 같아 곧장 마음 한 자락을 내어놓는다.

"보고 싶어요, 인하 씨."

—역시, 나만큼 멋진 남자는 없었나 보지?

기분 좋은 그의 웃음소리가 휴대폰을 타고 넘어온다. 마치 옆에서 그가 보고 있는 듯 고개를 끄덕였다.

"맞아요. 인하 씨만큼 멋진 남자는 없었어."

—정말 쳐다보긴 했단 소리군. 괘씸하지만 솔직했으니 한 번은 넘어가 주지. 와서 봐. 안길 수 있는 가슴도 빌려 줄 테니.

"그게 뭐야. 이왕이면 가슴만 빌려 주지 말고 몸 전체 빌려 줘요. 대여 기간은 평생."

그의 웃음소리가 사라졌다.

—반칙이야, 한지은. 내 청혼보다 멋지잖아.

"청혼 아니고 유혹인데. 오늘 밤은 나 재우지 말아요."

—……연구소 오지 말고 바로 퇴근해. 나도 지금 출발할 테니까. 끊어.

지은은 끊겨 버린 휴대폰을 당혹스런 표정으로 바라봤다.

"1시간은 걸릴 거라는 거 알면서. 못 말려, 진짜."

그렇게 말하면서도 차를 향해 걸어가는 걸음이 저절로 빨라졌다. 집 앞에서 목을 길게 빼고 골목길만 쳐다보고 있을 그가 그려져서.

지은은 집으로 통하는 골목길로 핸들을 틀었다. 예상했던 대로 그가 먼저 와 있었다. 살을 에는 차가운 공기에도 아랑곳 않고 그는 차에 기대 서서 점점 가까워져 오는 차를 바라보고 있었다. 그의 차 옆에 부드럽게 차를 세웠을 때, 그의 눈빛이 출렁거렸다. 그가 손목을 들고 시간을 확인한다. 예상 시간보다 30분이나 더 걸린 걸 타박이라도 하듯, 그의 눈썹이 씰룩댔다.

지은은 사이드브레이크를 당기고 곧장 차 문을 열었다.

"전화를 얼마나 했는지 알아? 휴대폰은 왜……."

그의 볼멘소리는 힘껏 그의 허리를 끌어안자마자 허공에 삼켜졌다. 마음이 아릿했다. 1시간이 조금 넘는 시간 동안 몇 번이나 전화를 걸며 그가 느꼈을 초조함이 다급한 목소리와 차가운 그의 몸에서 고스란히 느껴졌다.

"충전기도 없는데 배터리가 나갔어. 8차선 한복판에서 난 사고의 뒷수습이 늦어져서 도로는 주차장이었고. 차 버리고 오고 싶은 걸 간신히 참았어요. 근데 버리고 올 걸 그랬다. 차에서 기다리지, 왜 밖에서 기다렸어요. 몸이 얼음장이잖아."

"마음은 더 얼음장이었어. 한지은이 옆에 없어서."

"……내가 없어서?"

"한지은이 옆에 없는 봄, 여름, 가을은 나한텐 그냥 겨울이야. 한지은이 옆에 있을 때만 봄이고 여름이고 가을이 돼. 왔으니까 이제 겨울 아냐. 다 녹았어. 그래서 괜찮아."

그 말은 하지 말지. 괜찮긴 뭐가 괜찮아. 나 이제 5일 뒤면 당신 옆에 없을 텐데. 당신, 꽤 오랫동안 겨울이겠다.

보상이라도 받으려는 듯, 그가 허리를 꽉 끌어안았다. 그의 가슴팍에 깊숙이 얼굴을 묻었다. 두근두근, 조금 빠르게 뛰기 시작한 그의 심장 박동에서 설렘이 묻어났다. 그 설렘이 곧 깨어질 것 같아 서글펐다.

"이제 얼굴 좀 보여 주지?"

"안길 수 있는 가슴 빌려 준다면서요. 조금만 더."

"유혹에 충분히 넘어갔어. 몸 전체 내어 줄 테니, 얼굴 좀 보자."

허리를 더 꽉 끌어안으며 도리질을 쳤다. 어깨를 살짝 떼어 내려던 그의 손길이 멈췄다. 기분 좋게 뛰던 그의 심장이 불안정하게 뛰기 시작했다.

“출국 날짜 당겨졌구나.”

그의 짙은 한숨이 땅에 닿음과 동시에 허리를 끌어안고 있던 팔이 바닥으로 뚝 떨어졌다. 지은은 한 걸음 뒤로 물러나 초점이 흐릿해진 그의 시선과 마주했다.

“어떻게…… 알았어요?”

“오후에 본사로 너 보내면서 그럴지도 모른다고 생각했었어. 나 시카고에서 인천으로 올 때도 만석이라 앞당겨졌었으니까. 얼마나 당겨졌어?”

“하루요…….”

그의 눈에 초점이 다시 돌아왔다. 그는 담담히 고개를 끄덕였다. 하루지만 당겨졌는데, 벌써 괜찮아진 거야? 그가 슬퍼하는 것도 싫었지만, 막상 태연해지니 모난 마음이 불쑥 고개를 내민다.

“다예요, 그게?”

“음. 난 3일 일찍 출국했었으니까.”

하루 정도는 괜찮다는 뉘앙스였다. 난 하나도 안 괜찮았고, 지금도 안 괜찮은데. 홱 몸을 돌렸다. 성큼성큼 걸어가 문을 열고 집 안으로 들어갔다. 뒤따라 들어온 그가 뒤에서 쿡쿡 소리 죽여 웃는다.

“한지은이란 여자가 삐칠 줄도 아는 여자였군. 처음 알았어.”

소파에 가방을 올려 두고 코트를 벗던 지은은 우뚝 행동을 멈췄다. 얼굴이 확 달아올랐다.

그렇게 꼬집을 필요는 없잖아. 아, 얄미운 남자.

홱 그를 향해 돌아섰다. 갑작스런 움직임에 다가오던 그가 걸음을 멈췄다.

“당신, 미워할 거야. 평생 몸 빌려 달라는 말 취소예요. 유혹도 취소. 편하게 혼자 잘 거예요. 올라오지 말아요."

"누구 맘대로?"

"내 맘대로요."

코트를 다시 걸치고 2층으로 몸을 틀었다. 계단을 막 오르려던 순간, 그가 허리를 끌어안았다. 지은은 그의 팔을 잡고 힘을 주었다. 그는 아예 깍지를 껴 버렸다.

"더 들어. 내 말 아직 안 끝났어."

"무슨 말을 하든 소용없어요."

"그래도 기회는 주지?"

칫. 하루에도 몇 번씩 사람을 들었다 놨다. 기회 주면 뭐가 달라질 줄 알고? 해 보라는 듯, 호기로운 눈빛으로 비스듬히 고개를 돌렸다.

"등 보지이지 마. 나 보고 웃어 줘. 이왕이면 엄청 행복하게. 그럼 한지은이 없는 시간에도 봄으로 있을 수 있을 것 같아."

아 정말. 한순간이라도 미워할 수 없게 만든다. 지금 이 순간 슬픈 건, 떠나야 하는 사람보다 남겨진 사람.

'많이 웃어 줘. 그럼 잠시 떨어져 있어도 너 울릴 일 같은 거 안 할 거야.'

선우의 목소리가 귓가에 윙윙댄다. 선우는 다 알진 못했다. 두려운 건 내가 울게 되는 게 아니라 이 남자가 울게 되는 것.

"인하 씨."

"응."

"생각했던 것보다 더 많이, 내가 당신을 사랑하나 봐."

허리를 안은 그의 팔에 힘이 들어갔다.

"내가 더. 한지은은 상상할 수도 없을 만큼 훨씬."

쿡쿡, 웃음이 나왔다. 사랑이란 게 이런 건가 보다. 소나기가 내리다가도 금세 해가 뜨는 변덕스런 한여름의 날씨 같은 것.

허리에 있던 그의 손이 아이보리색 니트 안으로 들어왔다. 맨살에 닿은 그의 손이 살결을 간질였다.

"그만. 분위기 안 잡혀요. 웃음이 안 멈춰."

"웃음이 나오면 웃어. 웃으며 절정에 이르는 한지은도 꽤 매력적이겠군."

상상해 보았다. 경험해 본 적이 없어 또렷하게 그려지진 않지만 얼핏 그려진 그림은 퍽이나 웃겼다. 웃으며 절정에 오르는 여자라니. 에로도 아니고 코믹도 아닌 이상한 장르. 그래도 그는 아랑곳하지 않았다. 진지하게 브래지어 위로 가슴을 쓰다듬고, 진지하게 입술로 목덜미를 애무했다. 같이 웃으면 코믹스런 에로물이라도 됐을 텐데, 한쪽만 웃으니 스플래터의 에로버전 같다.

이를 악물어 웃음을 참으며 더듬더듬 그의 볼록한 바지 앞섶을 어루만졌다. 놀랍게도 그의 페니스는 이미 부풀 대로 부풀어 있었다. 이 상황에서도 흥분을 할 수가 있다니, 제 할 일은 똑 부러지게 하는 녀석이었다.

더 이상은 무리다. 결국 웃음이 터지고 말았다. 웃음 때문에 머리가 흔들려서 힘 조절이 안 됐다. 저도 모르게 그의 페니스를 잡은 손에 힘이 들어갔다. 꽈악, 3초 정도 힘을 줬을 뿐인데 그의 입에서 억제된 신음이 터졌다.

그가 급해졌다. 급하게 코트를 벗겨 낸 그가 니트와 브래지어를 한꺼번에 밀어 올리고 가슴을 입에 물었다. 그의 혀가 유두를 훑자 야릇한 감각이 밀려왔다. 하지만 웃음은 멈추지 않았다. 웃긴 건지, 흥분을 한 건지 정신이 없었다. 두 가지를 한꺼번에 할 수 있을 만한 경지가 아니었던 거다. 결국 유두를 혀로 희롱하는 그를 살짝 밀어냈다.

그는 꼼짝도 하지 않았다.

"인하 씨, 잠깐만. 잠깐만요. 나 괴로워."

괴롭다는 말에야 겨우 그가 고개를 들고 눈을 맞춰 왔다. 망막에 어린 그의 열기에 웃어야 할지, 울어야 할지 몰라 애매모호한 표정을 짓자, 그가 옅게 한숨을 내쉬고는 손목을 끌어당긴다. 2층으로 올라가는 계단을 밟고 곧장 방으로 들어갔다. 밖은 이미 까만 어둠이 자리해 아무것도 보이지 않았다. 전등 스위치를 찾아 벽을 더듬는데 그의 손이 가로막았다.

"다른 건 아무것도 보지 말고 듣지도 말고 나만 봐. 내 소리만 들어. 나에게만 집중해."

어둠이 주는 감각은 생각했던 것보다 훨씬 농밀했다. 느껴지는 건 오직 그의 숨뿐.

니트를 벗기고 후크를 풀어 브래지어를 벗기는 그의 손길에 미숙함이란 없었다. 옷이 바닥으로 떨어지며 툭 소리가 들리는 순간, 살짝 벌어진 입속으로 그의 혀가 들어왔다. 입안을 헤집으며 허리를 감아 제 품 안으로 끌어당기는 그의 손짓엔 나만의 것이라는 소유욕, 집착, 그리고 간절함이 묻어났다.

어둠 속이라 더 또렷이 느껴지는 것들. 그가 전해 주는 마음을 소중하게 받아 들며 그의 셔츠를 빼내 안으로 손을 넣었다. 맨살에 느껴지는 탄탄한 잔 근육들이 손에 닿을 때마다 손끝이 아리다. 그러다 그의 세밀한 움직임 속에 손이 그의 몸을 잠시 벗어날 때면 이루 말할 수 없는 안타까움에 가슴이 저렸다. 마치 모래알 같았다. 곱고 고운 모래알을 손에 쥐었는데 스르르 손에서 빠져나가는 것과 같은 안타까운 감각.

팔을 벌려 힘껏 그를 끌어안았다. 그는 벽으로 밀어붙이며 몸 전체를 밀착하려는 듯, 바짝 몸을 붙였다. 등에 닿은 딱딱한 감촉에 괴로운 신음이 터졌다. 하지만 치마를 걷어 올리는 그의 커다란 손에 등의 감촉 따윈 곧 사라졌다.

스타킹과 팬티 위로도 단번에 클리토리스를 찾은 그의 손은 무척이나 빠르고 능숙했다. 그에게만 열린 그곳은 금세 젖어 들어갔다. 두 겹의 장막을 두고 여린 살과 손가락이 맞닿으며 은밀한 소리를 냈다. 소리는 어둠 속이라 몇 배는 더 크게 들렸다. 그의 입에서 욕망에 억눌린 신음이 터졌다.

그가 몸에서 멀어졌다. 바스락, 얇은 천이 맞닿는 소리가 들려온다. 차가운 금속의 물체가 부딪치는 소리도 들렸다. 그가 다시 살을 맞대 왔을 땐 탄탄한 근육이 거칠 것 없이 만져졌다.

허리께에 있는 스타킹의 시작점에 손을 댄 그는 원하는 대로 되지 않는지 몇 번 헛손질을 했다. 아무리 어둠에 익숙해도 스타킹까진 무리였는지, 결국 성급한 손길로 찢어 버린다. 그 특유의 소리가 고막을 할퀸다. 한껏 달아오른 몸이 이제는 타들어 갔다.

약간의 망설임도 없이 팬티 안으로 그의 손이 들어왔다. 사막 속에서 오아시스를 찾은 것처럼 아찔한 감각이 몸 전체를 휘감았다. 그 고통 같은 쾌락은 온전히 감당하기엔 너무나 힘겨운 무게였다.

손을 아무렇게나 움직였다. 물속에 빠져 허우적대는 움직임처럼 무척이나 불안정한 움직임 속에 얼핏 그의 페니스가 손에 스쳤다. 놀랍게도 그는 완전한 알몸이었다. 그의 단단하고 힘 있는 페니스가 그려진다. 몇 번이나 봐 왔고, 몇 번이나 느껴 봤으면서도 마치 처음처럼 부끄러웠다. 얼굴이 확 달아오르면서 몸이 뻣뻣하게 굳었다.

그가 팬티를 벗겨 내며 손을 잡아끌어 페니스에 올려놨다. 화들짝 놀라 몸이 들썩였다. 그가 몸속으로 손가락을 집어넣으며 귀를 베어 물었다.

"네 거야. 한지은한테만 반응하는. 한지은만 만져 볼 수 있는. 잊지 마."

소름이 인다. 추위 때문이 아니었다. 여자에게 이만큼 확신을 줄 수 있는 말이 또 있을까. 사랑한다는 말보다 몇 배는 더 달콤한, 행복한 감정이 가슴을 꽉 메운다.

"안아 줘……. 안아 줘요, 인하 씨."

그의 허리에 한쪽 다리가 감겼다. 벌어진 다리 사이로 그의 페니스가 깊숙이 들어온다. 안을 가득 메운 그를 환영하듯, 몸이 수축했다. 그가 내뱉는 아찔한 신음 소리. 그의 어깨를 부여잡고 매달리며 신음을 내질렀다.

살과 살이 맞닿는 은밀한 소리, 방 안을 가득 메운 그와 그녀의 체취. 그곳엔 오직 그와, 그녀 단둘만이 존재했다. 그것만이 전부.

지은은 상자 하나만 덩그러니 놓여 있는 자신의 책상을 물끄러미 바라봤다. 5년 동안 치열하게 싸웠던 작은 전장이 텅 비어 버린 모습을 보는 건 생각보다 쓸쓸해지는 일이었다. 마음이 시리다. SJ 본사에서 상반기 공채가 치러지고 있다. 분명 이 자리를 메울 경력직 직원도 같이 뽑고 있을 터였다.

"시간 빠르네. 벌써 내일인가?"

불시에 들려온 목소리에 고개를 돌렸다. 연정이었다. 지은은 작게 고개를 끄덕였다.

"싱숭생숭하지?"

"그러게요. 다른 사람이 금방 채울 걸 알아서 더 그런가 봐요."

"그건 착잡해하지 마. 이 자리에 새 주인 안 올 것 같으니까."

지은은 무슨 뜻이냐는 얼굴로 연정을 바라봤다. 연정이 주위를 살피더니 바짝 몸을 붙이고 작게 속삭였다.

"강 부장이 김 소장님한테 경력직 충원 없이 예정대로 공채로 들어올 신입 둘만 받겠다고 했대."

지은은 커다래진 눈으로 수석 연구실을 한 번 바라보고 연정을 바라봤다. 연정이 사실이라는 표정으로 고개를 끄덕였다.

말도 안 돼.

오래 준비해 왔던 남성 화장품 브랜드를 내년 상반기 안에 런칭하기로 하면서 조향사의 증원이 절대적인 과제가 되었다. 원료를 연구하고 배합하는 연구팀들이 쏟아 낼 무수한 실험작에 향료를 덧입히려면 이곳은 곧 전쟁터가 될 거였다. 그래서 표현은 못 했지만 이런 시기에 파견 발령을 가는 게 더 미안했었다. 그런데 경력직을 뽑지 않는다고?

"설마, 아닐 거예요."

그래, 아닐 거다. 신입들만 데리고 대체 어쩌려고.

"지은 씨, 지금 내 정보통을 의심하는 거야? 내 정보통이 언제 틀린 적 있어?"

없다. 대체 출처가 어딘지는 몰라도 가끔 귀띔해 주는 연정의 정보는 수상하리만치 정확했다. 지은은 곤란한 얼굴로 연정을 바라봤다.

"그래도 이번 건은 너무……."

"터무니없다고?"

"혼자만 고생할 일이 아니잖아요."

연정은 어깨를 으쓱했다.

"하지만 제일 고생할 사람은 강 부장이지. 경력직 충원 없이 지은 씨 자리 메우려면 보고서로만 업무 파악하고 있을 수는 없을 테니까.

아마 저 방 안으로 들어가면서 이별했던 테스트지와 다시 연애 시작해야 할걸?"

연정의 말이 맞다. 부장이란 자리가 그렇다. 통솔은 하되, 실질적인 업무는 부하들의 몫이다. 책임감에 어깨는 무겁지만 하루에 수 가지의 향료들과 씨름해야 하는 일은 적었다.

아랫사람이 보기엔 왕좌나 다름없는 자리인데, 굳이 왜 그랬을까. 어쩐지 그답지 않은 결정이었다. 뚫어지게 수석 연구실을 보자 연정이 무슨 생각을 하는지 알겠다는 듯 어깨를 잡았다.

"수석 연구원이기 전에 남자잖아. 사랑하는 여자가 매일 앉아 있던 자리에 낯선 사람이 앉아 있는 걸 봐야 하는 것보다 몸이 힘든 게 낫다 싶지 않았겠어?"

미국행을 준비하는 동안, 그도 소리 없이 이렇게 잠시간의 이별을 준비하고 있었나 보다. 입이 썼다. 그때, 수석 연구실 문이 열렸다. 연정이 급하게 자리로 돌아갔다.

"오늘은 이만 정리하고 퇴근들 하세요."

시계를 보니 정각 6시였다. 그가 눈을 맞추고 먼저 연구실을 빠져나갔다. 주차장에서 만나기로 이미 약속이 된 상태였다. 흰 가운을 벗어 상자 안에 접어 넣고 코트를 챙겨 입는데 먼저 퇴근 준비를 끝낸 연구원들이 다가왔다.

"잘 다녀와, 한 대리. 메일로 가끔 소식 들려주고."

시작은 윤 과장.

"기가 막힌 논문 발견하시면 첨부파일에 넣어 주셔도 좋습니다."

이어 고동석 연구원.

"미국은 자유의 나라니까. 지은 씨한테 오는 택배는 언제든 환영이야."

마지막으로 연정.

"보고 싶을 거예요, 모두들."

가벼운 포옹을 한 뒤, 세 사람이 연구실을 나갔다. 지은은 휑한 연구실을 둘러봤다.

5년간 치열하게 싸웠던 전장의 공간. 많이 그리울 거다.

"다시 보자. 안녕."

지은은 힘차게 상자를 들고 연구실을 나섰다.

밖에서 저녁을 먹고 그와 함께 들어선 집 안의 공기는 냉랭했다. 거실을 채우고 있었던 소파, 장식장, 텔레비전 같은 것들이 흰 천으로 덮여 있었다. 잠시간의 이별이 정말 코앞까지 다가왔다는 증거.

그도 실감한 듯, 가만히 서서 굳은 표정으로 그것들을 바라보고 있었다. 이래서 집엔 데려오기 싫었는데. 짐 챙기는 걸 도와주겠다고 그가 고집을 피웠다. 지은은 애써 밝은 얼굴로 말했다.

"장식장같이 안 쓰는 것들엔 진즉 덮어 놓을 걸 그랬어요. 청소 안 해도 되고, 좋았을 텐데."

노력이 가상해서라도 표정 좀 풀어 주지. 그의 얼굴은 여전히 딱딱하다. 그의 팔을 끌어당겨 2층으로 올라갔다. 옷장과 침대, 화장대가 전부인 방엔 아직 흰 천을 덮어씌우지 않았다. 그제야 그의 얼굴이 풀렸다.

"반차 냈어. 아침에 공항 데려다 주고 출근할 거야."

지은은 코트를 벗어 걸고 캐리어를 열며 고개를 저었다.

"아니. 그냥 출근해요. 택시 타고 혼자 갈 거예요."

며칠 동안 틈틈이 챙겨 놔서 여름옷들만 챙기면 이제 완벽하게 짐이 꾸려질 것 같다. 옷장으로 가서 여름옷을 모조리 꺼내 드는데 그가 팔을 잡아당겼다. 옷들이 와르르, 바닥으로 쏟아졌다.

"여행도 싫다. 선물도 싫다. 이젠 배웅도 싫어?"

그의 말투에 날이 섰다.

이틀 전, 그가 하루쯤 휴가를 내고 여행을 가자고 했다. 거절했다. 그랬더니 간직할 만한 선물을 사 주겠다고 했다. 역시 거절했다. 막상 그땐 서운함을 내비치긴 해도 이유를 묻거나 화를 내지는 않았는데. 그동안 누르고 있었던 게 터진 것 같았다.

지은은 덤덤하게 그와 마주했다.

"여행 갔던 추억 곱씹고, 받은 선물 들여다보고. 싫었어. 꼭 헤어진 사이 같잖아. 근데 그런 거 아니니까. 우리가 못 해 본 것들 전부, 다시 돌아오면 그때 하고 싶어요."

성마르게 머리카락을 쓸어 넘기던 그가 멈칫했다. 거기까진 미처 생각 못 한 듯이.

"배웅은 왜. 왜 싫은데."

"……비행기 안 탈 것 같아서."

요 며칠 아무렇지 않은 척 덤덤하게 행동했지만 속은 타들어 갔다. 할 수만 있다면 하루하루 흘러가는 시간을 붙잡아 두고 싶었다. 그리고 그 마음은 지금도 크기를 키워 가고 있었다. 공항에서 그와 마주한다면 정말 다 포기하고 주저앉을 것 같았다.

잘 참아 왔는데, 생각만으로도 눈물이 날 것 같아 고개를 숙였다. 그가 다가와 몸을 감쌌다.

"안 울어. 안 울 거야. 씩씩하게 갈 거예요. 그러니까 인하 씨도 씩씩하게 나 보내 줘요."

대답 없는 그의 팔에 강한 힘이 실렸다.

유난히 달이 밝은 밤이었다. 까만 어둠 속에 그녀의 얼굴이 또렷하게 비쳤다. 팔을 베고 고른 숨을 내쉬는 그녀의 눈이 느릿하게 깜빡였다. 흘러가는 시간이 아쉬운 건 같은 마음. 인하는 깊은 숨을 토해냈다. 숨소리에 살짝 고개를 든 그녀가 물었다.

"왜 키스했어요?"

그녀를 향해 돌아누웠다. 숨과 숨이 살과 살 사이를 유영한다. 더운 김이 얼굴에 닿았다. 그녀의 머리카락 속에 손을 넣었다. 손가락을 감아 오는 감촉이 끔찍하게…….

"좋으니까."

"아니야. 그날 인하 씨는 화가 나 있었어."

방금 전 섹스를 끝내고 한 키스를 말하는 게 아니었다. 그건 다정하고 부드러운 키스였으니까.

"언제를 말하는 거지?"

"회식했던 날. 우리 집 앞에서."

그녀에게 처음 남자로 다가갔던 날.

"내 한계가 거기까지였어."

"사향 때문에?"

"그건 단순한 계기."

"그럼, 왜?"

"택시에서 내린 뒤 한 번도 돌아보지 않았잖아. 한지은 뒤에 나도 있다고. 날 좀 봐 달라고."

"내가 좋아서?"

"한지은이 좋아서."

살짝 부푼 그녀의 볼을 어루만졌다. 보드라운 살결에 손이 저렸다. 그녀의 이마, 코, 볼에 입을 맞췄다. 그녀의 눈동자가 이리저리 움직인다.

"내가 언제부터 좋았어요?"

오늘따라 질문이 많다. 그녀와 눈을 맞췄다. 호기심이 잔뜩 동한 눈동자였다.

언제부터……? 안경 너머의 그녀의 눈동자와 처음 눈을 맞췄을 때이던가. 설익은 복숭아를 닮은 그녀의 살내음을 처음 맡았을 때이던가. 결혼 생각이 있냐고 처음 물었던 때이던가. 아니, 모두 아니다.

"처음 만난 순간부터."

"거짓말. 첫눈에 반한다는 그런 말, 난 안 믿어요."

그도 믿지 않았다. 그녀를 만나기 전까지는.

제대로 눈을 맞추지 못하고 힐끔힐끔 쳐다보던 그 눈을 기억한다. 경계심 어렸던 눈동자 속엔 약간의 호기심이 자리했다. 그럼에도 그녀는 무표정한 얼굴로 꼿꼿하게 서 있었다. 제 이름을 소개하며 살짝 맞닿았다 떨어진 손에 그녀가 남긴 뜨거운 열기가 아직도 생생했다.

이렇게 또렷한 건, 오직 그녀와의 첫 만남뿐. 다른 연구원들과의 첫 만남은 흐릿하다. 스스로도 믿을 수 없지만 첫눈에 반한 거였다. 그러니 그녀에게 했던 키스는 언젠가는 그렇게 됐을 필연이었던 거다.

"믿지도 않을 거면서 묻긴 왜 물어."

"궁금했으니까. 근데 괜히 물었어. 속을 수도 없잖아. 나, 솔직히 첫눈에 반할 만큼 훌륭한 미모는 아니잖아요."

그녀가 반쯤 눈을 내리깔았다. 그녀의 눈에 입을 맞췄다.

"한지은 예뻐."

그녀가 번쩍 눈을 뜬다.

"켈리보다 더?"

질투를 했다는 건 알았지만 설마 아직도 마음에 담아 두고 있는 건가. 아이처럼 눈을 빛내며 입술만 쳐다보는 그녀의 입에 입을 맞췄다. 대답이 늦어지자, 그녀가 채근한다.

"켈리보다 더. 응?"

사랑스러워 미치겠다. 어딘가에 꽁꽁 숨겨 두고만 싶다. 젠장.

"비교하지 마. 비교 안 돼. 그러니까 그만 사랑스럽게 굴어. 공항에서 납치당하고 싶지 않으면."

붉은 얼굴을 숨기고 싶은 듯, 그녀가 얼굴을 가슴에 묻었다. 그녀를 꽉 끌어안고 등을 쓸었다. 척추를 따라 내려가 허리를 쓰다듬자 그녀의 어깨가 작게 떨렸다. 그녀의 어깨에 입술을 맞췄다. 문득 노스캐롤라이나 연구소엔 남자 연구원이 몇이나 될까란 생각이 든다. 다행히 그녀의 상사가 될 멜리사는 여자지만, 남자 연구원이 더 많겠지.

"최대한 얼굴 가리고 다녀. 다른 남자랑은 말도 섞지 마. 눈길도 주지 마."

"업무적 대화는?"

"최소한으로만 해."

단호하게 말했는데, 그녀는 쿡쿡거리며 웃었다. 뜨거운 숨이 규칙적으로 가슴을 때리자 중심이 묵직해져 온다. 그녀의 안으로 들어가게 해 달라는 아우성이 들리지만 이미 세 번을 안았다. 그녀를 멀쩡하게 출국장으로 들어가게 해 주려면 참아야만 했다.

불현듯 시니컬한 생각이 머리를 스친다. 몸이 바스러져 출국장으로 들어가지 못한다면 그건 그거대로 괜찮을지도. 헛웃음이 나왔다. 말도 안 되는 생각을 응원이라도 하듯 중심은 더 아우성이었다. 터지기 직전인 신음을 찾느라 목소리가 거칠어졌다.

"농담 아냐. 외간 남자가 한지은을 탐내고 있다는 소리가 들리면

잡으러 갈 거야."

그녀의 웃음소리가 커진다. 그 웃음이 이별의 서글픔을 조금 갉아먹는다.

푸르스름한 새벽녘이 그렇게 지나갔다.

30인치 캐리어와 28인치 캐리어가 택시 트렁크에 실렸다. 이제 짐이라고는 그녀의 등에 매달려 있는 자그마한 배낭 하나가 전부였다. 캐리어만 머릿속에서 지우면 며칠 여행을 떠나는 여자 같았다. 배낭끈을 매만지던 그녀가 힐끔 택시 쪽을 바라봤다. 급하게 질문을 던졌다.

"여권은?"

"챙겼어요."

"비행기 안에서 읽어 보라고 준 논문은?"

"배낭에."

대답만 할 뿐, 그녀는 아무것도 묻지 않는다. 무언가 더 묻지 않으면 그녀가 가 버릴 것 같은데 더 이상 질문이 생각나지 않았다. 그때, 그녀가 두 팔을 활짝 벌리고 허리를 끌어안았다.

"그동안 난 인하 씨한테 안기기만 했던 거 같아. 고맙다거나, 미안하다거나 그런 말은 안 할래요. 대신 돌아오면 내가 더 많이 안아 줄게요. 그때까지 씩씩하게 잘 지내고 있어요. 빨리 돌아올게요."

그녀의 작은 몸을 끌어안았다. 온몸을 데워 주는 그녀의 온기. 그녀는 늘 이렇게 마음으로 안아 줬었다. 그리고 바로 지금도.

"힘들면 언제든 돌아와. 자리 비워 둘게."

이것만이 그녀를 위해 유일하게 해 줄 수 있는 일. 빈말이 아님을 아는 듯, 그녀의 어깨가 좁아졌다.

"무리하지 마요."

"아프지 마."

"인하 씨도요."

그녀가 품에서 빠져나갔다. 몸에도, 마음에도 한기가 돈다. 그녀는 웃었다. 그리고 씩씩하게 걸어 택시 앞에 섰다. 그녀가 눈으로 등을 떠민다. 추를 매단 듯 무겁기만 한 다리를 기계적으로 움직였다. 차 문을 열자 그녀도 택시의 문을 열었다.

"한지은!"

몸을 막 굽히던 그녀가 돌아보았다. 입가엔 환한 웃음이 매달려 있다. 하지만 눈에 들어오는 건 빛에 반사되어 도드라지는 그녀의 촉촉한 눈동자뿐.

"다녀올게요."

택시는 굉음을 내며 매몰차게 출발했다. 점점 택시가 시야에서 멀어진다.

그녀는 그렇게 떠났다. 마치 내일 올 것처럼.

16. 중독

"빅뉴습니다! 빅뉴스! 최 대리님! 윤 과장님! 이것 좀 보세요! 니들도 이리 와 봐!"

오후의 업무 시작 15분 전. 나른한 초여름 햇살에 잠이 솔솔 쏟아졌다. 기지개를 켜며 잠을 쫓는데 동석이 연구실의 문을 열고 요란하게 소리치며 뛰어 들어왔다. 어디서부터 달려온 건지, 동석의 이마 언저리에 땀이 맺혀 있었다. 연정은 꽤나 호들갑스러운 동석을 바라보며 눈을 빛냈다.

"뭔데 그래?"

조용해도 너무 조용한 연구실에 활력을 좀 주려나 싶어 슬쩍 알은척을 해 주자 동석이 다다다— 달려왔다. 이어 1, 2년 차 연구원과 윤 과장이 합류했다. 4명의 시선이 모두 동석을 향하자, 동석은 그제야 가운 안에서 잡지 한 권을 빼냈다.

"선배님들, 놀라지 마세요. 니들도 똑똑히 봐라."

밥 다 타겠다. 뭘 이렇게 뜸을 들인담. 놀랄 일, 아니기만 해 봐라. 마음으로 벼르고 있는데 윤 과장이 동석을 채근했다.

"서론이 길다. 본론부터 해."

동석은 예의바르게 옙, 하고 대답하고는 어느 페이지를 펼쳐 책상 위에 올려놨다. 제일 먼저 눈을 사로잡은 건 까만 눈동자를 빛내며 어색하게 웃고 있는 익숙한 얼굴과 멜리사의 얼굴이었다. 그리고 작은 영어 문장들 위에 크게 자리한 자극적인 제목.

21세기 최고의 조향사 멜리사, '처음이자 마지막으로 제자 키울 것이다.'

제법 구미가 당기는 제목이다. 그도 그럴 것이, 멜리사는 제자를 키우지 않기로 유명한 조향사였다. 자잘한 영어 문장을 읽어 내리느라 연정의 눈이 바빠졌다. 꽤 긴 인터뷰 내용이 실려 있었지만 핵심은 자신이 가지고 있는 노하우와 배합 비법 전부를 제자에게 전수해 줄 생각이라는 것이었다.

잡지에서 고개를 든 연구원들은 입을 다물고 서로서로 눈치만 봤다. 흐르는 기류가 심상치 않았다. 그 미묘한 기류를 헤치고 나선 건, 아는 것이 없어 겁도 없는 3개월 차 신입 연구원, 보미였다.

"저…… 선배님, 근데 이게 왜 놀랄 일이에요?"

영어를 해석 못 한 건 아닐 텐데 신입 연구원 보미의 눈빛은 초롱초롱 해맑기만 했다. 보미의 얼굴을 보던 동석이 답답하다는 표정으로 멜리사의 얼굴을 가리켰다.

"이분이 누구냐."

"멜리사요. 조향사 업계에선 독보적이신 분."

동석이 고개를 끄덕이며 이번엔 그 옆에 있는 익숙한 얼굴을 가리켰다.

"그럼 이분은 누구냐."

보미는 고개를 갸웃하며 대답하지 못했다. 그 대답을 대신 한 건, 2년 차 진욱이었다.

"예쁜 한국 여자…… 아니, 예쁜 한국인 조향사요. 제 타입입니다."

"같은 여자가 봐도 미인이네요."

3개월 차나, 1년이 갓 넘은 거품 낀 2년 차나. 어떻게 된 게 수준이 거기서 거기다. 연정과 윤 과장은 웃음을 터트렸고, 동석은 진욱의 머리통을 시원하게 쳐올렸다.

"이것들이. 아무리 뵌 적 없는 분이라지만 너희는 선배도 못 알아보냐! 잘 들어. 이분은 그냥 한국인 조향사가 아니라 SJ 코스메틱 연구소 향료연구팀, 한지은 대리님이시다. 내 롤모델이신!"

보미와 진욱의 입에서 동시에 헉, 소리가 터져 나왔다. 얼굴은 본 적 없어도 이름은 마르고 닳도록 들었다. 연정, 윤 과장, 동석의 입에서 자주 거론되던 이름이었다.

사진 속의 지은을 바라보는 두 연구원의 눈동자에 경외감이 서렸다. 멜리사의 첫 번째 제자가 될 수도 있는 조향사가 같은 연구소의 선배님인 걸 알고 나니 좀 더 특별해 보이는 모양이었다. 신입 연구원들을 바라보던 연정은 턱을 괴고 지은의 자리를 바라봤다.

지은이 떠난 지 1년 3개월. 그녀 없이 또 한 번의 겨울이 지났고, 이제는 제법 햇살이 따가운 초여름이었다. 그사이, 향료연구팀엔 작년과 올해에 총 3명의 신입 연구원이 들어오며 식구가 늘어났다.

그렇게 잠잠히 시간이 흐르는 동안, 그녀는 놀라울 만큼 빠르게 위로 올라갔다. 간간이 들려오는 그녀의 소식 속에는 그녀가 만들어 낸

SJ의 첫 퍼퓸, '시크릿나잇' 이 이례적인 판매고를 올리고 있다는 것. 작년 프랑스 파리에서 열린 퍼퓸 포럼에서 그녀의 연구 논문이 극찬을 받았다는 것. 전 세계 코스메틱 업계가 인정하는 2014 뷰티 어워드에서 선정한 조향사 유망주 TOP 10에 동양인으로는 유일하게 그녀의 이름이 들어갔다는 것 같은 놀라운 소식들뿐이었다.

이러니 제아무리 제자는 절대 두지 않겠다고 했던 멜리사라도 탐이 날 수밖에. 그리고 그녀를 원하는 것은 멜리사만이 아니다. 멜리사만큼, 아니 멜리사보다 더 열렬히 그녀를 원하고 있는 사람이 여기 또 한 명.

겨울, 봄, 여름, 가을, 그리고 다시 겨울, 봄, 여름.

계절이 바뀔 때마다 그녀의 책상 위엔 자그마한 선인장이 하나씩 놓였다. 주인이 없는 그녀의 책상 위에 현재 놓여 있는 선인장은 총 7개. 누가 가져다 놓는 건지 아무도 알지 못했지만 연정은 보았다. 그녀의 책상 곁에 서서 한참이나 선인장을 바라보던 한 남자를. 그날은 3번째 선인장이 놓이던 날이었다.

연구실의 문이 열렸다. 시간이 흘러도 늙기는커녕, 남자다움만 더해지는 멋진 모습의 강 부장이 들어오고 있었다. 연정은 침을 꿀꺽 삼켰다.

'지은 씨는 간도 크지. 저 잘난 남자를 두고 어떻게 미국으로 갔을까? 그사이에 누가 채 가면 어쩌려고.'

남의 떡이라 커 보이는 게 아니다. 원래 큰 떡이었다. 그런 큰 떡을 두고 그녀는 1년 3개월간, 한 번도 한국에 돌아오지 않았다. 그도 미국으로 가지 않았다. 아니, 가지 못했다는 표현이 맞겠다. 작년 여름휴가 시즌 내내 그에게서 흘러나왔던 어둠의 오로라는 그의 의지가 아니라고 대신 말해 주고 있었다.

문득 그의 시선이 시계를 향했다. 정각 1시. 어느덧 점심시간이 끝나 있었다. 일은 안 하고 옹기종기 모여 있는 광경에 그의 시선이 날카로워졌다. 정면으로 그 시선을 받은 윤 과장은 헛기침을 하며 자리로 돌아갔고, 동석과 신입들이 다이빙하듯 자리로 뛰어 들어갔다.

수석 연구실로 향하는 그의 시선이 지은의 자리를 향했다. 표정은 아무것도 읽히지 않는 포커페이스였지만, 눈엔 그리움과 애틋함이 흘러넘치고 있었다. 그 모습을 지켜보고 있던 연정은 속으로 혀를 찼다.

정말이지, 인내심도 끝내준다. 눈빛은 수백 번도 더 잡으러 갔을 눈빛이건만.

연정은 자리에서 일어났다.

"부장님."

수석 연구원실로 막 들어가려던 그가 걸음을 멈추고 돌아섰다. 연정은 잡지를 들고 그의 앞에 섰다.

"한 대리, 잡지에 기사 실렸던데, 아직 못 보셨죠?"

그의 등 너머에 있는 윤 과장은 하얗게 질린 얼굴로 도리질을 쳤다. 자신의 밑에 있던 부하 직원이 다른 조향사의 수제자로 점찍히는 건 썩 기분 좋을 수 없는 일이기에 걱정이 되는 모양이었다.

연정은 걱정 말라는 표시로 윤 과장을 향해 눈을 찡긋했다. 그리고 그에게 지은의 기사가 실린 페이지를 열어 내밀었다. 서서히 일그러지기 시작한 그의 얼굴이 기사를 다 읽어 내렸을 무렵엔 처참하게 구겨져 있었다. 그가 탁 소리 나게 잡지를 닫았다. 제법 크고 위협적으로 느껴지는 소리에 윤 과장의 어깨가 들썩였다. 연정은 씨익 웃었다.

빙고.

예감이 적중했다. 만약 지은이 정말 멜리사의 제자가 된다면 오랫동안 그녀가 한국으로 돌아오지 않을 거라는 걸 누구보다 그가 더 잘 알고 있으리라. 그의 손이 부들부들 떨리고 있었다. 얼마나 힘을 주고 있는지, 두꺼운 잡지가 곡선으로 구부러졌다.

"오후 업무 시작들 해."

낮은 목소리로 음산한 기운을 불러일으킨 그는 수석 연구원실로 들어갔다. 조금 더 그를 살펴보고 싶었는데, 블라인드가 굳게 쳐진 창은 그의 모습을 허락하지 않았다. 연정은 아쉬움에 입맛을 다셨다. 그때, 윤 과장과 동석이 다가왔다. 혹시라도 그에게 들릴까 염려되는지 윤 과장과 동석은 그녀를 수석 연구실과 먼 구석으로 이끌었다.

"어쩌려고 그걸 보여 드렸어?"

"제 말이 그 말입니다. 그렇지 않아도 요새 부장님 기분 안 좋아 보이시는데, 이번 일로 숨도 못 쉬게 되면 대리님이 다 책임지세요."

"알았어. 내가 책임질게."

대수롭지 않게 말하자 윤 과장과 동석이 눈을 크게 떴다.

"방책이라도 있어?"

"방책이랄 것도 없어요. 지은 씨 돌아오면 다 해결될 텐데요, 뭐."

어이없다는 듯한 두 사람의 시선이 얼굴에 꽂혔다. 두 사람은 온몸으로 진심이냐고 묻고 있었다. 연정은 고개를 끄덕였다.

"나 원 참. 최 대리, 물론 우리 부장님도 실력 있는 분이시지. 하지만 겨뤄야 할 사람이 멜리사야. 이 세계에선 최고라 불러도 과언이 아닌 그 멜리사가 직접 러브콜을 보냈는데 한 대리가 돌아오겠어?"

"맞습니다. 저라도 안 돌아오죠. 기다리고 있는 애인이 있는 것도 아니고."

"혹시 알아? 기다리고 있는 멋진 애인이 있을지."

"그럴 리가요. 한 대리님 미국 가시기 전에 애인분이랑 헤어지셨잖아요."

본인의 생각을 확신하는 듯, 동석의 얼굴에 절망의 빛이 드리워졌다. 여기까지 말해 줬으면 눈치챌 만도 한데. 이 눈치 없는 남자들. 연정은 마지막 떡밥을 던져 줬다.

"이별 뒤엔 또 다른 사랑이 찾아오기 마련이야. 새로운 사랑을 시작했을지도 모르지."

"그 짧은 시간에요? 미국 가시기 전까지 한 대리님, 프로젝트팀 일에 논문에 파견 발령 준비까지, 잠도 충분히 못 주무시는 것 같았는데. 그런 한 대리님이 대체 무슨 시간이 있으셔서요. 사내 연애라면 또 모를……."

동석이 불현듯 말을 멈추었다. 윤 과장과 동석의 얼굴이 동시에 미묘하게 일그러졌다. 두 사람은 눈빛은 혹시? 하고 묻고 있었다. 연정은 은밀한 미소를 지으며 슬쩍 수석 연구실을 바라봤다.

한동안 무서운 정적이 흘렀다. 잠시 후, 동석과 윤 과장이 동시에 입을 떡 벌리며 수석 연구실을 가리켰다.

"부장님이랑 한 대리랑……?"

"그, 그거예요?"

연정은 씨익 웃었다.

멜리사는 인터뷰를 정리해 기사를 작성한 기자의 이름을 다시 확인했다. 로이. 로이는 많은 걸 물었고 또 그만큼 대답했지만 이 인터뷰의 진짜 목적은 지은의 존재를 세상에 알리는 것이었다. 로이는 그 핵심을 아주 잘 파악했다. 탁월한 센스를 가진 기자였다. 이런 기자는 기억해 둘 필요가 있다.

만족스러운 웃음을 지으며 잡지를 덮고 결재 서류 파일을 여는데 위협적인 노크 소리가 들렸다. 멜리사는 저도 모르게 어깨를 들썩였다. 등골이 오싹했다. 이 심상치 않은 오로라는 필시…….

"네."

곧바로 문이 열렸다. 예상했던 대로 지은이 다가오고 있었다.

"멜리사."

멜리사는 서둘러 잡지를 책상 아래로 숨겼다. 하지만 헛수고였다. 숨긴 잡지와 똑같은 것이 이미 그녀의 손에 들려 있었다. 멜리사는 슬쩍 그녀의 얼굴을 살폈다. 예상했던 것보다 그녀의 눈빛이 훨씬 더 매서웠다.

이런. 일단 시치미를 떼자.

"무슨 일이야, 지은?"

웃을 때마다 생기는 입가의 끔찍한 주름도 감수하고 웃었는데 전혀 효과가 없었다. 그녀는 매섭게 눈을 번뜩이며 잡지를 책상 위에 올렸다.

"멜리사. 난 분명히 제자가 되라는 멜리사의 제안을 거절했어요. 사진도 멜리사가 개인적으로만 간직할 거라고 해서 찍은 거잖아요. 그런데 왜 이런 게 실린 거죠? 설명이 필요해요."

입이 열 개가 있다 한들, 무슨 할 말이 있을까.

그렇다. 그녀는 제자가 되라는 제안을 거절했다. 그것도 7번이나. 협박, 회유, 부탁, 사정 모든 방법을 다 동원해 봤지만 돌아오는 대답은 늘 같았다.

'멜리사, 나는 당신에게 많은 것을 배웠고, 당신을 존경하지만 그 제안은 받아들일 수 없어요. 나는 날 기다리고 있는 사람에게 돌아가야 해요. 나 역시, 그걸 원하고. 언젠가 멜리사를 능가하는 조향사가 되겠다는 내 꿈은 그 사람 곁에서, 그 사람과 함께 이룰 거예요. 미안해요, 멜리사.'

처음부터 그녀를 제자로 삼으려던 건 아니었다. 첫인상의 그녀는 그저 미인상의 동양인 조향사일 뿐이었다. 그랬던 그녀가 특별하게 보이기 시작했던 건, 트라이앵글 테스트라고 불리는 후각 테스트를 처음 실시했던 날이었다.

처음 꾸려진 노스캐롤라이나 SJ연구소의 향료연구팀은 최정예 부대라고 해도 좋을 만큼 화려한 경력을 자랑하는 이들로 꾸려졌지만, 직접 눈으로 확인하지 못한 것들은 그저 허상일 뿐이다. 그 허상을 사실로 확인할 수 있는 가장 빠른 방법이 바로 트라이앵글 테스트였다.

불시에 치러졌지만 조향사라면 당연히 갖추고 있어야 할 기본 자질 테스트였음에도 결과는 기대에 한참 못 미쳤다. 7명의 조향사 중 4명이 겨우 평균 수준인 옐로우카드를 받았고, 정식 테스트였다면 실격이었을 레드카드도 2명이나 받았다. 합격점을 받은 그린카드는 단 1명, 동양인의 조향사 그녀뿐이었다.

그녀는 3개의 시험지 중, 두 개의 시험지와는 다르게 90% 정도만 성분이 같은 하나의 시험지를 찾아내는 트라이앵글 테스트를 5번 모두 깔끔하게 클리어 했다. 최정예 부대 안에서 경력이 제일 뒤처지는 그녀가 그런 성과를 냈다는 건 무척이나 놀라운 반전이었다.

그 이후, 멜리사는 저 잠재 능력을 어떻게 끌어낼 것인가에 대해 고민했다. 그리고 얻어 낸 결론은 최정예 부원들보다 우월한 기본 자질을 가진 그녀에게 필요한 건 경험을 통한 커리어라는 것. 멜리사는 그녀에게 세미나에 참여할 수 있는 기회를 부여했고, 되도록 많은 연구를 하길 주문했다. 그녀는 충실하게 해냈다. 그리고 결과는 놀라웠다.

조향사 경력 20년을 통틀어 이토록 빠르게 흡수하고, 이토록 빠르게 자기 것으로 만드는 조향사를 본 적이 없었다. 조향사의 불모지라고 봐도 좋을 한국 땅에서 나고 자랐다고 믿기 힘들 만큼 그녀의 소질은 천부적이었다.

그 사실을 증명하는 것이 SJ의 첫 번째 퍼퓸, '시크릿나잇' 이었다. '시크릿나잇' 은 노스캐롤라이나 연구소 향료연구팀 전원이 참여한 콘테스트에서 당당히 1위를 차지해 시판된 제품이었다.

화장품에 향을 입히는 조향사와 퍼퓸 디자이너는 같은 선상에 있으면서도 다른 영역이라 그녀에겐 버거운 과제였을 텐데, 그럼에도 불구하고 '시크릿나잇' 은 훌륭했다. 그리고 성공했다. 그때 생각했다. 자신이 가지고 있는 노하우와 비법을 전수받을 사람이 있다면 그건 오직 지은뿐이라고.

"기자들이 원래 다 그렇잖아. 난 그저 지은이 미래가 기대되는 조향사라고 했을 뿐인데, 이렇게 만들어 놨지 뭐야? 그래서 말인데, 지은. 이왕 이렇게 된 거 다시 한 번 잘 생각해 보면 어때? 여기저기서 정말 제자를 키울 거냐고 묻는데, 내 입장도 꽤나 난처하다구."

"잘못된 기사라고 솔직히 말하세요."

단호한 그녀의 말에 멜리사는 기겁했다.

"말도 안 돼. 내가 지은을 얼마나 원하는지 잘 알잖아. 그런데 어떻게 내가 지은을 부정할 수 있겠어? 그건 내게 너무 잔인한 일이야."

멜리사는 서글픈 모습을 연기하고 그녀를 살폈다. 그녀의 표정에서는 아무것도 읽히지 않았다. 멜리사는 불안함 마음에 어깨를 좁혔다.

이럴 때의 지은은 강해진다. 조곤조곤해서 더 무서운 어투로 분명 일침을 가할 것이었다. 그 어투가 귓가에 맴돌자, 목 언저리에 땀이 맺히기 시작했다. 부하 직원의 일침에 겁을 먹는 수석 연구원이라니. 체면이 말이 아니지만 체면 따위를 생각할 여유가 없었다. 무슨 말을 할지 예상할 수가 없어 멜리사는 초조하게 그녀의 입만 쳐다봤다.

"멜리사. 나는 3개월 전에 분명히 파견 발령을 해제해 달라고 당신에게 요청했어요. 멜리사는 조건을 내걸었었죠. 새 연구 논문을 끝낸다면 파견 발령을 끝내 주겠다고 말이에요. 그 연구 논문은 이미 한 달 전에 끝났는데 왜 난 아직 이곳에 있는 걸까요? 멜리사, 당신은 내가 신뢰하고 존경하는 스승이에요. 난 앞으로도 멜리사를 신뢰하고 존경하고 싶어요. 날 더 이상 실망시키지 말아 줘요."

멜리사는 속으로 신음했다. 자신이 가장 중요하게 생각하는 신뢰까지 말하다니. 어디로도 도망갈 수 없는 막다른 길이었다. 멜리사는 무척이나 절망스러웠지만 겉으로는 마음을 숨겼다.

"물론이야. 지은에게 신뢰를 잃는 건 나도 슬프니까. 자, 대답을 들었으니 이제 출발하도록 해. 인터뷰 기사 하나 때문에 학회에 참석해야 한다는 걸 잊은 게 아니라면 말이야."

일부러 벽에 걸린 시계에 시선을 주었다. 학회가 열리는 곳은 프린스턴 대학이었다. 프린스턴 대학이 있는 뉴저지행의 비행기를 타려면 지금 출발해야 할 시간이었다. 그녀도 시간을 확인했다. 눈빛이 조금 누그러지려나?

"다녀올게요, 멜리사. 마지막 학회에."

누그러지긴, 무슨! 그녀는 얌전한 얼굴로 2박 3일의 세미나를 끝내고 돌아오면 원하는 소식을 들려 달라고 최후 통첩장을 날리고 사라졌다.

멜리사는 밀려오는 초조함에 검지로 책상을 톡톡 두드렸다. 사실, 그녀는 굳이 상사인 자신의 허락을 받지 않아도 한국으로 돌아갈 수 있었다. 한국으로 돌아갈 수 있는 방법은 두 가지. 하나는 상사인 자신이 파견 발령을 해제하는 것이고, 또 하나는 그녀가 직접 본사에 파견 발령 해제를 요청하는 것. 그녀도 알고 있을 사실이지만, 그녀가 두 번째 방법을 쓰지 않는 건 1년 3개월을 함께한 상사에 대한 배려임을 멜리사 역시 잘 알고 있었다. 하지만 그녀는 최후 통첩장을 날렸다. 학회에서 돌아와도 처리가 되어 있지 않다면 두 번째 방법을 쓰겠다는 은밀한 경고였다.

이제 정말 지은을 돌려보내야만 하나?

기다리고 있는 사람이 있다고 했다. 그 말을 할 때 그녀의 눈은 그리움과 애틋함으로 일렁였다. 그건 누가 봐도 알아챌 수 있을 만큼, 사랑이었다.

사랑이라…….

서른이 넘은 여자가 일과 사랑을 동시에 쟁취하는 건 국적을 막론하고 힘든 일이다. 반드시 한 번은 어느 한쪽을 택해야 하는 순간이 온다. 멜리사 역시 그 순간을 경험했다. 그때 멜리사는 반드시 한쪽을 포기해야만 한다고 생각했다.

하지만 그녀는 달랐다. 그녀는 어느 한쪽도 포기 하지 않았다. 조향사로서의 성공을 위해 미국행을 택했지만, 사랑도 지켜 가며 성장하고 있었다. 그리고 단시간에 그녀는 정말 놀라운 성장을 했다. 그녀가 더 이상 누군가의 도움 없이 혼자서도 충분히 훌륭한 조향사가, 퍼퓸 디자이너가 될 수 있다는 걸 '시크릿나잇'이 증명하고 있었다.

멜리사는 책상 위에 놓인 '시크릿나잇'을 손에 쥐고 만지작거렸다. 제자가 되면 모든 걸 전수해 주겠다며 그녀에게 손을 내밀었지만 사실 그건 미약한 미끼였다. 그녀는 굳이 자신의 비법을 전수받지 않아도 자신만의 색깔을 충분히 찾을 재능을 가지고 있었다.

아마 머지않아 그녀는 부하 직원이 아니라 경쟁자가 될 것이다. 충분히 알고 있고 납득하고 있지만 문제는 그런 재능을 가진 그녀를 다른 곳으로 보내고 싶지 않다는 것이었다.

그녀를 옆에서 지켜보고 싶다. 앞으로 그녀가 맡게 해 줄 향들을 다른 어떤 누구보다 먼저 맡아 보고 싶다.

생각만으로도 심장이 터질 만큼 두근거렸다.

나더러 그걸 포기하라고? 난 포기할 수 없어. 진짜 사랑한다면 모든 걸 포기하고 미국으로 오란 말이야. 그래서 함께하면 될 일이잖아.

이름도 얼굴도 모르는 지은의 연인을 향해 시니컬한 말을 날린 멜리사는 메일 창을 열었다. 그리고 키보드를 두드리기 시작했다.

TO. Kim, Gang

김 소장은 멜리사로부터 온 메일을 읽고 있었다. 내용인즉, 1년 3개월 동안 그녀를 지켜본 결과, 그녀의 소질과 능력에 비해 한국은 너무 작은 곳이라 판단되니 최대한 빨리 파견 발령을 철회하고 정식 발령을 내 달라는 부탁이었다. 그리고 그렇게만 해 준다면 자신이 가지고 있는 모든 비법을 그녀에게 전수하겠다고 했다.

김 소장은 메일 창을 닫으며 흡족한 미소를 지었다. 이건 예상했던 성과 이상이었다. 어쭙잖은 제자에게 비법을 전수해 줄 바에야 비법과 함께 무덤에 묻히겠다고 했던 멜리사가 아니던가. 그 콧대 높은 멜리사가 먼저 요청까지 해 오는 것을 보니 어지간히 안달이 난 모양이었다.

김 소장은 전화기를 들었다. 탐나는 인재를 잡아 두고 싶은 멜리사의 마음은 충분히 이해하지만 혼자서 내릴 수 있는 결정이 아니었다. 향료연구팀 수석 연구실의 내선 번호를 막 누르려는데 노크 소리가 들렸다.

"들어와요."

문을 열고 들어온 사람은 인하였다. 부르기도 전에 먼저 찾아온 것을 보니, 그가 먼저 메일을 확인한 모양이었다. 김 소장은 전화기를 내려 두고 일어섰다.

"어서 오게. 그렇지 않아도 부르려던 참이었네."

반색하며 소파에 앉자 그도 맞은편에 앉았다. 그가 곧바로 무언가를 테이블 위에 올렸다. 뜻밖에도 휴가 신청서였다. 그런데 요청한 휴가 날짜가 당장 내일부터다. 여름휴가 시즌이 되려면 아직 한 달이 남았다는 걸 그가 모를 리 없을 텐데. 김 소장은 그에게 의아한 눈빛을 던졌다.

"결혼을 할 생각입니다."

김 소장은 순간 자신의 두 귀를 의심했다. 제대로 들은 게 맞는 걸까? 평소보다 더 차가운 얼굴이었지만 차분한 그의 태도를 보아하니 실언은 아니었다. 그럼에도 김 소장은 그의 말을 믿기 힘들었다.

아니, 대체 언제 여자를 만났다는 말인가?

그는 언제나 일에 몰두했지만 지난 1년간은 지나치다 싶을 만큼 그 정도가 깊었다. 일이 바빠 꽤 늦게 퇴근을 하는 날에 주차장에서 연구소를 바라볼 때면 늘 그의 연구실에 불이 켜져 있었다.

그것은 평일뿐만이 아니었다. 들리는 말에 의하면 그는 주말에도 거의 매일 출근을 하고 있다고 했다. 그 결과 그는 고객 선호 제품 TOP 5에 드는 제품을 탄생시켰고, 4개의 연구 논문을 발표했다. 다른 연구원들이 1년 평균 2개의 논문을 발표한다는 걸 고려하면 배나 되는 수였다. 그런데 느닷없이 결혼?

"나는 청첩장도 받지 못했네만."

"아내 될 사람이 미국에 있습니다. 먼저 한국으로 데리고 올 생각입니다."

아! 연인이 있었던 건가! 그를 한국으로 데려온 게 자신이었다. 사랑하는 여자를 미국에 두고 한국행을 결정하기가 쉽지 않았을 텐데, 그는 흔쾌히 한국으로 와 줬다. 그가 내색하지 않았어도 생각은 한 번쯤 해 줬어야 하는데, 김 소장은 미안해졌다.

"그동안 내가 미웠겠구만. 사랑하는 여자와 이별하게 만들었으니 말일세."

"아닙니다. 소장님께서 절 한국으로 불러 주시지 않았다면 만나지 못했을 인연입니다. 진심으로 감사하게 생각하고 있습니다."

응? 그는 추측과 다른 말을 하고 있었다. 이건 마치…….

"아니, 한국에서 만난 여자란 말인가?"

그는 긍정도 부정도 하지 않았다. 그저 미소만 지었다. 그리고.

"한지은 대리 노스캐롤라이나 정식 발령 요청 건은 거절해 주십시오. 제 의사는 멜리사를 만나 직접 전달하겠습니다."

다시 일 얘기다.

정신이 하나도 없었다. 결혼할 여자를 데려오겠다는 건지, 멜리사를 만나고 오겠다는 건지. 결혼할 여자도 데려오고, 멜리사도 만나고 오겠다는 건가? 그만큼의 휴가는 줄 수 없다는 걸 그도 잘 알고 있을 터인데…….

그때, 머릿속이 번뜩였다. 김 소장은 무릎을 탁 쳤다. 아니, 대체 어느 틈에. 처음 지은과 그를 엮어 주려다 실패한 게 그녀가 미국 가기 얼마 전이 아니던가. 장담할 수 없는 게 남녀 사이라더니. 김 소장은 호탕하게 웃었다.

"자네가 나보다 낫구만. 일과 사랑을 동시에 해냈으니. 데려와야지, 암."

김 소장은 더없이 기뻤다. 오랫동안 제 짝을 찾지 못하고 일에만 매달렸던 그가 찾아낸 사랑이기 때문에. 그의 사랑을 진심으로 응원해 주고 싶었다.

하지만…….

"멜리사는 만만한 상대가 아니야. 직접 요청을 해 올 정도이니 아마 쉽게 놔주진 않을 걸세."

"예상하고 있습니다."

낮게 깔린 목소리, 완벽한 포커페이스 속에 눈동자만이 빛난다. 지금의 그는 그를 봐 온 10년여를 통틀어 가장 냉철한 모습이었다. 저런 마음가짐이면 멜리사에게도 쉽게 지지는 않을 것 같았다. 김 소장은 그저 그의 어깨를 토닥여 줬다.

"좋은 소식 기다리고 있겠네."

그는 말없이 목례를 하고 등을 돌렸다. 연구실을 나가는 그의 뒷모습엔 비장함이 서려 있었다. 그것은 남자로서 제 여자를 쟁취하려는 소유욕과 같은 비장함이었다.

김 소장은 조용히 미소 지었다. 사실, 소장의 위치에서 보자면 현재는 SJ 소속이지만 언제 다른 곳으로 옮길지 알 수 없는 멜리사의 비법은 무척 탐이 나는 것이었다. 하지만 아깝지 않았다.

무엇보다 그가, 그녀가 행복하길 바랐다. 그리고 그 행복은 반드시 마음 한편에 남은 아쉬움을 씻어 줄 거였다. 사랑이란, 때론 엄청난 시너지 효과가 발휘되어 상상 그 이상의 것을 만들어 내기도 하기에. 김 소장은 두 사람이 함께 만들어 나갈 향료연구팀의 앞날을 기대하며 컴퓨터 앞에 앉았다. 그리고 메일 창을 열었다.

TO. Melissa

멜리사는 팔짱을 끼고 앉아 모니터를 노려보았다. 지은의 능력을 끌어올려 준 당신 실력을 믿는다. 당신은 누구보다 훌륭한 조향사다,

등등의 온갖 칭찬은 다 해 놓고 정작 지은의 정식 발령 요청 건은 거절이었다. 머릿속으로 국제 포럼에서 서너 번 만난 적이 있는 김 소장의 미소가 떠오른다. 이 능구렁이 영감 같으니라고! 이틀 전에 도착한 메일이라 벌써 수도 없이 본 메일이지만 볼 때마다 불쾌했다.

멜리사는 감정을 억누르며 새로 고침을 눌렀다. 확인하지 않은 몇 건의 메일이 있었지만 그 안에 기다리는 메일은 없었다. 거절이었지만 김 소장의 답변은 빨랐는데, 김 소장보다 아래인 그녀의 직속 상사는 메일을 확인하고도 이틀 동안 깜깜무소식이었다.

'감히 내 메일을 무시해?'

그의 오만함에 독이 올랐다. 메일을 다시 작성하려고 키보드에 손을 올리는 순간, 노크 소리가 들렸다.

"뭐야?"

예민해진 마음이 목소리에도 묻어났다. 상대도 느꼈는지 문이 열리는 속도가 더뎠다. 반쯤 열린 문으로 몸을 들이민 건 향료연구팀의 빌이었다.

"손님이 찾아오셨는데……."

"손님? 누구?"

"저…… 그게……."

빌은 조향사로서의 능력은 뛰어난데 성격이 내성적이다 못해 소심하기까지 했다. 멜리사는 인상을 찌푸렸다. 저러니 애인과 떨어져 있는 지은의 마음을 사로잡기는커녕 데이트 한 번을 못 했지.

"빌, 누가 왔냐고 물었잖아."

"아, 한국 SJ연구소의 강이라고……."

멜리사는 모니터에 시선을 주었다가 급하게 다시 빌에게 시선을 주었다.

“강? 설마 인하 강?”

빌이 조심스럽게 고개를 끄덕였다. 멜리사는 미간을 찌푸렸다. 메일 한 통을 기다렸는데 사람이 직접 왔다. 한국에서 미국까지, 웬만한 독기가 아니고서야 있을 수 없는 일이었다.

‘직속 상사로서의 자존심? 그렇다면 질 수 없지.’

멜리사는 전투 준비를 하듯, 서둘러 자신의 옷차림을 점검했다.

“들어오시라고 해.”

문이 닫히고 얼마 뒤 다시 문이 열렸다. 모니터를 바라보던 멜리사는 문이 닫히는 소리가 들리고 나서야 고개를 돌렸다.

제일 먼저 보인 건, 트렌치코트였다. 업무적으로 만나는 상대에게 있어 옷은 무기다. 구김 한 점 없는 그의 무기는 훌륭했다. 멜리사는 천천히 시선을 올렸다. 마침내 그의 얼굴과 대면한 순간, 멜리사는 숨을 멈췄다.

처음 보는 얼굴이 아니었다. 정식으로 그와 인사를 나눈 건 아니지만 7년 전, 학회에서 딱 한 번 그를 본 적이 있었다. 그는 자신을 이 자리까지 올려 준 스승이 캔스사에 있을 시절, 스승 밑에 있던 조향사였다. 스승은 그를 가리키며 말했었다.

‘멜리사. 너는 내가 키운 가장 훌륭한 제자지만, 곧 너를 능가하는 제자가 나올 거야. 바로 저 아이지.’

‘저 아이가요? 본 적 없는 얼굴인데. 게다가 어려 보이고.’

‘그래, 아직은. 멜리사, 내가 흥미로운 사실을 하나 알려 줄까? 네가 그토록 좋아하는 로빈 포맨의 향은 저 아이가 입힌 거야. 게다가 그 향은 저 아이가 만들어 낸 많은 향 중에 하나일 뿐이지. 저 아이가 만들어 낸 향을 맡을 때마다 난 소름이 돋아. 저 아인…… 괴물이야.’

그 이후 그의 소식을 듣지 못했다. 그와 만났던 학회 이후 스승은 은퇴를 하고 자신은 프랑스 WS사로 스카우트되면서 그와 대면하지 못한 까닭이었다. 그런데 그 괴물이 다시 나타났다. 그것도 그때보다 더 늠름해진 모습으로.

멜리사는 멍해진 정신을 서둘러 수습했다. 그리고 그에게 소파 대신 놓아둔 자그마한 철제 원형 의자를 권했다. 멜리사도 컴퓨터 앞에서 일어나 그와 자리를 마주했다.

한국에서 출시한 제품의 샘플을 받아 미국 시장에도 통할 제품인지 검토를 하면서도 향을 입힌 조향사가 그라는 건 꿈에도 생각하지 못했었다. 그런데 이렇게 다시 만나게 될 줄이야. 멜리사는 7년이 지나서야 스승의 말에 동의했다. 그는 괴물이었다. 한국에서 온 제품의 향을 맡을 때마다 이름도 낯선 동양인 조향사에게 질투를 느꼈었으니까.

"인하, 강이죠? 당신이 만들어 낸 향을 맡아 봤어요. 매우 훌륭하더군요. 그래서 꼭 한 번은 만나 보고 싶었어요."

진심이기도 했지만 비즈니스엔 약간의 인사치레도 필수라 겸사겸사였다. 하지만 그에게서 인사치레는 되돌아오지 않았다. 오히려 지루한 서론은 서로 하지 말자는 표정이었다. 그 스승의 그 제자라더니, 이런 면은 지은과 꼭 닮았다. 멜리사는 고개를 끄덕였다.

"좋아요. 본론으로 들어가죠. 내 메일에 대한 답변을 하러 온 거죠? 긍정적인 답변이었으면 좋겠는데."

"유감이지만 나는 그 제안을 거절하러 왔습니다. 그리고 정식으로 요청하겠습니다. 파견 발령 해제 부탁드립니다."

거절도 모자라 되레 돌려 달라니. 그는 거침이 없었다. 멜리사도 빠르게 받아쳤다.

"이유는요?"

"한국 SJ 코스메틱에서도 반드시 필요한 조향사이기 때문입니다."

"인정해요. 지은은 뛰어난 조향사니까요. 하지만 메일에도 언급했다시피 지은에게 한국은 좁아요. 조금 더 넓은 곳이 필요하죠."

"그 넓은 곳에 대한 기준은 뭡니까?"

"이를테면 조향사에 대한 인식 같은 거죠."

"미국만큼 한국이 조향사에 대한 인식이 높은 건 아니지만 그건 곧 발전 가능성을 의미하기도 하죠. 그리고 아시다시피, SJ내에서 조향사에 대한 인식은 충분히 높습니다. 그러니 한지은 대리의 미래에 대한 걱정이라면 하지 않으셔도 됩니다. 제가 보장하죠."

그의 승리로 첫 번째 핑퐁게임이 끝났다. 반박할 수 있는 말이 없었다. 그와 같은 SJ에 속해 있는 자신이 SJ는 조향사를 우습게 안다고 욕을 할 수도 없는 노릇 아닌가. 멜리사는 곧바로 두 번째 핑퐁게임을 시작했다.

"지은에겐 SJ도 필요하지만 나도 필요해요. 경력, 조향사로서의 위치. 냉정히 말해서 강보다는 내가 더 줄 수 있는 게 많을 테니까요."

일부러 그를 긁었다. 마음속으로는 그를 인정하고 있지만 그의 냉정을 흐트러뜨려야 승산이 있다고 판단했기 때문이었다. 하지만 그는 덤덤했다. 아무것도 읽히지 않는 잔잔한 얼굴이 지은과 겹쳐 보였다. 순간 등이 빳빳해졌다.

"한지은 대리가 홀로 서기엔 아직 부족하다고 판단하십니까?"

그건 아니다. 홀로 서도 그녀는 충분히 훌륭한 조향사, 퍼퓸 디자이너가 될 것이다. 하지만 질 수 없다.

"잘 알겠지만, 이 세계는 어떤 세계보다 치열한 곳이죠. 지은은 훌륭하지만 아직 어려요. 반드시 조언이 필요한 순간이 있을 거예요. 지은에겐 나 같은 조언자가 필요해요."

"중심을 잃지 않게 도와주는 역할을 당신만 할 수 있는 건 아닙니다."

어투는 부드러웠지만 눈빛은 마치 '너무 자만하지 마. 나 또한 실력자야.' 하고 말하는 것 같았다. 마음이 삐딱해졌다.

"당신이 지은에게 이렇게까지 성의를 보이는 거, 솔직히 이해하기 어렵네요. 난 1년 3개월 동안 지은을 누구보다 가까이 옆에서 지켜봐 왔어요. 유감스럽게도 지은의 재능을 이끌어 낸 건 당신이 아니라 나죠. 같은 조향사로서 알 거라 생각해요. 내가 지은을 한국으로 보내는 게 얼마나 아까울지."

그는 순순히 고개를 끄덕였다. 어떻게든 반박을 해 올 거라고 예측한 탓에 이런 반응이 더 꺼림칙하다.

"이해, 한다는 건가요?"

"이해합니다."

"그럼 대체 여기까지 왜 온 거죠? 이럴 만큼 지은의 능력이 탐이 났나요?"

"유감스럽지만 부하 직원 때문에 미국까지 올 만큼 한가하진 않습니다, 난."

그가 말을 멈추었다. 줄곧 시선을 맞추고 있던 그가 어깨 너머 어딘가를 바라보았다. 애틋하고 아련한 무언가를 바라보듯 그의 눈동자가 짙어졌다.

"난 내 아내가 될 한지은을 데리러 왔습니다."

만년설도 녹일 것 같은 부드러운 그의 미소를 마지막으로 멜리사는 멍해졌다.

맙소사.

'언젠가 멜리사를 능가하는 조향사가 되겠다는 내 꿈은 그 사람 곁에서, 그 사람과 함께 이룰 거예요.'

왜 그녀의 연인이 조향사일 거라고 한 번도 의심하지 않았을까.

한참 만에야 충격에서 헤어 나온 멜리사는 허탈한 웃음을 흘렸다. 단순히 부하 직원의 능력을 포기할 수 없는 상사였다면 그는 이곳으로 오지 않았을 것이다. 본사에 정식으로 파견 발령 해제를 요청하는 편이 빨랐을 거였다. 하지만 그는 여기까지 왔다. 사랑하기에, 그녀가 원하는 방식대로 자신의 곁으로 올 수 있도록 해 주고 싶었던 거였다. 처음부터 한 여자를 사랑하는 한 남자의 모습이었는데 왜 의심조차 하지 않았을까.

때때로 그녀가 사랑을 두고 미국행을 택한 이유가 정말 성공만을 위함일까 의구심이 들었는데, 이제야 확실히 알 것 같다. 사랑하는 남자이지만 상사인 그를 위해 일부러 어려운 길을 택한 그녀, 사랑하는 여자의 선택을 존중하고 기다려 준 그. 견고한 그들의 사랑엔 틈이 없었다. 멜리사는 씁쓸함을 삼키며 완벽하게 패배했음을 인정했다.

"좋아요. 파견 발령 해제하도록 하죠."

"감사합니다."

원하는 바를 얻었는데도 그는 웃지 않았다. 여전히 아무것도 읽히지 않는 표정으로 슬쩍 연구원들이 업무를 보는 바깥을 바라볼 뿐이었다. 지은을 찾는 모양이었다. 눈을 빛내던 멜리사는 낚싯대에 지은을 낚시 미끼로 끼워 넣고 휙 그를 향해 던졌다.

"지은은 지금 연구소에 없어요."

"어디에 있습니까?"

"학회 때문에 뉴저지에 가 있어요. 내일 돌아올 예정이죠. 별일 없이 돌아와야 할 텐데."

그는 낚싯밥을 덥석 물었다. 변화가 없었던 그의 얼굴에 처음으로 변화가 생겼다. 살짝 올라가는 그의 눈썹을 놓치지 않은 멜리사는 곧바로 덧붙였다.

"3개월 전에 빌이라는 연구원이 지은에게 고백을 했었어요. 장미꽃 100송이를 주면서 말이에요. 이번 학회에 빌과 함께 가게 됐는데 지은이 꽤 난감해했어요."

장미꽃 100송이까진 사실이었다. 한국으로 돌아가겠다는 그녀를 빌이 잡아 주길 내심 바랐지만 그녀는 흔들리지 않았다. 빌은 그녀의 마음을 사로잡지 못했고, 물론 학회에 간 것도 그녀 혼자였다. 여기까지 그를 안내한 게 빌이니 사원증에서 이름을 봤다면 금방 들통 날 일이지만 어떻게든 그를 자극하고 싶어 꾸며 낸 거짓말이었다. 그런데 놀랍게도 그는 속고 있었다.

"학회가 열리는 곳이 어딥니까."

"프린스턴 대학교예요."

대답을 듣자마자 그가 벌떡 일어나 손을 내밀었다. 이곳을 뜨겠다는 표시였다. 멜리사는 일어나서 그가 내민 손을 맞잡았다.

"기회가 닿으면 또 보죠. 반가웠어요."

그는 목례로 최소한의 예의를 표하고 곧바로 연구실을 나갔다. 그 모든 게 눈 깜짝할 새에 일어난 일이었다.

누가 봐도 사랑에 빠진 남자.

그리고 그를 말할 때의 그녀는 누가 봐도 사랑에 빠진 여자.

둘 사이를 비집고 들어가는 건 애초에 불가능했을지도 모른다. 빌뿐만 아니라, 자신 역시. 명확하게 결론지어지자 오히려 기분이 산뜻해졌다. 멜리사는 미소 지었다.

부디, 그들의 사랑이 영원히 지금과 같길.

갑론을박이 벌어지던 전장의 장소가 평범한 강당의 모습으로 되돌아온 건 밤 9시가 넘은 시각이었다. 오후 1시부터 시작되어 8시간 동안 이어진 학회에 진이 다 빠져 버렸다.

건물을 완전히 벗어나자 초여름의 기분 좋은 바람이 볼을 간질였다. 지은은 걸음을 옮기며 캠퍼스를 바라보았다. 어둠이 자욱하게 깔린 밤. 저 멀리 나무에 둘러싸인 드넓은 잔디밭 안으로 캠퍼스 내에서 가장 오래된 건물인 낫소홀이 비밀스런 모습을 드러내고 있었다. 푸르른 이파리 사이에 있는 가로등이 건물을 비추고 있어, 마치 다른 세상에 온 것 같은 착각을 불러일으켰다.

지은은 정문을 향해 내려가며 바로 옆으로 보이는 운동장을 바라봤다. 90% 이상이 기숙사 생활을 해서 그런지, 운동장엔 제법 학생들이 있었다. 그중 눈길을 사로잡은 건 농구대 앞에 있는 청년들이었다. 그들은 3대3 농구를 하며 뜨거운 젊음의 열기를 발산하고 있었다. 문득 그가 생각난다.

"농구를 하는 모습도 꽤 멋질 텐데."

아! 지은은 서둘러 휴대폰을 꺼냈다. 무음으로 해 놨지만 꺼 놓지는 않았었는데 부재중 전화가 없었다.

한 번도 이런 적이 없었는데…….

지난 1년 3개월간, 저녁 7시가 되면 어김없이 그에게서 전화가 걸려 왔다. 노스캐롤라이나가 저녁 7시면 한국은 새벽 4시인데도 그는 전화를 한 번도 거른 적이 없었다. 오히려 세미나, 학회, 회의의 이유로 종종 전화를 받지 못하게 되는 쪽은 항상 그녀였다.

그렇게 빼먹는 날도 있고, 통화가 되더라도 일이 바빠 겨우 그리움만 달래기 일쑤였지만 그래도 그것이 낯선 이국땅에서 힘을 낼 수 있게 해 주는 유일한 버팀목이었다.

예감이 좋지 않아, 서둘러 그에게 전화를 걸려는데 때마침 전화가 걸려 왔다. 그였다.

"왜 이제 전화해요. 무슨 일 있어요?"

—응.

짧은 대답이었지만 정말 목소리가 심상치 않았다. 숨소리가 가쁜 것이 꼭…….

"혹시 어디 아파요? 다쳤어요? 어디가 얼마나. 병원은요? 심한 건 아니죠?"

—하나씩 물어.

부정을 하지 않는다. 핸드폰을 쥔 손에 땀이 차오르기 시작했다. 걸음도 멈추고 귀에 모든 신경을 집중했다.

"다친 거예요?"

—응.

"얼마나요."

—많이.

10바늘이나 꿰맸던 그의 손이 떠올랐다. 그때도 그는 대수롭지 않아 했다. 그가 많이 다쳤다고 할 정도면 대체 어느 정도나 다친 걸까. 한국에만 있었어도 달려갈 수 있었을 텐데. 그가 아프다는데 아무것도 할 수 있는 게 없어 마음이 저리다. 차오르는 눈물을 쏟아 내지 않으려고 입술을 깨물었다.

"……대체 어딜 다친 거예요."

—마음.

3미터쯤 떨어져 있는 정문 돌담에서 그의 모습이 나타난 건 그때였다. 몸이 순식간에 허공으로 붕 떠오른 것 같은 느낌이었다. 지은은 멍하니 그의 모습을 바라봤다.

"나 꿈꾸나 봐."

—눈 뜨고?

"응. 예쁜 꿈이다."

그가 옅게 웃는다. 상상 속에서 수도 없이 그렸던 미소. 야속하게도 꿈에서조차 한 번 보여 주지 않았던 미소.

—일어나. 아침이야.

그가 한 발자국 앞으로 다가왔다. 눈을 감았다 떴다.

아침……. 아침이 되었는데도 그가 보인다.

말도 안 돼.

막 차오르기 시작한 눈물 한 줄기가 볼을 타고 흘렀다. 눈물을 손으로 훔치자 또렷하게 눈물이 만져진다. 정말 꿈이 아니었다.

"어떻게……. 어떻게 인하 씨가 여기……."

—이대로 있다간 내 여자 뺏길 거 같아서. 잡으러 왔어.

"……잡았어요?"

그가 빠르게 걸어온다. 그의 품 안으로 몸이 순식간에 빨려 들어갔다.

"응, 드디어."

핸드폰을 쥔 손이 아래로 힘없이 떨어졌다. 꽤 오래 맡지 못했지만 절대 잊을 수 없는 냄새. 세상에서 제일 사랑하는 내 남자의 품. 환희, 감격, 황홀, 설렘이 뒤엉켰다. 전율이 인다. 그의 팔에 힘이 실렸다.

"한지은."

응, 하면 조금 더.

"지은아."

응, 하면 또 조금 더.

"너 기다리면서 마음이 다 너덜너덜해졌어. 더는 못하겠다. 한지은 없이는 단 하루도 자신이 없어. 이제 그만 내 옆으로 와."

"응."

다시는 놓치지 않겠다는 듯, 더 꽉.

"오래 기다리게 해서 미안해. 사랑한다, 한지은."

2년 전 이맘때, 하얀 와이셔츠가 눈부셨지만 어딘가 외로워 보였던 그를 처음 만났다. 기뻤고, 슬펐고, 안타까웠고, 속상했고, 웃었고, 울었던 시간들. 그리고 그리움에 하루하루 몸부림쳤던 기나긴 시간들. 그 긴 터널을 지나 다시 만났다. 이 순간, 그에게 해 줄 수 있는 말은 단 하나.

"사랑해요, 인하 씨."

아픔마저도 소중했던 그와의 기억들. 그와 함께 만들어 나갈 앞으로의 기억들. 나를 살게 해 주는 이유.

바람은 단 하나.

그의 안에서, 그와 함께 지금처럼만.

영원한 중독.

에필로그

1

사람은 뭔가 하나를 얻으면 하나를 잃는다. 넓은 세상을 경험할 수 있는 기회를 얻은 대가로 그녀, 한지은이 사랑하는 이와 떨어져야 했던 것처럼.

그 불변의 법칙은 한 달 전에도 어김없이 적용됐다. 꿈인지 현실인지 분간도 하지 못할 만큼 황홀했던 재회의 순간엔 '우리 사랑 이대로' 일 줄 알았겠지만, 그것은 그들의 착각이었다.

한지은과 강인하 사이엔 아직 남은 과제가 있었다. 본사로부터의 정식 인사 발령과 인수인계라는 과제가. 그 커다란 장벽에 가로막혀 애틋한 재회를 한 지 사흘 만에 남자는 홀로 한국으로 돌아가야만 했다. 그리고 자연히 '우리 사랑 이대로' 는 다시 '꿈속의 그대' 처지로 돌아갔다. 그러나 잃는 게 있으면 얻는 것도 있는 법이었다.

남자가 한국으로 돌아가기 전날, 싱그러운 나무 내음 속에서 여자가 말했다.

"인하 씨랑 헤어져 있는 건 고통스러웠지만, 또 헤어져야 하는 건 더 고통스럽지만 미국으로 온 거, 후회는 안 해요. 나에게 새로운 꿈이 생겼거든."

남자가 기대에 찬 눈빛으로 여자를 바라보며 되물었다.

"꿈?"

"응. 한국으로 돌아가면 '시크릿나잇' 만큼 좋은 향수를 만들고 싶어요. 인하 씨랑 함께. 내 꿈에 동참해 줄래요?"

"싫어."

"싫……어요?"

"응. 싫어. 내 꿈은 겨우 그런 게 아니야."

여자는 불시에 막막한 어둠과 대면했다. 얼어 버린 여자를 보며 남자는 말했다.

"난 '시크릿나잇만큼'이 아니라 '시크릿나잇을 넘어서는' 향수를 만들 거야. 내 아내와 함께. 내 아내가 되어 줄래?"

그날, 그 공원에서 여자는 한 남자의 여생과 영롱하게 빛나는 다이아몬드 반지를 얻었고, 남자는 한 여자의 여생과 굳은 약속을 얻었다. 그리고 시간은 흘렀다.

지은은 20인치 기내용 캐리어를 손수 꺼내 준 택시 기사에게 돈을 건넸다.

"수고하셨어요."

그녀의 왼손 약지에서 빛나고 있는 반지를 바라보던 택시 기사는 두 손으로 정중하게 돈을 건네받았다. 그리고 이내 차를 몰고 사라졌다. 지은은 푸릇푸릇한 잔디밭 너머 세련된 자태를 뽐내며 솟아 있는 연구소를 바라보며 미소 지었다.

"다녀왔어요, 인하 씨."

여름이 짙게 섞인 공기 속에 바람 한 자락이 살랑거린다. 그에게 닿을 듯이.

연구소는 변한 것이 없었다. 연구원들의 지쳐 있는 얼굴도, 약간의 구김이 간 흰 가운도, 하우스에서 넘어온 식물들의 향기와 각종 향료가 뒤섞인 냄새도 모두 그대로였다. 달라진 건 오직 하나, 연구원들이 그녀를 바라보는 시선뿐이었다.

걸음까지 멈추고 그녀를 바라보는 연구원들은 마치 연예인이라도 보는 얼굴이었다. 그중에는 프로젝트팀에 함께 있었던 조 대리와 이 대리도 있었는데, 그들의 반응도 다르지 않았다. 입을 살짝 벌리고 그저 눈을 깜빡깜빡거리고 있을 뿐이었다.

그 시선들이 지은은 거북하고 불편했다. 무늬는 평화로워 보이지만 실체는 소리 없는 전장인 연구소 복도가 마치 쇼가 펼쳐지고 있는 런웨이 같았다. 빨리 무대에서 내려오고 싶었다.

"지은 씨!"

속도를 높여 걷던 지은은 익숙한 목소리에 걸음을 멈추고 뒤돌았다.

"최 대리님!"

1년하고도 4개월 만에 보는 얼굴. 반가운 마음에 왔던 길을 다시 걸어 연정에게 다가갔다. 그런데 방금 전까지만 해도 미소가 만연했던 연정의 얼굴이 다른 연구원들처럼 멍해졌다.

"지은 씨…… 미국에서 수술 받았어?"

"무슨 수술이요?"

"성형 수술."

그럴 시간이 있기나 했나? 예뻐졌다는 말을 이렇게 하는구나 싶어

지은은 그냥 웃었다.

“농담 아냐. 진짜 의심될 정도야. 안경 하나 벗었다고 이렇게 달라지나?”

얼굴의 반을 가리고 있던 안경을 벗고 렌즈를 꼈다는 게 가장 큰 변화이긴 하지만 그게 다는 아니었다. 앞머리로 가렸던 이마를 머리를 길러 드러냈고, 옷과 화장에도 공을 들였다.

한 달 전엔 그가 불시에 방문한 바람에 예쁜 모습을 보여 주지 못해 신경을 좀 쓴 거였다. 그 꾸밈이 가운에 가려져 있지 않아 더 도드라진 모양이다. 지은은 아무리 봐도 신기하다는 듯 뚫어지게 바라보는 연정의 시선을 살짝 피했다.

“그만 보세요. 민망해요, 대리님.”

“어? 어, 미안. 너무 노골적이었다. 그건 그렇고 어떻게 벌써 온 거야? 모레 온다고 들었는데.”

“인수인계 마치자마자 비행기 탔어요. 몸만 온 거라 짐은 예정대로 모레 도착해요.”

“이유는 물으나마나 연구소의 그이 때문일 테고.”

연정이 음흉하게 눈을 빛냈다. 지은은 얼굴만 붉혔다.

“강 부장 눈 뒤집어지겠네.”

중얼거림이라 지은은 연정의 말을 듣지 못했다. 지은이 ‘네?’ 하고 되묻자, 연정은 캐리어를 낚아채며 앞장섰다.

“퇴근 시간 다 됐어. 어서 그이한테 가자구. 놓치기 전에.”

연정의 ‘놓치기 전에’는 눈 뒤집힌 강 부장의 모습이었지만, 그와 엇갈릴지도 모른다는 순수한 의미로 해석한 지은은 연정을 따라 걸음을 서둘렀다.

그리고 잠시 뒤, 그는 눈이 뒤집혔다.

인하는 윤 과장과 함께 연구원 3년 차가 된 고동석 연구원의 논문 진행 과정에 대해 중간보고를 듣고 있는 중이었다. 그때, 문이 열리며 분석실에 갔던 연정이 흰 가운엔 어울리지 않는 핑크색 캐리어를 들고 돌아왔다. 그리고 그 뒤에 핑크색 캐리어와 어울리는 모습의 그녀가 들어왔다.

그녀가 올곧은 시선을 맞춰 오는 순간, 그의 시간이 멈췄다. 세상이 온통 핑크색이었다. 연구원들의 하얀 가운마저도.

그의 세상은 중간보고도 내팽개치고 그녀에게 달려간 윤 과장과 고동석 연구원에 의해 깨졌다.

"이게 누구야. 한 대리!"

"한 대리님! 정말 보고 싶었습니다. 못 뵌 사이에 정말 예뻐지셨습니다."

지은을 반기던 윤 과장이 입이 귀에 걸린 동석의 옆구리를 쿡 찔렀다. 동석은 그제야 입을 꾹 다물며 슬금슬금 인하의 눈치를 봤다.

부, 불!

그의 몸 전체에서 불이 일고 있었다. 닿기도 전에 타 버릴 것 같은 어마어마한 불길이. 동석이 기겁을 하며 뒤로 물러서는데 그가 불을 이끌고 다가왔다.

"고동석."

"네, 네! 부장님!"

"주제는 같아도 접근 방식은 달라야 한다는 게 논문의 기본 중 기본이다. 3페이지 다섯째 줄부터 열세 번째 줄. 5페이지 둘째 줄부터 아홉 번째 줄. 2004년, 2006년에 발표된 논문과 흡사해. 표절했다는 소리 듣고 싶나?"

"아, 아닙니다! 자료 조사가 부족했습니다. 밤을 새더라도 방향 다시 잡겠습니다!"

여전히 멋진 그의 모습에 눈물이 날 것 같았던 마음도 잠시, 지은은 힘이 바싹 들어간 동석을 바라보다 연정을 곁눈질했다. 예상치 못한 험악한 분위기에 잘못 온 거냐고 눈으로 물었는데, 연정은 웃음을 참느라 온갖 인상을 다 쓰고 있었다.

그때, 연구실 문이 열리며 남자와 여자가 들어섰다. 여자는 동글동글한 얼굴형 때문인지 무척 앳돼 보였고, 남자는 키가 크고 얼굴이 하얀 꽃미남 상이었다. 여자는 낯선 이가 있는 것이 의아한 기색이었고, 남자는 시선이 마주치자마자 얼음이 되었다.

"참, 한 대리는 처음 보지? 이쪽은 2년 차 김진욱 연구원. 그리고 이쪽은 올해 들어온 신입, 송보미 연구원. 진욱이 동기가 한 명 더 있는데, 이 자식은 또 농땡이네."

1년 4개월 사이에 세 명이나 식구가 늘었구나. 바른 말 고운 말을 추구하는 윤 과장이 이 자식이라는 표현까지 쓰는 걸 보니 드디어 향료연구팀에도 문제아가 한 명 들어왔나 보다. 지은은 먼저 보미에게 손을 내밀었다.

"한지은이에요. 반가워요."

보미가 깍듯하게 손을 맞잡았다.

"말씀 많이 들었습니다. 잘 부탁드립니다, 선배님!"

"나도 잘 부탁해요."

어느새 6년 차인 지은을 마지막으로 그동안 향료연구팀엔 여자 연구원이 들어오지 않았다. 조향사가 남자만의 전유물은 아닌지라 의도한 건 아니겠지만 이상하게 그랬다.

여자 조향사가 연정과 단둘뿐이라 내심 여자 연구원이 들어오길 바랐는데. 느낌이 좋았다. 밝고 명랑한 보미에겐 사람을 기분 좋게 만드는 기운이 있었다. 지은은 보미를 보며 미소 짓고 진욱에게 손을 내밀었다. 그런데 진욱은 얼굴만 쳐다보고 있었다. 보미가 진욱을 작게 불러도 요지부동이라 머쓱해져 손을 내리려는데 진욱이 인하를 찾았다.

"부장님. 질문 있습니다."

"뭐지?"

"저희 연구소에 혹시 사내 연애 금지 조항 있습니까?"

모든 연구원들의 얼굴에 물음표가 떴다. 뭔가를 감지한 듯, 갑자기 시선이 날카로워진 인하의 얼굴만 제외하고. 대답해 줄 생각이 없어 보이는 인하 대신 윤 과장이 나섰다.

"그런 조항이 어딨어. 뜬금없이 그런 건 왜 물어?"

진욱이 그제야 미처 내리지 못한 지은의 손을 맞잡았다.

"후배보단 남자로 잘 부탁드립니다."

동석과 윤 과장은 얼음이 되었다. 흥미롭게 인하의 반응을 지켜보고 있던 연정마저도 얼음이 되었다. 칼날의 강 부장이 매 초마다 냉기 오로라의 업그레이드를 진행하고 있었다. 실로 무시무시한 냉기였다. 그 냉기를 깨뜨린 건 이 냉기를 만들어 낸 장본인, 김진욱 연구원이었다.

"밀어 주십시오, 부장님."

더 큰 냉기 투하.

"김진욱."

"네."

인하가 지은의 왼손, 정확히는 그녀의 약지에 끼워져 있는 반지를 눈짓으로 가리켰다.

"저게 뭐라고 생각하지?"

그의 목소리가 극도로 낮게 깔렸다. 그 위압감에 진욱을 제외한 연구원들은 감히 말릴 엄두도 못 내고 침만 꼴딱 삼켰다. 하지만 진격의 진욱은 돌진했다.

"애인은 있지만 결혼은 안 하셨다고 들었습니다. 골키퍼 있어도 골은 들어갑니다."

정보 제공자인 동석의 얼굴이 사색이 되었다. 함부로 입을 놀렸다가는 어떤 후환이 있을지 몰라 차마 상대는 밝히지 못했지만 자꾸 지은에 대해 물어 오는 진욱이 안타까워 슬쩍 귀띔해 준 걸 이렇게 써먹다니. 눈치는커녕 코치도 없었다. 어떻게 이런 물건이 들어왔을까?

연구실에 건조한 공기가 감돌았다. 이대로 있다간 분위기가 더 험악해질 것 같아 지은이 해결에 나섰다.

"아직 안 했지만 곧……."

하지만 갑자기 품 안으로 끌어당기는 그의 강한 힘에 말이 허공으로 흩어졌다.

"날 제치고 골을 넣을 자신이 있다면, 해 봐. 건투를 빌지, 김진욱."

그 한마디를 남기고 인하는 지은을 데리고 수석 연구실로 들어갔다. 그리고 연구실은 막막한 정적으로 뒤덮였다. 한참 만에야 윤 과장이 정적을 뚫고 영혼이 빠져나간 것 같은 얼굴인 진욱의 어깨를 가만히 잡았다.

"사표는 쓰지 마라."

윤 과장, 연정, 동석이 차례로 넋이 나간 진욱을 지나쳐 자리로 돌아갔다. 후배인 보미마저도 싸늘하게 등을 돌렸다. 허허벌판의 허수아비가 된 진욱은 절규했다.

신이시여!

이 이야기는 여자 연구원들의 마음을 분홍빛으로 물들게 하는 상남자 강인하의 에피소드로 오래도록 전해지게 된다.

2

처음 남자를 부친에게 소개시키던 날, 여자는 남자를 옆방에 재워 두고 부친에게 이렇게 말했다.

"엄마, 아빠가 그랬듯 인하 씨랑 나도 서로 귀히 여기며 살게. 사랑 주고, 사랑받으면서 살게. 예쁘게 낳아 주고 이만큼 키워 줘서 고마워요, 아빠."

다음 날 아침, 남자는 여자와 함께 산소에 올라가 그녀의 모친에게 절을 올리고 무덤을 향해 이렇게 말했다.

"장인 장모님께서 소중하게 여기셨던 것만큼 아끼겠습니다. 울리지 않겠습니다. 더 많이 사랑하며 살겠습니다."

12년 만의 최고의 무더위라고 뉴스에서 연신 보도를 하던 그해, 남자와 여자는 하나가 되었다.

그리고 6개월이 흘렀다.

"지은아, 한지은. 이제 그만 일어나. 벌써 12시야. 점심은 먹어야지."

여름에서 겨울로 넘어오는 동안 하나가 되고 업무에 적응하느라 가을을 잃었다. 오늘은 모처럼 늦잠이 허락된 여유로운 일요일이었다. 지은은 비스듬히 누워 볼을 쓰다듬는 그의 품으로 파고들며 중얼거렸다.

"1시간만 더……."

"1시간 전에도 똑같은 말을 한 건 꿈에서였나 보군. 이렇게 잠이 많은 여잔 줄 몰랐어. 속은 기분이야."

속았다고? 흥. 그건 이쪽에서 할 말이다. 결혼 전엔 저 남자가 축 널브러진 아내를 제 눈으로 보면서도 유혹을 멈추지 않는 짐승인 줄 미처 몰랐다. 어제만 해도 그렇다. 그는 퇴근을 해서 씻자마자 곧바로 달려들었다. 연달아 두 번을 몰아치고 나니 생전 처음 느껴 보는 엄청난 허기가 몰려왔다. 그는 일단 비실비실대는 아내에게 일용할 양식을 먹였다. 그리고 소화를 핑계로 시작해 또, 또, 또.

쏟아 내고 싶은 말은 산더미였지만 입술을 달싹이는 것도 힘들었다. 새벽 3시가 넘어서야 음험한 유혹에서 벗어나 잠이 들었는데 지금 12시가 대수랴. 침묵으로 일관하자 몸을 반쯤 일으킨 그가 단단한 팔을 매트와 등 사이로 넣었다. 힘으로라도 일으키려는 것이다. 잠을 위협하는 적색 경보 발동에 지은은 재빨리 그의 상체를 눌렀다.

"같이 자요. 정말 딱 1시간만. 응?"

사람이 위험에 봉착하면 엄청난 힘이 나온다더니, 평소라면 할 수 없었을 일을 해낸 지은은 그를 꼭 껴안았다. 그는 당한 게 얼떨떨한지, 허락도 하지 않았지만 거부도 하지 않았다.

반수면 상태에서 깊은 잠의 나락으로 막 넘어가려던 참이었다. 어느 틈에 들어온 건지 슬립 안으로 들어온 그의 손이 가슴 전체를 주무르기 시작했다. 그러다 유륜을, 유두를 비틀며 돌리는 유혹의 손짓에 이어 가슴에 그의 입김이 쏟아졌다. 지은은 벌떡 몸을 일으키고 베개를 끌어안았다.

지난 6개월의 경험을 바탕으로 그는 입으로 애무를 시작하면 절대 멈추지 못했다. 게다가 한 번으로 끝나지도 않았다. 반시체에서 사람으로 돌아온 지 반나절도 안 됐는데 다시 반시체가 될 수 없다는 생존 본능이 결국 잠을 이기고 만 것이다. 침대를 빠르게 벗어나는데 막 바닥에 발이 닿으려는 순간 고지를 코앞에 두고 그에게 잡혀 버렸다.

"늦었어. 이미 흥분했어."

급하게 몸을 눕힌 그가 슬립을 걷어 내고 팬티 안으로 손을 집어넣었다. 만인의 성감대를 누르고, 돌리고, 튕길 때마다 어쩔 수 없이 신음이 터진다. 완전히 정신을 빼앗기기 전에 그를 밀어냈다.

"잠깐만, 인하 씨."

집중하고 있었는지, 예상 외로 쉽게 밀려난 그는 못마땅할 때면 으레 그렇듯 눈썹을 씰룩댔다.

"우선 씻고 싶어요. 씻고 밥 먹고 천천히."

쉬면 더 좋고. 그와의 섹스는 늘 황홀하지만 이러다가는 몸이 버티지 못할 것 같았다. 지은은 그만 씰룩대라는 의미로 그의 눈썹에 입을 맞추고 일어섰다. 등을 돌리는 그 순간이었다. 몸이 붕 뜨더니 눈앞에 그의 너른 품이 펼쳐지고, 다리가 허공에 펄럭였다.

"뭐하는 거예요. 내려 줘요."

"싫어. 난 못 참겠어."

그런데 어디로 가려고? 그가 방에 딸려 있는 욕실 문을 열었다. 지은은 문과 그의 얼굴을 바라보다 입을 벌렸다.

"설마……."

욕실에 들어서자마자 그가 자세를 바꿔 그녀의 몸을 어깨에 올려놓았다. 자유로워진 한 팔로 그가 욕조 수도꼭지를 틀기 시작했다. 설마가 확신으로 바뀌는 순간이었다. 지은은 버둥거리며 반항을 시작했다.

"내려 줘요. 응? 안 돼. 욕실에서는 아직……."

"씻고 싶다며. 씻게 해 줄 테니까 가만히 좀 있어. 힘들어."

힘들다는 말이 빈말은 아닌지 그의 숨이 조금 거칠어졌다. 지은은 손으로 얼굴을 가리고 축 늘어졌다. 정말이지, 이런 건 아직…….

부부의 섹스에도 허용 범위가 있는 법이다. 그녀는 아직 같이 욕실에서 섹스를 할 수 있을 만큼의 대담성은 없었다. 물론, 그는 시시때때로 욕실 문을 위협하고는 했지만 무턱대고 밀고 들어오지는 않았었는데, 오늘은 정말 참기 힘든 모양이었다.

절반 정도 물이 찬 욕조 위에 그가 몸을 내려놓았다. 옷도 벗지 않아 젖은 슬립이 몸에 달라붙어 몸의 선이 고스란히 드러났다. 애무하듯 몸을 훑는 그의 눈빛이 더욱 짙어졌다.

그는 곧바로 욕조 안으로 들어와 달려들었다. 마지막 반항으로 힘껏 그를 밀어냈지만 세 번씩이나 밀려 줄 그가 아니었다. 그는 더 가까이 달라붙어 목을 혀로 핥아 내려갔다. 그러다 귀와 목 언저리의 어느 지점을 집요하게 핥는다. 어쩐지 그게 더 자극적이다.

"하아. 왜, 왜 거기만……."

"여기, 엄청 빠르게 뛰어. 나 때문인 거 같아 기분 좋아."

뜨거운 입김이 목을 타고 올라와 귀에까지 닿는다. 허리가 젖혀지는 순간을 놓치지 않고 그가 이미 반쯤 벗겨진 슬립을 완전히 벗겨 버렸다.

유두가 공격당할 때마다 물에 젖은 유두가 소리를 낸다. 거부감이 쾌락에게 자리를 내어 주기 시작했다. 물속 깊이 손을 집어넣어 그의 허벅지를 매만졌다. 보기 좋게 발달한 근육이 만져지는 탄탄한 허벅지. 그 위로 잔뜩 성이 난 그의 페니스가 존재를 드러내고 있다.

바지 위로 살짝 움켜쥐자 그가 억눌린 신음을 쏟아 내었다. 신음은 손짓을 반복할 때마다 어김없이 터져 나왔다. 늘 그의 손에 괴로웠는데, 괴로워하는 그를 보는 게 즐거웠다. 페니스를 밖으로 끄집어냈다.

"그만."

손목을 잡아 세운 그가 거친 숨을 몰아쉬었다. 지은은 고개를 젓고 고개를 숙였다.

"뭐 하려고……."

대답 대신 물 밖으로 살짝 빠져나온 귀두를 입에 머금었다. 손으로는 여러 번 만져 봤지만 입에 담아 보긴 처음이었다. 부끄럽지만 용기 내어, 서툴겠지만 서툰 대로 그를 자극해 조금 더 괴롭혀 보고 싶었다.

"한지…… 읏."

혀를 움직이며 눈을 치켜뜨고 그의 반응을 주시했다. 그의 목에 푸르스름한 힘줄이 돋고, 관자놀이가 붉어졌다. 손으로 페니스를 애무해 줄 때면 신음을 쏟아 내곤 했지만 이만큼 노골적이진 않았다. 흥분에 젖은 그의 얼굴이 짜릿한 감각을 불렀다. 사이가 축축해지는 게 물속에서도 느껴졌다. 작게 신음을 흘리며 조금 더 깊숙이 입안에 머금었다. 본능적으로 그가 머리카락 사이로 손을 집어넣는다. 조금 더 빠르게 혀를 움직이고 입을 움직였다.

"읏……. 그만. 더는 안 돼."

그가 손에 힘을 실어 머리를 들어 올렸다. 그리고 곧바로 허리로 손을 뻗어 왔다. 그가 살짝 허리를 들어 올리고 페니스 위에 앉혔다. 자리를 못 찾고 꿈틀대던 페니스가 서서히 안으로 밀려 들어왔다.

"아……."

뿌리까지 닿는 느낌에 배가 울렁인다. 그는 평소보다 급했다. 지은은 진정하라는 듯, 그의 등을 쓸었다. 하지만 그 손길이 오히려 욕구를 부추기는지, 그는 더 급해졌다. 허리를 들었다 내려놓는 손이 더욱 빠르게 움직였다. 더 이상 그를 다독일 여력이 없었다. 몸을 지배한 쾌감에 몸을 내맡기고 그와 함께 움직였다.

점점 커져 가는 신음 소리가 욕실을 울린다. 욕조의 물이 허리가 들썩거릴 때마다 바닥으로 욕실 바닥으로 쏟아졌다.

그의 머리카락 사이로 손을 집어넣고 그의 머리를 잡아 가슴으로 끌어당겼다. 그가 빠져나갈 땐 애탈 만큼 아쉽고, 다시 채워질 때엔 만족감이 온몸에 채워진다. 물과 살이 만나 내는 소리와 야릇한 신음이 하나의 멜로디가 되어 끊임없이 욕실을 울렸다.

"하아, 인하 씨……! 하악!"

"지은아……. 한지은……!"

이러다가는 몸이 쪼개질 것 같다는 생각이 드는 순간, 무언가 팟 터지며 시야가 하얘졌다. 그리고 서서히 그의 움직임도 잦아들었다. 근육이 이완되며 온몸이 늘어진다. 쓰러지듯 그에게 몸을 붙였다.

"사랑해. 사랑해, 지은아."

귓가에 내려앉는 달콤한 속삭임.

"사랑해요, 인하 씨."

같은 날, 크림파스타로 점심을 먹고 인하와 지은은 거실에 나란히 앉아 있었다. 그리고 테이블 위엔 연구소에서 가져온 몇 가지 향료 샘플통이 놓여 있었다. 거실엔 팽팽한 긴장감이 감돌았다.

"하죠."

"하지."

"하나 둘 셋 하면 선택하는 거예요. 하나, 두울, 셋!"

선택을 마친 두 사람은 동시에 서로를 노려봤다.

"섹시, 관능. 인공 사향이어야 한다니까요."

"순수, 매력. 복숭아로 해."

"여자가 원하는 향은 여자가 더 잘 알아요."

"여자의 향에는 남자가 더 민감하지."

"어쨌든 난 절대 양보 못 해요."

"마찬가지야."

눈과 눈 사이에 격렬한 스파크가 튀었다.

이 격렬한 스파크의 시작은 3개월 전으로 거슬러 올라간다.

3개월 전, 지은과 인하는 '시크릿나잇'을 능가하는 향수를 만들겠다는 원대한 꿈을 이루기 위한 둘만의 프로젝트를 시작했다.

처음은 순조로웠다. 향수는 보통 5가지 이상의 향료를 조합해 만들어 내는데, 조합하는 스타일은 조향사들마다 다르다. 다행히 지은과 인하는 스타일이 같았다. 특별히 영감을 받은 경우가 아닌 이상, 메인 향료가 주는 느낌에 콘셉트를 맞추고, 메인 향료에 여러 가지 향료를 덧입혀 보는 과정을 거쳐 하나의 향을 완성해 내는 스타일이었던 것.

그런데 문제는 메인 향료였다. 메인 향료를 정하기 위해 수많은 회의를 했지만 그때마다 지은은 인공 사향을, 인하는 복숭아 향을 고집하는 바람에 진척이 되질 않았던 것이다.

혹시나 했는데 이번에도 역시나.

창조해 내는 모든 직업들이 그렇듯 조향사 개개인에게도 표현해 내고 싶은 이상이 있는지라 쉽게 포기할 수 없는 그의 마음을 모르는 건 아니다. 아니, 같은 조향사로서 백배 이해하지만 또 그렇기에 쉽게 포기할 수 없는 거였다.

한마디로 요약해 조향사끼리의 자존심 싸움. 한쪽이 굽히지 않으면 '시크릿나잇'을 넘어서는 향수는 영영 탄생하지 못할 것 같았다. 결국 지은이 먼저 손을 내밀었다.

"왜 꼭 복숭아여야 하는지 이유라도 말해 봐요."

"많은 제품에 향을 입혔지만 향수는 만들어 본 적이 없어. 첫 번째니까. 특별하니까. ……널 담고 싶으니까."

"날, 담아요?"

"……닮았어."

한참 뜸을 들인 그는 그렇게 말했다. 닮았다고. 뭘?

"……한지은 살냄새랑."

복숭아가?

조향사는 모든 냄새에 민감하지만 딱 한 가지, 자신의 냄새엔 둔감하다. 그래서 지은은 지금 처음 자신의 냄새가 복숭아를 닮았다는 걸 알았다. 그가 상기된 얼굴을 살짝 창가로 돌렸을 때 지은은 하하하, 웃음을 터트렸다. 그가 못마땅한 표정으로 항의했다.

"감동까진 기대하지 않았지만 그런 웃음은 좀 심하지 않나?"

그치만. 그치만, 그렇게 웃음이 나는걸. 행복해서.

"나한테 사향은 인하 씨였어요. 인하 씨가 마음을 드러낼 수 있도록 도와준 게 사향이었으니까. 우리가 여기까지 올 수 있었던 계기, 였으니까."

가지가 달랐을 뿐, 뿌리는 같았다. 서로를 담아 내고 싶었다는 것.

"우리, 바보 짓 한 거 같아."

그는 웃었고, 그녀도 웃었다. 서로가 서로를 폭 끌어안았다. 불그스름한 노을 아래, 혀가 얽혔다. 숨이 뜨거워지고 손과 입은 격렬해졌다. 사향이, 복숭아 향이 짙게 피어오른다.

"또?"

"응."

"회의는?"

"한지은 먼저. 그 뒤에."

거짓말. 오늘도 또, 또, 또, 속으로.

3

푸른 기운이 가득한 새벽녘이었다. 단잠에 빠져 있던 지은은 아랫배가 조여 오는 느낌에 눈을 떴다. 옆에서 곤히 잠들어 있는 그가 깨지 않도록 지은은 조심히 침대를 벗어났다. 불을 켜고 욕실로 들어가 거울을 봤다. 충분히는 아니지만 필요할 만큼은 자고 있는데 다크서클은 점점 더 짙어져 가고 있다. 그리고 일정하던 생리가 일주일이나 늦어지고 있다.

임신, 일까?

결혼한 지 어느덧 1년. 따로 피임은 하고 있지 않다. 그런데 소식이 없었다. 그에게 티를 내진 않았지만 서서히 불안감이 몰려오던 참이었다.

지은은 수납장 수건 속 깊숙이 숨겨 둔 임신 테스트기를 꺼냈다. 생전 처음 사용해 보는 낯선 물건에 어쩔 수 없이 긴장이 됐다. 심호흡을 하고 먼저 사용 설명서를 읽어 보았다. 한 줄이면 음성, 두 줄이면 양성.

"인하 씨, 인하 씨. 일어나 봐요."

그녀가 밝힌 불 때문에 이미 절반은 잠이 깬 상태였다. 눈을 뜨자 상기되어 있는 그녀의 얼굴이 보인다. 그리고 눈에 차오른 눈물이. 그의 몸이 침대에서 튀어 올랐다.

"왜 그래, 응?"

"좋아서. 인하 씨가 평생 내 남자인 게, 내가 평생 인하 씨 여자인 게 좋아서."

철렁했던 가슴이 내려앉는다. 그녀는 결혼을 하고 나서 더 사랑스러워졌다. 마음 졸이게 하고, 떨리게 하고, 더 많이 줄 수 없어 아프게 하고.

"장모님께 안 울리겠다고 약속 드렸어. 아무리 좋아도 눈물은 안 돼."

인하는 품에 안아 그녀의 등을 토닥였다.

"인하 씨, 우리 계속 이렇게 행복하자."

"응. 그럴 거야."

"이제 셋이서."

"응. 그럴……."

그녀를 토닥이던 손이 멈췄다. 숨도 멈췄다. 쓰러지듯 그녀의 어깨에 이마를 기댄 그가 중얼거렸다. 이런……. 하고.

"고마워, 지은아. 고마워……."

이땐 미처 몰랐다. 수도 없이 내뱉었던 '고마워'가 '젠장'이 될 줄은.

간부 회의를 끝내고 회의실을 빠져나온 참이었다. 복도 끝에서 동석이 땀을 뻘뻘 흘리며 달려왔다.

"부장님! 부장님! 한 대리님이!"

그의 표정이 잔뜩 굳었다.

"젠장! 어디야!"

인하가 급히 묻자 숨이 턱까지 찬 동석은 쥐어짜듯 대답했다.

"3층…… 서쪽 화장실……."

파일과 다이어리를 던지듯 동석의 품에 안기고 그는 날듯이 뛰었다.

"우웩, 우웩."

몸이 온통 붉은색인 수줍은 아가씨가 프린팅되어 있는 여자 화장실 입구. 안으로 들어서기도 전에 안에서 새어 나오는 고통스러운 소리가 고막을 할퀸다. 금남의 구역에 노크도 없이 발을 들인 인하는 곧장 소리가 흘러나오는 쪽으로 향했다. 그리고 지은을 당겨 안았다.

변기통을 붙잡고 헛구역질을 하던 지은은 동아줄을 부여잡듯 안겨들었다. 그녀가 시향을 하듯 숨을 들이켜자 끝없을 것 같던 입덧이 거짓말처럼 멈췄다. 그녀의 곁을 지키고 있던 연정이 고개를 설레설레 저었다.

"아무리 봐도 신기하고 기이하단 말이야. 운명이야, 운명."

금남의 구역에 남자가 들어왔음에도 소리를 지르거나 거부의 기색 없이 상황을 지켜보고 있던 세면대 앞의 연구원들이 소리 죽여 킥킥댔다.

임신 8주째부터 시작된 지은의 입덧이 수그러들 기세 없이 32주째 계속되고 있었다. 그리고 그녀의 고통스러운 입덧을 멈출 수 있는 유일한 명약은 남편의 체취. 걸어 다니는 명약인 그는 그녀가 입덧에 고통스러워하고 있다는 소식만 들려오면 연구실이든, 식당이든, 금남의 구역이든, 어디든 출몰했다. 연정의 말대로 신기하고 기이한 일이라 그녀의 입덧 다스리기는 이미 전 연구원들이 익히 아는 연구소의 진풍경이 되어 있었다.

"내일 병원 들어가죠? 어떤 녀석이 나올지 기대되네요."

제일 궁금한 건 그였다. 아빠를 닮은 멋진 아들이었으면 좋겠다는 그녀와, 그녀에게 남자는 자신 하나면 된다고 고집하는 그 때문에 한쪽이 조금이라도 실망하게 될까 봐 병원에서 성별을 알려 주겠다는 것도 거부했다. 하지만 아들이든 딸이든…….

"아이는 하나가 끝이야. 둘째는 없어."

대신 입덧을 할 수 있다면 또 모를까.

진이 빠져 한참 만에야 품에서 빠져나간 그녀가 지켜보고 있는 시선이 민망한 듯, 얼굴을 붉혔다. 임신을 하면 살이 찐다는데 보는 것만으로도 고통스러운 입덧 때문에 그녀는 오히려 살이 빠졌다. 병원에서 이대로는 위험하다고 어떻게든 살을 찌워 보라고 권유할 정도였다. 저 창백한 얼굴이 산고에 더 창백해질 거라 생각하면 심장이 비틀렸다.

"젠장."

엄마와 아빠를 그렇게나 고생시킨 아이는 정확히 52시간 이후, 세상 밖으로 나왔다. 유도분만제를 투여했음에도 세상 밖으로 나오지 않아 14시간이나 엄마를 힘들게 한 아이는 그녀의 바람대로 그를 쏙 빼닮은 아들이었다.

입덧이 심해 많이 먹지 못했어도 건강하게 태어나 준 아이는 엄마를 알아보는 듯 웃으며 배냇짓을 했다. 그녀의 입가에 화창한 봄날보다도 따스한 미소가 번졌다.

"안녕, 멋진 왕자님."

새로운 시작.

또 하나의 나.

어떤 단어로도 표현할 수 없는 벅찬 환희의 순간, 줄곧 제 엄마에게만 얼굴을 보여 주던 아이가 몸을 뒤척이며 아빠에게 처음 얼굴을 보여 주었다. 입술이 꼭 그녀를 닮았다. 그가 사랑스러운 눈길로 아이를 바라보며 아이의 볼을 톡톡 건드렸다.

"엄마의 사랑을 두고서는 어리다고 봐주는 거 없다. 페어플레이 하는 거야. 알았지, 아들?"

아이는 아빠가 얄미운 듯, 얼굴을 찡그렸다.

4

새 생명이 태어나는 경이로운 순간을 경험하고 산후 조리원으로 옮긴 여자는 품에 안겨 꼬물거리는 아이를 보며 남자에게 말했다.

"우리 프로젝트 메인 향료, 인공 사향으로 하자던 거 취소할게요. 더 좋은 게 생각났어요."

아이를 보고 있던 남자가 대답했다.

"나도 더 좋은 게 생각났어."

남자와 여자는 서로를 바라보았다.

"바닐라."

"바닐라."

그로부터 4년 뒤 봄, 프랑스 파리.

파리에서 가장 큰 라파예트 백화점 1층 화장품 코너에 유일한 한국 브랜드 매장이 생겼다. 'SJ' 라 쓰고 '베리앙' 이라 읽는 한국 브랜드 매장이.

그리고 2년.

SJ 화장품은 작년 4분기, 세계 굴지의 화장품 브랜드를 제치고 라파예트 판매 실적 Top 5 안에 드는 기염을 토했다. SJ 화장품 중에서도 가장 최고의 판매 실적을 올리고 있는 브랜드는 '베리앙' .

40대 후반의 수수한 중년 부인이 SJ 화장품 코너에 들어서서 직원에게 보그 잡지의 어느 페이지를 내밀었다.

"이 향수 주세요."

직원은 잡지를 들여다봤다.

"먼저 인터뷰에 응해 주셔서 감사합니다. '베리앙' 의 첫 번째 향수 '봄' 의 1억 달러 돌파, 진심으로 축하드려요. 두 분은 '봄' 으로 퍼퓨머뿐만 아니라 퍼퓸 디자이너로도 유명 디자이너 반열에 오르셨는데요. '봄' , 향수 이름으로는 좀 독특한 이름이에요. 어떤 의미가 있나요?"

" '봄' 은 아들의 태명입니다."

"태명이요?"

"언제나 봄처럼 활기차고 새롭게 살아가라는 뜻으로 아들의 태명을 봄이라 지었었어요. '봄' 은 처음 아들을 안았을 때, 남편과 느낀 걸 향으로 표현해 낸 향수예요. 솜사탕같이 부드러웠던 아기의 살결, 미소. 세상에 아름다운 것들은 너무도 많지만 아기만큼 아름다운 존재는 없다고 생각해요. 그 아름다움을 '봄' 으로 표현해 보고 싶었어요."

" '봄' 특유의 달콤함과 포근함의 원동력은 아드님이셨군요. '봄' 은 천연 유기농 제조로 착한 향수라고도 불립니다. 천연 향료를 고집하신 이유가 있나요?"

"특별하고 소중한 존재니까요. 그런 존재에 화학 향료를 사용하고 싶진 않았어요."

"특별함 하면 또 빼놓을 수 없는 게 독특한 외관의 바틀인데요. 향만큼 바틀도 많은 사랑을 받고 있어요. 행성 모양의 기본 디자인은 강 선생님께서 직접 하셨다고 들었는데, 어떤 의미인가요?"

" '봄' 의 향이 아들이라면 바틀은 저와 제 아내입니다. 아내와 제 안에 있는 아들. 행성은 가족을 의미합니다."

"가족. 바틀의 의미도 포근하고 따뜻하네요. '봄' 의 후속을 많은 분들이 기대하고 계세요. 앞으로의 계획을 듣고 싶어요."

"봄의 후속은 아내와 얘기 중입니다. 본격적인 구상은 가족 여행부터 다녀온 뒤에 하고 싶습니다."

직원은 여자를 사랑스러운 눈길로 바라보는 남자의 모습이 담긴 사진을 마지막으로 눈에 담고 부인에게 '봄' 을 건넸다.

"후속이 출시되면 그때도 찾아 주세요."

"그럴게요."

직원은 '봄' 을 소중히 품고 계산대로 가는 부인의 뒷모습을 바라보며 '봄' 이 세계인들에게 많은 사랑을 받는 이유는 사랑으로 만들어 낸 향이기 때문이라는 기자의 결론에 공감했다. 직원의 얼굴에도 미소가 피어올랐다.

지은과 인하는 멀찍이 떨어져 부인과 직원을 지켜보다 서로의 얼굴을 바라보며 미소 지었다.

"행복해?"

"응. 행복해. 인하 씨는?"

"물론. 행복해."

주저 없이 대답한 인하는 한참 밑에 있는 아들의 정수리를 가볍게 두드렸다.

"아들은?"

커 갈수록 점점 더 그를 닮아 가는 아이는 제 아빠를 무시하고 고사리 같은 손을 들어 엄마의 손을 잡았다.

"엄마가 행복하면 나도 행복해."

6살 아이의 환한 미소에 지은의 얼굴에도 미소가 폈다. 아이는 엄마의 품에 안기자마자 입을 맞췄다. 인하의 눈썹이 씰룩거렸다.

"어이, 아들. 페어플레이 하자고 했지. 너 이거 반칙이야."

그녀를 사이에 둔 아빠와 아들의 다툼은 앞으로도 계속될 예정.

영원한 중독, 이상 무.

— Fin

작가 후기

작년 9월 초였던가요. 비가 왔고, 기분이 울적했고, 그래서 우산을 쓰고 산책을 나갔습니다. 길을 하염없이 걷는데 갑자기 무언가 쓰고 싶어졌습니다. 쓰고 싶어서 이야기를 만들기 시작했습니다. 이야기의 키워드는 오감을 이용해서 글을 쓰면 어떨까 하는 낙서 같은 아이디어였습니다. 그 아이디어에서 태어난 첫 번째 이야기가 후각편인 '중독' 이 되었습니다.

향이라는 건 참 환상을 심어 주기에 좋은 요소라고 생각합니다. 글 속에도 있지만 같은 향이라도 어떤 사람에게 입혀지냐에 따라 전혀 다른 향이 될 수가 있으니까요. 지은이와 인하, 선우는 향만큼 많은 감정을 가지고 있는 아이들이었습니다. 강했고, 여렸고, 변덕스러웠고……. 5개월하고 13일 동안 초고를 쓰고 탈고를 하며 낯선 이를 경계하는 지은이에게, 인하에게, 선우에게 끊임없이 다가가 말을 걸었습니다. 정말 최선을 다해 말을 걸었습니다. 치열하게 부딪치는 그들의 감정들이 읽어 주신 분들의 마음속에도 전해졌길 감히 바라 봅니다.

'중독' 을 쓰면서 참 많은 분들께 도움을 받았습니다. 날것과 같은 초고 원고로 연재를 했음에도 많은 사랑을 주신 독자님들, 위기 때마다 다독여 주신 고마운 작가님들과 지인분들, 부족한 글을 어여삐 봐주시고 손 내밀어 주신 다향 관계자분들. 든든했습니다. 고맙습니다. 잊지 않겠습니다.

아직은 춥지만 봄이 머지않은 것 같습니다. 이번 주말에는 봄에 어울리는 향수 한 병 구입하러 가야겠습니다.

행복했습니다.
행복하세요.

— 2014년 2월
정지민 드림

초판 1쇄 찍음 2014년 2월 24일
초판 1쇄 펴냄 2014년 2월 28일

지은이 | 정지민
펴낸이 | 정 필
펴낸곳 | 도서출판 **뿔미디어**

편집장 | 이재권
기획 · 편집 | 정시연, 이은정
편집디자인 | 이진선

출판등록 | 2002년 9월 11일 (제1081-1-132호)
주소 | 경기도 부천시 원미구 상동로 117번길 49(상동) 503호
전화 | 032)651-6513 / 팩스 | 032)651-6094
E-mail | dahyangs@naver.com
블로그 | http://blog.naver.com/dahyangs
홈페이지 | http://bbulmedia.com

값 9,000원

ISBN 979-11-7003-269-4 03810

※파본은 구입하신 서점에서 교환하여 드립니다.

www.bbulmedia.com

www.bbulmedia.com